Remerciements

Deelylah Mullin, qui a édité et réédité ce roman sans relâche depuis sa création, et qui a manifesté une patience à toute épreuve face à mes doutes et mes caprices.

Bronwyn Greene, fidèle relectrice et soutien moral indéfectible. « Tu verras, ce sera énorme », est une phrase qui mérite d'être marquée au point de croix et encadrée sur le mur de votre salon.

Mon équipe sur le terrain : merci à vous qui êtes trop nombreux pour être tous cités, mais qui avez su me bousculer et me soutenir pour donner une chance à ce livre. Merci pour vos commentaires élogieux et pour avoir relevé les coquilles des premiers chapitres lors de leur parution. Merci pour tout.

Enfin et surtout, merci à tous ceux qui ont participé à l'aventure. Ce fut l'une des plus belles étapes de ma vie professionnelle. J'allais baisser les bras, mais l'année 2012 a marqué un tournant dans ma carrière. Merci à tous de m'avoir fait comprendre que baisser les bras n'était pas la solution.

Chapitre premier

Il y a des jours où tout va de travers sans que l'on comprenne vraiment pourquoi. Et puis, on repense aux événements de la matinée : à ce café renversé sur notre veste Yamamoto d'une blancheur immaculée, à l'odeur d'ail qui persiste à nous parvenir depuis le réfrigérateur de la salle de repos, à la trace de rouge à lèvres sur les dents alors que nous flirtions avec le vendeur du traiteur. C'est alors que tout s'éclaire : s'il y a parfois des jours *avec*, là, c'était un jour *sans*.

Depuis un an et demi, chaque jour de ma vie m'apportait de nouvelles émotions ; plus rien ne me surprenait. En tant que première assistante de Gabriella Winters, rédactrice en chef du magazine *Porteras*, je passais mes heures de travail à faire tout et rien, à reluquer les mannequins tout en muscles lors des séances photo pour les sous-vêtements Calvin Klein, comme à promener le petit yorkshire, victime de constipation chronique, pour sa colique mensuelle. J'avoue que ce n'était pas ainsi que j'imaginais ma carrière dans l'industrie de la mode, mais j'aimais me persuader que je me faisais une place en prenant les choses en main.

Comme tous les matins, j'étais prête à 8 heures précises. En me rendant au travail, je me suis arrêtée chez le traiteur *Barney Greengrass* pour récupérer le petit déjeuner de Gabriella – une omelette de blanc d'œuf et du saumon de Nouvelle-Écosse, préparés spécialement pour elle avant l'ouverture du restaurant, sauf le vendredi, jour de jeûne de ma patronne. J'en ai profité pour commander, en plus, deux cafés : un pour moi et un pour Pénélope, la seconde assistante de Gabriella. Direction le bureau, où je posai le petit déjeuner sur le plateau de porcelaine irlandais, puis, en attendant l'arrivée de la patronne prévue pour 8 h 15, j'envoyai par mail une copie de son planning de la journée à tous les employés concernés. Fière de mon efficacité, je trouvais que tout se passait bien jusqu'à 8 h 12. C'est à ce moment précis que je m'aperçus que Gabriella ne s'était toujours pas manifestée.

Étrange. Habituellement, avant son arrivée au bureau, elle trouvait le moyen de m'appeler pour me réclamer une chose presque impossible sur un ton enjoué, voire vulgaire. Avachie dans mon fauteuil, je sirotai mon café latte dont la température encore brûlante me prit par surprise ; je toussai et renversai un peu du liquide noir sur mon menton et ma veste blanche.

Au moins, tu te débarrasses déjà du drame de la journée, voilà une bonne chose de faite, pensai-je en secouant la tête et en tamponnant la tache avec un mouchoir.

Oh, si seulement c'était vrai…

8 h 30, toujours aucun signe de Gabriella ; je commençais à m'inquiéter. Je voulus l'appeler sur son téléphone portable, mais la messagerie était saturée. Prise de panique, je composai le numéro de Jake, l'un des éditeurs de notre étage. En attendant qu'il décroche, je regardai par les grandes baies vitrées. Ma vue ne donnait pas sur l'entrée du bâtiment, mais seulement sur la réception où Ivanka tapotait nerveusement le bureau du bout des ongles en lançant des regards inquiets en direction de l'ascenseur. Mon image se reflétait dans la vitre à la lueur des néons. Mes cheveux noirs, ma peau blanche et ce qui ressemblait à deux trous en guise d'yeux.

Flippant.

— Jake, répondit mon interlocuteur.

Je sursautai. Sa voix était coupante. Je l'imaginai, le visage déformé par l'angoisse, ses grands yeux bleus écarquillés, son coude tatoué posé sur le bureau, la main enfouie dans sa tignasse couleur de sable tandis qu'il se recroquevillait au-dessus de son clavier d'ordinateur.

— Tu es au courant de ce qui se passe, ce matin ? lui demandai-je en me dirigeant vers l'éclatant bureau laqué de Gabriella.

Il y avait une trace de doigt près du sous-main en cuir, je l'effaçai avec ma manche.

— Tout le monde se comporte étrangement, ajoutai-je.

— Ce n'est pas bon signe, Soph. Nous attendons la confirmation de Bob, mais il semblerait qu'on ait mis Gabriella dehors.

— Où ça, dehors ?

Je mis une noisette de gel antibactérien dans ma paume. Lorsque ma peau fut sèche, je passai une main au-dessus de l'omelette et m'aperçus qu'elle refroidissait vite. Gabriella détestait la nourriture réchauffée presque autant que les bactéries.

— On l'a mise dehors. Virée.

Je peux arranger ça. Je rappelle Barney Greengrass *et leur demande de refaire l'omelette. Pénélope passera la récupérer en arrivant et si je l'appelle tout de suite…*

Comme un flash, l'information que Jake venait de me fournir apparut en lettres capitales devant mes yeux.

— Quoi ?!

L'éditeur ne semblait pas avoir remarqué ma réponse à retardement.

— Je n'en sais pas plus, poursuivait-il. Mais je pense pouvoir affirmer que Gabriella ne reviendra plus.

Il marqua une pause et je compris son irritation – que je ne pris pas pour moi, car elle était sans doute due à cette affreuse journée qui s'annonçait – lorsqu'il poussa un long soupir.

— Je te laisse, ajouta Jake avant de raccrocher.

Debout d'un bond, je me mis à faire les cent pas. Gabriella était licenciée ? Cela voulait-il dire que j'étais licenciée aussi ? Devais-je commencer à éplucher les petites annonces ?

Je m'assis par terre, au pied du bureau de Gabriella et descendis le plateau en porcelaine sur mes genoux. D'un air abattu, je laissai mon regard divaguer sur le tissage serré du tapis tout en mâchant le saumon importé dont ma patronne ne profiterait pas ce matin-là. Bon sang, je l'avais payé avec ma carte bleue, ce poisson ! Ils me rembourseront, j'espère. Après tout, je n'étais pas au courant de son licenciement au moment de récupérer ma commande.

Je me mis alors à lister tous les achats du mois pour lesquels j'avais avancé la somme qu'on ne m'avait jamais remboursée. Le départ de Gabriella ne pouvait être justifié que si le magazine mettait la clé sous la porte ; dans ce cas, seraient-ils en mesure de me payer ? Porteras ne pouvait pas fonctionner sans elle, c'était impossible. Elle était en quelque sorte le seul pilier solide d'une bâtisse branlante.

Je devais arrêter de ruminer ce genre de pensées. Porteras ne m'était jamais apparu négativement jusqu'à présent. Vraiment, Gabriella avait toujours été le ciment qui permettait la stabilité de cette entreprise. Durant ses seize années de carrière dans la boîte, elle n'avait posé que deux jours de congé maladie, et leur cause n'était pas moins légendaire ; à l'époque, les gens se chuchotaient à l'oreille avec une peur frénétique : « Le jour où Gabriella n'est pas venue au travail pour l'enterrement de la princesse Lady Di ». De toute évidence, sa décision brutale de prendre un jour de congé plongeait l'ensemble des employés dans un état d'angoisse critique à la limite du cannibalisme.

Pour moi, il était hors de question de franchir cette porte ce jour-là. Mon portable se mit à sonner.

— Sophie, mais qu'est-ce qui se passe, bon sang !

Holli. Enfin un peu de réconfort.

Je m'agrippai au téléphone d'une main et bataillai de l'autre pour ne pas faire tomber les œufs au sol.

— Je n'en sais rien. Gabriella n'est toujours pas arrivée.

À en juger par les bruits de fond qui résonnaient derrière Holli, j'en déduisis qu'elle était entrée dans le hall du bâtiment.

— La séance photo est annulée ? Je viens de voir quelqu'un quitter l'immeuble en pleurant avec son imprimante dans les bras.

— Je n'en sais rien.

Holli est ma colocataire. Elle est également mannequin et devait justement se rendre au sixième étage pour un shooting de la collection de vestes printemps-été. Au printemps, le magazine *Porteras* sera-t-il toujours dans la course ?

— Bon, si tout s'écroule ici, je rentre chez moi, conclut Holli. J'ai des tonnes d'épisodes en replay des *Vraies Housewives* à rattraper.

Le fait que l'un des plus grands magazines de mode soit sur la pente descendante semblait peu lui importer. En même temps, quoi qu'il arrive, elle savait qu'elle s'en sortirait. Holli n'avait pas de fierté vis-à-vis de son travail ; elle acceptait aussi bien les publicités pour détergent que les shootings pour de grandes marques de vêtements. Souvent, je m'inspirais de sa nonchalance professionnelle pour relativiser mes propres soucis de carrière.

En revanche, ce matin-là, ce n'était pas le moment de relativiser. J'avais envie de hurler, de courir comme une hystérique aux cheveux enflammés ; bref, de faire comme tout le monde.

— Non, je suis sûre que le shooting n'est pas annulé. *(Probablement pas. Ou peut-être que si.)* Monte au sixième et va voir ce qu'il s'y passe. Je ne voudrais pas que ton agence vienne te chercher des noises.

— Compris, chef! pépia Holli avant de pousser un petit cri digne d'une jeune femme outrée tirée d'un roman de Jane Austen. Oh mon Dieu! Et s'ils te donnent le poste de Gabriella? Après tout, tu es son bras droit.

— Je ne suis pas son bras droit mais son assistante. Et puis, ce genre de choses, ça n'arrive que dans les films.

Sa remarque soulevait toutefois une question qui ne m'était pas venue à l'esprit lors de mes précédentes minutes de désespoir: qui serait la nouvelle Gabriella?

À la réception, j'entendis les portes s'ouvrir et des voix d'hommes s'élever dans le couloir. Je changeai le téléphone de main, mis le plateau d'omelette en équilibre sur mon avant-bras et me redressai sur mes jambes engourdies à force d'être restée trop longtemps assise.

— Holli, je dois te laisser.

Sans attendre sa réponse, je raccrochai, posai le portable sur le bureau et remis à sa place le petit déjeuner à moitié entamé. Des pas sourds approchèrent du bureau.

Je remis ma jupe en place et relevai le menton pour me donner un air assuré, mais au moment où je vis l'homme qui entrait le premier, toute mon assurance s'évanouit.

Non, pas lui. Impossible. Je le connaissais. Ou plutôt, je ne le connaissais pas. Tout en l'examinant des pieds à la tête, je n'entendis aucun autre bruit que celui de mon pouls qui résonnait dans la pièce. Un costume élégant, gris et en peau d'ange, pas de cravate, le col déboutonné ; si loin des vêtements sans originalité que nous avions dispersés sur le sol d'une chambre d'hôtel, six ans auparavant.

J'avais la gorge si sèche qu'elle menaçait de se sceller définitivement. Tant mieux, je ne vomirais donc pas les œufs et le saumon sur ses superbes chaussures cirées, visiblement hors de prix.

— Êtes-vous…

J'observai ses lèvres former les mots avec hésitation. Son visage évoqua soudain un air de surprise, comme s'il me reconnaissait, et il chassa une mèche blonde rebelle qui venait lui chatouiller les sourcils. J'étais prête pour l'impact des mots qui termineraient sa phrase.

— … l'assistante de Gabriella ?

La colère et la mortification se disputaient l'honneur d'être la première à irriguer mon cerveau. Je m'efforçai de ne pas laisser mes joues s'empourprer et hochai la tête.

— Hum, oui. C'est moi.

Il me tendit la main.

— Neil Elwood, de Elwood & Stern.

L'envie me prit de lui hurler : « Oui, je suis au courant ! Nous avons couché ensemble ! » Mais je ne me serais jamais permis de lui dire une chose pareille. Au cas où il ne m'aurait pas reconnue. Et puis, techniquement, je n'étais *pas* au courant. Lorsque nous avions couché ensemble, il s'était présenté sous le nom de Leif, journaliste pour un magazine automobile ; ce qui n'était pas tout à fait juste : Neil Elwood n'écrivait pas pour les magazines, il *possédait* les magazines.

— Pas de chance ! fit-il remarquer d'un ton désolé.

Son accent anglais rendait sa remarque plus polie que si un type du New Jersey m'avait dit « Pas de chance » en parlant de mon prochain statut de chômeuse. Le jour où nous nous sommes rencontrés pour la première fois, sa voix avait attiré mon attention. À cet instant encore, sa voix provoquait de drôles de réactions en moi.

Je lui serrai la main qu'il me tendait et m'efforçai de ne pas prendre en compte le frisson qui remontait le long de mon bras jusqu'à déclencher des terminaisons lubriques dans mon cerveau. Je connaissais cette main. Je les connaissais toutes les deux. Le souvenir me revenait clairement de chaque détail de ces mains, de ce qu'elles m'avaient fait dans le passé. Je souris, la mâchoire crispée.

— C'est le moins qu'on puisse dire.

— Écoutez. Je ne veux pas que vous paniquiez.

Il me semble que ce furent ses mots. Ma concentration avait tendance à s'émousser, piquée par une centaine d'aiguilles formées par un mélange de rage et de reproche.

Je n'arrive pas à croire qu'il ne se souvient pas de moi ! Je n'arrive pas à croire que je vais perdre mon travail !

— Pourriez-vous rester encore quelques semaines ? Le temps de former votre futur remplaçant et de vous trouver un autre poste à la hauteur de vos compétences.

Je décochai un sourire digne d'un être humain en pleine possession de ses moyens et lui répondis :

— Oui, je resterai avec plaisir en attendant que vous trouviez quelqu'un d'autre.

Je paierai également avec plaisir ma part du loyer ; chose difficile à réaliser si je venais à pointer au chômage. Toutefois, je fus surprise par ma propre sérénité face à l'aspect critique de la situation.

Et puis, je pris conscience que les événements finiraient par me rattraper tôt ou tard. Je n'avais plus de travail. Ma patronne était renvoyée. Mon licenciement polluerait le restant de ma carrière et je m'en apercevrais à chaque entretien d'embauche que je m'efforcerais de conduire avec dignité pour les cinq années à venir. Autant retourner dans le Michigan et postuler pour être caissière dans un fast-food.

Je me voyais déjà portant l'un de ces affreux tabliers en plastique lorsque je me dis que tout n'était peut-être pas perdu.

— Parfait. Nous avons une réunion avec les éditeurs à 9 heures, il nous reste donc environ…

Neil ou Leif ou celui qu'il prétendait être ce jour-là regarda sa montre au cadran aussi vaste qu'une assiette de soupe.

— Dix minutes, termina-t-il. Bon, écoutez. Je n'ai pas vraiment besoin de vous pour cette réunion, mais je n'aurais rien contre une tasse de café et quelque chose à manger. Puis-je vous demander ce service pour 10 heures, juste avant l'annonce officielle aux employés ?

— Dix heures ?

Il ne voulait pas que ce soit fait pour hier ? Il ne faisait pas claquer ses doigts sous mon nez ?

— Vous trouvez que ce n'est pas suffisant ? s'inquiéta Neil en levant un sourcil.

Ce simple geste me replongea brutalement dans cette nuit à Los Angeles, six ans auparavant. Sa manière de hausser le sourcil était gravée dans mon esprit, et lui ne gardait aucun souvenir de moi. Je n'étais sans doute qu'une conquête à l'aéroport parmi tant d'autres.

— Si, c'est amplement suffisant. (Bien plus que ce que Gabriella me laissait pour ses requêtes tirées par les cheveux.) De quoi avez-vous envie ?

Il y eut un mouvement imperceptible dans la pièce. L'un des hommes qui accompagnaient Neil – je n'avais pas encore prêté attention à eux puisque leur entrée n'avait pas provoqué en moi de bouffée de panique digne d'un : *Mon Dieu, mais j'ai couché avec eux !* – toussa dans sa main et l'autre leva les yeux au ciel sans la moindre trace de savoir-vivre.

Neil, en revanche, ne réagit pas et me gratifia d'un simple :

— Des bagels, ce sera parfait. Prenez-en pour tout le monde.

— Du café ? demandai-je en calculant par avance s'il me faudrait marcher ou appeler un taxi.

— N'y a-t-il pas de machines à café ici ? lança avec impatience l'homme-sans-savoir-vivre.

Je me fis violence pour ne pas lui lancer un regard noir.

— Si, bien sûr que oui, acquiesçai-je avec ce que j'espérais faire passer pour une humeur avenante et joyeuse. Que préférez-vous : Bolivie, Colombie, nous avons également un délicieux arabica chilien qui nous a été fourni le mois dernier.

Neil s'avança d'un pas et chassa les pans de sa veste afin d'enfoncer les mains dans ses poches.

— Je sais que Gabriella était particulièrement tatillonne dans son travail. Je ne dis pas que je ne serai pas tatillon, car je le serai également. Mais je n'ai pas l'intention de vous licencier si vous m'apportez le mauvais café.

— Très bien. Du café et des bagels.

Mon sourire forcé avait sans doute provoqué des dommages irréparables sur les muscles de mon visage. En sortant du bureau, je massai ma joue endolorie.

Une employée se plaignant d'un patron trop complaisant, cela peut paraître étrange. Pourtant, sachez que le travail d'une assistante est facilité lorsque son patron est exigeant. Du café et des bagels, soit. Mais comment aime-t-il son café ? Avec un nuage de lait ? Du sucre ? Plutôt dans une tasse ou dans un verre jetable ? S'il préfère le jetable, veut-il du carton 100 % recyclable ? Les désirs si spécifiques de Gabriella rendaient les choses si simples, pour moi. Sans plus de précisions, j'étais forcée de prendre des décisions par moi-même, ce qui allait à l'encontre de mes instincts de subalterne.

Certes, je n'avais pas l'intention de faire carrière dans le secrétariat. Un jour, je me verrai offrir un poste que je désirerai sincèrement, à ma hauteur, et qui nécessitera même un assistant pour me seconder. Nous sommes au cœur de la chaîne alimentaire du monde professionnel : vous servez son café ridicule à votre patron jusqu'au jour où vous devenez patron et réclamez votre café ridicule à votre assistant. C'est un peu comme dans *Le Roi lion*, mais sans les poils de bête accrochés partout.

Il voulait des bagels ? Eh bien, il les aurait. J'espérais qu'il s'étoufferait avec.

En passant par le sixième étage, ce fut sans surprise que j'observai un couloir vide et plongé dans la pénombre. La séance photo avait donc été annulée et Holli était sans doute rentrée à la maison. Je repris l'ascenseur pour descendre cette fois au rez-de-chaussée.

Dès que les portes s'ouvrirent, j'aperçus Holli dans le hall d'entrée. Il faut dire qu'elle ne passait pas inaperçue : 1 m 78, blonde naturelle et sublime, vêtue d'habits miteux dont l'aspect saut du lit n'avait jamais si bien occupé le hall de mon entreprise si distinguée. Elle était appuyée contre le bureau de l'agent de sécurité et fronçait les sourcils sur l'iPhone qu'elle tenait dans sa main.

— Holli !

Je me lançai vers elle, puis me souvins que j'étais sur mon lieu de travail. Je ralentis considérablement le pas. Gabriella n'était peut-être plus là, mais il n'en restait pas moins que j'avais une réputation à tenir ; je ne pouvais pas montrer ouvertement ma panique.

Holli me lança un regard dubitatif.

— Tu t'es tachée.

Je frottai inutilement ma veste Yamamoto avant de lui répliquer :

— Il y a pire que cela. Il faut que je te parle. Maintenant, si possible.

Holli m'emboîta le pas et nous sortîmes.

En bas de la rue, un café nous parut l'endroit idéal ; aucun employé de Porteras n'osait y mettre les pieds car les prix étaient bien trop bas. Nous nous sommes installées dans l'une des banquettes dont les dossiers étaient très hauts.

— Qu'est-ce qui se passe, à l'étage? murmura Holli tout en examinant le menu. Hier, on me dit : « Tu as intérêt à être à l'heure si tu tiens à ton travail » et lorsque j'arrive, tout est annulé. Aucun appel à mon agence, rien.

— Gabriella est licenciée, répondis-je dans le même murmure.

Ce détail qui semblait être l'événement clé de ma descente aux enfers n'était plus rien face à la réelle cause de ma panique.

— Mais il y a... pire que cela.

Je pris une profonde inspiration, et alors que je m'apprêtais à avouer tous les détails les plus sordides de mon intimité à ma meilleure amie, la serveuse apparut pour prendre notre commande. Avec une impatience à peine dissimulée, j'attendis que mon amie réclame le petit déjeuner dit « du bûcheron » accompagné d'une assiette de pancakes. Je ne pus chasser de mon esprit l'image du saumon desséché sur le bureau de Gabriella. Pour moi, ce serait une simple tasse de café.

— Tu te souviens du type dont je t'ai parlé, celui que j'ai rencontré en allant à l'université de New York?

J'attendis de lire sur le visage de Holli le retour d'un souvenir depuis longtemps oublié. Ses grands yeux s'écarquillèrent plus encore. Le visage de Holli se résume essentiellement à ses yeux immenses.

— Tu veux dire que…

Elle leva les mains, paume face à paume, séparées par une vingtaine de centimètres.

Je hochai la tête d'un air triste.

— C'est le remplaçant de Gabriella. Neil Elwood.

— Neil Elwood ? Le Neil Elwood de *Lui ?* et de *L'homme en vogue* ? Ce Neil Elwood-là ?

Plus Holli listait de noms de magazines publiés par Elwood & Stern et plus sa voix grimpait dans les aigus.

— Oh mon Dieu, Sophie ! s'exclamait-elle encore. Tu as couché avec Neil Elwood !

— À l'époque, je ne savais pas que c'était lui ! me défendis-je en brassant l'air pour la faire baisser d'un ton.

D'ailleurs, je n'étais pas au courant de son existence ni de ses publications avant d'entrer sérieusement dans le monde du journalisme de mode. D'accord, j'avoue que les photos de lui que j'ai croisées depuis m'ont fait penser à l'homme avec qui j'ai couché il y a quelques années, mais je suis toujours parvenue à me convaincre qu'ils ne se ressemblent pas tant que cela.

— Parle moins fort, tu veux ? Ce n'est pas le pire. Le pire, c'est qu'il ne se souvient pas de moi.

La serveuse reparut avec mon café et le soda de Holli. Cette dernière joua avec sa paille et se pencha en avant.

— Comment a-t-il pu oublier ? Je croyais que c'était la nuit la plus chaude de ta vie.

— Ça l'était.

Ce n'était pas peu dire. Six ans plus tard, je repensais toujours à lui lorsque je me trouvais en tête à tête avec mon vibromasseur. Malheureusement, les années passées m'avaient également appris la dure réalité de la vie : deux personnes peuvent partager une expérience sexuelle incroyable et en garder des souvenirs totalement différents.

— Si je me souviens bien, c'était un véritable salaud, me rappela Holli en sirotant son soda. Il t'a volé ton billet d'avion, Sophie.

Elle avait raison. Si j'avais tendance à faire l'impasse sur ce détail non négligeable, ce n'était pas parce que le sexe excuse le vol, mais parce qu'il m'avait offert la plus belle expérience de ma vie. D'une certaine manière, j'avais le sentiment de devoir l'en remercier.

— S'il ne m'avait pas volé mon billet d'avion, je ne serais pas allée à l'université de New York. Je ne t'aurais jamais rencontrée. Nous ne serions pas en train de mener cette vie palpitante.

— Ne va pas trop vite avec tes histoires de « vie palpitante », je te rappelle que ta patronne vient de se faire virer, intervint Holli. Que comptes-tu faire ?

La question du jour. Je bus une gorgée de café. Un lustre de gras couvrait sa surface, je fis la grimace. Il n'existait pas de rubrique « trucs et astuces » pour se dépêtrer de ce type de situation.

Je ne pus terminer mon jus de chaussette. Je n'arrivais même pas à rester en place.

— C'est terminé, pour moi. Holli, dis-moi que tu n'as rien de prévu ce soir.

Elle esquissa un sourire réconfortant en avalant une gorgée de sa boisson.

— Non, j'ai toute la soirée rien que pour toi. Mais ne stresse pas trop, aujourd'hui. D'accord ?

Impossible de le lui promettre, et elle le savait. Nous nous sommes dit au revoir et j'ai repris le chemin du travail. Le soleil était éclatant et le ciel d'un bleu sans nuage. En outre, une superbe journée d'octobre s'annonçait à Manhattan. Je détestais ces jours où le temps n'était pas en accord avec mon humeur.

En attendant mon tour dans une boulangerie quelconque pour acheter les bagels, je repensai encore et encore à cette fameuse nuit, six ans auparavant. J'avais rencontré Neil – ou plutôt Leif – dans l'aéroport de Los Angeles alors que je m'apprêtais à prendre le vol pour Tokyo. J'étais censée prendre celui de New York afin d'y commencer mes études, mais prise de panique à la dernière minute, j'avais acheté un vol international avec l'argent du compte que je réservais strictement pour les cas d'urgence.

Du haut de ses quarante-deux ans, il était trop vieux selon mes critères d'adulescente naïve. Toutefois, il rassemblait les deux qualités qui ne me laissaient pas indifférente : il était plus âgé que moi, et avait l'accent anglais. Suite à l'annulation de notre vol, nous avons passé la nuit ensemble et je me suis trouvée dans des positions dont je n'avais entendu parler que sur Internet. Le lendemain matin, je me suis réveillée seule. Il avait disparu, tout comme mon billet pour Tokyo. À la place, il m'avait laissé une enveloppe contenant quatre mille dollars avec un mot sur lequel il me conseillait de prendre le premier avion pour New York. À l'époque, j'étais furieuse, et en y repensant six ans après, je me sentais toujours agacée. Il n'avait aucun droit de changer ainsi le cours de ma vie. Il ne me connaissait même pas. Mais s'il ne l'avait pas fait, je ne serais pas là où j'étais.

Cette prise de conscience raviva encore ma colère. Là où j'étais ? C'est-à-dire sans travail et sous les ordres d'un homme qui m'avait baisée sans en garder le moindre souvenir ? En une poignée d'heures, ma vie était passée de parfaite à horrible.

En retournant au bureau, je pris la décision de ne plus repenser à cette fameuse nuit. De toute évidence, Neil n'y songeait pas, pourquoi ne pas en faire autant ? J'oublierai le son de sa voix rauque, près de mon oreille, me chuchotant toutes les choses qu'il avait l'intention de me faire. J'oublierai ses mains posées sur moi, ou la sensation de sa peau nue contre la mienne. J'oublierai mes poignets liés dans mon dos, ou les glaçons sur mon…

À ce train-là, autant jeter les bagels à la poubelle et pointer directement au chômage. Je ne parviendrai jamais à oublier tout cela, et encore moins avec cet homme pour supérieur hiérarchique.

Ce ne sera mon patron que le temps de former mon remplaçant, m'efforçai-je de penser en me dirigeant vers le bureau de Gabriella.

Pénélope n'était toujours pas arrivée. Quelqu'un l'avait-il prévenue ? Gabriella l'avait-elle prévenue ? Pourquoi ne pas m'avoir appelée, dans ce cas ?

En poussant doucement la porte entrouverte, je l'aperçus en pleine conversation au téléphone – de Gabriella – discutant tranquillement du numéro prévu pour le mois de mai. Serai-je encore là, en mai ? Ou vais-je m'effondrer en voyant le magazine chez le marchand de journaux, avant de retourner vivre dans ma boîte en carton ? Neil leva les yeux, puis les baissa de nouveau en me faisant signe d'entrer. L'homme-sans-savoir-vivre était là et examinait des mini-jupes pailletées accrochées à un portant, s'arrêtant sur l'une ou l'autre et en sélectionnant certaines qu'il empilait par terre. Lorsqu'il me vit entrer, il pinça les lèvres.

Alors comme ça, tu veux jouer à « Je ne te connais pas mais je te déteste déjà » ? Très bien, compte sur moi.

Je n'étais pas du genre à copiner avec mes collègues de travail et ce n'était pas près de changer. Le menton haut, je me dirigeai vers le bureau de Neil sur lequel je déposai le sac de bagels et leurs sauces.

Neil recouvrit avec sa main la partie inférieure du combiné et me dit :

— Merci, Sophie.

Dans un hochement de tête, je reculai d'un pas puis me dirigeai vers la porte. Avant de sortir, je lançai un regard noir à l'autre qui faisait mine de ne pas épier le moindre de mes faits et gestes. C'est alors que son visage me revint : dans les pages du *Vanity Fair*, il était souvent photographié lors d'une soirée mondaine dans les Hamptons ou dans un loft branché des beaux quartiers de Manhattan. Il s'agissait donc de Rudy Ainsworth, costumier pour le Metropolitan Opera, entre autres compagnies illustres. Que faisait-il là, à tripoter les mini-jupes de Michael Kors ?

Le mystère occupa mes pensées trente secondes, le temps de refermer la porte de Neil derrière moi. C'est alors que je fus frappée d'une évidence. Neil m'avait dit : « Merci, Sophie ».

Or, je ne lui avais pas indiqué mon prénom.

Chapitre 2

Vous vous souvenez de cette promesse faite à moi-même et selon laquelle je ne devais plus penser à la nuit torride passée en compagnie de Neil ? Vous l'avez deviné, dès lors que j'ai compris que Neil faisait semblant de ne pas me reconnaître, cette promesse est tombée dans les oubliettes.

Nous nous sommes tous rassemblés dans la salle de réunion pour l'annonce générale. Elwood & Stern avait racheté Porteras à l'ancienne direction mais le format et le style du magazine demeureraient inchangés. Neil eut un mot pour chaque employé puis donna le relais à la nouvelle équipe de gestion. Tandis que ces derniers exposaient leur politique de procédure qui apparaîtrait progressivement au sein du magazine, Neil sonda la pièce, s'attardant sur chacun des travailleurs qu'il venait d'acquérir.

Une pensée m'obsédait.

Ils devinent tous que j'ai couché avec lui, j'en suis sûre.

Naturellement, c'était impossible qu'ils sachent quoi que ce soit, mais moi je le savais. Cela suffisait à me crisper. La matinée entière, je fus dans un état maladif de conscience hyperactive, de paranoïa totale. Si bien que lorsque Jake m'arrêta net alors que je me dirigeais vers la réception pour me demander ce que je pensais du nouveau patron, je manquai d'aboyer : « Je n'en pense rien du tout ! » mais parvins à me retenir.

— Il est différent de Gabriella, répondis-je simplement, car c'était une réponse sûre et juste dans tous les contextes possibles.

Neil s'était adressé à tous ses employés sur un ton naturel, dénué de toute menace. Si Gabriella avait été présente, elle l'aurait réduit en poussière par la seule force de ses yeux revolver.

— Tu es au courant qu'il a refusé le shooting de Versailles ? maugréa Jake dans sa barbe. D'accord, ça peut paraître présomptueux de se plaindre de l'annulation d'un voyage en France tous frais payés, mais c'était pour moi l'aboutissement d'un projet important. J'aurais pu obtenir un contrat pour la publication de mon livre.

Depuis un an, Jake orchestrait l'organisation d'une vaste séance photo au château de Versailles. Des couturiers avaient proposé des pièces uniques pour l'événement. Le projet aurait été la vitrine de l'essai qu'écrivait Jake au sujet de la mode française prérévolutionnaire et de son influence sur les créations contemporaines.

— Quoi ? m'interloquai-je.

Je le pris par le bras et l'amenai dans un coin isolé du couloir afin de ne pas bloquer la circulation du bureau dont la vie reprenait son cours habituel.

— Il l'a annulé ?

— Non, il ne l'a pas annulé, soupira Jake en s'appuyant contre le mur. Mais le voyage en France, oui. Selon lui, il est préférable d'organiser la séance en studio avec des décors baroques derrière les mannequins. « La saveur de la noblesse française, sans le coût de la noblesse française. » J'admets qu'il n'a pas tort. Après tout, si le magazine doit se serrer la ceinture…

— Se serrer la ceinture jusqu'à quel point ? l'interrompis-je.

Ma curiosité était piquée. Si Porteras menaçait de déposer le bilan, pourquoi personne n'en avait-il entendu parler ? Les concurrents s'acharnaient sur nous depuis longtemps car nous étions sans conteste les meilleurs du marché.

Jake fit grise mine.

— Il n'en dit pas plus. Si tu veux mon avis, cela restera un mystère.

Oui, il avait sans doute raison. En revanche, ce n'était pas une raison pour faire remonter Neil Elwood dans mon estime.

— Mais pourquoi annuler le shooting ! m'exclamai-je. Ce projet était ton bébé et voilà que ce type arrive et le tue dans l'œuf !

Jake se renfrogna encore.

— Hum, fit-il.

D'accord, parler de bébé mort était une idée violente, mais je ne supportais pas de voir Jake passer du côté des pro-Neil en un seul jour. Je voyais bien le changement de point de vue de tous les employés de l'étage ; d'abord terrifiés à l'idée de perdre leur travail, ils étaient à présent sous le charme de leur nouvel employeur, et ce en un claquement de doigts. C'était injuste, et je le prenais personnellement comme une insulte.

— Je m'en vais !

Cassidy, l'une de nos rédactrices, apparut dans le couloir, marchant d'un pas décidé avec un carton dans les bras qui renfermait le contenu de son bureau.

— Waouh, Cass ! Quel est le problème ? s'écria Jake en l'attrapant par le bras.

Elle fit volte-face. La colère qui bouillonnait en elle devait s'épancher sur quelqu'un. Manque de chance, nous étions les premiers à lui barrer la route.

— Je refuse de travailler pour ce type ! Si je suis ici, c'est pour être sous la direction de Gabriella Winters ! précisa Cassidy en levant fièrement le menton pour prononcer le saint nom. Il n'y a aucune fierté à travailler pour un magazine dont les ficelles sont tirées par les directeurs des trois plus grands journaux à scandale et de *Femmes Sans Complexes* ! C'est un magazine pour les grosses !

Cassidy était capable d'extraire plusieurs syllabes du mot « grosse » rien qu'en accentuant les consonnes. Ce qui donnait « grrrossses » dans sa bouche. Ce défaut d'élocution devenait chronique tellement sa rage à l'encontre de ces personnes était palpable.

Je repensai alors aux robes taille 58 qui occupaient les placards de ma mère et pris conscience que Cassidy ne me manquerait pas, finalement.

Elle avait toutefois raison sur un point : *Porteras* n'était pas un simple magazine de mode, c'était *le* magazine de mode. L'essence même de la mode provenait de ses pages vénérées ; il en sortait ce que les gens du monde occidental porteraient la semaine suivante. Serait-il aussi respecté si le directeur du magazine devenait celui-là même qui était aux manettes de torchons prêts à payer le prix fort pour une photo de célébrité enceinte sur la plage ?

De retour dans mon bureau, je jetai un coup d'œil à mon planning de la journée. Puisque ma patronne n'était plus ma patronne, de nombreuses tâches se voyaient rayées de la liste. Je n'aurais pas à conduire Impératrice Catherine, la chienne de Gabriella, à sa séance de pédicure. Le déjeuner en compagnie des agents de publicité pour Calvin Klein était également annulé, ce qui était bien dommage. Le menton dans mes mains et les coudes sur mon bureau, je contemplais le bureau vide de Pénélope, en face du mien. Mais où était-elle ?

Mon iPhone émit un « bip ». Je ne reconnus pas le numéro mais devinai l'expéditeur du message en lisant son contenu :

Puis-je vous voir dans mon bureau ?

Je me levai et pris une profonde inspiration. J'avais déjà oublié que Neil était derrière cette porte, sans doute accompagné de ses hommes gonflés de testostérone.

Lorsque j'eus frappé à la porte, Neil répondit :

— Entrez.

Dès le premier pas dans son bureau, mon humeur fit une pirouette : d'abord soulagée d'observer l'absence de ses sbires, je fus ensuite horrifiée de me retrouver seule avec Neil dans son bureau. M'adresser à lui en public était suffisamment éprouvant, mais seul à seul, c'était encore pire. Lui, en revanche, paraissait parfaitement à l'aise. Sa veste était accrochée au portant, il avait déboutonné ses manches qu'il avait relevées jusqu'au coude et me gratifiait d'un sourire chaleureux alors que je me tenais devant lui, droite comme un piquet.

Pourquoi serait-il mal à l'aise ? Il ne se souvenait pas avoir couché avec moi. Ou peut-être que si. J'avais décidé que le fait qu'il sache mon prénom était une preuve indubitable, mais finalement, rien n'était moins sûr. Il avait pu demander mon nom à quelqu'un pendant que j'achetais les bagels.

Il m'indiqua la chaise d'un blanc sophistiqué installée devant le bureau de Gabriella.

— Asseyez-vous. Nous devons discuter, vous et moi.

Mon cœur sembla cesser de battre. Il se souvenait de moi, mais attendait le moment opportun pour l'évoquer. Pour le moment, il allait me renvoyer.

— Tout d'abord, le déjeuner.

Il s'adossa confortablement dans le fauteuil de Gabriella. Je n'avais jamais remarqué que le dossier était réglable ; elle s'y était toujours assise droite comme un « i ».

— Pas de viande rouge et pas de GMS.

Soupir de soulagement. Je n'étais pas encore licenciée, et en bonus, il avait une requête plus ou moins spécifique. Je tendis la main vers le bloc de Post-it et désignai un stylo.

— Je peux ?

— Je vous en prie, répondit-il.

Il m'observa écrire sur le papier : « Pas de viande rouge. Pas de GMS. » Puis il poursuivit :

— Généralement, je prends le petit déjeuner chez moi, vous n'aurez donc pas à vous en soucier. En revanche, je déjeunerai au travail et aurais besoin que vous envoyiez ceci, dit Neil en faisant glisser une enveloppe kraft sur le bureau. C'est pour le bureau du greffier municipal. À remettre avant la fermeture de la mairie.

Je pris l'enveloppe et écrivis scrupuleusement « Greffier » dans mes notes, puis laissai la mine sur le papier, prête pour d'autres instructions.

— Ce sera tout, conclut-il et je levai les yeux pour observer sa mine amusée. Je ne suis pas un patron exigeant. J'aurai peut-être besoin que vous m'apportiez un café ou postiez une lettre pour moi, comme n'importe quel assistant, mais je ne réclamerai pas qu'on promène mon chien aux quatre coins de la ville.

— Avez-vous…

Je m'éclaircis la gorge. Visiblement, il était au courant des séances régulières de l'Impératrice Catherine chez le vétérinaire holistique.

— Avez-vous un chien ?

Il esquissa un sourire en coin. Je me souvenais si bien de ce rictus. Comme c'était déjà le cas six années auparavant, je ne sus dire s'il souriait parce qu'il me trouvait ridicule ou parce qu'il m'appréciait.

Ce même sourire qu'il avait décoché en me regardant rassembler le courage nécessaire pour traverser les rangées de sièges qui nous séparaient, devant la porte d'embarquement en attendant notre vol. Je me sentais alors crasseuse et repoussante après un premier vol jusqu'à Los Angeles. Je portais un jean aussi vieux que confortable et un tee-shirt noir portant le message : « All you need is love ». Mes cheveux désordonnés étaient noués à la va-vite en queue-de-cheval. Je voulais plus que tout passer pour une femme mature et désabusée. D'un geste vague en direction du terminal, je lui avais demandé :

— C'est votre premier séjour à Tokyo ?

Il m'avait adressé ce mystérieux sourire avant de répondre :

— Non. Mais je devine que pour vous, c'est une première.

L'homme qui se tenait devant moi à présent avait six ans de plus, quelques rides et des mèches grises dans les cheveux. Mais il faisait toujours trembler mes genoux, ces traîtres. Deux pulsions contraires luttaient en moi : le haïr ou me jeter à son cou. Ce n'était pas l'instant le plus brillant de ma carrière journalistique.

— Non, répondit Neil, le sourire comme gravé sur son visage. Je n'ai pas de chien. Vous avez d'autres questions ?

Trouvait-il cela amusant de jouer ainsi avec mes sentiments ? Je ne sus dire s'il jouait ou non. Mais au point où j'en étais, je n'avais plus rien à perdre.

— Oui, j'en ai une.

Je me voyais déjà prononcer les mots : « Vous est-il arrivé de choisir une jeune fille à l'aéroport de Los Angeles et de lui faire sauvagement l'amour avant de lui voler son billet d'avion ? » Mais ma bouche parut sagement en accord avec la partie de mon cerveau qui hurlait : *Non, non !* Alors, au lieu de cela, je lui dis :

— Savez-vous quand Pénélope reviendra ?

— Pénélope ? répéta-t-il en fronçant les sourcils. Oh, l'autre assistante, oui. Je ne crois pas qu'elle reviendra. Il me semble que Mme Winters continue de faire appel à ses services en dehors de *Porteras*. C'est en tout cas ce que m'a dit la DRH. L'un de mes hommes prendra la relève.

La fureur se mit à sourdre en moi et je me demandai s'il s'en apercevait. Dans mon imagination débordante, je voyais ma tête caricaturée en une bouilloire géante sifflant et fumant.

— Gabriella…, commençai-je.

Ma gorge se serra. Je dus m'interrompre et m'éclaircir la voix.

Neil en profita pour s'insérer dans ma phrase.

— A pris Pénélope avec elle, oui.

Il marqua une pause, puis un voile de compassion assombrit son visage.

— Elle ne vous a pas… fait d'offre ?

— Non, répondis-je sèchement en tirant sur les pans de ma veste tachée de café. Elle ne m'a pas fait d'offre, comme vous dites. Ce sera tout, je peux disposer ?

De toute évidence, mon amertume le déconcerta, comme s'il n'avait jamais été témoin d'émotions humaines jusqu'à présent. Il dit rapidement :

— Oui, ce sera tout, Sarah. Merci.

Sarah ?

Nous y voilà. La cerise sur le gâteau de pourriture qu'était ma journée. Ma carrière. Et merde, ma vie entière d'adulte responsable ! La femme que je prenais pour modèle me considérait comme du mobilier de salon. L'homme auquel je comparais toutes mes aventures sexuelles potentielles depuis les six dernières années avait déjà depuis longtemps oublié notre nuit d'ébats torrides. Et à en juger par le souvenir impérissable que lui laissait mon prénom, mon travail devenait plus précaire à chaque seconde.

— Vous vous sentez bien ? s'alarma Neil.

Je ne me sentais pas bien du tout. Je m'apprêtais à porter le coup de grâce le plus diabolique qui soit à ma carrière chez Porteras. Voyez-vous, je fais partie de ces malchanceuses qui pleurent dès qu'elles se mettent en colère. Or là, j'étais furieuse.

À mes débuts sous les ordres de Gabriella, j'étais seconde assistante. La première assistante avait regardé son futur mari prendre ses jambes à son cou devant l'autel. Ses larmes avaient laissé des traces sur son visage de poupée, alors qu'à son retour elle devait se rendre à un shooting spécial mariage pour le numéro de juin. En moins d'une semaine, elle avait acquis le surnom de « Miss Havisham », célibataire endurcie rejetée par son fiancé qui s'était effondrée sur son lieu de travail. Je ne pouvais pas me permettre de craquer, et encore moins devant Neil.

C'est pourquoi je me redressai d'un bond, et mon nouveau patron en fit autant. Je reculai d'un pas, la main sur la gorge, terrifiée à l'idée qu'il essaie de me toucher, de me réconforter. Je ne l'aurais pas supporté.

— Oui, tout va bien. J'ai dû… avaler ma salive de travers.

Charmant.

Je me suis retournée avant de me précipiter vers la porte. Comment Gabriella avait-elle pu choisir Pénélope plutôt que moi ? C'est à moi qu'elle aurait dû proposer ce poste. Avais-je été une mauvaise assistante ? Si mauvaise qu'elle n'avait pas daigné me tenir au courant des dernières informations avant que je ne sois prise en embuscade par le nouveau régime ?

— Je sais que vous êtes en colère. Peut-être devriez-vous prendre votre journée…

Je fis volte-face.

— Vous avez raison. Je suis en colère.

Pas le temps de peser le pour et le contre, j'avais quelque chose à lui dire et je me fichais des conséquences. Si je devais finir journaliste pour *Nos Amis les Chats*, alors soit. La frénésie s'empara de moi lorsque je le regardai droit dans les yeux.

— Hôtel *Crown Plaza*. Aéroport de Los Angeles. Voilà pourquoi je suis en colère.

Le malaise déforma son visage, soudain pâle, ce qui me procura un frisson de plaisir sadique. Aucun doute possible, s'il ne me remettait pas avant, il se souvenait de moi à présent.

Malheureusement, une évidence cruelle me frappa : cela ne changerait rien. Je venais de mettre ma carrière en péril, mais ça ne ferait pas revenir Gabriella. La vie ne redeviendrait pas comme avant et la tache de café latte sur ma veste à 1 500 dollars était toujours là.

Je n'avais jamais eu autant envie de me cacher dans un trou de souris. Neil, visiblement confus, voulut sourire, mais en vain. Il détourna alors le regard et contempla la vue qu'offraient les grandes baies vitrées que je prenais soin de nettoyer chaque jour depuis deux ans.

— Oui, bon. Je le répète : vous devriez prendre votre journée. Nous en reparlerons demain.

Je partis dans mon bureau en refermant la porte derrière moi. Et si j'emballais toutes mes affaires dans les cartons pour m'économiser un voyage ? Non, cela impliquait de rester là quelques heures de plus ; or, j'en étais nerveusement incapable. Je pris mon sac, mon manteau, et partis sans rien dire à personne.

En temps de crise, je peux toujours compter sur ma meilleure amie : celle qui voit toujours le bon côté des pires situations, qui évoque les problèmes sans détour, et qui m'aide à prendre du recul sur ma vie chaotique. Tout ça en fournissant l'herbe et l'alcool fortement appréciés dans ce genre de contexte.

Holli expira une volute de fumée bleu pâle avant de résumer la situation :

— On se fiche qu'il ne t'ait pas reconnue tout de suite : au moins maintenant, il se souvient de tout. Après tout, toi non plus tu ne l'as pas reconnu dans les magazines. Regarde les choses en face, Soph : votre histoire n'était pas faite pour durer et il t'a aussitôt oubliée. Tu étais un coup d'un soir, c'est tout.

— Je sais, acquiesçai-je d'un air abattu avant d'inspirer une bouffée d'herbe. Mais bon sang, on a fait la totale, ce soir-là ! Même le sexe anal ! Comment a-t-il pu l'oublier ?

Surexcitée, Holli avala une gorgée de vin et se mit à hocher la tête :

— Regarde ma copine Alexis : il y a deux jours, elle ne m'épargnait aucun détail. « J'étais penchée au-dessus de l'évier et j'enfonçais un gode dans mon sexe pendant que mon copain me baisait par-derrière. » Aujourd'hui, j'évoque le sujet et voilà qu'elle me répond : « Je ne vois pas de quoi tu veux parler. »

Holli me prit le joint et le porta à ses lèvres.

— Encore un de ces trous de mémoire façon femme enceinte, poursuivit-elle.

Je haussai les épaules. À peine arrivée chez moi, je m'étais démaquillée et avais troqué mes vêtements hors de prix pour mon pyjama aux motifs de tortues. Mais je n'étais pas moins angoissée par la journée qui m'attendait le lendemain au bureau. Tout le cannabis de la terre n'aurait pas suffi à calmer ma panique.

Ses grands yeux marron écarquillés, Holli se pencha en avant comme pour me révéler un secret.

— Et si j'allais nous chercher un plat chinois ? Ou une pizza ? suggéra-t-elle, puis elle leva un poing victorieux. Et un paquet de céréales !

Vous connaissez à présent le secret de Holli : sa minceur n'est due qu'à un métabolisme défectueux qui la force à manger comme un éléphant si elle veut ressembler à une girafe. On pourrait l'envier. D'ailleurs, c'était mon cas l'année de notre rencontre. Mais au fil du temps, j'ai pris conscience des remarques des gens. « Cette fille devrait se nourrir ! » Elle était maigre et mannequin, alors ils la prenaient pour une anorexique. J'ai moi-même arrêté de la juger le jour où je suis tombée sur un magazine où une célébrité n'avait que la peau sur les os. J'avais déjà vu Holli dévorer un repas. C'était à la fois drôle et dérangeant.

— Je n'ai pas l'impression qu'il est bientôt…, marmonnai-je en m'étirant sur le canapé pour ouvrir les stores. Oh, non ! Le soleil se couche déjà ! Demain, je vais devoir retourner au travail, même si c'est pour être renvoyée. Le mieux à faire, c'est de prendre un bain et de me coucher tôt.

Holli tira une dernière bouffée du mégot puis le posa sur le bord du cendrier. Ensuite, elle appuya sur mon nez.

— Tu as raison. File, dit-elle.

L'esprit embrumé, je me suis levée du canapé pour recouvrer aussitôt mon humeur cafardeuse. Traîner en pyjama tout l'après-midi m'avait semblé être une bonne idée, mais à présent, il ne me restait plus que la fatigue et la lassitude d'une journée improductive. Holli se prépara pour partir acheter les plats chinois ; en attendant son retour, je pouvais en profiter pour revoir mon curriculum vitæ.

Deuxième option : je pouvais prendre un bon bain chaud en buvant un autre verre de vin.

Si je nourris ce cliché, ce n'est pas volontaire ; il y a des situations pour lesquelles le bain et le vin sont les meilleurs remèdes.

L'appartement que nous partagions, Holli et moi, était magnifique. Ce trois pièces se situait en haut de Canal Street et possédait deux atouts : la grande baie vitrée dans le salon et l'accès aux jardins sur les toits de l'immeuble. Les murs de la cuisine et du salon étaient jaune pâle, et un somptueux parquet flottant couvrait les sols. Les chambres étaient grandes comme des boîtes à chaussures, mais peu importe, l'endroit était un véritable cocon douillet. Nous étions bien loin de ce dortoir que nous partagions pendant nos études. L'autre raison pour laquelle je refusais de quitter cet endroit : la baignoire. Tout bien réfléchi, lorsque je serais forcée de partir, j'essaierais de la cacher dans mes valises et de l'emmener.

Il s'agissait d'une baignoire à l'ancienne dont le rebord remontait bien haut derrière la tête. Elle avait quatre pieds, l'intérieur était en émail blanc et l'extérieur en cuivre poli. Le rideau et la douchette permettaient également de se laver rapidement, mais ce jour-là, j'avais l'intention d'y passer un agréable moment.

J'ai tourné les robinets et ajusté la température de l'eau afin qu'elle soit brûlante à souhait. Je l'avoue : j'aime bouillir comme un homard. J'ai ensuite généreusement versé des produits effervescents, ajouté une goutte d'huile hydratante pour le corps, puis j'ai pris la direction du frigo pour en sortir une autre bouteille de vin blanc.

Holli enfilait son manteau.

— À tout à l'heure !

— Ne retourne pas chez ce traiteur qui t'a rendue malade la dernière fois, lui ai-je conseillé avant qu'elle ne ferme la porte à double tour derrière elle.

Mon vin et moi sommes retournés à notre baignoire fumante. Afin de parfaire le cliché de ma stratégie du bien-être, j'ai allumé des bougies parfumées au santal avant de les poser sur une tablette près de la baignoire, puis j'ai lancé une musique apaisante sur mon téléphone.

Tandis que Lana Del Rey susurrait sa chanson funèbre selon laquelle le blues est dépassé, je me suis glissée dans mon bain délicieusement bouillant et j'ai laissé ma tête reposer contre la porcelaine froide.

Mes orteils remuaient avec langueur sous la surface de l'eau. Peu à peu, le souvenir atroce de cette matinée au bureau quittait mon esprit. Je pouvais perdre mon travail, et alors ? Mes économies me permettraient de payer ma part de loyer et mes factures pendant quelques mois. Si besoin, mon poste m'ayant rapporté un grand nombre de sacs à main et de vêtements de haute couture, je pouvais me faire de l'argent sur des ventes en consignation. Les belles choses, c'est bien joli, mais ce n'est pas nécessaire. J'étais prête à tout vendre s'il le fallait.

Peut-être que Neil te gardera, pensai-je. *Le pauvre, tu lui as fait subir un choc. Mais il a l'air d'un type honnête.*

Faux. Les types honnêtes ne couchent pas avec les jeunes filles pour ensuite leur voler leur billet d'avion.

D'un autre côté, cette culpabilité pouvait l'inciter à me garder dans l'entreprise.

Une menace bien placée pourrait...

Non, je chassai l'idée aussi vite qu'elle m'était apparue. Moi, faire du chantage ? Jamais. Ce n'était pas mon genre. Et puis, ces choses-là pouvaient faire boule de neige et je refusais d'en assumer les conséquences. Par exemple, Neil était peut-être marié. Ou père de famille. Six ans auparavant, il s'était comporté comme un salaud de la pire espèce, mais l'argent qu'il m'avait laissé aurait suffi à me payer un nouveau vol pour Tokyo. Sans rien savoir de ma vie ni des raisons qui me poussaient à fuir, il s'était montré prétentieux, grossier, autoritaire et désagréable, mais ce n'était pas une raison pour oublier mes valeurs morales et risquer de gâcher des vies, tout cela pour garder mon travail.

Même si cela peut paraître insignifiant face à la précarité de ma situation professionnelle, ce que je ne lui pardonnais pas, c'était de m'avoir oubliée. Pendant six longues années, j'avais vécu dans la frustration de ne pas trouver un homme capable de m'exciter comme il avait su le faire. Je ne pouvais pas le nier : je rêvais qu'il soit, comme moi, incapable de tirer un trait sur notre expérience. Le pire dans cette histoire, c'est que j'avais ce type dans la peau. Rien que de penser à lui, j'en avais la chair de poule.

L'effet qu'il me faisait n'avait pas faibli, et cela continuerait sans doute même après qu'il m'aurait renvoyée. Ce n'était pas juste.

Je ne voulais pas Neil. Je voulais Leif. Le charmant inconnu de l'aéroport. Je le désirais toujours et pour longtemps.

Mon corps réagit comme chaque fois que je repensais à cette fameuse nuit. Je pressai mes cuisses l'une contre l'autre avant de glisser ma main entre elles.

— Qu'attends-tu de moi ? m'a-t-il demandé, ses lèvres frôlant mon oreille alors qu'il me poussait contre le mur de la chambre d'hôtel.

Avec le recul, je trouvais ma réponse pathétique. J'avais couché avec seulement deux hommes avant lui, et je n'en tirais rien qui mérite d'être signalé. Quel était mon fantasme le plus coquin ? D'une voix timide, j'ai bégayé :

— Vous pourriez… me donner une fessée ? Par exemple ?

Mes poils se hérissaient rien que d'y penser, mais on ne se refait pas. Et puis, j'étais jeune. Mes doigts glissaient sur ma peau et jusque sous la surface de l'eau fumante. Mes paupières se fermaient. Je poussai un soupir.

Il m'a souri.

Dans mon souvenir, je ne savais pas comment interpréter ce sourire en coin : se moquait-il de moi ?

— Si tel est ton désir.

L'odeur de son parfum me revenait avec cette scène où il déboutonnait les manches de sa chemise gris-bleu en peau de chamois. Dessous, il portait un tee-shirt délavé de la tournée de David Bowie. L'image était très nette, sortie tout droit de mes fantasmes de jeune fille de dix-huit ans ; il passait pour un professeur d'histoire sexy incapable de garder ses mains dans ses poches.

Cette pensée me fit rouvrir les yeux. Bon sang, avais-je vraiment un complexe d'Œdipe vis-à-vis de mon père ?

Quelle importance ?

Mes doigts reprirent leur danse sous les bulles de savon. Je pris une inspiration frissonnante. La sensation du tissu blanc entre mes fesses me revenait clairement en mémoire ; j'étais sur ses genoux, seulement vêtue d'un string en coton. À l'époque, je regrettais de ne pas porter de dentelle, mais je ne savais pas encore l'effet fulgurant du coton blanc sur la libido masculine.

— Est-ce que tu as déjà essayé ? m'a-t-il demandé dans un souffle, en me caressant les fesses avec la paume de sa main.

J'ai fait « non » de la tête, gênée par ma demande et par l'excitation qu'il avait fait croître en moi dans le taxi, puis dans l'ascenseur de l'hôtel.

Les jambes tendues, je m'enfonçai un peu plus dans l'eau. Bien sûr, nous avions parlé des règles à respecter, mais je n'avais besoin d'aucune restriction dans cette baignoire. Mon pouls s'accéléra au souvenir de la douleur fulgurante de la première fessée ; l'écho avait résonné dans la pièce. La main avec laquelle il venait de me frapper avait tendrement caressé ma rougeur, puis avait frappé encore et encore. Chaque fois, je craignais de ne pas supporter la suivante.

Me trouvera-t-il ridicule si j'annule tout en cours de route ?

Il a fait courir ses doigts sous mon string qu'il a tiré tout contre mon sexe frémissant avant de le faire glisser jusqu'à mes genoux. Puis, il m'a encore fessée, et a fébrilement plongé deux doigts dans mon intimité. Plus humide que jamais, j'étais prête à tout. Dans ma tête, je me revoyais l'implorer d'en venir au vif du sujet : je le suppliais de me baiser. Si j'avais su l'attente qu'il me ferait subir, j'aurais sans doute abandonné la partie. Mais non, ma croupe endolorie a supporté chaque coup. J'ai alors compris que le voyage en avion, le lendemain matin, serait très, très long.

Mon bassin se crispa à l'annonce de la tension que je connaissais à présent par cœur, et je songeai à la respiration apaisée de cet homme qui contrastait avec mon souffle haletant et désespéré. Il a répandu le fruit de mon excitation au creux de mes cuisses en décrivant de petits cercles autour de mon anus. Aussitôt, je me suis redressée sur les coudes, prête à lui exprimer mon indignation – plus par pudeur que par dégoût – mais une fessée saisissante m'a fait changer d'avis. Il a ensuite enfoncé le bout de son pouce dans mon orifice et, déjà, je n'étais plus d'humeur à protester.

Mon cri de désespoir résonna dans ma tête : « Par pitié ! » J'étais proche de ma limite. Il m'a alors conduite jusqu'à l'orgasme, son pouce dans mon anus, mon sexe se resserrant autour de ses deux doigts, tandis que les deux autres caressaient mon clitoris, et j'ai explosé d'extase. L'orgasme me frappa dans ma baignoire et mes jambes s'agitèrent, faisant gicler de l'eau sur le parquet.

— Et merde.

Mon autre bras, au-dessus de ma tête, épousait la forme de l'émail de porcelaine. Je me cachai les yeux, le temps de recouvrer mon souffle. Cette nuit-là resterait dans ma mémoire, mais il était temps de sauver mon parquet de bois brut. Et puis, je venais de me masturber en pensant à mon nouveau patron. D'accord, c'était agréable pendant quelques secondes, mais à présent, la situation n'avait fait qu'empirer. Sans compter que je devrais lui faire face dès le lendemain.

Chapitre 3

Le lendemain matin, la mort dans l'âme, je me suis forcée de quitter mon lit ; je me suis toutefois promis que, si vraiment je devais sauter, ce ne serait pas de trop haut.

Ma tenue était à l'image de mon esprit combattif : un pantalon noir taille haute et évasé, une veste cintrée et élégante couleur rouille, ainsi qu'un chemisier blanc. En guise d'armure, j'ai enfilé des bracelets en bois et recouvert mes paupières d'un fard argenté. Le *contouring*, il n'y a que ça de vrai ! Quant à ma chevelure brune, je l'ai laissée boucler naturellement – un naturel qui m'a pris une heure et demie de préparation, tout de même. J'ai quitté la salle de bains dans un nuage de parfum pour me diriger vers la cuisine. Lorsque Holli a levé les yeux, le pot de glace qui lui tenait lieu de petit déjeuner lui a littéralement échappé.

— Regardez-moi ça ! s'exclama-t-elle avant de lécher la cuillère tombée de ses mains. Tu comptes vraiment aller bosser fringuée comme ça ?

— Pff, tu es bête, commentai-je en enroulant une fine écharpe de cachemire autour de mon cou. Ce n'est pas pour le travail mais pour le réseau. Puisque je serai au chômage à partir de 9 h 30, autant déposer quelques C.V. sur le chemin du retour.

Holli reporta son attention sur son pot de glace avant de marmonner :

— Je te trouve bien optimiste. Préviens-moi quand je devrai venir te ramasser à la petite cuillère.

— Détrompe-toi, je resterai en un seul morceau, rétorquai-je d'une voix assurée.

Je le pensais vraiment. Fini le temps où je m'apitoyais sur mon sort ; au lieu de me rendre victime d'une situation à laquelle je ne pouvais rien, je préférais garder le contrôle dans la mesure du possible. Je quitterais mon emploi actuel la tête haute et le pas léger, convaincue d'en trouver un autre très rapidement.

— Mmh-mmh, opina Holli sans y croire, et elle se dirigea vers le canapé. En tout cas, n'oublie pas que notre ami le pétard et moi-même serons là si tu as besoin de nous.

Je me hâtai de sortir avant qu'elle n'allume son joint ; hors de question de sentir l'herbe dès 7 heures du matin.

Fidèle à mes habitudes, je pris mon petit déjeuner à l'adresse qui m'était familière sur le chemin du travail. En revanche, je l'ingurgitai en moins de temps que d'ordinaire. Ce n'était pas plus mal : je n'allais pas être en retard pour mon licenciement. Je pris également le train qui précédait celui de mon horaire habituel. Décidément, la journée ne s'annonçait pas si mal que ça.

Une fois passée la porte tambour grâce à mon badge vérifié par l'agent de sécurité, je m'aperçus que le hall de l'immeuble était encore calme. J'empruntai l'ascenseur sans avoir à patienter – extraordinaire ! – et arrivai même avant Ivanka, la réceptionniste. Elle était toujours la première, fidèle au poste. Je la soupçonnais parfois de dormir sous son bureau.

Je pointai mon heure d'arrivée *via* mon ordinateur et me mis à transférer tous mes fichiers personnels vers un disque dur externe – une initiative loin d'être amusante. J'ai également supprimé mon historique de recherches et tous mes contacts ; hors de question de donner le moindre coup de pouce au nouveau régime. À 8 h 15, je vérifiai mon téléphone : aucun message de Neil.

Décidément, il était à l'opposé de Gabriella. À cette heure-ci, le ciel nous serait déjà tombé sur la tête avec son déluge de crises insolubles.

On m'avait devancée ; j'avais reçu par mail le planning de Neil pour la semaine ainsi qu'une liste de choses à faire ce matin. Ce fut une surprise, puisque je m'attendais à être mise à la porte. Un simple oubli, sans doute.

L'une des portes vitrées s'ouvrit et Neil entra dans le bureau, vêtu d'un long manteau de laine noire dont il se débarrassa aussitôt d'un mouvement d'épaule.

Instinctivement, je me levai d'un bond pour m'en emparer. Cela faisait des années que j'accrochais les manteaux dans la penderie ; j'aurais été gênée de ne pas le faire cette fois-ci.

— Bonjour, Sophie.

Son ton monocorde sonnait faux, en particulier avec cet air qu'il voulait affirmer sans vraiment y arriver.

— Bonjour, ai-je répliqué en soutenant son regard dans un frisson de cruelle satisfaction. *(Tu l'auras deviné, je refuse de me laisser dépasser par le côté embarrassant de la situation. Que comptes-tu faire, de ton côté ?)* Un café noir avec deux sucres ?

— Oui, merci, répondit-il, puis il retomba sur ses pattes en adoptant ma stratégie, à savoir le déni. Et pourriez-vous ajuster le chauffage sur 18 °C ? Je trouve qu'il fait trop chaud.

— Je m'en occupe.

Les lèvres scellées, je lui décochai un sourire professionnel tout en chantonnant dans ma tête : *Je t'ai vu tout nu ! Je t'ai vu tout nu !* Il se dirigea vers son bureau tandis que je rangeais son manteau sur l'un des cintres en bois de la penderie.

— Sophie.

Je m'immobilisai, puis me retournai. Il était sur le seuil et m'observait. L'heure de la victoire avait sonné : il était sur le point d'évoquer ce qui s'était passé la veille. Ma réussite aurait dû me réjouir, mais au lieu de cela, j'avais l'estomac noué.

Sur son visage se dessinait l'expression d'un homme profondément navré. Un courant électrique passa entre nous, une énergie si lourde de promesses que l'air en devenait suffocant. Sans le vouloir, je sentis mon corps se figer, moi qui étais pourtant détendue. Nous redevenions les amants d'un soir, enlacés dans cette chambre d'hôtel, et tous les événements qui nous séparaient de cette époque semblaient s'évaporer dans les airs.

Ce fut cet instant de confiance absolue, cet instant idéal pour aborder le passé douloureux de notre relation, que choisit Rudy Ainsworth pour débarquer dans la pièce et poser vulgairement son manteau sur mon bureau.

— Bonjour, Neil. Prêt à redresser la barre de ce magazine ?

Avant d'aller plus loin dans notre histoire, je voudrais m'interrompre pour vous parler de Rudy Ainsworth. Il était de ces hommes à l'apparence banale, qui ne sortaient pas du lot, ni par leurs manières ni par leurs vêtements, et qui pourtant attiraient toute l'attention sur eux dès qu'ils entraient dans une pièce. Il était petit, robuste et joliment mat de peau, mais il n'était pas charmant pour autant. En somme, un homme normal qui portait des vestes en tweed sur des chemises à carreaux et des nœuds papillon sans passer pour un mec branché ni pour un geek de l'informatique, malgré les lunettes de lecture à monture noire et épaisse qu'il portait parfois. Chose étrange, cet homme quelconque attirait les autres comme un aimant.

Ce matin-là, son effet magnétique était toutefois diminué par la tension latente qui persistait entre Neil et moi ; une tension que même Rudy était capable de ressentir, nous le savions tous les deux. Tandis que je me précipitais pour m'occuper du manteau de Rudy, ce dernier nous regarda l'un puis l'autre d'un air curieux avant de me demander :

— Votre journée de repos vous a fait du bien, mademoiselle Sophie ?

D'une voix douce, il prenait un accent qui rappelait vaguement le Sud ; je le soupçonnais de forcer cet accent pour se donner un air supérieur. De toute évidence, la question était un reproche déguisé, mais je n'avais pas l'intention de culpabiliser.

— Oui, je vous remercie.

S'il voulait que je cherche à me justifier, c'était perdu d'avance. Rudy Ainsworth pouvait bien penser ce qu'il voulait de moi, je m'en contrefichais. De toute manière, j'aurais quitté cet emploi dans la journée.

— Je suis content que vous soyez là, lui dit Neil. Venez dans mon bureau, j'aimerais vous soumettre le budget prévisionnel pour la prochaine diffusion de sacs à main.

Ni une, ni deux, ils m'avaient déjà oubliée. Au moment où la porte se referma derrière eux, je me laissai tomber dans mon fauteuil. Mon esprit était troublé, à la fois par ce qui venait de se passer entre Neil et moi, et par l'interrogatoire agressif que Rudy avait failli me faire subir.

Mais Rudy était le cadet de mes soucis. À présent que Neil avait quitté la pièce, une ivresse s'empara de mes sens : avait-il ressenti la même chose que moi ? Sur le moment, j'étais persuadée que oui. Avait-il toujours l'intention de me renvoyer ? Avais-je tout imaginé ?

Je me mis sur pilote automatique pour les trois quarts d'heure qui suivirent ; je répondais au téléphone et replongeais dans ce qui, deux jours auparavant, était encore ma routine apaisante. Et moi qui pensais que le magazine s'écroulerait sans Gabriella ! Au contraire, tout était étrangement normal.

Peut-être pourrais-je garder mon travail, finalement. Et si un poste s'était libéré la veille ? Ma vie pourrait même tirer un avantage de ce chamboulement administratif.

Pour la première fois depuis vingt-quatre longues heures, j'avais espoir que ma carrière ne connaisse pas une fin brutale.

Vers midi, Neil est sorti de son bureau et s'est approché de moi.

—J'aimerais que vous déjeuniez avec moi. Ainsi, nous pourrions éclaircir deux ou trois choses. Ivanka s'occupera de prendre les appels.

Déjeuner avec Neil ? J'eus soudain la nausée, si bien que j'espérais ne pas vomir mon cœur encore palpitant sous les yeux de mon patron. Je me levai tant bien que mal ; mes pieds semblaient lestés de blocs de plomb. Je sortis nos manteaux de la penderie et lui tendis le sien. À ma grande surprise, il fit un geste vers moi comme pour s'emparer du mien.

—Merci, mais j'y arriverai seule, résistai-je avec toute la légèreté dont j'étais capable, et j'enfilai mon manteau sans son aide.

La guerre entre nous n'était pas terminée, même si je m'étais quelque peu rassurée au sujet de mon travail.

Je le suivis dans le couloir en laissant quelques mètres entre nous comme je l'aurais fait avec Gabriella. Malheureusement, il s'en aperçut avant d'atteindre l'ascenseur.

—Arrêtez de me suivre comme un petit chien. Vous êtes mon assistante, pas ma boniche.

Sa voix laissait paraître une pointe d'agacement. Était-ce ma faute ou celle de Gabriella ? Ou la nôtre à toutes les deux ?

L'ascenseur s'arrêta seulement deux fois avant d'atteindre le rez-de-chaussée ; pourtant, ce voyage me parut interminable. J'étais là, à côté de lui, sans dire un mot et les yeux rivés sur les chiffres qui s'illuminaient au-dessus des portes à mesure que nous descendions. Je refusais de laisser mon regard dériver vers ma droite ne serait-ce qu'une fraction de seconde ; il le remarquerait.

Je pris soudain conscience du sentiment qu'éprouve un homme devant les vespasiennes de toilettes publiques.

Nous avons traversé le hall. Les gens s'arrêtaient sur notre passage. Ils ne me regardaient pas moi, mais Neil. Ce n'était pas étonnant : l'immeuble entier était en effervescence depuis le rachat de Porteras. Les employés voulaient contempler l'homme qui avait chassé Gabriella Winters, ce raz-de-marée tant redouté.

À en juger par ses mâchoires crispées, Neil remarquait également l'intérêt qu'il suscitait.

Une voiture nous attendait au pied du bâtiment. Il s'agissait d'une Maybach 62 grise et noire. Neil m'ouvrit la portière, ce qui me fit grincer des dents. Lorsque je pris la poignée pour la refermer moi-même, il fit un bond en arrière et se dépêcha de contourner la voiture pour y monter par l'autre côté.

Une cloison nous isolait de l'espace chauffeur. Neil dut utiliser un interphone pour lui annoncer notre destination. La console centrale qui séparait nos deux sièges me rassurait ; c'était une barrière physique entre nous comme le podium isole l'orateur de son public.

La voiture démarra et je fis silencieusement l'inventaire de ses options. La télévision était d'une meilleure qualité que celle qui trônait dans mon salon, et l'habitacle comptait plus de véritable bois que l'ensemble de mes meubles en aggloméré. Aucun bruit extérieur ne nous parvenait et le trajet fut silencieux, si bien qu'un malaise s'installa clairement entre Neil et moi.

Ce trajet en voiture semblait le ravir autant que moi. Finalement, il plissa les lèvres et se tourna vers la vitre pour regarder le paysage urbain défiler. Lorsqu'il prit enfin la parole, sa voix était à la fois triste et douce.

— Bien sûr que je me souviens de vous, Sophie.

Ses mots me coupèrent le souffle. D'instinct, j'eus envie de faire un trait d'humour pour changer de sujet; mais finalement, il avait crevé l'abcès, ce serait idiot de fuir précisément à cet instant.

— Hier, vous n'aviez pas l'air de vous rappeler.

— Je ne vous ai jamais oubliée.

Ces mots sortirent comme un reproche qui semblait dire: « Comment aurais-je pu vous oublier? »

— C'est juste que je ne vous avais pas reconnue avant que vous ne disiez… Mais bon sang! La Sophie que j'ai connue partait enseigner l'anglais au Japon pour une quête identitaire. Je ne pensais pas vous revoir un jour.

— Vous ne pensiez pas ou vous ne *vouliez* pas?

Je voulus ajouter un sourire à ma question pour y insuffler une touche de légèreté, mais ce fut un échec, alors je tournai la tête vers la vitre. Tous ces millions de gens dans la rue, j'étais prête à tout pour échanger ma place avec eux et échapper à cette situation, et pourtant…

Cela faisait six ans que j'attendais ce moment, depuis la minute où j'avais acheté mon billet pour New York, folle de rage. Ce n'était pas tant la manière dont il m'avait laissée qui me mettait en colère, mais plutôt l'idée de ne plus le revoir. J'en avais eu le cœur brisé.

— Je n'aurais pas dû voler votre billet d'avion, admit Neil. Si je l'ai fait, c'est parce que vous vous comportiez comme une idiote alors que vous étiez intelligente. Mais ce n'était pas mon rôle, même si vous alliez faire une grave erreur. Après tout, je ne vous connaissais pas.

Je m'adossai au siège en cuir particulièrement confortable. Neil s'excusait. Je l'avais souvent imaginé me présenter ses excuses, mais jamais dans une phrase où il me traitait d'idiote.

— Je suis heureux que vous ayez fait vos études à New York.

À peine tournai-je la tête vers lui que le malaise refit surface entre nous. Neil le sentait également, cela ne faisait aucun doute. Je pris une profonde inspiration avant de répliquer d'une voix chevrotante :

— Oui, moi aussi. Grâce à cela, j'ai trouvé un poste intéressant. En parlant de ça, est-ce que je vais le garder, mon poste ?

Il allait me répondre lorsque la voiture s'arrêta et le chauffeur appela dans l'interphone :

— Nous y sommes, monsieur Elwood.

Neil sortit de la voiture et me laissa cette fois me débrouiller toute seule avec ma portière. Il fallait bien admettre que j'appréciais cette initiative, mais l'excitation n'était plus au rendez-vous puisque ma question était restée sans réponse.

Le restaurant choisi par mon nouveau patron était en réalité une petite brasserie qui servait encore le déjeuner en terrasse malgré la fraîcheur automnale. La serveuse sourit en nous voyant approcher, puis Neil l'informa de sa réservation.

— Vous avez gardé votre vrai nom, cette fois ? demandai-je dans un murmure tandis que nous emboîtions le pas à la serveuse vers l'intérieur du restaurant presque désert.

Pas étonnant qu'il ait préféré réserver ; cet endroit est bondé, pensai-je avec sarcasme.

Puis, je remarquai qu'il n'avait pas choisi un lieu huppé et comble de monde. Sinon, je l'aurais pris comme une annonce en lettres d'or de mon chômage imminent. La serveuse nous mena jusqu'à l'autre bout de l'établissement, après les toilettes et la cuisine, dans un petit salon privé.

— À l'époque, c'était une planque de gangs, m'informa joyeusement Neil en quittant son manteau qu'il tendit à la serveuse.

Tout en déboutonnant le mien, je lançai un regard sceptique à la jeune femme.

— Ce n'est pas vrai, si ? lui demandai-je.

Elle haussa les épaules et esquissa un sourire.

— C'est ce qu'il aime dire aux gens.

Neil écarta ma chaise de la table, puis en voyant mon sourcil levé, il brandit les mains comme un bouclier et s'occupa de sa propre chaise.

— Mandy viendra prendre vos commandes, nous informa la serveuse, puis elle nous tendit la carte des menus.

Une feuille de papier vélin brunie était attachée à la couverture de cuir par un ruban noir. Chaque fois que je dînais dans un restaurant new-yorkais, je me rappelais les cartons laminés des petites adresses de ma ville natale et imaginais les réactions de ma famille ; cette dernière me reprochait d'être devenue une sorte de citadine bourgeoise.

— Est-ce que vous aimez le canard ? lança Neil avec un regard par-dessus sa carte. Leur confit en salade est délicieux.

J'avais une idée assez précise de l'endroit où il pouvait le mettre, son canard.

— Est-ce que nous sommes ici parce que vous comptez me renvoyer ?

Cette fois, il ne leva pas les yeux de son papier bruni.

— Non, je ne vous licencierai pas juste parce que nous avons couché ensemble par le passé. C'est moi l'intrus, dans cette entreprise. Vous travaillez à Porteras depuis bien plus longtemps que moi.

La partie professionnelle de mon cerveau relâcha un peu de tension et j'observai finalement les menus du jour pour faire mon choix en silence.

— Seriez-vous prête à rester ? s'enquit Neil sur le ton de la conversation.

L'autre serveuse apparut pour prendre la commande de nos boissons. Je ne sais jamais quoi choisir lors d'un déjeuner d'affaires, alors généralement, je fais simple : café et verre d'eau.

À ma grande surprise, Neil me suivit. Et moi qui étais sûre qu'il prendrait un vin hors de prix, ou autre chose du même genre.

Sa question me fit réfléchir. Personne ne voudrait travailler pour quelqu'un avec qui il a eu une aventure d'un soir.

— En tant qu'assistante sous vos ordres ? Je ne pense pas en être capable.

— Je le comprends tout à fait, affirma-t-il en reposant la carte, puis il s'adossa à sa chaise et tripota le pied de son verre. Pour être honnête, je ne serais pas à l'aise non plus de devoir donner des ordres à une femme avec qui j'ai eu une relation sexuelle. Une relation sexuelle passée.

Cette précision me fit rougir et il s'éclaircit la gorge tandis que nos regards prenaient soin de ne pas se croiser. L'arrivée de la serveuse nous sauva de cette mauvaise passe : elle prit note de ma salade de calamar grillé et des *moules marinières*[1] de Neil – un plat français qu'il prononça à la perfection.

Pourquoi ne pas avoir simplement commandé des moules ? le critiquai-je silencieusement.

Quel était l'intérêt de déjeuner là, avec lui, si je n'avais aucun espoir de garder mon travail ?

Mais je me dis que j'étais trop sévère avec lui. Il s'était excusé de m'avoir volé mon billet d'avion, et semblait honnête lorsqu'il regrettait de ne pas m'avoir reconnue. Si nos chemins se recroisaient, il n'y pouvait rien. Nous étions tous les deux victimes de cette situation.

1. En français dans le texte

Quand la serveuse repartit, Neil reprit où il en était.

— Comme je vous le disais, je trouverais gênant de vous avoir pour assistante, mais il n'y a aucune raison pour que vous quittiez le magazine. Vos collègues parlent de vous en bien et respectent votre expérience dans l'entreprise. Accepteriez-vous le poste de rédactrice adjointe de la rubrique cosmétique ?

Je lui étais reconnaissante de me poser la question à cet instant, parce que si nous avions commencé nos plats, je me serais étranglée avec mon calamar.

— Je vous demande pardon ?

— C'est une offre qui mérite réflexion. Gabriella vous a mise sur sa liste de suggestions, expliqua Neil, puis il but une gorgée de café. Je ne vous demande pas de me répondre dans la minute. D'où l'intérêt de ce déjeuner.

Gabriella m'avait mise sur une liste ? Avec d'autres candidats potentiels ? Ce qui voulait dire qu'elle ne s'était pas inquiétée de la sécurité de mon poste avant de quitter le navire. Je voulus cacher mon agacement. Après tout, elle m'avait tout de même recommandée pour le poste de rédactrice adjointe en cosmétique. C'était une opportunité d'évolution dans l'entreprise et l'occasion pour moi d'utiliser mon diplôme.

— Eh bien, merci pour les délais de réflexion… Mais si vous n'avez pas l'intention de parler affaires, pourquoi sommes-nous ici ?

Le sourire en coin qu'il maîtrisait si bien apparut sur son visage, comme si le fantôme de mes fantasmes les plus intimes flottait entre nous.

— Pour rattraper le temps perdu. Après tout, ça fait six ans.

— Ah.

Disons plutôt six ans après mon vol pour Tokyo que je n'ai jamais pris parce que vous m'avez volé mon billet…

Si je ne voulais pas me faire souffrir inutilement, je devais effacer cet épisode de ma mémoire. Six ans auparavant, j'avais commis des erreurs. Et dans six ans, je me répéterais sans doute la même chose au sujet du présent. Il était évident que, aux yeux de Neil, voler mon billet était l'une de ses erreurs à lui. Je pouvais me montrer plus indulgente.

— Vous savez, on ne se connaissait pas vraiment, à l'époque, commençai-je sans animosité – c'était un fait que nous ne pouvions ignorer mais sur lequel il nous était possible de travailler. Il n'y a aucune raison d'être mal à l'aise aujourd'hui.

— C'est pourtant inévitable.

Sur ces mots, Neil eut un rire qui fit enfin éclater la bulle de tension entre nous. J'avais oublié qu'il parlait en choisissant soigneusement ses mots pour toujours trouver le juste ton, tout en se montrant capable de rire aux éclats sans la moindre retenue. Les petites rides au coin de ses yeux se creusèrent et son grand sourire laissa apparaître ses dents blanches.

Cet instant de légèreté me soulagea d'un poids énorme et je me mis à rire à mon tour. Une fois que j'eus commencé, je ne pouvais plus m'arrêter. C'était si bon de laisser s'effondrer les murs que j'avais érigés autour de mes craintes. J'avais anticipé un licenciement qui n'arriverait pas, en tout cas pas ce jour-là. Comme je le craignais, ma relation avec Neil était délicate et embarrassante, mais ce n'était pas la fin du monde et je n'étais pas la seule à ressentir ce malaise. Tout cela allégeait mon esprit.

— Oh, Sophie, soupira-t-il en secouant la tête, son sourire s'effaçant à peine. J'ai beaucoup pensé à vous. Je me suis comporté comme un salaud.

— Disons plutôt que Leif s'est comporté comme un salaud, rectifiai-je.

Ce ton de reproche mêlé de taquinerie me surprit, moi qui croyais être en colère.

— Pour ma défense, sachez que Leif est vraiment mon troisième prénom – Neil Charles Leif Elwood. Je ne l'ai pas sorti de nulle part.

Ses yeux verts se posèrent sur les miens, et cette fois, je ne ressentis pas le besoin de détourner le regard. Il reprit d'un ton plus bas :

— Est-ce que j'ai gâché votre vie en volant ce billet ?

Non, il n'avait rien gâché du tout. Il m'avait plutôt sauvé la vie, mais je ne pouvais pas le lui dire. Cela reviendrait à lui pardonner.

— J'avais le choix. Vous m'avez laissé une somme d'argent importante. J'aurais pu attendre le vol suivant pour Tokyo et je ne l'ai pas fait. J'ai pris l'avion pour New York. C'était mon choix.

— Et vous ne le regrettez pas ? demanda-t-il, prudent.

Je haussai les épaules.

— J'avoue que je me suis posé des questions sur ce que serait ma vie aujourd'hui, mais je suis bien là où j'en suis.

— Tant mieux, dit-il avant de marquer une pause. Moi aussi, je me suis demandé comment les choses auraient pu se passer différemment.

Ses mots firent naître une boule d'angoisse dans ma gorge. Voulait-il parler de nous ? De la façon dont nous nous étions quittés ? Ou de la journée de la veille qui aurait été tellement plus simple pour lui si je l'avais passée au Japon ?

— Je vais être honnête avec vous.

Je déteste lorsque les gens emploient cette expression, et Neil ne dérogeait pas à la règle. Cette phrase me fait à la fois penser que tout ce que la personne vient de dire était un tissu de mensonges, et que tout ce qu'elle s'apprête à dire est douteux d'avance. C'était bien dommage, parce que j'avais vraiment envie de le croire lorsqu'il me dit ensuite :

— En repensant à la façon dont ça s'est terminé, j'éprouve souvent des regrets et je me demande ce qui se serait passé si nous avions gardé le contact.

Avant de poursuivre, il eut comme un tic à la lèvre et haussa les sourcils avec mélancolie.

— En partant à l'aéroport, je n'étais pas loin de demander à mon chauffeur de faire demi-tour pour venir vous chercher. Et au moment d'enregistrer mon billet, j'espérais… Je ne sais pas. J'espérais vous voir arriver pour me retenir, ou que le vol soit retardé. Quand on nous faisait monter à bord, j'ai encore hésité. Mais il était trop tard. Dès lors que j'avais quitté cette chambre d'hôtel, j'avais tout fichu en l'air. Si je pouvais retourner en arrière, je vous jure que j'agirais différemment.

C'est étrange, vraiment, comme une sensation de bonheur peut faire aussi mal qu'une sensation d'injustice. J'avais le cœur brisé. Moi aussi, j'avais réfléchi à ce que serait ma vie si nous étions tous les deux montés dans cet avion. Peut-être nous serions-nous retrouvés à Tokyo dans une scène digne de *Lost in Translation*, et nous aurions vécu une fin heureuse. Je me sentais profondément blessée d'apprendre que lui aussi avait songé à cette éventualité.

Je m'efforçai de penser que c'était absurde.

Tu ne le connaissais alors que depuis vingt-quatre heures. Le coup de foudre, ça n'existe pas.

J'avais beau savoir que, pendant toutes ces années, j'avais fait le deuil de cet homme et non d'un amour parfait, c'était tout de même douloureux.

— Ça ne va pas ? s'inquiéta soudain Neil, le regard assombri.

Je hochai la tête et bus un peu d'eau pour faire descendre l'anxiété coincée dans ma gorge. En reposant le verre sur la table, je dis sur un ton qui se voulait enjoué :

— N'est-ce pas étrange que nous nous retrouvions après tout ce temps ?

Au moment de prononcer ces mots, je m'aperçus qu'il pouvait les interpréter différemment : croire que j'insinuais que le destin s'acharnait à nous pousser l'un vers l'autre. Il haussa les sourcils et détourna nerveusement le regard, soudain opprimé par la direction que prenait notre conversation.

— Oui, mais je… Enfin, je ne pouvais pas m'engager dans une relation avec vous. Ni avec qui que ce soit d'autre, et encore aujourd'hui. Je suis en plein divorce et ça se passe plutôt mal.

—Je ne voulais pas...

Je m'interrompis. Dans ce type de discussion, il était préférable d'aller de l'avant plutôt que d'essayer d'expliquer le passé.

—Je ne serais pas intéressée non plus.

—Oh? fit Neil – était-ce une pointe de déception que je percevais dans sa voix? Vous avez un petit ami, c'est ça?

—Non, je n'ai pas de petit ami.

L'idée de le laisser mijoter avec cette simple réponse me plaisait assez, mais ça n'aurait pas été honnête; or, le manque d'honnêteté avait suffisamment fait de dégâts entre nous.

—Pour tout vous dire, repris-je alors, je n'ai jamais trouvé un homme capable de... faire le poids.

C'est alors que Neil Elwood, éditeur et chef d'entreprise milliardaire, se mit à glousser. Ce rire était le plus attendrissant que j'aie jamais entendu de la part d'un homme de plus de vingt ans. En un instant, je retombai amoureuse.

Soit je travaillais avec lui chaque jour jusqu'à devenir folle, soit je continuais sur ma lancée ainsi nommée: « honnêteté ». À cet instant, je pris la décision de sauter à pieds joints dans le gouffre de la pire des imprudences.

—Écoutez, je sais que ça peut paraître... Je ne cherche pas de relation stable pour le moment. De toute évidence, vous non plus. Mais on ne peut nier l'attirance que nous avons l'un pour l'autre et qui nous met dans cette situation délicate. Si nous nous voyions de temps en temps, où serait le mal?

Je vous jure que mon esprit a quitté mon corps pendant une seconde ; j'observais la scène avec la conscience écrasante du risque que je prenais. C'est un sentiment que je ne recommande à personne. Avais-je perdu la tête ?

Je venais de faire une proposition déplacée à mon patron.

Ce fameux jour, six ans en arrière, j'étais assise à l'arrière du taxi et Neil avait la main posée sur mon jean, au creux de ma cuisse. Il me susurrait à l'oreille : « Tout ce que tu voudras. »

Puis, je retournai à ma place, à cette table de restaurant, les yeux rivés sur ceux de Neil, d'un vert sublime. À quoi pensait-il ?

— Sophie, je suis votre patron.

Mon cœur se brisa en miettes, mais il reprit :

— Nous devrions alors nous montrer très discrets, en particulier au travail.

— Ça tombe sous le sens. J'ai travaillé trop dur pour en arriver là où j'en suis, me défendis-je en fronçant les sourcils. Je ne suis pas assez bête pour nous faire démasquer. Pour qui me prenez-vous ?

Neil parut déconcerté.

— Vous avez raison, admit-il. Je vous sous-estime. J'ai tendance à croire que la jeune fille de l'aéroport, spontanée et impulsive, n'a pas grandi. Vous aviez quel âge, à l'époque ? Vingt-cinq ans ?

Mais bien sûr.

Je me raclai la gorge avant de répondre.

— À peu près. Disons que j'ai peut-être légèrement menti à ce sujet.

Il me lança un regard surpris.

— Vous avez menti ?

— Oui, je n'allais pas à la fac de New York pour suivre une formation. *(Il va le prendre mal. Très mal.)* Je n'avais pas vingt-cinq, mais dix-huit ans.

— Dix-huit ans ? Vraiment ? répéta Neil, et sa voix d'habitude calme et posée devint soudain haut perchée. Ce qui vous fait donc vingt…

— Vingt-quatre, prononçai-je en même temps que lui. Est-ce que ça pose un problème ?

Le jour de notre première rencontre, Neil avait quarante-deux ans. Déjà à l'époque, il s'était montré mal à l'aise vis-à-vis de notre différence d'âge alors qu'il croyait que moins de vingt ans nous séparaient.

Des sons inarticulés sortirent de sa bouche, puis il se tut un instant, le temps de former une phrase correcte.

— Oui, c'est un problème.

— Ah.

Notre commande arriverait-elle bientôt ? Aussitôt servie, j'ingurgiterais mon plat le plus rapidement possible pour m'en aller d'ici.

— Vous comprenez, bafouilla-t-il avant de laisser échapper un rire nerveux, vous avez l'âge de ma fille.

Chapitre 4

— VOTRE FILLE ?

J'avais dû mal entendre. C'était impossible. Car si sa fille avait mon âge, cela signifiait que…

— Vous étiez marié ? bredouillai-je. Le soir où nous avons…

— Non, non, je ne trompais pas ma femme, rien de ce genre, s'empressa-t-il de préciser. Je n'étais pas marié, à l'époque. Emma est née d'une précédente union. Ma femme et moi n'avons été mariés que deux ans.

Je poussai un soupir de soulagement. Loin de moi l'idée d'être mêlée à une histoire d'adultère. Ç'aurait été la faute de Neil, mais je me serais sentie coupable de vivre avec lui une liaison qui aurait fait du mal à une autre femme. Je fus soulagée d'apprendre qu'il était célibataire à l'époque de notre aventure.

À présent, il ne restait plus qu'à digérer l'énorme bombe qui venait de s'écraser entre nous. Dans un silence pesant, nous ruminions nos pensées. Neil était donc père. Le père d'une jeune femme de mon âge. Oh, non ! Il m'avait *fessée* ! Cette pensée me parut soudain plus tordue qu'excitante. Je terminai mon verre d'eau et posai un regard amer sur ma tasse de café. J'aurais dû commander du vin. Ou un alcool fort.

La tournure que prenait la situation le mettait aussi mal à l'aise que moi, c'était évident. Je ne pris pas la peine de retirer ma proposition de vivre une aventure sexuelle avec lui. Cette idée ne mènerait nulle part.

Au moins, j'en tirais une évolution professionnelle. J'étais prête à parier qu'après cela Neil m'éviterait comme la peste ; ainsi, nous n'aurions plus à souffrir de ce malaise qui planait entre nous.

Je m'efforçai de trouver une manière aussi naturelle que possible de sortir de cette mauvaise passe.

— Sinon, est-ce que vous avez d'autres… enfants ? hasardai-je.

— Non. J'en ai toujours eu envie, mais ce n'était jamais le bon moment. À présent, avec une fille devenue adulte, j'ai le sentiment que ces années-là sont derrière moi, murmura-t-il en s'adossant à sa chaise. Nous sommes dans un sacré pétrin, vous ne trouvez pas ?

Je haussai les épaules en silence.

— J'espère que, malgré tout cela, vous réfléchirez à cette opportunité de travailler dans le département cosmétique, ajouta Neil.

Sa sincérité ne faisait aucun doute ; après tout, quel intérêt avait-il à me garder dans l'entreprise s'il n'en avait pas sincèrement envie ?

— J'y réfléchirai.

C'était une occasion en or, même si je n'avais jamais vraiment pensé finir un jour dans le département cosmétique. La mode était mon domaine de prédilection. Mais c'était toujours mieux que d'être au chômage. Neil avait raison : ce serait sans doute embarrassant de travailler comme assistante sous ses ordres.

En attendant nos plats, nous avons discuté de tout et de rien. Notre passé ainsi dévoilé flottait entre nous et je m'attendais à souffrir un repas interminable. Après tout, si je tenais vraiment à ce nouveau poste, je ne pouvais pas m'enfuir en hurlant. Seulement voilà, nous avions sorti notre aventure d'un soir de son vieux tiroir, tout ça pour la voir mourir à petit feu ; c'était trop me demander que de rester assise et de déjeuner avec lui.

Pourtant, je me surpris à me détendre, et même à passer un agréable moment en sa compagnie. Neil me parlait de l'intérêt qu'il portait au magazine et des légers changements qu'il souhaitait y apporter à l'avenir. Il me posa des questions sur mes années d'études à New York et sur les raisons qui m'avaient poussée à m'intéresser à la mode. L'heure que nous avons ainsi passée à papoter autour d'un bon repas sembla presque nous échapper.

Neil s'empara de l'addition.

— En tant que patron, précisa-t-il en tendant sa carte de crédit noire à la serveuse. Et non en tant qu'ex-amant.

Je me mis à rire.

— Vous êtes conscient que, puisque vous êtes justement mon patron, vous allez devoir arrêter de parler de cette fameuse nuit.

— Croyez-moi, j'en suis conscient, m'assura-t-il avec un sourire, puis il termina sa tasse de café. C'est pourquoi, à partir de maintenant, je n'en parlerai plus.

La voiture nous attendait devant l'entrée du restaurant. En route vers le bureau, je me permis une question à Neil :

— Au sujet de ce poste de rédactrice adjointe, si je l'accepte, quand devrai-je commencer ?

Il réfléchit un instant.

— J'aurai besoin que vous formiez votre remplaçant, mais après tout, vous pourriez commencer pour le numéro de février.

Je méditai l'idée. Porteras fonctionnait sur un rythme de dix semaines. Le numéro de février sortirait le premier lundi de janvier, ce qui voulait dire que l'écriture des articles commençait la semaine prochaine.

— Prenez le temps nécessaire pour réfléchir, me rassura Neil comme s'il lisait dans mes pensées. Ce n'est pas vraiment un délai, c'est plutôt une estimation.

Pendant quelques kilomètres, nous sommes restés silencieux. Finalement, il a repris d'un air confus :

— Pardonnez-moi ; je vous ai promis de ne plus en parler. Mais j'ai besoin de savoir : avez-vous essayé de me contacter pendant ces six années ? Je vous avoue que je n'ai pas cherché à vous retrouver. Je ne savais pas comment vous réagiriez. Chaque fois que l'envie me prenait de partir à votre recherche, je ne savais pas par où commencer. Alors que moi, sans vouloir me flatter, je suis assez facile à joindre. En particulier dans ce métier, puisque vous étiez forcée de croiser mon nom tôt ou tard.

Il touchait du doigt un mystère qui restait entier. Ce fait s'ajoutait d'ailleurs à l'aspect déroutant de toute cette histoire : je ne comprenais pas comment je n'avais jamais fait le rapprochement entre le Leif de l'aéroport et Neil Elwood, pointure du monde éditorial.

En réfléchissant tout haut, je pris toutefois soin de choisir mes mots :

— Dans la période qui a immédiatement suivi notre brève aventure, je ne prêtais pas attention aux grands noms de l'univers de la mode. J'essayais seulement de sortir vivante de l'université. Et puis, quand j'ai enfin mis le pied dans le monde professionnel…

Je ne comptais plus les photos de lui et les extraits de ses interviews que j'avais croisés. Mais je n'avais jamais travaillé pour une entreprise de Elwood & Stern, et ne m'étais donc jamais intéressée à leurs démarches dans le milieu. Une seule chose me préoccupait : comprendre les rouages de Porteras et me faire une place dans son équipe de journalistes. Il ne me restait ni le temps ni l'envie de découvrir ce qu'il y avait au-delà des murs de ma rédaction.

— J'ai remarqué que vous ressembliez beaucoup à Leif, mais quelque chose chez vous est différent de l'homme sur les photos.

Puis, j'ajoutai sans réfléchir :

— La façon dont vous me regardez vous rend peut-être différent.

Savez-vous quelle est la seule option manquante dans une Maybach ? Les sièges éjectables. Peu importe que l'issue mène tout droit dans les bouchons.

Arrivés au pied de notre bâtiment, ma main se posa d'instinct sur la poignée de la portière. Neil m'invita à sortir d'un geste de la main.

— J'ai encore une course à faire, dit-il. Je vous laisse monter seule.

En refermant la portière derrière moi, je laissai échapper un soupir de soulagement. Je pris conscience qu'il pouvait me regarder m'éloigner ; alors, je ralentis le pas sans me retourner, même au moment d'entrer dans le hall. Dans l'ascenseur, j'avais l'esprit ailleurs. L'un des plus grands mystères de ma vie venait d'être résolu. J'avais retrouvé mon bel étranger et la situation était très loin de celle que je m'étais parfois imaginée dans mes fantasmes. En plus de ma déception, j'avais comme un sentiment de détachement, un peu comme lorsque le scénario de ma série télé préférée prend un tournant qui ne me plaît pas. Le monde ne s'écroulerait pas pour si peu. Ça ne méritait même pas que je verse une larme.

J'étais derrière mon bureau depuis dix minutes quand Rudy fit irruption dans la pièce, l'air grave.

— Où est Neil ? me demanda-t-il en lançant un bref regard sur la porte close derrière moi.

— Il avait une autre course à faire avant de revenir.

Je vérifiai l'heure, 14 h 35, puis ouvris le fichier de son planning. Une réunion sur la couverture du magazine était prévue pour 14 h 20.

Rudy s'approcha de mon bureau et se pencha au-dessus de mon épaule.

— Qu'est-ce qui lui arrive, en ce moment ? murmura-t-il pour lui-même avant de s'adresser clairement à moi. S'il s'agissait de Gabriella, que se passerait-il ?

— On finirait par avoir un employé défenestré de désespoir, me moquai-je avant de m'interrompre dans ma lancée.

Rudy se redressa.

— En tout cas, je ne serai pas cet employé. Pourrez-vous dire à Neil que je m'occupe de la réunion et le tiendrai informé à mon retour de chez Betsy Johnson ?

— C'est noté.

J'ouvris mon adresse mail professionnelle et composai le message.

Arrivé sur le seuil de la porte, Rudy se retourna.

— J'aime beaucoup votre maquillage, aujourd'hui.

Sans me laisser le temps de le remercier, il referma la porte derrière lui. Je me mis à glousser. J'aime bien les gens comme Rudy. On ne sait jamais sur quel pied danser avec eux et je prends cela comme un défi amusant.

Dans la journée, je n'ai croisé Neil qu'une seule fois et très brièvement. Heureusement, car ma confidence poétique sur le trajet du retour avait largement dépassé les limites que je m'imposais avec lui. Depuis son retour, Neil n'avait pas parlé de sa « course » imprévue. J'en déduisis que sa réunion de début d'après-midi était tombée à l'eau parce qu'il préférait faire le tour du quartier dix fois en voiture plutôt que de prendre l'ascenseur avec moi. Ce caprice avait également bousculé tout le reste de sa journée ; d'un air gêné, il est venu m'annoncer qu'il aurait encore besoin de moi après l'horaire habituel de fin de journée. À 18 heures passées, j'ai maintenu le cap grâce à la promesse d'un bain chaud en rentrant à la maison – sans fantasmer sur mon patron, cette fois-ci – et j'ai patiemment attendu qu'il daigne me laisser rentrer chez moi.

Aux alentours de 19 heures, Neil est sorti de son bureau en compagnie de Rudy et de Hope Foley, styliste confirmée de Porteras.

— Désolé de vous avoir retenue, Sophie, s'excusa Neil. Nous partons dîner ; j'aimerais que vous restiez joignable en cas de besoin.

— Aucun problème.

Moi qui avais hâte de rentrer pour raconter notre déjeuner à Holli, la soirée s'annonçait longue à jouer sur mon smartphone en attendant le retour du patron. Finalement, Neil n'était pas si différent de Gabriella, en tout cas sur le plan professionnel.

— Je ne vous demande pas de rester ici, ajouta-t-il brusquement. J'espère que vous ne pensiez pas que je voulais…

— Gabriella l'aurait enchaînée à ce bureau, fit remarquer Hope en riant.

Hope se chamaillait toujours avec Gabriella. Elle était la seule personne de l'entreprise à oser la remettre en question.

J'avais toujours trouvé les réponses calmes et posées de Gabriella très divertissantes face aux envolées passionnées de Hope.

Rudy se mit à rire avec elle et Neil les rejoignit, mais je perçus les rougeurs qui coloraient son cou.

— Oui, enfin, je n'en demande pas tant, marmonna-t-il.

Hope et Rudy ne semblaient pas remarquer sa gêne, mais moi, je ne voyais que cela. Je me demandai s'il avait la même image que moi en tête : des chaînes, un bureau.

Dans un effort pour garder les yeux rivés aux siens, je leur lançai d'un ton neutre :

— Eh bien, passez une bonne soirée.

Puis, à mon grand soulagement, ils quittèrent mon bureau. J'attendis qu'ils prennent l'ascenseur puis sautai de mon fauteuil avant d'enfiler mon manteau.

De retour à la maison, je n'avais qu'une idée en tête : vider mon sac au sujet de cette étrange journée, mais Holli était dans tous ses états. Elle était furieuse, et à juste titre.

— Regarde ! fulminait-elle en mettant son iPad sous mon nez. Tu le crois, ça ?

— Oh, non !

J'ai laissé tomber mon sac et me suis débarrassée de mon manteau tout en lisant l'article de magazine ouvert sur l'écran. Une photo de Holli dans toute sa beauté – de longues jambes s'élevant d'une paire de bottes Yves Saint Laurent telles des colonnes grecques, ses hanches osseuses à peine vêtues d'une culotte en dentelle noire et ses bras maigres recouvrant sa poitrine – était barrée d'une phrase coup-de-poing : « Jusqu'où ira la maigreur ? »

— Cette photo date de l'année dernière, m'expliqua mon amie. Je sortais à peine de cette maladie digestive, tu te souviens ? Évidemment, j'étais amincie ! Ce sont des critiques gratuites !

Dès que mes mains furent libres, elle y posa la tablette et partit dans la cuisine.

L'article était tissé d'arguments de ces ignorants, comme d'habitude. Les mannequins sont trop maigres. Toutes mourront de sous-alimentation. Tels et tels exemples le prouvent. Holli n'était pas encore célèbre, mais elle serait bientôt, très bientôt, la cible de sketchs de mauvais goût.

Holli et moi sommes amies depuis longtemps et je sais par expérience ce qu'il faut à tout prix éviter de lui dire dans ces cas-là : par exemple, il faut éviter de rester optimiste en évoquant les retombées positives de cet épisode sur sa carrière, ou pointer du doigt la jalousie des autres femmes. Quant à lui suggérer qu'elle souffrait peut-être de troubles alimentaires dont elle n'avait pas encore conscience ? Ce n'était pas mieux. Et lui exprimer ma jalousie face à sa capacité à ingérer des cheeseburgers gros comme sa tête en perdant du poids au lieu d'en prendre ? Encore pire.

La meilleure chose à dire, le commentaire ultime pour les circonstances, c'était ce que je lui dis ensuite :

— Quelle histoire merdique !

Rien ne le résumait mieux : cette histoire était merdique. On ne pouvait pas juger de la santé de Holli d'après son apparence physique. Ils ne pouvaient pas savoir si elle était anorexique ou non. Ils n'étaient pas médecins, que je sache!

— S'ils prenaient l'industrie de la mode dans son ensemble, je comprendrais, criait Holli pour couvrir le bruit de l'eau qui coulait dans la bouilloire en métal. Mais qu'ils ne se focalisent pas sur moi. À cause de ce foutu article, mes futurs employeurs se diront: « Ne l'embauchons pas comme mannequin, ça risque de ternir notre réputation. » Ils rigoleront moins lorsque je devrai arrêter de me nourrir pour payer mon loyer.

Je parcourus encore une fois l'article.

— Au moins, ils ne citent pas ton nom.

— C'est sûr que ça change tout: ce n'est pas comme si mon visage était en couverture de magazine! tempêta Holli avant de lever les yeux au ciel. Excuse-moi, je m'emporte.

J'ai laissé tomber l'iPad sur le canapé et suis allée la prendre dans mes bras.

— Tu as le moral à zéro?

— Oui, pleurnicha Holli en faisant la moue.

— Tu veux fumer un joint en regardant *Norbit*? lui proposai-je en lui tapotant le dos comme si je faisais roter un bébé.

— Oui, bredouilla-t-elle en faisant mine de pleurer dans mon épaule.

Notre relation était un trésor que je chérissais, en particulier dans ces moments où nous étions capables de tourner tous nos problèmes en dérision pour nous remonter le moral.

Nous nous sommes installées sur le canapé, armées de thé et de pop-corn – vous seriez surpris d'apprendre qu'ils se marient diablement bien – et j'ai mis le lecteur DVD en marche. Mes anecdotes sur Neil pouvaient attendre.

Vingt minutes de film venaient de passer lorsque les yeux de Holli s'écarquillèrent et elle s'exclama :

— Oh mon Dieu ! Je ne t'ai pas demandé comment ça s'est passé, avec ton type !

J'ai haussé les épaules.

— Rien de plus. C'est pour ça que je n'en ai pas parlé.

— Soph. Est-ce que tu crois vraiment me rendre un service en ne disant rien ? Je souffre, tu le vois bien ; c'est ton devoir en tant qu'amie de me remonter le moral grâce au Schadenfreude.

— Ce n'était pas si terrible, marmonnai-je, et je me surpris moi-même par cet aveu qui résumait parfaitement la réalité. Je pensais qu'on aurait pu… Je ne sais pas. « Se remettre ensemble » ne serait pas juste puisque nous n'avons jamais vraiment été ensemble. Mais on a évoqué la possibilité de coucher ensemble de temps en temps.

— Bravo, ma belle ! me charria Holli en me tapotant l'épaule.

— Je crois que, finalement, on a décidé de ne pas le faire.

Je voulais l'annoncer en douceur, mais mon amie était visiblement déçue.

— Et puis, repris-je, il a une fille de mon âge.

— Alors il était marié ?

Son visage se tordit d'horreur. Je secouai la tête.

— Non, il m'a expliqué que c'est la fille d'une précédente union. Il n'a été marié que deux ans, et tiens-toi bien : ils sont en plein divorce.

— Dans ce cas, pas de regrets ! s'exclama Holli, puis elle poussa un soupir. Est-ce que ça explique pourquoi vous ne…

Sur ces mots, elle glissa son index dans le cercle qu'elle formait avec les doigts de son autre main. Je saisis le coussin auquel j'étais adossée et l'abattis sur son crâne.

— Tu serais à l'aise, toi, si tu couchais avec un homme assez jeune pour être ton fils ? grommelai-je.

Dans un rire, Holli intercepta le coussin, lui donna quelques tapes pour lui rendre forme et le coinça dans son dos.

— Même plus jeune encore, acquiesça-t-elle. Dès que j'aurai passé le cap des cinquante ans, je ne fréquenterai que des hommes de vingt et un ans maximum. Et ainsi de suite pour découvrir le secret de l'éternelle jeunesse !

À la fin du film, je suis partie me coucher. La réponse de Holli m'est alors revenue. Elle devait avoir raison. En quoi était-ce un problème de coucher avec quelqu'un de plus jeune que soi ? Mon père était plus jeune que ma mère. De deux ans, soit. Je cherchais des exemples encourageants, évidemment, pas des couples qui se sont déchirés jusqu'à leur dernier souffle. Je ne trouvais aucune raison d'être gênée par la différence d'âge qui me séparait de Neil.

Aucune raison valable, en tout cas. Neil ne cherchait pas de relation sérieuse et moi non plus. En réalité, j'évitais même toute implication romantique depuis ma dernière année d'études. Aucun orgasme ni aucun bouquet de fleurs, aussi sublime soit-il, ne mériterait que je mette de côté mes rêves et mon identité. Et puis, il me restait déjà trop peu de temps à consacrer à Holli. Où pourrais-je caser un petit ami dans un emploi du temps pareil ?

Je n'étais pas allée voir ma mère depuis un an. Mon cœur se serrait à l'idée de ce qu'elle pourrait penser de tout cela. Un jour, elle m'a avoué qu'elle préférait garder de moi l'image d'une jeune vierge, même si je finissais avec trois maris et quatorze enfants. Personne ne saurait mieux m'aider qu'elle pour traverser cette mauvaise période avec grâce et bon sens. Mais il était hors de question qu'elle apprenne que j'avais traversé le pays et manqué de traverser le monde entier sans la mettre au courant. Oh, et à propos, j'avais couché avec un inconnu. D'après sa version, j'étais partie directement à New York pour mes études après un léger problème dû à une correspondance manquée.

Tu parles d'une correspondance !

Je me retournai dans mon lit et changeai mon oreiller de côté pour savourer sa fraîcheur. Était-il seulement envisageable que je parvienne à m'endormir, cette nuit ?

Par habitude, j'avais posé mon iPhone sur la table de chevet, à portée de main. Dans ma glorieuse période en tant qu'assistante de Gabriella, il n'était pas impossible d'être réveillée en pleine nuit par sa voix paniquée à cause d'un avion manqué, ou d'une paire de chaussures dont nous faisions la promotion pour la deuxième fois sans nous en apercevoir. D'après ces premiers jours de remaniement, Neil serait un tout autre genre de patron.

C'était en tout cas ce que je pensais au moment de fermer les yeux, environ deux secondes avant que mon téléphone ne se mette à vibrer. Ma table de chevet résonnait comme une peau de tambour. Je m'assis dans mon lit instinctivement, formée par deux ans de servitude.

Le numéro de Neil s'afficha sur l'écran. Je regardai l'heure. 22 h 45. Que faisait-il encore au bureau à une heure pareille alors que tout le monde était parti ? Je décrochai en étouffant un bâillement.

— Allô ?

— Bonsoir, Sophie. J'espère que je ne vous réveille pas.

Sa voix avait une telle emprise sur moi que c'en était troublant. Elle me faisait l'effet d'une gorgée de whisky, épaisse et réconfortante, qui me réchauffait et me grisait.

J'étais si étourdie qu'il me fallut une seconde pour balbutier :

— N-Non. Je… Je ne dormais pas.

— Tant mieux.

À l'autre bout du fil, j'entendis un bruit, une respiration soudain interrompue, comme s'il retenait son souffle en cherchant ses mots. Puis, il dit d'une voix douce :

— Ce serait plus simple si nous pouvions nous voir en personne.

— Oh.

J'ai alors baissé les yeux sur mes jambes. Mon visage était démaquillé, mes cheveux ressemblaient à une choucroute et je portais mon pyjama avec les tasses de café imprimées partout.

S'il s'était agi de Gabriella, elle m'aurait à peine gratifiée d'un : « Venez, j'ai besoin de vous. » Souvent, je n'avais même pas droit à l'information capitale : où la retrouver ? En réalité, elle attendait de moi que je suive son emploi du temps de près, sur ses heures de travail comme en dehors. Là, au moins, je savais d'où Neil m'appelait.

— Écoutez, le temps d'arriver...

— Non, non, ça n'a rien à voir avec le travail.

Il parlait rapidement, puis un silence suivit et je crus percevoir les battements de nos deux cœurs emportés dans un marathon. Il se racla la gorge.

— Est-ce que ce serait gênant si je... passais chez vous ?

Personne ne pouvait avoir autant besoin d'un montage vidéo que moi à cet instant-là. La scène passerait en accéléré, on me verrait m'habiller à la va-vite, et puis je lui ouvrirais la porte, apprêtée comme une Barbie. « Oh, ce vieux tissu ? » dirais-je, en tournoyant avec ma petite robe Givenchy des années 1960. « J'ai mis le premier truc qui m'est tombé sous la main. »

Il pouvait arriver à l'appartement en vingt minutes. Cela me laissait à peine le temps de me brosser les dents, de faire la vaisselle et de jeter les canettes de Coca-Cola Light échouées sur la table basse.

— Non, ça ne me dérange pas, répondis-je d'un ton trop joyeux pour être naturel.

Neil entendait sûrement mon sourire forcé à travers le combiné.

— J'ai besoin de votre adresse pour mon chauffeur, s'excusa-t-il.

— Vous pourriez facilement fouiner dans la base de données de l'entreprise, le taquinai-je.

Sa réaction fut si sérieuse qu'elle me ramena aussitôt sur terre.

— Vraiment, je ne préfère pas. Ce n'est pas mon genre, ni au travail, ni dans ma vie privée.

En lui donnant notre adresse, j'étais déjà debout et me dirigeais vers le placard.

— Prenez votre temps. Je dois ranger un peu.

— Ce n'est pas une visite de ministre, me rassura Neil. À tout de suite.

Après avoir raccroché, je tins le téléphone contre ma poitrine le temps de reprendre mon souffle ; puis, je le jetai sur mon lit et fouillai dans mes vêtements. Inutile d'en faire trop, un simple pull en cachemire et un jean confortable feraient l'affaire. Ensuite, je partis dans la salle de bains et me brossai les dents en un temps record. J'étais occupée à débarrasser le salon de tout l'attirail récréatif de Holli – il s'agissait tout de même de mon patron – lorsque la sonnette retentit.

— Oui ? dis-je dans l'interphone.

— C'est Neil.

J'appuyai sur le bouton et entrouvris la porte. Notre appartement se situait au troisième étage et l'escalier s'enroulait sur lui-même jusqu'au petit vestibule. J'entendis du bruit dans le couloir. J'avais la gorge sèche.

Un bruit de pas. *Ses* pas, qui s'approchaient de ma porte d'entrée. Pourquoi étais-je si nerveuse ? Je sentis mon pouls s'accélérer en posant une main sur ma peau découverte par l'échancrure de mon pull. Je commençai à serrer mes cuisses l'une contre l'autre, puis m'arrêtai quand je pris conscience de ce que j'étais en train de faire.

Mais que m'arrivait-il ? Après tout, je ne savais pas pourquoi il tenait à me voir. Il pouvait aussi bien venir m'annoncer en personne qu'il regrettait sincèrement de me renvoyer mais qu'il ne pouvait faire autrement étant donné le malaise qu'il ressentait en ma présence.

Lorsque j'ouvris la porte, il était là, et tous mes doutes se volatilisèrent : s'il était venu, c'est parce qu'il éprouvait le même désir que moi. Je vis la même flamme brûler dans ses yeux lorsque nos regards se croisèrent.

Neil était légèrement essoufflé ; il plaisanta en me demandant si un appartement encore plus élevé n'était pas disponible à l'époque où nous avons emménagé, mais son humour ne parvint pas jusqu'à mon cerveau où le sang peinait à affluer.

Neil était là, sur le pas de ma porte, l'air désolé. Il attendait que je dise quelque chose. Les mots m'avaient désertée.

— Hum… Entrez.

Je fis un pas en arrière et refermai la porte derrière lui.

— Excusez-moi de passer à l'improviste à cette heure-ci, mais je savais que je ne trouverais pas le sommeil sans vous parler d'abord.

Apparemment, nous entrions directement dans le vif du sujet. Je m'attendais à ce que nous échangions des banalités, le temps de deviner pourquoi il était là. À présent, je ne savais plus quoi dire, ni que faire de mes mains. Je recroquevillai les doigts dans les manches de mon pull.

—Au déjeuner, ce midi, je vous ai peut-être donné l'impression que…

—Rien ne pourrait jamais se passer entre nous ? l'interrompis-je.

Je pensais le faire rire, mais ce fut un échec.

—Je dois avouer que notre différence d'âge me met mal à l'aise. C'était déjà le cas à l'époque. Je ne suis pas le genre d'homme à avoir besoin de séduire les jeunes filles pour se sentir vivant. Je n'en tire aucune fierté. Et puis, il n'est pas dans mes habitudes de séduire des inconnues dans les aéroports.

—Ce n'est pas dans les miennes non plus, m'empressai-je de préciser, sur la défensive.

Son visage se décomposa et il s'avança d'un pas vers moi.

—Même si c'était le cas, je m'en ficherais. Ce que j'essaie de te dire, c'est que c'est nouveau pour moi. La nuit que j'ai passée avec toi il y a six ans n'était motivée que par mon attachement à toi, Sophie. Tu étais si belle, si franche, et légèrement étrange. Ce que nous avons partagé était inoubliable, ajouta Neil avec un sourire hésitant. Je ne suis pas ravi d'apprendre que tu as l'âge de ma fille. Mais tu n'es pas ma fille. Cette fameuse nuit… C'était l'une des plus belles de ma vie.

Je voulus faire une remarque tranchante, mais il parcourut l'espace qui nous séparait et me prit dans ses bras. Mes pieds butèrent contre les siens, mais nous parvînmes à garder l'équilibre. Nos regards se croisèrent et, de surprise, j'entrouvris la bouche lorsqu'il s'empressa de la recouvrir de ses lèvres.

Chapitre 5

Neil Elwood m'embrassait, et cet instant était aussi délicieux que le souvenir que j'en avais gardé. Ses lèvres apprivoisaient les miennes, les poussaient à accueillir sa langue curieuse qui venait se promener sur le bord de mes dents. Une main posée au creux de mes reins, il passa son autre bras autour de mes épaules. Il me tenait tout contre son torse et je m'agrippais au revers de sa chemise. Je ne pouvais rien faire de plus. À croire qu'il émanait de cet homme une sorte de phéromone qui mettait en veille mon système nerveux tout entier. Je ne pouvais pas risquer de trébucher, quand même ! Cela faisait si longtemps qu'on ne m'avait pas embrassée, j'en avais presque oublié comment faire. Je m'écartai soudain de lui en reprenant bruyamment mon souffle et inhalai les effluves de son parfum ; un mélange indistinct d'eau de Cologne et de l'odeur boisée du whisky.

Un indice que je n'ai pas laissé échapper.

— Tu as bu ?

— Oui, beaucoup, avoua Neil en rougissant. Sans alcool, je n'aurais jamais trouvé le courage de venir jusqu'ici.

— Lorsque tu auras la gueule de bois, tu regretteras amèrement de l'avoir trouvé, ce courage.

Je posai les mains contre son torse et reculai d'un pas pour ajouter :

— Bravo pour ton romantisme, c'est même du grand cinéma ; mais tu m'as menée en bateau toute la journée, si bien que je ne sais plus comment réagir.

Apparemment, la franchise par l'alcool était contagieuse. Heureusement d'ailleurs, car sans cela, je me serais laissé convaincre de faire ce qu'il voulait sans réfléchir aux conséquences. L'argumentation était l'arme fatale de Neil.

Il prit un air déçu.

— Tu as raison. Je n'aurais pas dû... Seulement, je voulais éclaircir notre relation. J'aimerais beaucoup savoir s'il y a quelque chose entre nous.

— Bien sûr qu'il y a quelque chose, c'est plutôt évident, non ? fis-je remarquer, car à quoi bon le nier ? En revanche, je ne sais pas si cela mènera quelque part.

— Je ne cherche pas à me caser, me rappela Neil en me lançant un regard inquiet.

Il craignait sans doute de me blesser en n'essayant pas de me faire croire qu'il m'aimait d'un amour déchirant. Je me coucherais sur cette question, ce soir-là. Bon sang, venais-je vraiment de penser à *coucher*? Non: « relation sérieuse ou non », voilà le sujet de notre discussion.

Garde les pieds sur terre, ma belle. Reste raisonnable!

— Je ne suis pas un cœur à prendre non plus. En tout cas, pas pour l'instant, et pas avant longtemps.

Je ne mentais pas: me trouver un petit ami était la dernière de mes priorités.

— Mes études ne sont terminées que depuis deux ans, poursuivis-je. Je viens à peine de commencer ma vie et je ne suis pas encore prête à la partager.

Il esquissa un sourire empreint de... Était-ce de l'admiration? Ce que je venais de dire n'était pas admirable, ce n'était rien de plus que la vérité.

— Tu as sans doute raison. Mais aujourd'hui tu as émis l'idée de nous voir de temps en temps.

Comment pouvait-il parler avec autant d'esprit et de discernement alors qu'il était complètement soûl? Son accent y était sans doute pour beaucoup. S'il était venu m'annoncer qu'il transformait *Porteras* en magazine spécialisé sur l'automobile, j'aurais adhéré à son idée pour la seule raison que son accent le rendait distingué.

Quel cliché d'Américaine j'étais!

Je haussai les épaules.

— Oui, mais c'était avant de réfléchir sérieusement au poste que tu m'as proposé. Cette offre m'intéresse, mais je ne veux pas de la réputation d'une simple employée qui n'a obtenu une promotion que parce qu'elle couche avec le patron.

— Ce ne serait pas un problème si nous étions discrets. Est-ce que tu as l'intention de raconter notre vie sexuelle à qui veut l'entendre au bureau ? plaisanta Neil en haussant un sourcil.

— Non, bien sûr que non, me défendis-je en voulant me persuader que je n'avais jamais… *(Oh, bon d'accord. Je suis coincée !)* Je l'avoue : il m'arrive de parler de ma vie privée à une collègue et amie.

— Moi aussi, ce qui m'amène justement ici, conclut-il avant de désigner le canapé. Je peux ?

— Oh, c'est vrai. Je t'en prie, balbutiai-je en me couvrant les yeux, tentant en vain de dissimuler mon embarras. Je suis désolée, je ne reçois pas souvent.

— Il n'y a pas de mal. Tu me reçois très bien, au contraire.

En s'asseyant sur le canapé, il sursauta et sortit de sous ses fesses une pince hémostatique que Holli utilisait comme pince-joint. L'objet tenait encore un mégot de belle taille. Paniquée, je le lui pris des mains et le jetai par-dessus mon épaule ; il s'écrasa bruyamment sur le sol carrelé de la cuisine.

— C'est à ma colocataire, expliquai-je dans ma précipitation. Je n'oserais jamais…

— Ne sois pas nerveuse comme ça. Je ne suis pas venu pour te dénoncer.

Il tapota la place libre à côté de lui, mais je ne m'y installai pas et préférai m'asseoir sur l'accoudoir du fauteuil à bascule, le plus loin possible de son magnétisme sexuel irrésistible.

Qui croyais-je duper ? Je pouvais me trouver en Finlande à cet instant, cela ne changerait rien au fait que mes parties les plus féminines le réclamaient tout entier. À peine avait-il évoqué « notre vie sexuelle » que mon pouls s'était emballé.

— Désolée, j'ai eu peur de te choquer. *(Pourquoi ai-je dit une chose pareille ? Il est peut-être encore temps de m'expliquer.)* Tu sais, l'écart des générations, tout ça…

En rajouter pour s'enfoncer ne contribuait pas à dissiper le malaise ; je devrais pourtant le savoir.

— En effet, je suis profondément choqué, se moqua-t-il gaiement. La jeunesse et les drogues douces sont des notions créées il y a seulement cinq ans, je ne peux donc pas comprendre de quoi tu parles.

Mes joues s'empourprèrent de honte.

— Est-ce que tu es venu pour te moquer de moi ?

Son expression changea et j'y lus ses remords à l'idée de m'avoir vexée.

— Si je suis venu, c'est parce que je suis attiré par toi, je ne peux plus le cacher. J'ai pensé à toi tous les jours. Je me répète sans doute, mais cela mérite d'être dit. Si je ne t'avais pas volé ton billet d'avion – et à ce sujet, excuse-moi encore, car avec le recul…

— Tu es pardonné, l'interrompis-je.

Ce changement dans son humeur semblait moins provenir de son taux d'alcool que de ma présence ; j'en étais à la fois flattée et troublée. Une phrase qu'il avait dite quelques instants auparavant me revint à l'esprit.

— Tout à l'heure, tu disais être venu parce que tu as parlé à l'un de tes collègues de travail ?

— Rudy, acquiesça Neil. Je suis désolé, c'est aussi ton collègue, désormais. Mais nous sommes amis depuis des années. J'imagine que maintenant qu'il travaille dans la même entreprise que moi, notre amitié devra s'adapter. Il n'empêche que j'avais besoin de me confier. De tout mon entourage, il est le seul à être au courant de toi et moi, de notre rencontre. Il est également le seul habitant de New York en qui j'ai assez confiance pour me livrer au sujet de ma vie privée. J'ai traversé une sorte de bataille pour le droit de garde et j'y ai perdu de nombreux amis.

— Un droit de garde ? Je croyais que ta fille avait vingt-quatre ans.

— Un droit de garde de nos amis, expliqua-t-il en souriant. Des connaissances, plus précisément. Je passe beaucoup de temps au travail et Elizabeth rencontrait plus de gens grâce à son investissement dans des œuvres caritatives.

— Ah.

Je n'avais vraiment, mais vraiment pas envie de parler de son divorce, tout comme je n'avais pas envie de le savoir solitaire dans cette ville. Mes deux premières semaines à l'université de New York restaient gravées dans ma mémoire : les hasards des répartitions dans les dortoirs n'avaient pas encore fait entrer Holli dans ma vie, et ces quinze jours ont été les plus tristes de mon existence. Voilà pourquoi je ne voulais pas avoir de la peine pour Neil, cela ne ferait que nous rapprocher pour de mauvaises raisons. Si nous devions aller jusqu'au bout, nous devions le faire dans les règles de l'art.

Je pris une profonde inspiration, le temps de chercher mes mots.

— Je ne sais pas comment prendre le fait que tu racontes… ce que tu racontes à Rudy. Comme tu dis, c'est aussi mon collègue de travail. Mais si tu lui fais assez confiance pour lui faire partager notre secret, alors j'en ferai autant. Finalement, tu risques plus gros que moi dans cette affaire.

Neil secoua la tête.

— Tout ça prend une direction totalement différente de ce que j'imaginais.

— À quoi tu t'attendais, au juste ? À toquer à ma porte et à me baiser ?

Ces mots me firent frissonner.

— Me reprocherais-tu d'avoir seulement essayé ? murmura Neil en esquissant ce demi-sourire qui me faisait littéralement fondre. Je vais m'en aller. Cette visite était une mauvaise idée.

En le regardant s'éloigner à grands pas vers la porte d'entrée, je sentis mon estomac se nouer. D'accord, il avait parlé à monsieur-sans-savoir-vivre de notre aventure vieille de six ans, mais de mon côté, j'en avais parlé à Holli, non ? Or, elle travaillait de temps en temps pour le magazine. Ses confidences n'arrivaient sûrement pas à la cheville des miennes d'un point de vue détails croustillants, mais si Neil ressentait ne serait-ce que le dixième de la confusion émotionnelle dont j'avais souffert, ce n'était pas étonnant qu'il ait besoin d'une écoute attentive.

Et puis, il ne cherchait pas de relation sérieuse. J'adorais faire l'amour et, trouver une personne avec qui je voulais partager cette passion, une personne douée en la matière et qui n'avait pas l'intention de me mettre la bague au doigt, ce n'était pas facile dans une fourmilière de huit millions d'habitants. En particulier pour une femme qui compare tous les hommes qu'elle rencontre à l'indétrônable Neil Elwood.

À présent, il était là, celui qui avait placé la barre si haut dans mes attentes charnelles.

— Attends !

Neil s'arrêta, les sourcils arqués par la surprise.

— Si tu cherches une activité extrascolaire amusante, et je ne te parle pas d'une chasse aux trésors pour mâles en chaleur où il te faut baiser ta secrétaire pour gagner des points…

Ma voix s'éteignit d'elle-même : j'avais perdu le fil de ma pensée. Je me redressai et inspirai profondément.

— Dans ce cas, c'est d'accord, ajoutai-je pour finir ma phrase. Nous pouvons nous voir de temps en temps.

— Quand tu dis « nous voir »…, commença prudemment Neil.

— Je veux dire coucher ensemble. Sans engagement ni aucune condition.

L'idée qu'il pouvait me prendre pour une fille facile ne m'avait même pas traversé l'esprit en lui proposant cet arrangement. Cela peut paraître étrange, mais je savais qu'il serait honnête avec moi et ne me jugerait pas selon des critères de misogynes stupides. Toutes les relations devraient commencer comme ça : une nuit torride avec une personne qu'on croit ne plus jamais revoir par la suite.

— On ne fera rien ce soir, ajoutai-je d'un ton déterminé.

Il était toutefois difficile de ne pas flancher en prononçant cette phrase. J'avais passé tant d'années à fantasmer sur cet homme, et sur lui seulement ; ce soir, il était là, prêt à me procurer tous les meilleurs délices dont on puisse rêver. Mais j'avais pour devise de ne pas coucher avec un homme soûl.

Un sourire se dessina sur son visage et la promesse déplacée qu'il impliquait suffisait à me donner la chair de poule.

— Très bien, dit-il. Nous avons déjà attendu six ans, alors n'ajoutons pas plus de… Disons, vingt-quatre heures ?

— Vingt-quatre heures ? répétai-je.

Mon cœur remonta dans ma poitrine et je croisai les bras ; mes seins qui pointaient sous mon pull accaparaient toute mon attention.

— Vingt-deux ? négocia Neil.

Il s'avança d'un pas, son sourire coquin toujours aux lèvres et approcha son nez droit et d'une élégance classique tout près de moi. Il ne me touchait pas, mais cette proximité permettait aux pans de son manteau de frôler mes bras. Une vibration purement sexuelle s'éleva entre nous. S'il avait ouvert les bras, s'il avait fait le moindre geste vers moi, je me serais abandonnée à lui, devise anti-soûl ou non. Mais il ne fit rien. Il posa seulement son regard sur moi et contempla avec attention chaque trait de mon visage comme s'il cherchait à déchiffrer un code complexe.

— J'estime que six ans à te désirer, c'est bien assez, Sophie.

Six ans à te désirer.

Il avait ressenti le même besoin que moi. La tension mêlée au soulagement est une sensation complexe à gérer. Pour de nombreuses raisons, il ne devait pas me pousser contre un mur et me baiser encore tout habillée, mais aucune de ces raisons ne semblait assez bonne.

D'un bref coup de langue, j'humectai mes lèvres, puis levai le menton. Je trouvais cela plus facile de le regarder droit dans les yeux lorsque je me cachais derrière un sarcasme prudent.

— Bien, maintenant que c'est réglé… Je pourrais te proposer un verre, mais tu as déjà assez bu.

— Oui, et mon chauffeur m'attend.

Il se pencha, ses lèvres à quelques millimètres des miennes.

— À demain. Je te tiendrai au courant des modalités.

Il m'embrassa, trop brièvement à mon goût, et s'en alla.

Longtemps après qu'il fut parti, j'étais encore devant la porte à me demander ce qui venait de se passer. Je venais d'obtenir ce que j'avais désiré pendant six longues années sans vraiment me l'avouer. En même temps, je venais d'accepter de coucher avec mon patron, encore une fois. Holli entrouvrit la porte de sa chambre.

— La voie est libre ?

— Je n'en sais rien.

Les jambes lourdes, je me suis laissée tomber sur le canapé. Je caressai du bout des doigts ma lèvre inférieure. La douceur de sa bouche était encore là, comme un écho qui résonnait jusqu'à descendre dans ma culotte.

— Je vous ai espionnés. Ne m'en veux pas, supplia Holli, puis elle s'approcha à pas de loup jusqu'au salon. En personne, c'est un homme normal, fit-elle remarquer avec un haussement d'épaules.

— J'en déduis que tu as retiré tes lentilles, parce que franchement, il est canon.

Nous n'étions absolument jamais d'accord en ce qui concernait les hommes. Cela venait du fait que les proies de Holli semblaient sorties tout droit de Disney Channel.

— Oui, il est charmant si tu aimes les papas, se moqua-t-elle. *Chacun ses goûts, je suppose.*

— Il pourrait être brûlé au troisième degré à cause d'un incendie chimique, ça ne changerait rien. Ce qui se dégage de lui me met dans tous mes états.

— Un état de Soumise prête pour la punition, conclut Holli, les yeux brillants d'idées lubriques. D'après toi, qu'est-ce qu'il te réserve, cette fois ?

— Si je commence à me poser cette question, je risque de ne pas dormir.

De toute manière, le sommeil serait difficile à trouver, ce soir-là. Comment pouvais-je dormir puis passer une journée ordinaire en sachant que ma plus belle expérience sexuelle se reproduirait bientôt ?

Oh, j'espérais avoir assez de batterie pour tenir le choc.

Mes paupières s'ouvrirent avant que l'alarme se déclenche. L'idée de partir travailler ne m'avait jamais autant réjouie de toute ma vie. Pas même lors de mon premier jour. Ni la fois où Madonna était venue déjeuner avec Gabriella, l'année passée.

Je me demandais si Neil mesurait l'honneur que ça représentait : il passait devant Madonna ! J'ai alors poussé un cri dans mon oreiller. Je devais à tout prix me ressaisir ! Ce n'était pas en ressassant l'idée que Neil et moi avions un rencard que j'allais me montrer efficace dans mon travail, ce jour-là. Je n'allais tout de même pas mettre ma carrière en péril alors que mon entreprise venait de traverser un changement de direction draconien.

Mon trajet jusqu'au travail ne fut pas plus intéressant que les autres jours. Une fois arrivée, je me suis installée derrière mon bureau, vérifiant régulièrement l'horloge tout en m'efforçant de garder le contrôle de mes pulsions hormonales qui s'activaient avant même que Neil soit arrivé.

Ce dernier a fait son entrée à 8 h 30. Il m'a saluée platement au moment de me confier son manteau. Bizarrement, le fait de savoir que nous coucherions bientôt ensemble nous débarrassait du malaise encore perceptible la veille, et nous pouvions à présent agir comme deux êtres humains normaux. Deux êtres humains aux pensées déviantes. Je savais que nous étions deux dans ce cas, car au moment d'accrocher son manteau, je sentis sa main me frôler le bas du dos et surpris son regard posé sur mes fesses en me retournant.

— Tu ne peux pas te permettre ce genre de choses, lui rappelai-je. On risque de se faire prendre. Et puis, c'est spécifié dans le règlement de l'entreprise, juste en dessous de l'article sur le harcèlement sexuel. Les mots employés sont : « tolérance zéro ».

— J'en prends bonne note, rétorqua-t-il sèchement. D'ailleurs, j'attends six personnes ce matin qui devraient pouvoir m'injurier en me jetant leurs chaussures au visage.

— Café et verres d'eau pour six personnes. Entendu.

Évidemment, j'étais déjà au courant de cette réunion sur la nouvelle collection de chaussures, mais il n'avait pas besoin de le savoir. Avant de prendre mes fonctions de rédactrice adjointe pour la section produits de beauté, je voulais me rendre indispensable, faire apparaître tout ce dont il avait besoin comme par magie. Terminer en beauté, ça ne fait jamais de mal, comme en témoigne mon relevé de notes de fin d'études.

— Voulez-vous que je prenne des notes à mon bureau ?

— Oui, je vous en prie. Oh, et avant que j'oublie…

Neil posa sa sacoche en cuir sur mon bureau et ouvrit le rabat. Il en sortit un iPad dans un élégant étui noir et me le tendit.

— Commence par lire mes notes, reprit-il tout bas. Tu y trouveras les modalités dont je te parlais. Et tu auras besoin de ceci.

Les yeux écarquillés, je l'ai regardé sortir de son portefeuille une clé magnétique en plastique brillant. Il la coinça entre deux doigts et me la présenta.

— Tu trouveras sur le document le nom de l'hôtel et le numéro de la chambre. À moins que tu ne sois pas disponible ce soir ?

Je suis persuadée qu'il a remarqué ma main tremblante au moment de lui prendre la clé. Sa bouche eut un tic de satisfaction : il percevait le désir irrépressible qu'il m'inspirait.

À en juger par son efficacité déconcertante pour ce qui était d'organiser notre « rencard », j'en déduisais que son désir pour moi n'était pas moins pressant.

Tout en faisant tourner la carte magnétique entre mes doigts, je lançai un regard faussement désintéressé à l'objet avant de le faire lentement glisser dans l'échancrure déboutonnée de ma chemise de soie noire. J'étais consciente qu'il pouvait apercevoir l'ombre de mon soutien-gorge à peine plus foncé derrière le tissu de soie et pris volontairement mon temps en insérant la fine clé dans le bonnet de mon sous-vêtement.

Avec un petit rire, il secoua la tête et tourna les talons.

J'attendis que sa porte soit bien refermée derrière lui avant d'oser libérer la tablette de son étui. J'appuyai sur le bouton de démarrage ; l'icône de l'application pour la prise de notes était visible sur l'écran principal. Avec de brefs regards inquiets en direction de la porte de mon patron, j'ouvris le document. Les modalités étaient résumées en une simple phrase qui m'était adressée :

> Sophie,
>
> Cette clé appartient à l'hôtel *W*, sur Lexington Avenue.
>
> Rendez-vous dans la suite «Wow».
>
> Neil

La suite « Wow » ? J'ai résisté à la tentation de me promener sur Google et me suis finalement mise au travail. J'aurais préféré qu'il soit plus précis : quel type de nuit voulait-il passer ? Que pensait-il me faire subir… Au moins un indice. En me privant de ce plaisir, il me rendait folle. C'était sans doute son objectif. Neil devait me prendre pour la même étudiante naïve qu'il avait connue, mais il y avait forcément un moyen de lui prouver que j'étais capable de le troubler, moi aussi.

Une idée tortueuse me vint à l'esprit, dictée par le souvenir de sa voix qui susurrait à mon oreille tandis que je guidais ses mains sur mon corps. Dans la chambre d'hôtel, six ans auparavant, un miroir était installé sur le mur ; Neil était assis au bord du lit, moi sur ses genoux et nous contemplions notre reflet pendant que je guidais ses doigts en petits cercles sur mon clitoris. Mes joues rougirent au souvenir de l'image dans le miroir de son membre me pénétrant, du mouvement de ma peau moite sous ses mains, de mes soupirs alors que je remuais sur lui.

« Regarde comme tu es belle », avait-il murmuré contre ma joue en me regardant à travers le miroir. « Ne sois pas timide face à ton propre plaisir. Assume ta jouissance. »

L'image de ma propre passion et de ses yeux affamés lorsqu'il m'observait utiliser ses doigts pour me procurer du plaisir, cette image était gravée dans ma mémoire.

Oui, c'était une bonne idée de base.

Ma journée de travail passa avec une lenteur molle, à croire que le temps choisissait son jour pour me narguer. Pendant toute la réunion sur les chaussures, j'ai attendu. Personne n'a jeté de savate au visage de Neil, même si Rudy semblait en être capable lorsqu'ils ont débattu au sujet d'un escarpin

Manolo. Rudy était friand du talon bottier assorti aux coloris rouges et noirs. Au moment où Neil a comparé l'escarpin à une chaussure de clown, la scène était digne des *Vraies Housewives*, ils n'étaient pas loin de se crêper le chignon. Finalement, Neil a sorti l'argument imparable : la chaussure ressemblait à une autre déjà sortie lors d'une précédente collection. Rudy s'est vu contraint de céder. Il devait être aussi surpris que moi face à la culture de Neil en matière de mode. Son entreprise était également à la tête d'un magazine de mode masculine, mais je n'avais pas pris conscience de l'expérience que Neil devait acquérir sur le terrain pour remplacer efficacement Gabriella à la tête de Porteras.

À ma grande surprise, ce ne fut pas difficile de tenir la réunion entière sans avoir une seule pensée sexuelle. Ou en tout cas, en ayant *peu* de pensées sexuelles. La vision des grandes mains de Neil manipulant les délicates chaussures féminines dans tous les sens m'a fait décrocher un instant du sujet en cours, comme d'habitude. Je l'imaginais qui libérait mon pied d'un escarpin semblable, puis faisait glisser sa main sur mon mollet et jusque sous ma jupe – mais ma libido avait moins d'importance à mes yeux que ma carrière dans ce magazine, alors je limitai autant que possible ces rêves éveillés.

Au travail, Neil était un homme tout à fait différent de ce que j'imaginais. Il avait bon goût en design, mais se montrait également à l'écoute de son équipe de stylistes lorsqu'ils lui expliquaient pourquoi tel accessoire devait paraître ou non dans le prochain numéro. Il se renseignait, me faisait parfois prendre note d'une information, et ainsi de suite ; si bien qu'à la fin de la réunion, je n'avais ni la nausée, ni la boule de nerfs coincée dans mon ventre comme c'était le cas avec Gabriella. Travailler sous les ordres de cette femme aurait dû être une expérience enrichissante, mais comment apprendre avec une personne qui vous force à réfléchir à chacun de vos faits et gestes, et que vous êtes terrorisée à l'idée de commettre un faux pas ?

Après la réunion, j'ai profité que Neil soit parti déjeuner pour envoyer un texto à Holli :

> Je vois Neil après le travail. Je rentrerai tard. Ne t'inquiète pas pour moi.

Elle répondit à la vitesse de la lumière :

> Aaaaaaaaaaaaaaaah, super ! Éclate-toi bien !

Tandis que je tapais une réponse sur le même registre, je reçus un autre texto, cette fois de Jake :

> On sort avec des amis d'Amanda. Tous célibataires. Intéressée ?

Jake…

Nous avions souvent violé le règlement intérieur sur le harcèlement sexuel en testant des idées romantiques l'un sur l'autre. S'il voulait savoir quel vibromasseur choisir pour sa petite amie Amanda, il venait me voir. Si je ne comprenais pas pourquoi mon ex-partenaire sexuel ne pouvait pas jouir si j'étais au-dessus de lui, Jake me faisait des croquis sur le verso d'épreuves de photos condamnées à la poubelle. Parfois, je trouvais génial d'avoir une relation d'amitié platonique avec un hétérosexuel. D'autres fois, c'était comme ce jour-là, où il envisageait de proposer à sa copine d'emménager chez lui. Il était capable de se projeter comme… eh bien, comme un projecteur. Depuis que sa relation avec Amanda était sérieuse, il mettait tout en œuvre pour me caser avec M. Parfait. J'étais certaine qu'il planifiait déjà un dîner à quatre où il ne restait qu'à remplir le champ marqué d'un « Compléter par le nom du mari de Sophie » où se glisserait mon futur époux. Dans un soupir, j'ai composé son numéro.

— Jake.

Il répondait toujours en disant son prénom, même si je lui avais déjà dit que c'était ridicule.

— Salut. Je sors, ce soir. Je retrouve un homme dans une chambre d'hôtel pour baiser toute la nuit.

Je précisais le lieu et la raison de ma sortie pour qu'il comprenne bien que je ne cherchais pas le prince charmant.

— Et pour ça, tu es prête à risquer de passer à côté de l'homme qui pourrait être ton âme sœur ? rétorqua Jake en poussant un soupir de frustration dans le combiné. Tu es sûre que tu ne veux pas nous rejoindre ? L'un des célibataires est un chic type, réservé, mais gentil.

— Dit comme ça, c'est sûr, ça donne envie, me moquai-je. J'ai toujours rêvé de mourir dans des circonstances mystérieuses à trente ans et des poussières.

— Je dirais plutôt que tu rêves de mourir dans des circonstances mystérieuses à vingt-quatre ans, me reprocha Jake. Le type que tu vois ce soir… Ce n'est pas un inconnu, pas vrai ? Tu ne risques pas ta vie, dans cette chambre d'hôtel ?

— Non, j'ai confiance en lui.

Jake avait le don de transformer ma vie amoureuse en épisode de *Dexter*. Bien sûr, son inquiétude me touchait, mais tout de même, je préférais qu'on s'inquiète pour moi en me sachant capable de faire fonctionner mon cerveau.

— Dans ce cas, amuse-toi bien.

Sa résignation me faisait comprendre qu'il chercherait ma photo dans le journal à la page des faits divers.

— Toi aussi. Et si jamais tu entends parler d'un épouvantable meurtre à l'hôtel *W*, tu viendras dire à mon corps mutilé : « Je te l'avais bien dit ».

Après avoir raccroché, je me suis fait la liste de toutes les choses à faire entre le moment de quitter le bureau et celui où je devais me rendre à l'hôtel. J'envoyai un texto à Holli pour lui demander de venir déposer ma nouvelle robe noire au décolleté plongeant et aux manches kimono. Ce bout de tissu était si court qu'il me couvrait à peine les fesses, mais puisque le but n'était pas de me couvrir les fesses, je ne m'en suis pas souciée.

À 18 heures, j'ai frappé à la porte du bureau de Neil.

— C'est Sophie.

— Entrez, dit-il.

En ouvrant la porte, je fus soulagée de voir qu'il était seul.

— Est-ce que vous avez encore besoin de moi ?

Malgré son sourire, il avait l'air fatigué. J'eus la désagréable sensation que cela ne présageait rien de bon pour notre soirée. Il avait retroussé ses manches et posait les coudes sur des photos éparpillées sur son bureau. D'un air distrait, il regarda sa montre. J'eus peur qu'il annule notre rendez-vous, mais lorsqu'il leva les yeux, j'y lus un brasier d'intensité.

— Non, je devrais pouvoir m'en sortir seul si vous avez quelque chose à faire.

— C'est le cas, admis-je en me raclant la gorge. Et vous, vous avez prévu quelque chose ?

— Oh, je trouverai bien de quoi m'amuser.

Un grand sourire se dessina sur son visage.

Je fis demi-tour et me dirigeai vers la porte, puis m'arrêtai pour lui lancer :

— Dans ce cas, je vous dis à demain.

— Oui, j'espère sincèrement vous revoir demain.

Tout compte fait, notre programme semblait lui insuffler un regain d'énergie. Il interrompit toutefois notre petit jeu de rôle pour ajouter :

— Vas-y. Je te rejoins pour 20 heures.

Je marquai une pause, la langue pressée derrière mes dents en réfléchissant à ce que je pouvais lui dire. Mais il était préférable d'en rester là. Je récupérai la housse à vêtements que Holli avait laissée pour moi, enfilai mon manteau, et me mis en route pour le *W*.

Chapitre 6

Le *W* était l'un de ces bâtiments new-yorkais classiques avec une façade décorée de têtes d'éléphants en bas-relief et d'une marquise en verre moderne. En passant le pas de la porte, je me dis que je me faisais remarquer en n'apportant qu'une housse à vêtements et mon sac à main.

Et merde, pensai-je, avec un sentiment grisant de jeune femme vicieuse alors que j'arrivais dans le hall d'entrée.

Je ne suis pas venue pour séjourner mais pour la meilleure partie de jambes en l'air de ma vie.

En passant par la réception, je me suis retenue de proclamer haut et fort la nature de ma venue. J'ai arrêté un valet pour lui demander comment me rendre à la suite, mais déclinai sa proposition de m'y conduire. Je pris l'ascenseur, et une fois à l'étage indiqué, utilisai la clé magnétique et pénétrai dans la suite « Wow ».

Elle était bien plus grande que mon appartement. Je me suis promenée dans le salon meublé de longs canapés. D'immenses panneaux acryliques – l'un avec le soleil illuminant le ciel au crépuscule et l'autre une représentation abstraite de branches noircies – occupaient les murs recouverts d'une subtile couche de peinture grise. Des fenêtres du sol au plafond donnaient sur une vue à couper le souffle ; on y admirait les gratte-ciel alentour. J'ai laissé tomber ma housse à vêtements et suis montée à l'étage, où j'imaginais trouver la chambre.

— Waouh !

Je pénétrais à peine dans la chambre lorsqu'on frappa poliment à la porte. Un serveur en uniforme m'apportait une bouteille de champagne dans un sceau argenté.

— Qu'est-ce que c'est ?

Je fis un pas en arrière pour le laisser entrer. Le serveur installa le champagne sur le Minibar. La bouteille qu'il posa sur le comptoir en marbre avait un long goulot dont le bouchon était recouvert d'une feuille en aluminium mate. J'observai l'étiquette. « Krug Clos du Mesnil, 1995. »

Le serveur déboucha la bouteille en souriant.

— M. Elwood a demandé qu'il vous soit servi dès votre arrivée.

Il me faisait surveiller ? Quel homme sournois.

— Est-ce que c'est une bonne bouteille ?

Je n'y connaissais rien en champagne ; mon truc, c'était plutôt le vin rouge.

Le serveur leva un sourcil et rit doucement.

— Oh oui, parmi les meilleures.

Après le départ du serveur – qui déclina poliment mon pourboire car « On s'en est déjà chargé » – j'ai poursuivi mon exploration de la suite, mon verre de champagne à la main. La décoration flirtait entre moderne et chaleureux ; ce n'était ni prétentieux, ni absurde par excès de design. En remontant l'escalier, j'ai rejoint le loft et, plus précisément, la salle de bains, où trônait une douche à l'italienne. Je fus surprise d'y trouver un kit de rasage dans un étui en cuir noir ainsi que des bouteilles de shampoing et un flacon de parfum. Ce n'était pas le genre de savon qu'offrent habituellement les hôtels.

Neil habitait-il dans cet endroit ? Je suis retournée dans la chambre pour ouvrir le tiroir d'une commode. Dedans, il y avait des vêtements minutieusement pliés. Je l'ai vite refermé, car je ne voulais pas fouiner dans ses affaires. De toute évidence, il était dans cette suite depuis un moment.

Je regardai l'heure. Il était 18 h 45. Mon estomac se noua d'impatience. Il me restait un peu plus d'une heure avant l'arrivée de Neil, or j'avais la ferme intention de le séduire dès la seconde où il mettrait le pied dans la suite.

Je me suis douchée en prenant soin de ne pas me mouiller les cheveux, puis me suis séchée avant d'appliquer sur mon corps une noisette de la lotion offerte par l'hôtel ; je trouvais l'odeur divine. Face au miroir, je grimaçai en voyant ma tignasse. Pour ma journée de travail, je l'avais grossièrement ramenée en arrière.

La chance était avec moi, car lorsque je retirai toutes les épingles, mes cheveux tombèrent en boucles parfaites autour de mon visage comme je n'aurais jamais pu y parvenir si je l'avais voulu, même armée d'un fer à boucler. S'il avait existé une sainte patronne des bouclettes sexy, j'aurais allumé un cierge en son nom.

Retouche de maquillage : tout d'abord un trait à peine plus épais d'eye-liner, puis adieu mon gloss naturel et bonsoir rouge à lèvres cerise trouvé au fond de mon sac à main. Je me suis habillée et ai rangé la salle de bains avant de dévaler l'escalier.

Dans le salon, je me suis mise devant le miroir. J'ai essayé de redescendre un peu ma robe courte qui me collait comme une seconde peau. Les larges manches pendaient sous mes coudes alors que je m'ébouriffais les cheveux une dernière fois. Je repensai à mon apparence, ce fameux jour à l'aéroport six ans en arrière. Elle était loin, l'époque jean et tee-shirt, peau grasse et mèches mal colorées.

Un iPod était branché à une stéréo et je pris la liberté de parcourir la sélection musicale. Je fus agréablement surprise de trouver de bons artistes : Peter Gabriel, Florence and the Machine, Damien Rice. Je finis par sélectionner des morceaux de TV on the Radio. Une musique à la fois traînante et rythmée s'échappa des enceintes intégrées aux murs de la suite.

Après une minute de recherches, je trouvai la télécommande pour fermer les volets des immenses fenêtres. Un interrupteur dans le salon me permit de diminuer la lumière. J'ai ensuite pris place sur le canapé ; j'ai retroussé ma robe et écarté les jambes, les yeux rivés sur la porte d'entrée.

J'étais comme dans un rêve. Le moment était enfin venu, après six ans d'attente, après avoir perdu tout espoir de connaître une expérience sexuelle aussi marquante que ma nuit avec Leif. Mon corps se raidit d'impatience. Ma poitrine se soulevait au rythme de ma respiration qui s'accélérait au fur et à mesure que mes doigts couraient plus bas, sous la dentelle noire de mon sous-vêtement. Je repensai à ma culotte blanche en coton, cette fameuse nuit à l'hôtel *Plaza*, et me mis à glousser. Si on m'avait dit, à l'époque, que je réserverais une surprise coquine à cet homme six ans plus tard, je ne m'en serais pas crue capable.

Les paupières closes, je laissai un doigt glisser entre mes lèvres. Mes hanches se soulevèrent. J'avais tant attendu ce moment que ma peau semblait trop sensible pour supporter mes caresses. J'imaginai ce que verrait Neil en arrivant, et cela me rappela son regard ouvertement appréciatif alors qu'il regardait nos mains parcourir mon corps dans le reflet du miroir.

Je me sentis nerveuse. Et s'il s'attendait à retrouver la jeune femme qu'il avait alors connue et qui n'avait pas plus d'expérience qu'une adolescente ? Et si mon initiative le rebutait ? Après tout, c'était ma naïveté qui l'avait touché, la première fois.

Oh, tais-toi un peu, me raisonnai-je. *Est-ce que tu as vraiment envie d'un homme qui ne te désire que pour ton manque d'expérience ? Non, ce serait vraiment trop bizarre.*

Mon argument tenait la route, je devais bien l'admettre.

Du bout du doigt, je dessinai des ronds sur mon clitoris et laissai échapper un soupir frissonnant. Sous mes caresses, ma peau s'enflammait et je l'épousai de ma paume, laissant glisser mes doigts au creux de mon sexe.

Un « clic » retentit et la porte s'ouvrit au moment où tout le poids de mon désir se transformait en courant électrique. Mes membres se tendaient, tremblaient. J'ouvris les yeux et un grognement s'échappa de ma gorge en apercevant Neil. Il referma la porte derrière lui, laissa tomber sa sacoche par terre et me regarda droit dans les yeux tout en s'approchant, avec son long manteau noir et ses gants en cuir. J'ignore comment j'ai fait pour soutenir son regard, mais j'y suis parvenue, et c'était la première fois de ma vie que je me sentais aussi sexy. Ma mise en scène lui plaisait, évidemment. Comment ai-je pu en douter ?

Son visage placide ne laissait rien transparaître de ses pensées, et pourtant, il ne pouvait cacher la soif que je lisais dans ses yeux. Neil avait envie de moi. Il était debout devant moi et me regardait promener mes mains dans ma culotte.

— Retire-la.

Sa voix était douce et profonde, et son ordre ferme. Je n'étais pas priée de la retirer, je *devais* la retirer. Un frisson me saisit.

Il suivit du regard mes mains faisant glisser lentement le tissu de dentelle le long de mes cuisses. Il s'approcha d'un pas et fit courir l'une de ses mains gantées sur mon mollet. Un soupir m'échappa au contact du cuir lorsqu'il retira complètement le vêtement. Je levai un pied, puis l'autre, et l'observai porter la culotte à son nez.

— Oh, mon Dieu !

Mon cri resta coincé dans ma gorge et je refermai brusquement les cuisses contre l'attente interminable dont souffrait mon bas-ventre. J'avais tellement envie de lui que j'en souffrais, et en même temps, je craignais ce qui se passerait lorsque ses mains se poseraient sur moi. Cet appétit insatiable de sexe qui n'avait été satisfait par aucune de mes précédentes relations depuis six ans revint me gonfler d'un désir incontrôlable.

— Ne t'arrête pas, dit-il tout en retirant ses gants avec langueur, un doigt après l'autre.

J'écartai à peine les cuisses et il m'ordonna :

— Encore.

Mon pouls résonnait à mes oreilles tandis que je m'exécutais. Neil retira son manteau qu'il jeta sur le canapé ottoman, par-dessus les gants dont il s'était déjà débarrassé. Il se plaça entre mes cuisses et baissa le menton, les mains dans les poches. Son érection était visible sous sa braguette, entre les pans de sa veste déboutonnée.

Je me caressai encore, laissant mes doigts explorer plus loin avant de revenir devant, étalant ainsi la preuve évidente de mon excitation jusqu'au trait finement taillé de ma toison.

Sans dire un mot, Neil me regardait faire. Le fait d'être ainsi dévoilée devant lui, les jambes écartées, mon sexe exposé alors que lui était encore habillé, exacerbait mon excitation. Le seul fait d'anticiper la suite nourrissait mon euphorie. Avec cet homme, j'avais fait des choses que je ne me serais jamais permises avec un autre, et cela suffisait à me mettre en confiance.

Mes jambes se crispèrent et j'enfonçai mes talons hauts dans le tapis. L'orgasme menaçait d'exploser bientôt et de me faire perdre la raison. Un cri perçant m'échappa et je me soulevai sur le canapé. J'étais si proche du but, j'allais jouir sous ses yeux, sans même qu'il ne me touche, et j'étais si proche…

— Arrête.

Le choc de ce mot dans une situation où il n'avait pas sa place me fit arrêter net. À l'intérieur, je bouillonnais de frustration car on m'avait privée d'un orgasme pourtant imminent.

— Quoi ? fis-je, haletante, en m'agrippant au bord de ma robe pour m'empêcher d'achever ce que j'avais commencé.

— Viens par là.

Neil me tendit la main et je lui offris sans réfléchir celle qui s'était agitée entre mes cuisses. D'un geste bref, il me mit debout et, comme je chancelais, me soutint en posant une main au creux de mon dos. J'étais si proche de lui que j'en avais des vertiges ; l'odeur à peine épicée de son parfum me montait à la tête et ma peau se montrait particulièrement réceptive à la chaleur de son corps, malgré ses couches de vêtements.

De sa main libre, il porta mes doigts encore humides à sa bouche et referma ses lèvres. La sensualité de sa langue contre le bout de mes doigts m'arracha un soupir et il me libéra avec un sourire teinté d'un étrange sérieux.

Je me suis dressée sur la pointe des pieds, la main enfouie derrière sa nuque, et j'ai pressé sa bouche contre la mienne. Le grognement qu'il poussa était étouffé par notre baiser, mais il eut un effet immédiat sur ma libido. Nous nous sommes laissé porter par le rythme envoûtant de la musique. Mes cuisses se rejoignaient, enfermant le résultat encore palpable de mon humide désir pour Neil. Mon corps entier réclamait son toucher, son sexe, il réclamait d'être possédé.

Nos langues se caressaient pendant que Neil faisait glisser sa main le long de mon bras, puis fit s'entrelacer nos doigts. Il quitta ma bouche pour déposer un chemin de baisers depuis ma joue jusque sous mon oreille. Lorsqu'il en frôla le lobe, je tressaillis.

— J'en ai rêvé chaque jour de ces six dernières années, murmura-t-il, en laissant transparaître la tentation dans sa voix.

À ces mots, je faillis pleurer de soulagement. Je n'étais donc pas la seule. Nous avions partagé quelque chose d'extraordinaire qui nous liait encore aujourd'hui. Je ne sortais pas cette passion de mon imaginaire de folle à lier. Cette passion existait vraiment.

Il me tenait fermement, un bras dans mon dos, pour ne pas me laisser m'effondrer de délice pendant qu'il me mordillait l'oreille. Haletante, je le laissai me soutenir dans ses bras, mon souffle s'accélérait, mes muscles se tendaient, et Neil s'attardait sur cette zone particulièrement érogène. Cela faisait comme des chatouillis, qui couraient tout droit jusqu'au bas de mon ventre ; j'avais beau me débattre pour l'éloigner de mon oreille, il ne s'arrêtait pas. Je serrai mes cuisses l'une contre l'autre, mes orteils se recroquevillaient et je ne compris ce qui m'arrivait que lorsque mon sexe fut pris d'un spasme incontrôlable et mes muscles se raidirent dans un soulagement libératoire. Ce n'était pas le plus intense des orgasmes, mais mes besoins étaient satisfaits et Neil y était parvenu en me mordillant simplement l'oreille.

— Oh, parvins-je à exprimer dans un souffle en levant les yeux pour constater son amusement mystérieux. Je crois que je vais avoir des problèmes.

— Il faut croire que oui.

Il me gratifia d'un sourire qui trahissait sa fierté presque enfantine et me libéra pour se diriger vers le Minibar, me laissant ainsi tremblante, livrée à ma fragilité.

— Je vois que tu as bu du champagne ?

Du champagne ?

Je venais de jouir dans ses bras juste parce qu'il m'avait titillé l'oreille ; il n'avait utilisé ni son sexe, ni ses doigts, mais s'était seulement adonné à un jeu d'adolescents sur une banquette arrière. Et à présent, il me parlait de *champagne* ? Je pouvais à peine tenir debout.

— Oui, j'en ai bu.

Je remis ma robe droite sur mes cuisses et recouvrai soudain mes esprits. Neil se servit un verre et revint vers moi avec une lenteur à me rendre folle.

— Je ne trouve pas d'autre verre, ça ne te dérange pas si on partage ?

L'autre verre était à l'étage, sur la tablette en marbre près du lavabo de la salle de bains, mais on pouvait m'offrir un million de dollars pour quitter la pièce, je n'en ferais rien. Pas si Neil restait près de moi, sûr de lui face à ma faiblesse de femme rongée par le désir.

— Ta robe est très jolie, commenta Neil en appréciant l'ensemble de ma silhouette avec révérence, puis il but une gorgée de champagne et me tendit le verre. Maintenant, tourne-toi pour que je puisse te l'enlever.

Je me tournai lentement, mes chevilles encore fragilisées par mon orgasme. Neil s'approcha dans mon dos, si près que le tissu de son pantalon frôlait mes jambes nues. Il trouva la fermeture Éclair cachée entre mes omoplates et tira délicatement dessus. La musique s'arrêta ; nous étions plongés dans un silence à peine ponctué par le bruit des petites dents de fer qui se séparaient. Il retira une manche, puis l'autre, tandis que je passais le verre de champagne d'une main à l'autre. La paume de ses mains suivait le mouvement du tissu sur ma peau, laissant une trace indélébile sur son passage. La robe tomba au sol et je frissonnai. Il me restait mon soutien-gorge de dentelle noire et mes talons hauts. Je rejoignis mes mains vers le fermoir dans mon dos mais Neil les chassa aussitôt.

— Garde-le pour l'instant. Et les escarpins aussi.

Derrière, le froissement de tissu m'indiquait qu'il venait de quitter sa veste. Lorsque je me retournai, il déboutonnait sa chemise.

— On monte dans la chambre ? demandai-je en sirotant mon champagne.

Neil jeta nonchalamment sa chemise par terre ; ce qui me fit un pincement au cœur, car cette chemise devait coûter plus cher que ma part de loyer. Mais Neil était là, torse nu devant moi, et déjà, tout le reste n'avait plus aucune importance. Il était musclé, pas seulement comme un homme de cinquante ans qui entretient son corps, mais plus que cela. Son torse était assombri d'une toison brune parsemée de reflets argentés qui descendait en formant une ligne jusqu'à son ventre plat. Il m'attira dans ses bras et la sensation de son torse nu contre ma poitrine manqua de me faire flancher.

La main plongée dans mes longs cheveux, Neil me dévora d'un baiser langoureux, et lorsqu'on fut à bout de souffle, il leva le menton et répondit à ma question :

— Pas maintenant. Je pensais t'allonger sur ce canapé pour enfouir mon visage dans ton sexe. À moins que tu n'aies une objection…

J'en fus bouche bée.

— Je me souvenais de ta franchise, mais à ce point-là…

Avec un clin d'œil, il me prit le verre des mains, en but une longue gorgée, puis le reposa sur la tablette près du canapé.

— Je n'ai pas entendu d'objection. J'ai attendu cet instant toute la journée.

En ce qui concernait la chaleur en fusion qui prenait possession de mes sens, le champagne n'y était pour rien. Je l'agrippai par la main et l'attirai avec moi sur le canapé, où je retrouvai la position dans laquelle j'étais à son arrivée. Se mettant à genoux, Neil se positionna entre les miens écartés et laissa reposer sa joue contre mon ventre. La barbe de trois jours qui poussait déjà me picotait la peau. Je me demandai quelle sensation cela m'apporterait contre l'intérieur de ma cuisse, contre mes lèvres sensibles, et je poussai un soupir en me soulevant, secrètement impatiente qu'il atteigne son but.

Il ne se fit pas prier. Levant une de mes jambes sur son épaule, puis l'autre, il approcha son visage. Sa langue vint se frayer un chemin et je me recroquevillai autour de lui avec un petit cri, attrapant ses cheveux à pleines mains. Les siennes agrippèrent mes hanches et il me repoussa brutalement contre le canapé. À sa merci, je restai captive de ses grandes mains qui me poussaient contre les coussins alors que sa bouche mordillait, suçait, et sa langue s'enfonçait en moi, si bien qu'une larme perla au coin de mon œil.

— Un délice, murmura-t-il contre ma cuisse. Je pourrais te savourer comme ça toute la nuit.

Il attira mon clitoris entre ses lèvres ; sa barbe nouvelle râpait contre ma peau sensible. Mes talons aiguilles Stiletto s'enfonçaient dans la chair de son dos, mais il s'en fichait, alors moi aussi. Alors que je me soulevais contre sa bouche, Neil glissa une main sous mes fesses pour une meilleure prise. Son autre main vint appuyer deux doigts contre la sensibilité de ma féminité qu'il continuait d'explorer avec sa langue. Un léger mouvement des hanches suffit à faire entrer en moi ses doigts qui se tournaient, se recroquevillaient, prenaient possession de mon point G. Mon pouls battait contre le bout de sa langue et je me sentis soudain prise d'un tressaillement sous les coups de ses dents curieuses.

Je me mis à hurler : « Je jouis ! » en espérant ne pas lui briser la nuque car mes jambes se refermaient de chaque côté de son visage. Il fit entrer et sortir ses doigts contre ce point érogène et toute la tension accumulée se libéra, mes jambes étaient tendues, incontrôlables, l'une de mes chaussures vola à l'autre bout du salon et tout mon souffle sortit en un gémissement. S'il existait un prix pour le plus gros orgasme, je l'aurais remporté mais aurais décliné l'invitation à la cérémonie car l'orgasme en lui-même était la plus belle des récompenses.

Peu à peu, je redescendis de mon nuage, mes sens à l'affût du moindre son, du moindre mouvement, de la moindre sensation. Le canapé luxueux derrière mon dos, les cheveux de Neil entre mes doigts, et mon intimité brûlante contre sa bouche. Alors que son toucher en devenait presque insoutenable, il leva la tête, mais ses doigts n'avaient pas quitté leur lit douillet pris de pulsations. J'aurais dû m'en satisfaire, épuisée de béatitude, mais ce n'était pas terminé. Pas tant qu'il ne m'aurait pas baisée. Les caresses de ses doigts me ramenaient au bord du précipice dans lequel je venais de chuter. Je ne serais rassasiée que lorsqu'il serait en moi.

— Je t'en prie, le suppliai-je en essayant de l'attirer plus près de moi.

Je voulais qu'il me baise, ce besoin en devenait douloureux. Je voulais qu'il soit brutal, qu'il me harasse d'une douleur qui me resterait des jours entiers. Nous avions déjà attendu trop longtemps. Six ans, c'était bien assez.

Sa main quitta mon entrejambe et il vint s'allonger sur moi. J'enroulai mes jambes autour de sa taille, peu importe que mon sexe encore humide soit en contact avec son pantalon hors de prix. S'il ne me pénétrait pas, j'en mourrais, c'était sûr. La note de pressing, on s'en soucierait plus tard.

Neil m'embrassait et je goûtais à ma propre délivrance oubliée sur ses lèvres. Il releva la tête.

— On doit monter dans la chambre, fit-il remarquer en riant, et il chassa mes mains affairées sur la boucle de sa ceinture. Les préservatifs sont là-haut.

Avec son aide, je me mis debout, une main sur son épaule, et quittai l'escarpin resté accroché à mon pied, puis nous nous sommes dirigés vers l'escalier. À mi-chemin, il s'arrêta net et me plaqua contre le mur, plongea son visage au creux de mon épaule et mordilla la peau de mon cou. J'entourai ses épaules de mes bras. Sa main vint se glisser dans mon dos et dégrafa mon soutien-gorge. Nous l'avons abandonné là, sur les marches, ainsi que ses chaussures. Je ne sais comment, nous avons rejoint le lit et je me suis allongée sur le duvet blanc et épais pour le regarder quitter sa ceinture, son pantalon, et son boxer.

Pour la première fois de la soirée, ma détermination prit un coup dans l'aile. Je me souvenais que Neil était bien membré. Il était de loin le plus gâté de tous les hommes que j'avais connus. Mais avec les années, j'avais peu à peu oublié à quel point. Dire qu'il était intimidant serait un euphémisme. Les stars du porno sont plus modestement membrées que lui.

Il mesura poliment ma réaction et prit un air grave.

— Je le comprendrais si tu ne voulais plus…

— Si, si. J'en ai encore envie.

Je me sentis idiote. Il avait dû se trouver dans cette situation plus d'une fois. Rien qu'avec moi, d'ailleurs, puisque six ans auparavant j'avais hésité à fuir de la chambre en courant. Mais à l'époque, je savais qu'il serait tendre. Pourquoi en douter en cet instant ? Je n'avais aucune crainte à avoir. Embarrassée, je secouai la tête.

— Désolée. Je n'arrive pas à croire que j'ai oublié ce léger détail.

Neil éclata de rire, visiblement soulagé.

— J'ai eu peur que tu changes d'avis.

— Jamais.

Je posai la main sur mon sexe gonflé et y insérai deux doigts. Sa bouche s'entrouvrit devant ce spectacle et je perçus l'accélération de son souffle à la manière dont sa poitrine se soulevait.

— S'il te plaît, gémis-je, faisant bouger mes doigts dehors, puis dedans.

De l'autre main, j'empoignai mon sein. Je me tortillai sur le drap.

— S'il te plaît, baise-moi.

De la table de chevet, Neil sortit un préservatif qu'il enfila avant de s'allonger sur moi, m'écrasant sur le matelas. Son large gland poussait pour entrer et je retins ma respiration. Mon corps s'ouvrit doucement à lui alors que ma chair se remettait à peine de mon récent plaisir. Le bout de son sexe entra plus vite que je le crus et l'étirement brûlant me fit sursauter. Je m'efforçai de me détendre tandis qu'il s'enfonçait peu à peu. C'était mieux. Je m'agrippai à ses épaules et m'ouvris entièrement à lui.

Neil se tint prêt, le bras tendu sur le matelas.

— Tu es tellement étroite. Je ne te fais pas mal ?

— Non, c'est juste que… ça fait longtemps.

Je me redressai à peine pour le prendre tout entier. Dans un grognement, il se retira, presque entièrement, avant de retrouver sa place.

Tous mes doutes, ma surprise face à ce moment tant attendu, mon incrédulité, tout cela s'envola en fumée. J'étais emportée par l'instant présent que je souhaitais garder en mémoire. Mais j'aurais beau essayer, je ne me souviendrais pas de cette scène en détail, malheureusement. Quand il se retirait, je contractais chacun de mes muscles pour le retenir, j'épousais ses mouvements, roulant des hanches pour embrasser chaque fois un peu plus de lui.

Plus rien n'avait d'importance. Notre étrange relation, notre différence d'âge, ce qui arriverait au travail… Rien de tout cela ne me préoccupait, et le temps de quelques minutes délicieuses, nous étions simplement deux êtres pris dans l'acte primitif. Mes doigts s'enfonçaient dans son dos et je m'aidais de mes genoux pour le garder le plus près de moi possible pendant qu'il me pénétrait.

Neil attrapa ma main et la glissa entre nous en me murmurant à l'oreille :

— Touche-toi.

Je grognai lorsque mes doigts entrèrent en contact avec son obscène épaisseur qui forçait le passage. Du bout des doigts, je me mis à caresser mon clitoris, encore et encore, et me cambrai en trouvant le chemin qui me menait vers une nouvelle jouissance. Mes muscles endoloris protestaient, mais nous accélérions le rythme alors que je le suppliais de ne pas s'arrêter.

Au moment de jouir, je voyais des formes blanches se dessiner sur mes paupières fermées.

Neil me suivit de près ; il poussait fort, presque trop fort, dans mon vagin encore secoué de spasmes. Dans un dernier grognement, il s'immobilisa enfin. Son pouls faisait frémir son sexe en moi, ce qui me provoqua un frisson de plaisir à retardement.

— Ça va ? s'inquiéta Neil, le souffle court.

— Hmm hmm.

Je ne trouvai rien de plus intelligent à dire.

Neil s'écarta de moi pour se lever du lit et partit dans la salle de bains. Je touchai doucement ma peau gonflée ; le lendemain, je le paierais cher. Cette pensée me fit sourire.

— C'était une excellente idée, l'appelai-je d'une pièce à l'autre en me redressant sur les coudes. Ça fait des siècles que je ne me suis pas sentie aussi bien.

Lorsqu'il revint, Neil portait un pantalon de flanelle noir. Il s'approcha du lit et me sourit.

— Tu as dîné ?

— Non, admis-je. J'achèterai de quoi grignoter en rentrant chez moi.

— Ne joue pas à la jeune femme indifférente, me reprocha-t-il. Je ne te mets pas dehors, tu sais. Je pensais commander un plateau-repas pour voir où cette soirée nous mène.

— Oh oh, fis-je en riant, puis je m'assis sur le lit, les jambes dans le vide. Aurais-tu l'intention de recommencer ?

— Pas tout à fait de la même manière. Ça fait six ans, Sophie. Je ne peux pas être rassasié après seulement une heure avec toi.

Le désir avec lequel il parlait mit fin à la légèreté de notre humeur. Il détourna le regard et se pinça le nez, gêné.

— Excuse-moi, ajouta-t-il rapidement. C'était tellement intense. Mais je ne veux pas te retenir si tu es attendue quelque part.

Je me suis levée et ai baissé les yeux sur mes jambes.

— Disons que je ne suis pas vraiment habillée pour dîner. C'est le seul problème.

L'humour était de retour entre nous et il me mit la main aux fesses en se dirigeant vers la commode. Il fouilla dans un tiroir et en sortit un tee-shirt gris au tissu léger.

— Je ne permettrai pas que votre corps soit plus couvert qu'avec ceci, mademoiselle.

En pouffant, j'enfilai le tee-shirt. Il tombait juste assez bas pour couvrir mes fesses, et devant, on apercevait les contours effacés d'Icarus, le logo de Led Zeppelin. Je fis un tour sur moi-même comme s'il s'agissait d'une robe de soirée et Neil prit le temps de m'admirer quelques secondes avant de se diriger vers l'escalier.

— Je te laisse un moment. Tu descendras quand tu seras prête.

Nous avons commandé un plateau de hamburgers affreusement chers et Neil a refusé toute participation de ma part.

— Ce n'est pas un rendez-vous romantique, mais je pense qu'on peut se considérer comme amis. Or, il n'y a rien de mal à inviter un ami à manger.

— À condition que je te renvoie l'ascenseur la prochaine fois, déclarai-je.

Je détestais l'idée de vivre aux crochets d'un homme, en particulier s'il était riche et influent. Et je ne voulais pas non plus qu'il pense que mon attirance pour lui était intéressée. C'est pourquoi je préférais préciser :

— Souviens-toi que je suis venue pour le sexe, pas pour manger.

Nous avons rouvert le volet de l'immense fenêtre avant de nous installer sur le canapé avec le plateau-repas entre nous. Tout en dînant, nous discutions de tout et de rien face aux rues et aux gratte-ciel illuminés. La lune était pleine et la nuit presque aussi claire qu'un après-midi, mais avec cette pâleur fluorescente typiquement nocturne. Depuis ce loft aux lumières chaudes et douces, j'avais l'impression d'observer un monde qui n'était pas le mien.

— Je peux te poser une question ? demandai-je en m'asseyant en tailleur.

Le regard de Neil fut aussitôt attiré par mon entrejambe, alors je tirai légèrement sur le tee-shirt, puis je me suis raclé la gorge et il a levé les yeux avec un sourire coquin.

— Demande-moi tout ce que tu veux, mais je ne te promets pas de répondre, me dit-il avant de mâcher lentement deux frites pleines de ketchup. Tout dépend de ta question.

— Est-ce que tu vis ici ?

Je tirai un peu plus l'avant du tee-shirt que je lui empruntais et fis un geste pour désigner le loft. Avant de répondre, Neil but une gorgée de la bouteille d'eau.

— C'est temporaire. Quand le divorce a été prononcé, Elizabeth a eu soixante jours pour quitter notre appartement. J'ai passé la majeure partie de ce temps à Londres, et puis je suis rentré avant la fin de cette période. Dans dix jours, elle habitera notre maison à Los Angeles et ma vie pourra reprendre son cours normal.

Je trouvais triste que sa « normalité » soit la solitude alors qu'il avait été marié deux ans. Il faut dire que je ne savais pas tout, je ne pouvais donc pas me permettre de le juger.

— Tu veux savoir ce qui s'est passé ? me demanda Neil en agitant une frite. Rien de grave, donc si tu veux savoir, je ne le prendrai pas mal.

— Je n'essayais pas de te tirer les vers du nez, figure-toi, me défendis-je d'un ton ferme. Mais d'accord, puisque ce n'est rien de grave, que s'est-il passé ?

Il haussa les épaules.

— C'est dû à un manque de communication au sujet de nos attentes, avant le mariage. Je lui ai dit que je ne voulais pas d'autre enfant, et elle l'a interprété de travers, croyant que je ne voulais *pas encore* d'autre enfant. On a mis deux ans à comprendre que les choses n'iraient pas mieux entre nous.

— Aïe.

Ce fut tout ce que je pus me permettre de dire.

— Je ne le recommande à personne. Si tu te retrouves un jour dans ce genre de situation, foncer tête baissée en fermant les yeux sur les problèmes n'est pas la bonne solution.

— Merci pour le conseil, pouffai-je.

Je me sentais possessive alors que je n'avais aucun droit sur lui. Son ex-femme ne m'intéressait pas. Je ne voulais pas l'imaginer avec une autre. Et le fait de ressentir ces choses-là me déplaisait encore plus. Après m'être essuyé la bouche avec une serviette, je désignai la grande fenêtre en voulant reprendre le jeu que nous avions commencé en attendant le plateau-repas : je dessinai un cercle invisible autour de l'une des fenêtres du bâtiment voisin.

— Ces gens-là ?

Neil accepta de changer de sujet avec plaisir.

— Ceux-là sont des pervers invétérés.

— Vraiment ? gloussai-je en penchant la tête sur le côté.

— Parfois, ils font des choses vraiment dérangeantes.

— Et si je voulais faire des choses dérangeantes, moi aussi ?

Un frisson me secoua. Je ne connaissais pas grand-chose à ce domaine, mais j'avais la sensation que Neil en savait beaucoup plus. Un sourire se dessina sur son visage.

— Pardonne-moi si ton répertoire en la matière s'est agrandi depuis, mais il me semble qu'il y a six ans, une simple fessée était pour toi moralement dérangeante.

— J'avais à peine dix-huit ans, lui rappelai-je en savourant égoïstement la gêne qui apparut alors dans ses yeux. Pour répondre à ta question dissimulée : non, je n'ai pas expérimenté les fouets et les chaînes ces six dernières années.

— Mais ça t'intéresserait ?

La banalité avec laquelle il me posait cette question me déconcerta. Il semblait plus embarrassé de me proposer de dîner avec lui que de me faire enchaîner au lit.

Je m'éclaircis la voix.

— Disons que je suis prête à tout essayer. Bien que les fouets risquent de me rebuter, au début.

— Dans ce cas, nous allons devoir organiser un second rendez-vous, s'exclama-t-il en riant.

Mon cœur manqua un battement.

— Comment fais-tu ? m'extasiai-je, et je souris en secouant la tête, puis regardai mon assiette presque vide. Tu as tout pour toi : l'attitude, la richesse, tu es même patron d'entreprise.

— Et j'ai un énorme sexe, ajouta-t-il, et je lui lançai une frite au visage. Ce que tu entends par attitude, c'est sûrement le fait que je sois aussi mature qu'un bébé en termes d'émotions, que j'aie la libido d'un adolescent et que personne ne me dise jamais non.

— C'est une réponse précise et très juste, fis-je remarquer en posant ma serviette sur le plateau.

— Mais détrompe-toi, on m'a souvent dit « non ». Parfois même, on me l'a craché au visage. Ma vie n'est pas aussi parfaite qu'elle en a l'air.

Neil but un peu d'eau, puis enleva le plateau qui nous séparait pour le poser à nos pieds, sur le tapis.

— Je ne sais pas. De mon point de vue, j'y vois quand même un bon côté.

Je me mis sur mes genoux et m'approchai de lui avant de reprendre :

— Tu as cette fille obsédée par le sexe qui t'utilise pour satisfaire ses pulsions. Ça doit bien compter comme un avantage, non ?

— Oui, c'est un très bel avantage, murmura-t-il dans mon cou avant de m'attirer sur ses genoux.

Ses mains descendirent sur mes hanches et il souleva légèrement le tee-shirt.

Je lançai un regard inquiet vers la fenêtre.

— On ne risque pas de nous voir ?

Neil leva les yeux vers la ville qui s'étendait à perte de vue.

— Si, tu as raison. On va s'appliquer pour leur offrir le meilleur des spectacles.

Ma réplique se perdit dans le tissu qu'il tirait par-dessus ma tête, et lorsque les mains et la bouche de Neil se promenèrent sur ma poitrine, je me fichais de savoir que le monde entier nous regardait.

Chapitre 7

DANS LE LIT DOUILLET DE L'HÔTEL, MA TÊTE REPOSAIT SUR l'épaule de Neil tandis qu'il me caressait les cheveux avec tendresse. Le loft n'était éclairé que par la lueur fluorescente de New York derrière les grandes baies vitrées, et par ce fichu radio-réveil.

— Déjà 1 heure du matin, grommelai-je.

Je n'avais pas envie de quitter le lit. Je voulais rester dans les bras chauds de Neil, peau contre peau, et m'y endormir avec lui. Ensuite, nous pourrions nous réveiller avec l'envie de remettre le couvert.

Il était tard, ce n'était pas prévu. Je pensais rentrer bien plus tôt. Techniquement, il vivait là ; or, rester dormir chez lui était une étape beaucoup trop avancée pour un premier soir. Je levai les yeux et posai mon menton sur son torse.

— Je vais rentrer.

— C'est vrai, tu travailles, demain.

Il retira son bras en grimaçant ; cela faisait un moment que j'étais appuyée dessus.

— Je suis sûr que ton patron est l'un de ces salauds qui empêchent leurs employés de prendre leur matinée.

L'air grave, je me suis redressée pour m'asseoir.

— Mon salaud de patron me laisserait-il prendre une demi-journée ?

— Non.

Dans un rire, Neil leva les mains pour se protéger en voyant ma mine déçue.

— Non, reprit-il. En réalité, j'ai vraiment besoin de toi, demain matin. J'ai un entretien et j'aimerais que tu sois là. Mais avant de te le dire, je voulais voir ta réaction si je te faisais croire que tu avais ta matinée.

— Salaud.

En riant à mon tour, je me suis recouchée en effleurant ses lèvres d'un baiser. Je pensais l'embrasser brièvement, mais sa main s'est alors posée dans mon dos et l'autre est venue se glisser derrière mon cou. Puisque j'étais là, autant en profiter pour me faire embrasser par cet homme.

— Tu es sûre que tu ne veux pas rester ? demanda-t-il, mais cela faisait déjà deux ou trois fois que mon départ était reporté.

Ce n'était pas un mensonge : il avait vraiment la libido d'un adolescent. Moi qui étais de vingt-quatre ans sa cadette, je n'étais même pas sûre de tenir la même cadence plusieurs soirs d'affilée.

Oui, je devais quitter ce lit, me persuadai-je. Si je restais plus longtemps, je serais ensuite trop fatiguée pour rentrer chez moi.

— Le sexe entre amis n'implique pas de dormir dans le même lit. Je te l'ai déjà expliqué.

— C'est vrai, excuse-moi. Je t'en demande trop, admit Neil en s'asseyant pour allumer la lampe de chevet. Je vais t'aider à rassembler tes affaires.

Le drap avait accidentellement glissé par terre ; je le ramassai pour l'enrouler autour de moi. Ce n'était pas par pudeur, mais je me disais que ma nudité ne nous aiderait pas à nous arrêter de faire l'amour. Apparemment, Neil partageait ce point de vue car il enfila le tee-shirt de Led Zeppelin que j'avais passé la soirée à enlever et à remettre.

Mon soutien-gorge était sur les marches de l'escalier et ma robe en bas, dans le salon. Après l'avoir récupérée, et en tirant dessus pour la mettre bien droite sur mes cuisses, je me souvins d'un détail :

— Tu as gardé ma culotte.

— Oh, vraiment ? s'exclama-t-il dans son élan pour ramasser mon escarpin échoué à l'autre bout du salon en début de soirée. Oui, tu dois avoir raison, je l'ai gardée.

Il jouait les innocents, cela cachait quelque chose.

— Je peux la récupérer, s'il te plaît ?

— Et si je répondais : « non, c'est impossible » ? rétorqua tranquillement Neil en s'asseyant sur le canapé, ma chaussure à la main. Est-ce que tu es partante pour jouer à un petit jeu, Sophie ?

— Quel genre de jeu ?

Sur mes gardes, je marchai lentement vers lui. Une fois que ses mains se poseraient sur moi, je ne pourrais sans doute plus m'en aller de cet endroit. Mon corps était en alerte, et se crispait à chacun de mes pas vers lui.

— Ce n'est plus un secret : j'aime avoir le contrôle pendant l'acte, déclara Neil en me montrant l'escarpin puis en tapotant sa cuisse.

Je levai prudemment la jambe et le laissai attraper délicatement ma cheville. Il enfila le bout de la chaussure, puis le talon, mais ne relâcha pas mon pied. J'étais là, le pied appuyé contre sa cuisse musclée, et ma robe déjà très courte remontait plus haut sur mes hanches et m'exposait entièrement à son regard.

— Oui, j'avais remarqué, dis-je avec malice.

C'était le moins qu'on puisse dire. Lors de notre première nuit ensemble, j'avais imaginé que sa position dominante se justifiait par mon inexpérience. Mais ce soir, il n'avait pas été moins autoritaire, et je devais bien admettre – non sans un certain embarras – que j'aimais ça. Ne pas avoir à deviner ses envies me donnait une liberté délicieuse. Sans compter que son premier souhait semblait être de me faire jouir aussi fort et aussi souvent que possible.

Dans un frisson, j'observai ses doigts glisser sous ma cuisse. Il semblait rester de marbre, alors que ses doigts exploraient de plus en plus haut.

— As-tu déjà expérimenté la « domination et soumission » ?

Mes espoirs se virent émoussés.

— Oui.

— Tu jouais la Dominante ou la Soumise ?

Ses doigts taquinaient mon genou, puis son creux en dessous.

— L'un de mes ex voulait que je l'attache, ce genre de choses, racontai-je en secouant la tête. Ce n'était pas vraiment ma tasse de thé. J'avais l'impression qu'il me faisait faire tout le travail. Rien de très excitant.

— S'il te l'a présenté comme ça, je comprends ton point de vue, acquiesça Neil en continuant ses caresses de plus en plus sensuelles. Moi, je préfère voir cela comme un jeu auquel nous participons tous les deux. Le but est de te faire vivre, de te faire ressentir, des choses que tu n'as jamais connues. Pour toi, c'est un défi puisque tu dois me laisser tout contrôler. Cela flirte avec tes limites.

Je manquai de perdre l'équilibre, le pied toujours sur sa cuisse.

— Si tu continues comme ça, je ne vais jamais rentrer chez moi.

Ses lèvres s'étirèrent en un petit sourire.

— As-tu déjà été la soumise dans une relation sexuelle ?

— Seulement avec toi.

— Et tu trouves ça gênant ?

Sur cette question, il immobilisa sa main et observa ma réaction.

Devrais-je trouver ça gênant ? N'étais-je pas une jeune femme forte et indépendante ? Je ne devrais pas aimer me faire commander par un homme. Pourtant, à chacun de ses ordres, qu'il prononçait toujours d'une voix grave et sensuelle, j'avais fondu comme neige au soleil.

— Franchement ?

— Non, Sophie, dit Neil avec ironie. Je veux que tu mentes. La communication, c'est tellement surfait.

Il se baissa sur ma jambe pour déposer un baiser sur mon genou.

— Ça me gêne moins que ça le devrait, avouai-je dans un haussement d'épaules.

— Et pourquoi ça devrait te gêner ?

Sa bouche suivait la courbe de mon mollet pendant que sa main le caressait.

— Parce que je ne devrais pas aimer recevoir d'ordres d'un homme.

J'avais le souffle court et Neil me regardait droit dans les yeux.

— Je crois que nous sommes d'accord sur un point, toi et moi : on se fiche de savoir ce qu'il faut faire ou ne pas faire. Dans la limite du raisonnable.

C'était juste, il fallait bien l'admettre.

— Je ne cherche pas à soumettre une femme à mes désirs à chaque heure de chaque jour, précisa-t-il. J'ai suffisamment de choses à gérer dans ma vie sans avoir, en plus, à te dire quoi faire de tes journées. En revanche, prendre le contrôle pendant l'acte sexuel, jouer avec les sensations, s'aider de quelques liens en cuir, voilà ce qui me plaît. Mais si tu n'as pas envie d'essayer, ça ne changera rien à notre relation. Je serai heureux de coucher avec toi quoi qu'il en soit. J'avoue aussi que si, au contraire, tu as envie d'explorer cet univers, je t'y initierai avec plaisir.

— Eh bien…

Pendant une poignée de secondes, je fis mine d'y réfléchir en inclinant légèrement mon genou sur le côté, pour lui offrir une meilleure vue.

— Je suis prête à essayer n'importe quoi. Une fois, juste pour voir.

— Je suis ravi de l'apprendre.

Avec un air coquin, il repoussa mon pied et se leva, laissant sa main glisser le long de ma cuisse puis jusque sous ma jupe. Il m'attira ensuite brusquement contre lui et enfonça deux doigts dans mon sexe. Dans un grognement, je laissai mes muscles se resserrer sur lui. Il dévora ma bouche d'un baiser langoureux et commença les mouvements de va-et-vient avec ses doigts.

— Tu veux essayer tout de suite ?

— Il faut que je rentre chez moi, gloussai-je contre ses lèvres.

Un pas après l'autre, Neil me fit doucement reculer sans cesser d'attiser mon excitation, jusqu'à ce que mes épaules touchent le miroir accroché au mur derrière moi. Il m'embrassa, et sa main libre vint prendre la mienne captive.

— Rentre, murmura-t-il tout en dessinant un chemin de baisers depuis ma joue jusque dans mon cou, ses doigts remuant encore en moi. Mais tu rentreras chez toi comme ça : nue sous cette robe courte.

Je poussai un gémissement tandis qu'il se mettait à caresser mon clitoris en petits ronds réguliers. Je refermai mes cuisses sur sa main.

— Sur le chemin, lorsqu'il n'y aura rien entre ton sexe nu et le reste du monde, tu penseras à celui pour qui tu fais ça.

Sa main s'arrêta soudain de bouger et il plongea son regard dans le mien. L'intensité de ce regard déclenchait un brasier en moi. Il trouva alors mon point G et appuya fort.

— Tu te souviendras de ce que tu ressentais en m'attendant, tout à l'heure, lorsque tu te caressais en me voyant arriver. Tu te souviendras que tu fais tout ça pour moi, que les moments passés ensemble, ce n'est que pour moi.

À ma grande surprise, après une soirée ponctuée d'orgasmes, je constatai qu'il en restait encore au fond de moi. Mes muscles se tendirent et je me dressai sur la pointe des pieds, m'agrippant à lui pour garder l'équilibre. Je rejetai la tête en arrière, mais Neil m'attrapa par le menton pour me forcer à le regarder et il m'ordonna :

— Ouvre les yeux.

Ce que je fis, et nos regards se croisèrent à l'instant où la jouissance implosa en moi par la seule pression de ses doigts. Je me tortillai, poussai un cri, choquée par l'ampleur de mon plaisir qui m'emplissait d'une chaleur brûlante et, paradoxalement, me faisait trembler de froid.

Neil retira sa main, posant les doigts sur mes lèvres et, sans le quitter du regard, je les pris docilement dans ma bouche. Mon cœur battait la chamade, il devait le voir dans la pupille de mes yeux.

— Je t'appelle une voiture. C'est d'accord ? demanda-t-il en portant ma main à ses lèvres pour embrasser chacun de mes doigts.

— Je n'ai pas vraiment le choix ; c'est ça ou poser mes fesses nues sur un siège de métro.

Je me suis écartée, séparant nos mains liées. Cet instant avait frôlé une limite à laquelle je refusais encore de penser. Entrer dans l'intimité, cela restait hors de propos. En tout cas, l'intimité de nos émotions. Pas maintenant. Pas encore.

Que voulez-vous dire par « pas encore », mademoiselle Scaife ?

Neil dut percevoir mon malaise.

— J'appelle la réception. J'en ai pour une minute.

Il remonta l'escalier mais je restai où j'étais. M'approcher d'un lit avec lui, ce n'était pas une bonne idée. Sur mes jambes tremblantes, je me suis retournée pour m'observer dans le miroir. On venait de me baiser, c'était évident. Mes lèvres étaient gonflées, mes yeux brillants et mes pommettes roses. J'avais les cheveux ébouriffés et ma tentative de les recoiffer ne fit qu'aggraver les choses. La sueur avait lissé toutes mes boucles.

Les règles de son « petit jeu » attisaient ma curiosité. Je me sentais déjà vicieuse alors que je n'avais pas quitté l'hôtel. À chaque pas, je penserais à Neil, au fait que je faisais quelque chose de « mal », et que je le faisais parce qu'il m'en avait donné l'ordre. L'impatience qui m'avait troublée en début de soirée refit surface. Notre relation garderait-elle ce côté excitant ?

Te voilà dans de beaux draps, ma belle.

Je rassemblais ma housse, mes vêtements de travail et mon sac à main lorsque Neil redescendit l'escalier.

— Une voiture viendra te récupérer dans cinq minutes.

— Je vais attendre dans le hall de l'hôtel.

Une chose était sûre : je ne m'assoirai pas. Pourvu que je ne fasse rien tomber ! En tout cas, je devais quitter cette chambre si je ne voulais pas me retrouver dans son lit.

Neil s'approcha et m'entoura de ses bras pour me serrer avec une étrange tendresse.

— Merci, dit-il. J'ai passé une excellente soirée.

— Moi aussi, murmurai-je, puis je me levai sur la pointe des pieds et l'embrassai sur la joue. On recommence bientôt ?

— J'espère. Oh, et pourras-tu ramener cet iPad au bureau ? J'aimerais y ajouter certaines choses.

— C'est noté, souris-je, puis je me tus un instant, à court de mots, avant d'ajouter : À demain.

— Oui, à demain.

Presque timidement, il me sourit et referma la porte derrière moi.

Cette soirée avec Neil m'avait tant chamboulée que j'en avais oublié quel jour on était. Ou quel jour il serait le lendemain. Ou était déjà, puisqu'il était minuit passé. De retour à la maison, je me suis changée, démaquillée, et mise au lit pour 2 h 30, sans penser une seconde à vérifier l'alarme de mon téléphone.

Le « bip » strident me réveilla à 5 h 30 et je dus presque soulever mes paupières manuellement pour ouvrir les yeux.

Holli était assise au pied de mon lit et ses grands yeux m'observaient par-dessus sa tasse de café. Elle portait sa tenue de sport rose sur une brassière grise.

— J'en connais une qui a oublié son devoir du matin.

— Si, ça me revient, maintenant, grommelai-je en faisant la grimace.

Mes membres étaient douloureusement ankylosés. Le jeudi matin, nous avions pris l'habitude de faire du sport ensemble, mais mon sport en chambre avec Neil m'avait épuisée.

— Je suis vraiment obligée ? suppliai-je.

— Oui. Rappelle-toi : je devais t'interdire de te trouver des excuses, tu l'as dit toi-même, me nargua-t-elle d'un grand sourire. Et puis, tu dois me raconter ta soirée d'hier.

Certaines amitiés connaissent des limites à ne pas dépasser ; leurs confidences s'arrêtent sur le pas d'une chambre à coucher. Mais l'amitié qui me lie à Holli n'a aucune limite. J'enfilai mon survêtement et, encore à moitié endormie, je me suis hissée hors du lit.

— Je suis prête dans dix minutes.

Holli et moi sommes abonnées à la salle de gym ouverte en horaire continu, en bas de notre rue. Nous adorons ce petit club parce qu'il est généralement désert à cette heure matinale. Ce n'est pas bon signe pour une entreprise d'être aussi peu fréquentée, mais il faut dire que cela nous arrangeait ; quoi de mieux qu'un maximum d'intimité pour pouvoir étaler tous les détails sordides et croustillants d'une nuit de sexe torride avec son patron ? Et ce, tout en travaillant sa respiration sur le vélo elliptique.

— Non, il n'a pas dit ça ! s'écria Holli avant de boire une gorgée d'eau de sa gourde en aluminium rose.

Elle réagissait ainsi à mon récit de cet instant où Neil avait pris soin, avant d'agir, d'expliquer à quel endroit stratégique il avait l'intention d'enfouir son visage.

— Si, il l'a dit, affirmai-je, en signant ma parole de scout. Tu te souviens quand je te bassinais au sujet de cette nuit à Los Angeles, la nuit la plus chaude de ma vie ? Eh bien, il a battu ce record la nuit dernière, et de très loin.

Un frisson me parcourut à ce souvenir.

— Le pire, c'est que je n'ai qu'une envie : recommencer. Et tout de suite. On a fait l'amour trois fois, hier soir. Il m'a fait jouir juste avant de partir. Mon quota annuel d'orgasmes assistés par un partenaire est largement dépassé.

— Et lui, tu penses qu'il voudra recommencer ? demanda-t-elle en modifiant les réglages de son vélo sur l'écran digital.

Je hochai la tête.

— D'après nos conversations, j'en déduis qu'il veut rendre la chose régulière. Et tiens-toi bien…

Mon récit s'interrompit de lui-même. Je n'étais pas certaine de vouloir prononcer à voix haute ce qui venait ensuite. Qu'en penserait-elle ? J'étais idiote : Holli était la fille la plus ouverte d'esprit que je connaisse, en particulier pour tout ce qui était tordu. J'étais surprise de constater à quel point cela m'importait de faire en sorte qu'elle apprécie Neil ; je craignais qu'elle le juge avant même de l'avoir rencontré.

Était-ce vraiment important ? Je pris mon courage à deux mains.

— Ne te moque pas. Il veut expérimenter la domination et la soumission avec moi.

Elle écarquilla les yeux.

— Waouh ! Pourquoi je me moquerais ? Ça a l'air chaud ! Tu comptes accepter ?

— Oui, au moins pour essayer. Et puis, même si ce n'est qu'une fois, je sais qu'il rendra l'instant mémorable, affirmai-je en riant.

— Regarde-toi, toute sûre de toi sexuellement, ricana Holli en me montrant ses belles dents. Et comment ça marche ? Est-ce que tu t'habilles en latex pour le fouetter jusqu'à l'os, ou… ?

Sa question me fit presque recracher l'eau que je buvais dans ma gourde.

— Holli, tout ça est censé être excitant ! Comment peux-tu rendre la chose aussi dégoûtante ? Pour répondre à ta question : non. Il veut dominer. Il préfère le rôle du boss.

— Cela ne lui suffit pas d'être le boss toute la journée ? maugréa Holli. Enfin, c'est toi qui vois. Mais je ne crois pas que je pourrais laisser un homme m'attacher.

Après notre entraînement, je suis rentrée prendre une douche avant de partir au travail. Holli préférait se laver à la salle avant sa séance photo. Son métier me faisait envie, je ne peux pas le cacher. Après tout, on ne tolère pas qu'elle arrive au travail un peu miteuse et mal coiffée, on le lui *demande*. Ce jour-là, elle poserait pour American Apparel, et les vêtements qu'on lui ferait porter toute la journée faisaient encore plus de mal à mon amour-propre.

Eh, tu te fais mal toute seule! me rappelai-je en rangeant mes clés dans mon sac avant de prendre la direction du bureau.

J'avais trop forcé, et pas seulement sur le vélo elliptique. L'intérieur de mes cuisses était courbaturé, ma voix éraillée à force de gémissements et mes orteils blessés de s'être tant recroquevillés sur eux-mêmes. Partir travailler après avoir couché avec le patron alors qu'on en garde les courbatures, je trouvais cela délicieusement malsain.

Je dus presque courir pour ne pas manquer mon train. Je suis arrivée essoufflée au travail, légèrement en retard sur mon horaire habituel. L'essentiel pour moi, c'était de ne pas arriver après Neil. Je ne voulais pas qu'il pense que je me permettais des entorses à mon planning sous prétexte que je le satisfaisais sexuellement. Heureusement, il avait lui aussi un peu de retard.

Après avoir rangé mon manteau dans la penderie, je posai l'iPad sur son bureau et pris une minute pour ajouter un message sur son application de prise de note.

> Merci pour cette nuit merveilleuse. Puis-je récupérer ma culotte? Il se pourrait que j'en porte une aujourd'hui. Ou pas.

Je souris avec fierté. Sous ma jupe crayon verte, je n'étais pas nue, évidemment. Mais il n'était pas obligé de le savoir.

— Excusez-moi?

D'un geste brusque, je refermai l'étui de la tablette et levai un regard coupable.

— Bonjour, je peux vous aider ?

La femme qui se tenait sur le pas de la porte était l'incarnation du décontracté, avec son pantalon en cuir noir, son tee-shirt à l'effet délavé portant le nom d'un groupe que je connaissais mais dont je n'avais jamais écouté la musique et son collier à frange dorée. Sa peau légèrement mate était aussi nette qu'une peau de bébé et son gloss rosé faisait pendant avec le regard dramatique que lui donnait son maquillage accentué aux yeux. Elle avait le sourire le plus chaleureux et avenant que j'aie jamais vu.

— Bonjour. Au département des ressources humaines, on m'a dit de venir ici. J'ai rendez-vous à 8 heures.

— Oui, bien sûr, acquiesçai-je en lui faisant signe de me suivre à mon bureau, puis je lui lançai par-dessus l'épaule : Je suis désolée, M. Elwood est en retard ce matin.

— Non, je suis là.

La voix de Neil me prit par surprise. Il apparut derrière la fine cloison du comptoir, en sirotant son café dans sa tasse noire, et leva les sourcils.

Je me tournai vers la jeune femme.

— Je vous sers quelque chose à boire ? Un café ? De l'eau ? Un soda ?

— Non, merci, dit-elle en rejetant une mèche de ses longs cheveux bruns et raides par-dessus son épaule avant de tendre une main à Neil. Je m'appelle Délia Williams.

— Neil Elwood, répondit-il en lui serrant la main, puis il lui fit signe d'entrer dans son bureau. Si cela ne vous dérange pas, je vais demander à mon assistante, Sophie, de participer à l'entretien. Elle travaille ici depuis plus longtemps que moi et saura reconnaître les qualités requises pour la remplacer à son poste comme il se doit.

Je leur emboîtai le pas et m'efforçai de contrôler les rougeurs qui devaient m'empourprer les joues ; comment avais-je pu ne pas voir qu'il était déjà arrivé ? Moi qui craignais qu'il remarque mon retard. Et pire que cela, quelle image cela donnait-il de moi aux postulants ?

Inutile de faire trop d'efforts, elle ne sera pas si difficile à remplacer.

Voilà comment ils me verraient.

Installé derrière son bureau, Neil ouvrit l'étui de son iPad. Ma note était encore inscrite sur l'écran et il la lut. Discrètement, il eut un tic de satisfaction à la lèvre et je dus rassembler toute mon énergie pour ne pas sourire bêtement.

Son regard croisa le mien une fraction de seconde, puis il reporta son attention sur Délia Williams, assise en face de lui.

Je n'échappe pas à notre condition de femmes jalouses de toute autre femelle potentiellement rivale. C'est la triste réalité, nous sommes toutes comme ça. Délia aurait dû être ma kryptonite. Elle était décontractée, belle et drôle. Elle répondait à chaque question avec sincérité, mais en ponctuant ses réponses d'un humour chaleureux. Elle était parfaite.

D'après mes calculs, j'aurais dû la détester dès la première minute.

Et pourtant, c'était impossible. Quand Neil l'interrogea sur ses débuts dans le métier, elle répondit :

— Au départ, j'avais l'intention de gravir les échelons chez Rock Magazine jusqu'à devenir journaliste. Et puis, j'ai découvert que l'écriture, ce n'était pas ma tasse de thé.

Elle nous a ensuite listé les qualités de sa précédente patronne :

— Margot n'était jamais trop exigeante dans ses demandes. Puisque nous étions sur la même longueur d'onde, je faisais en sorte de trouver exactement ce qu'elle voulait.

La cerise sur le gâteau : Délia s'était vue obligée de démissionner car Margot avait quitté le navire de Rock Magazine ; Délia n'avait pas seulement envie de décrocher le poste que je libérais, elle en avait *besoin*, et j'étais certaine qu'elle ferait du très bon travail.

Même si je devais quitter Porteras, je voulais m'assurer que tout ce que j'avais construit pendant deux ans serait entre de bonnes mains. Cette jeune femme était la personne idéale, j'en étais convaincue.

Je pense que Neil partageait cet avis, même s'il ne montrait aucun signe d'emballement.

— Dites-moi, si vous comptiez gravir les échelons dans cette boîte, pourquoi accepter de travailler ailleurs en tant qu'assistante ?

Délia haussa les épaules.

— Parce que je suis douée pour ce travail. Écoutez, je me sens obligée d'utiliser mes compétences. Je continue dans la branche où j'excelle, même si cela implique de rester au second plan.

À cet instant, je compris ce que j'aimais chez elle. C'était une sorte de sœur éloignée de Holli. Elles avaient le même point de vue pragmatique enveloppé dans une personnalité sympathique.

Neil posa encore quelques questions, puis Délia nous serra la main et je l'accompagnai jusqu'à la sortie.

— Qu'en pensez-vous ? L'entretien s'est bien déroulé ? me demanda-t-elle du tac au tac devant la réception.

— Si ça ne tenait qu'à moi, vous signeriez dans la minute.

Je n'aurais peut-être pas dû dire cela ; c'était une entorse à mon devoir. Je préférai alors la prévenir :

— Par contre, je ne sais pas combien de candidats M. Elwood a l'intention de rencontrer. J'essaierai de plaider en votre faveur.

— Merci, dit Délia en me gratifiant d'un grand sourire reconnaissant.

Nous nous sommes serré la main encore une fois, car je ne savais pas quoi faire d'autre.

Quand je retournai dans mon bureau, Neil se servait une autre tasse de café et je lui lançai un regard noir.

— Est-ce que vous essayez de me priver de mon travail ?

— Hmm ? marmonna-t-il, puis il baissa les yeux sur sa tasse. Oh, ça ? Ne soyez pas bête. Puisque je suis debout, je peux bien me servir du café moi-même. Alors, qu'avez-vous pensé d'elle ?

Je hochai la tête, en cherchant à répondre sans laisser paraître d'avis trop arrêté sur la question. Après tout, je n'aurais pas à travailler avec elle, ou pas longtemps, en tout cas. Et puis, j'étais capable de décrire ce que travailler pour Gabriella impliquait, mais pour ce qui était de Neil, je n'étais pas encore rodée. Lorsque j'ouvris la bouche, ce qui en sortit me consterna.

— Vous devez l'embaucher.

Il afficha un air surpris.

— Vous l'aimez bien ?

— Pas vous ?

Avait-il perdu la tête ? Cette fille était parfaite.

— Je pense qu'elle remplit toutes les conditions pour ce poste, argumentai-je. Elle sera très vite intégrée à l'équipe, sans être pour autant coincée comme les autres employés. Et puis, elle a de l'expérience.

— Vous n'y allez pas de main morte avec le piston, fit remarquer Neil avec un petit sourire. Est-ce que cela signifie que vous acceptez le poste de rédactrice adjointe au département cosmétique ?

— Je…

Je fis la moue. Il rencontrait déjà des candidats pour me remplacer alors que je ne lui avais donné aucune réponse définitive. Il avait donc prévu de me destituer, quoi qu'il arrive.

— Ces entretiens ont pour but de me forcer à prendre une décision, c'est ça ?

— Non, pas du tout, je le jure, se défendit-il en se dirigeant vers son bureau. Mais vous avez dit que vous ne vouliez pas rester au poste d'assistante sous mes ordres. D'ailleurs, je partage cet avis, ce serait inapproprié. Pourquoi ? Avez-vous pris une décision ?

Adossée au mur, je croisai les bras.

— Oui : j'accepte.

— Parfait.

Il reprit son iPad qu'il ralluma et ouvrit ma note sur l'écran.

— À propos, la réponse à ta requête est : non. Et tu peux retirer celle que tu portes.

Oh mon Dieu.

Pouvais-je vraiment faire ça ? D'un coup d'œil par-dessus l'épaule, j'observai Ivanka à travers la porte vitrée qui menait au hall de l'étage ; derrière son comptoir, elle parlait dans son casque à micro et les portes de l'ascenseur s'ouvraient et se refermaient.

— Pas ici, précisa Neil, en s'efforçant de réprimer un sourire de satisfaction. Retourne dans ton bureau et fais-le. Je ne te la retirerai pas moi-même, je ne suis pas comme ces collectionneurs pervers ; seulement, la pensée de te savoir nue sous ta jupe me plaît.

— Comment pourras-tu savoir si je l'ai vraiment enlevée ou non ? le provoquai-je en touchant ma lèvre supérieure du bout de la langue.

— Qui sait, Sophie. Je pourrais venir vérifier.

La porte vitrée s'ouvrit et Rudy se dirigea tout droit vers le bureau de Neil. Ce dernier lui fit signe de s'asseoir en face de lui et le salua.

— Tu as eu des nouvelles de Carol, ce matin ?

— Oui, et elles ne sont pas bonnes. Ils veulent diminuer le numéro de février ; au lieu de deux pages de publicité, ils n'en veulent qu'une et ils promettent de nous contacter pour mars.

Neil tourna la tête vers moi.

— Vous avez un projet à terminer, me semble-t-il, non ?

— Oui, monsieur, minaudai-je avant de quitter la pièce pour exécuter la tâche qu'il me réclamait.

Neil avait raison. Je ne pouvais pas être son assistante, c'était impossible. Nous n'arriverions jamais à travailler.

Chapitre 8

Le jour suivant, environ une demi-heure après le début de ma pause-déjeuner habituelle, Neil m'appela dans son bureau. Il avait commandé des sushis chez un traiteur chic. Mon estomac avait grogné toute la matinée et je me demandais si notre « amitié » contenait une clause me permettant de dévorer son repas entier. À 11 h 45, il avait laissé tomber un énorme tas de lettres sur mon bureau en précisant : « C'est urgent, j'ai besoin que ça parte aujourd'hui. Pourriez-vous prendre votre pause un peu plus tard pour vous en occuper maintenant ? Vous seriez un amour. »

« Pas de problème », avais-je répondu. Intérieurement, je ruminais des pensées morbides au sujet de mon patron.

Une fois que le livreur eut déballé le repas pour le présenter méticuleusement dans des assiettes, Neil m'a appelée et c'est alors que j'ai compris pourquoi il m'avait retenue si longtemps.

Il avait débarrassé son bureau et se tenait à présent dans son grand fauteuil noir, manches retroussées et sans cravate, contrairement à son habitude. Devant lui, dans des petites assiettes carrées, s'étendait un festin de sushis et de sashimis bien trop copieux pour un seul estomac. J'en salivais. Je voulus me convaincre que c'était dû à Neil qui était particulièrement séduisant ce jour-là – c'était le cas – mais, en réalité, la nourriture y était pour beaucoup.

— Fermez la porte derrière vous. À clé.

Le ton de sa voix repoussa aussitôt mes pensées depuis mon estomac affamé jusqu'à… un autre endroit, tout aussi affamé. Après avoir fermé la porte à clé, j'ai marqué une pause, le temps de me rassembler avant de me retourner vers lui.

— Tu as déjà mangé ? me demanda Neil en désignant les baguettes chinoises.

Je secouai la tête.

— Non, on m'a demandé de ne pas prendre de pause avant 13 h 30. Tu te rappelles ?

— À présent, tu comprends mes sombres desseins, dit-il avec un clin d'œil. Assieds-toi.

Alors que je posais la main sur le dossier de la chaise en face de lui, Neil m'arrêta dans mon élan en rectifiant :

— Non, pas ici.

J'hésitai, sans comprendre vraiment ce qu'il voulait. S'attendait-il à me faire asseoir sur ses genoux pour manger des sushis ? L'idée était tentante, mais c'était quand même un peu cliché.

— Jouerais-tu les Don Draper[1] ?

Il eut un petit rire moqueur.

— Tu me connais, tu sais que tu peux me faire confiance.

Neil déplaça un plateau carré noir garni de roulés minutieusement présentés et tapota le coin de bureau ainsi libéré.

— Monte.

Je baissai les yeux : avec ma robe de patineuse en dentelle ivoire, je n'étais pas habillée pour m'asseoir pudiquement sur un bureau. Mais quelque chose me disait qu'il n'attendait pas de pudeur. Je me suis approchée et, d'un petit saut, j'ai pris place à côté des assiettes en m'appliquant à n'en renverser aucune. Bien sagement, j'ai croisé les chevilles et baissé les yeux sur lui en attendant la suite.

— Comment ça, « tu me connais » ? Nous ne nous sommes rencontrés officiellement que lundi. Or, c'est vendredi.

— J'estime que nous avons appris à mieux nous connaître la nuit dernière, argua-t-il avant de glisser une main entre mes genoux pour les séparer légèrement. Ouvre-toi.

Je pris une inspiration hésitante. Sous ma robe, je portais un ensemble de dentelle couleur crème. Ce n'était pas dans un but de séduction ; parfois, j'aimais assortir mes vêtements à mes sous-vêtements, voilà tout. Mais ma culotte était affreusement fine et ne cachait pas grand-chose. Si j'écartais trop les jambes, Neil verrait bien plus qu'un simple morceau de tissu.

---

1. Personnage de fiction mystérieux et influent.

— Et notre règle de ne pas baiser sur notre lieu de travail ? lui rappelai-je en le laissant desserrer doucement mes cuisses.

— Je n'ai jamais dit qu'on ne devrait pas le faire, mais j'ai précisé qu'on devrait être discrets.

Ses mains s'immobilisèrent au creux de mes cuisses et je poussai un cri lorsqu'il les écarta carrément, me laissant ainsi à la merci des regards.

— Et je n'ai jamais dit non plus qu'on baiserait maintenant.

— Comment appelles-tu ça, dans ce cas ?

Tandis que ses doigts se promenaient sur ma culotte, je me mordis la lèvre pour ne pas gémir.

Puis, brusquement, Neil retira sa main et saisit le plateau qu'il avait poussé sur le côté. Il l'installa sur ses genoux, entre mes cuisses écartées, et reprit ses baguettes chinoises. L'air de rien, il esquissa le sourire le plus prétentieux de l'histoire de la masculinité.

— J'appelle ça prendre le déjeuner.

Il leva un sushi et je dus rassembler toute ma volonté pour ne pas croquer dedans comme un chien affamé. Dès la seconde où le riz froid et les feuilles de soja touchèrent ma langue, je grognai de plaisir.

— Je suis désolé de t'avoir fait attendre si longtemps, s'excusa Neil, d'une voix sincère. Mais je tenais à déjeuner avec toi. J'espérais qu'on passe un peu de temps ensemble ce week-end, mais Emma arrive en ville ce soir et restera jusqu'à lundi matin. J'aimerais profiter de la voir autant que possible.

Mon cœur se serra dans ma poitrine. Secrètement, j'avais attendu qu'il me propose une autre soirée du même genre, sans vouloir lui imposer quoi que ce soit. Ce n'était pas une relation sérieuse, et puisqu'il traversait une période difficile à cause du divorce, je pensais le laisser mener la danse. Je n'avais pas la prétention de passer avant sa fille. Je déglutis avant de lui assurer :

— Ne t'inquiète pas. L'attente est un excellent moyen de faire grimper l'impatience.

— Une attente de six ans ?

Il servit du saké brûlant d'une carafe et me tendit la tasse, puis trinqua avec moi avant de savourer la sienne.

Peut-on vraiment boire au travail ? me demandai-je.

Après tout, comme on dit : « À Rome, fais comme les Romains ».

Neil me donna encore deux rondelles de sushis, très différentes par leur goût et leur texture. Sur le plan gustatif, c'était bien meilleur que la salade que j'avais prévu d'acheter à la cantine de l'entreprise. Sur le plan sexuel…

À chacun de ses mouvements, il frôlait mes jambes nues, et lorsqu'il se penchait pour me donner tel ou tel plat, la peau de son bras venait se frotter contre ma cuisse. Quand il se servait dans une assiette, ses doigts venaient balayer mon genou. L'exercice n'avait qu'un seul but : la frustration. Tout ce que je voulais, c'était qu'il tire ma culotte sur le côté et enfonce ses doigts à l'intérieur de moi ; une chose qu'il n'avait pas l'air décidé à faire.

À côté de moi, l'assiette de sashimis, avec ses tranches fines de thon cru, rouge vif, attira mon attention. Une association d'images très dérangeantes me vint à l'esprit.

— Je ne suis pas sûre d'avoir envie que tu manges du thon entre mes jambes.

Neil était occupé à siroter du saké. Il but de travers et se mit à tousser. En riant, il cacha sa bouche derrière une serviette en papier. Je ne pus me retenir de rire aussi, et ajoutai avec humour :

— C'était ça, ton sombre dessein ? Monter une mauvaise blague de thon ?

— Non ! s'exclama-t-il en recouvrant son souffle, mais ses joues étaient encore rouges et ses yeux brillaient de malice. Non, c'est un hasard. J'oubliais que j'avais affaire à une jeune fille dépravée. À l'avenir, je ferai en sorte que tu ne puisses pas tourner notre rendez-vous en plaisanterie enfantine.

— Bonne chance !

Je me penchai en avant et le laissai faire glisser ses doigts dans mes longs cheveux bruns.

Je suis contente de ne pas les avoir attachés, pensai-je en savourant ses lèvres qui recouvraient les miennes tandis qu'il avait la main posée derrière ma nuque.

Embrasser quelqu'un qui vient de manger des sushis peut paraître antiromantique, et j'admets qu'il y a mieux lorsqu'on n'a pas eu le temps de se brosser les dents, pourtant, à cet instant précis, je l'aurais embrassé même s'il avait mangé du fromage au lait cru. Ses caresses « fortuites » avaient embrasé mon corps tout entier, et le fait d'être ainsi intimement exposée à son regard n'avait rien arrangé à mon désir, bien au contraire. Il m'embrassa langoureusement, puis s'écarta, visiblement à contrecœur.

— Je ne rêve que d'une chose : débarrasser ce bureau encombré et m'allonger sur toi, mais je serais bien incapable d'expliquer à Rudy pourquoi mon bureau est en désordre lorsqu'il viendra pour notre réunion de 15 heures, regretta Neil, puis il effleura encore une fois ma bouche avant de se caler dans son fauteuil. Puisqu'on ne se verra pas ce week-end, j'ai quelque chose pour toi.

Il fit à peine tourner son siège pour attraper l'iPad qu'il m'avait déjà prêté.

— Je t'ai laissé un peu de lecture, avec des notes dans la marge.

La tablette était allumée. En effet, il y avait trois ouvrages téléchargés dont je lus les titres : *Le Guide de la soumise*, *Au-delà du missionnaire* et *L'esprit dominant*.

— J'ai pensé qu'avant d'entrer dans le vif du sujet tu pourrais te faire une idée, expliqua Neil. Ensuite, tu seras plus apte à me dire tes envies et ce qui te met le plus à l'aise.

Sa voix glissait comme un tissu de soie, j'en frissonnai. La couverture d'un des livres représentait la photo artistique en noir et blanc d'une femme à genoux, cambrée en arrière, la poitrine en évidence, le corps lié par tout un enchevêtrement de cordes. On avait bandé ses yeux d'une fine écharpe pâle et elle avait la bouche entrouverte. Plus bas, je sentis mes muscles se crisper à l'idée de Neil me mettant dans une telle position.

— Je les lirai, lui assurai-je, légèrement essoufflée par le fantasme qui m'apparaissait en flash, puis je détournai le regard tant bien que mal de l'image et observai son expression amusée. Sans faute, ajoutai-je.

— Tu m'en vois ravi. Mais je ne m'attends pas à ce que tu apprennes quoi que ce soit par toi-même. Je serai plus qu'heureux de te faire pratiquer quelques exercices.

Il retira l'assiette posée entre mes jambes et m'aida à me relever.

— Quelle générosité, lui dis-je en lui souriant gentiment, tandis qu'il se levait à son tour.

— J'aime savoir que mes partenaires sont bien informées.

Le pluriel qu'il venait d'emprunter me fit penser à un détail que je devrais aborder, à un moment ou à un autre. Autant s'en débarrasser le plus tôt possible.

— En parlant de partenaires…

— Je sais ce que tu vas me demander, murmura-t-il, et il se gratta la nuque d'un air gêné. Je sais que tu ne cherches pas à t'engager dans une relation, n'interprète pas mal mes intentions. Seulement… J'aimerais que nous restions monogames sexuellement.

OK, je ne m'attendais pas à cette réponse.

Pourtant, ça ne me dérangeait pas.

— Ça me va. Si l'un de nous rencontre quelqu'un et qu'il souhaite approfondir cette nouvelle relation, nous n'aurons qu'à… arrêter.

Ma gorge se serra légèrement à cette idée. Je venais à peine de le retrouver ; comment le prendrais-je si Neil mettait soudain un terme à notre relation après quelques mois ensemble pour pouvoir fréquenter une autre femme ? Ce serait affreux.

Non, ce type de remise en question devait rester de côté. Si ses besoins évoluaient, je ne devais pas m'attendre à le garder pour moi seule en sachant que je n'étais pas prête pour une relation sérieuse. De son côté, c'était la même chose. Je me suis empressée d'ajouter :

— Comme ça, c'est plus sûr.

— Ah, un autre détail que nous devons aborder avant d'aller plus loin. Mercredi, je suis allé voir mon médecin pour quelques tests. Les trucs habituels, tu vois, marmonna-t-il en faisant des gestes avec sa main. J'aurai les résultats lundi, mais je tiens à m'excuser de ne pas t'en avoir parlé plus tôt. C'était un manque total de responsabilité et de respect de ma part, ajouta-t-il avant de s'éclaircir la voix. Si ça ne te dérange pas…

— Justement, j'ai fait mon examen annuel il y a deux semaines. En revanche, je n'ai pas encore reçu les résultats, l'informai-je en haussant les épaules. Je suppose que tu es mieux assuré que moi.

— Oui, c'est l'un des avantages de la richesse à outrance : on sait si on a la syphilis beaucoup plus vite qu'un paysan moyen.

Dans sa voix, j'entendis une légère irritation ; je pris note de ne plus aborder le sujet de sa richesse. J'allais d'ailleurs m'en excuser lorsqu'il ajouta :

— La contraception est un autre de mes soucis : si nous devons continuer d'utiliser des préservatifs, ça ne me pose pas de problème. Ne te sens pas obligée de…

— Je prends la pilule, l'interrompis-je avec nonchalance. Pour mon endométriose. Si nos tests se révèlent rassurants, on peut essayer sans. Enfin, tu sais, par la suite.

Un lourd silence s'imposa entre nous, puis quelqu'un frappa à la porte.

— Oui, un instant, répondit Neil en regardant sa montre. Mince, ce doit être l'éditeur… J'ai oublié son nom.

— L'éditeur ? m'étranglai-je.

— Ne vends pas la mèche, me dit-il fermement, comme si j'étais incapable de jouer à ce petit jeu correctement, puis il s'empara d'une des assiettes sur le bureau. Tiens, emmène ça si tu as encore faim.

Dépitée par l'arrêt soudain de notre entrevue sensuelle et par la crainte d'être démasquée, je me suis dirigée vers la porte d'un pas chancelant. J'ai libéré le loquet aussi doucement que possible, mais quand j'ai ouvert la porte, Jake me regardait d'un air surpris.

— Tu déjeunes en t'enfermant dans le bureau du patron ? me demanda-t-il, les yeux rivés sur ma petite assiette carrée.

— J'en ai trop commandé, lança Neil depuis son bureau.

Il était plus droit et glacial que jamais, et reprenait son déjeuner comme si je n'avais pas été devant son nez les jambes écartées un instant auparavant.

— Entrez, je vous en prie… Jake ?

J'aperçus l'agacement sur le visage de l'éditeur lorsqu'il comprit qu'on se souvenait mal de lui, et filai du bureau à toute vitesse.

J'ai commencé la lecture de *Au-delà du missionnaire* dans le train en rentrant chez moi.

J'ai raté ma gare et j'ai dû prendre un autre train en sens inverse.

La plupart de ce dont parlait le livre ne m'était pas inconnu – merci Internet – mais je n'avais jamais songé à le mettre en pratique. Comme promis, Neil l'avait annoté. Des notes copieuses. D'où la raison pour laquelle j'avais manqué l'arrêt du train.

En marge du paragraphe sur la fessée, lui-même se mettait à philosopher sur la question :

> As-tu la moindre idée du nombre de fois où je me suis masturbé en pensant à toi et à ce genre de pratique ? Je sens encore ma paume rougie d'avoir fessé ton joli fessier. La façon dont tu te mordillais la lèvre avant de me supplier de le faire… J'aimerais beaucoup recommencer.

En rentrant à mon appartement, mon pouls battait dans mes veines et je détestais vraiment très, très fort la dure réalité qui venait faire irruption dans ma vie sexuelle. En ouvrant la porte, je suis tombée sur Holli affalée sur le canapé, à regarder un épisode de *L'amour est aveugle*, une émission de speed-dating. Elle s'est exclamée :

— Eh ! Tu as reçu un colis !

Je me suis approchée du coin salle à manger, où un carton de taille moyenne m'attendait sur la table. Je n'ai pas reconnu l'entreprise qui l'envoyait.

Les sourcils froncés, j'ai ouvert l'enveloppe enfermée dans une pochette plastique collée au carton. Elle contenait un message personnel :

Un petit quelque chose pour vous féliciter pour votre nouveau travail. Tenez-moi au courant si vous trouvez une utilité à ces objets. Neil.

Tout l'argent qu'il dépensait pour moi aurait dû m'agacer, mais j'adore les cadeaux. Je n'ai pas de honte à l'avouer. La clé de mon appartement me servit d'arme blanche pour arracher le scotch qui scellait la boîte. Holli s'est approchée pour lire le mot. Et puis, elle s'est mise à me chantonner aux oreilles :

— J'en connais une qui a reçu des sucreries !

— Oh, tais-toi, répliquai-je.

Un sourire béat aux lèvres, j'ai sorti une boîte noire du carton avec une image de trousse à maquillage, de pinceaux et autres produits exposés autour.

— Quel nouveau travail ? s'enquit Holli en levant les yeux du morceau de papier, visiblement confuse.

Moi non plus, je ne savais pas quoi penser. Qu'est-ce que Neil m'avait envoyé, au juste ? Du maquillage ? Était-ce une mise à l'épreuve pour le poste en cosmétique ? Mes yeux se sont alors posés sur le descriptif du contenu de la boîte.

— Oh mon Dieu ! gloussa Holli. Ce sont des sex-toys ?

J'ai ouvert le couvercle et sorti un faux pinceau de fard avec d'épais poils en caoutchouc. Le manche s'ouvrait pour accueillir les piles. Je fus surprise de constater à quel point un cadeau aussi drôle pouvait également être sexy et adorable.

— C'est ça, confirmai-je en riant, puis je lui ai tendu l'objet. Des vibromasseurs sous toutes leurs formes. Ah non, attends…, dis-je en fouillant dans le fond du carton. Il y a aussi des petites choses à poser sur ton bazar pour le faire frissonner.

— J'aimerais avoir quelqu'un pour faire frissonner mon bazar, moi aussi, soupira Holli, puis elle reposa délicatement le pinceau dans sa boîte. Parle-moi de ce nouveau travail.

Sa question m'a un peu coupée dans mon élan. Ces derniers temps, malgré ma promotion, ma vie sexuelle me semblait plus gratifiante que ma vie professionnelle. D'ailleurs, cela me mettait mal à l'aise de lui apprendre que j'avais décroché un nouveau poste alors qu'elle était déjà ravie par la nouvelle.

— Neil m'a proposé de travailler comme rédactrice adjointe de la rubrique cosmétique.

— Mais c'est génial !

Elle me prit dans ses bras pour fêter l'événement et me serra si fort que mes pauvres os en souffrirent.

— Quand est-ce que tu comptais m'en parler ? me reprocha-t-elle.

Dans un rire, je me suis reculée d'un pas.

— Ce n'est pas si génial. C'est une sorte de compensation parce que Gabriella m'a abandonnée sur le navire. Elle a ajouté ma candidature sur la liste, et Neil trouve trop gênant de me garder comme assistante alors qu'on couche ensemble. C'est pour ça, ne t'emporte pas trop.

Ma déception jetait un seau d'eau froide sur l'excitation de mon amie. Elle tendit les bras vers moi pour m'enlacer encore.

— Oh, Soph ! Ça veut certainement dire que Gabriella t'aurait donné le poste si elle était restée. Neil est assez intelligent pour le comprendre.

Il n'y avait qu'elle pour tirer le bon côté d'une situation de promotion mal acquise. Dans un dernier effort pour me remonter le moral, elle fit claquer ses doigts, le regard brillant :

— On devrait organiser une soirée pour fêter ça !

Holli ne vivait que pour les fêtes. Un jour, elle avait même acheté des chapeaux en carton et des banderoles pour l'anniversaire de notre canapé ; toute excuse était bonne à prendre pour faire un gâteau. On ne s'était pas amusées toutes les deux depuis longtemps et ma vie traversait une période sismique. Décompresser avec des amis, voilà une idée qui ne pouvait pas me faire de mal.

— Très bien, cédai-je. Mais attends au moins jusqu'à vendredi prochain. Et n'invite personne de Porteras.

— Ça marche, pas de collègues de travail. Bon sang, ma belle, tu n'as vraiment pas l'air enchantée par cette promotion.

J'étais démasquée. Dans un soupir de culpabilité, j'ai cherché mes mots :

— J'ai l'impression que Neil m'a donné ce poste uniquement parce qu'on… tu sais.

Holli savait se montrer optimiste comme elle savait rester réaliste. Parfois, l'optimisme ne faisait pas de miracles.

— Dans ce cas, admit-elle, tu devras travailler plus dur pour te prouver que tu en es capable. Mais sache que tu n'as rien à prouver à Neil. Souviens-toi : personne ne sait que vous couchez ensemble. Du point de vue des collègues, tu as décroché une promotion grâce à tes talents professionnels ; tes talents sexuels, ils ne les soupçonnent pas. Tu sais que tu en es capable, Sophie, insistait Holli en me prenant fermement par les épaules. Tu sais que tu es la bonne personne pour ce job, et on se fiche de savoir ce que les autres pensent sur la façon dont tu l'as décroché.

Un câlin de notre meilleure amie et tous nos doutes s'envolent ; c'est si efficace que c'en est ridicule.

Puisque nous étions vendredi soir, Holli avait une soirée prévue quelque part. Elle m'a invitée, mais j'ai refusé.

— Tu préfères t'abstenir pour rester à la maison et tester tes nouveaux jouets ? fit-elle remarquer très justement en enfilant ses boucles d'oreilles face au miroir, dans l'entrée.

Parfois, je suis littéralement soufflée par la beauté de mon amie. Vivre avec un mannequin, c'est très étrange : 90 % du temps, Holli est une femme tout à fait normale, mais dès qu'elle s'apprête pour sortir, c'est comme si les magazines prenaient vie dans mon salon.

Sa robe à paillettes lui allait comme un gant ; elle était moulante et à rayures, avec une grande échancrure dans le dos et des manches longues. Ses escarpins pointus s'ouvraient en décolleté sur ses orteils et ses talons de douze centimètres accentuaient sa silhouette déjà élancée.

— Tu es magnifique, la complimentai-je avec la même étincelle dans les yeux que lorsque, petite, je feuilletais un album de Cendrillon.

— Merci ! sourit Holli face à son reflet, puis elle se retourna et pointa ses doigts vers moi comme un pistolet. Je ne peux vraiment pas te convaincre, tu en es sûre ?

Je secouai la tête.

— Certaine. J'ai des nouveaux sex-toys et de la lecture coquine. Rien ni personne ne peut me donner envie de partir.

Quel beau mensonge ; bien sûr que si, une chose pouvait me tenter, ai-je songé en refermant la porte derrière elle : une invitation sous les draps de Neil à l'hôtel *W*.

Je récupérai le colis et l'emportai dans ma chambre pour en sortir chaque objet un à un, avec un petit sourire gêné. Jamais auparavant un homme ne m'avait offert de cadeaux si intimes et cela me faisait glousser comme une adolescente victime de ses hormones en effervescence. J'étais touchée. Des vibromasseurs qui peuvent passer pour du maquillage, voilà le cadeau idéal à offrir à la rédactrice adjointe en cosmétique avec qui on couche occasionnellement. Neil avait pris le temps d'y réfléchir.

Une pile qui traînait sur ma table de chevet trouva sa place dans le rouge à lèvres, puis je mis le jouet en marche ; il frétilla soudain dans la paume de ma main. Deux autres objets étaient semblables à celui-ci : un mascara à l'embout indécemment bulbeux et le pinceau à fond de teint. Au fond du carton, des gels rafraîchissants, réchauffants, et sensibilisants étaient présentés sous la forme de poudriers.

Le déjeuner avec Neil m'avait laissée avec une libido frustrée, si bien que les vibrations du train m'avaient presque fait décoller vers d'autres sphères. Quant aux livres et à leurs annotations malsaines ? Ils n'avaient rien arrangé à l'affaire. J'ai quitté mes vêtements et assombri la pièce. Dans l'ambiance tamisée, je me suis adossée à mon oreiller, avant d'appuyer le « rouge à lèvres » directement contre mon clitoris. La soudaine stimulation me fit pousser un soupir.

La note de Neil, en marge des textes dans la tablette, me revint en mémoire. Il s'était masturbé en s'imaginant qu'il me fessait. Et dire que nous avions fantasmé l'un sur l'autre pendant six ans… Un frisson me parcourut l'échine. Était-il aussi dépendant de moi que je l'étais de lui ? Pendant six ans, je ne m'étais pas caressée une seule fois sans penser à lui. Même lorsque je couchais avec un autre – et j'ai honte de l'admettre, mais oui, même s'il s'agissait d'un homme qui comptait pour moi – Neil s'immisçait toujours dans mes pensées à l'instant crucial. Bien souvent, c'était sa voix, encore claire dans mes souvenirs, qui m'accompagnait jusqu'au bord du précipice ; ma grande crainte avait longtemps été que je crie son nom au moment de jouir.

Faisant lentement tourner le vibromasseur sur mon sexe, je posai l'autre main sur mon sein et titillai mon téton durci. J'imaginai Neil, dans son lit à l'hôtel *W*, qui saisissait son membre imposant en pensant à moi, en me désirant, en se remémorant mes cris de jouissance lorsque j'étais assise sur ses genoux pendant qu'il me fessait. Je le revoyais qui poussait la porte de la suite pour me découvrir lascive sur son canapé, les doigts profondément enfoncés en moi. J'aurais aimé qu'il me voie me caresser avec ses cadeaux.

Mes yeux s'ouvrirent brusquement. Il *pouvait* me voir. Si je prenais une photo.

À contrecœur, j'ai abandonné mon jouet, le temps de courir dans le salon silencieux pour récupérer mon appareil photo numérique, dans sa sacoche accrochée au portemanteau. Hors de question de faire cela avec mon téléphone ; je risquais d'envoyer le cliché sur Facebook ou autre, par accident.

Au pas de course, je suis revenue m'allonger sur mon lit. Mais avant de reprendre le rouge à lèvres vibrant, j'ai saisi le poudrier avec le gel sensibilisant. La texture entre mes trois doigts faisait penser à du gloss. J'en étalai sur mon clitoris. Une sensation délicieuse sous mes caresses.

Mes mains tremblaient quand je saisis le vibromasseur pour loger l'embout rosé entre les lèvres de mon sexe. Les genoux pliés pour avoir les pieds bien à plat sur le matelas, je me suis mise à onduler doucement pour plus de contact, pour plus de plaisir ; mais je prenais mon temps.

Je voulais qu'il voie.

J'ai posé mon bras sur mon genou pour ne pas faire trembler l'appareil photo. Puis, d'un geste lent, j'ai fait glisser ma main le long de mon corps, le souffle court, si bien que mon cœur battait à cent à l'heure, puis j'ai bien séparé mes lèvres autour du vibromasseur. Avec un petit cri, je me mis à rouler des hanches sous la sensation délicieuse du baume stimulant. Je sentais mon pouls sous ma peau gonflée, comme si chaque molécule de mon corps se retrouvait à la source de mon plaisir. La stimulation par les vibrations était presque trop puissante. J'appuyai l'objet un peu plus fort contre mon intimité, mes orteils se recroquevillaient et mon corps se figeait lorsque ma libération me saisit par vagues, depuis mon clitoris jusqu'au reste de mon corps. Mes jambes s'agitèrent, je poussai un cri, et pris la photo.

Je suis restée un moment allongée là, l'appareil photo dans une main, le vibromasseur toujours allumé dans l'autre. Son bruit me plaisait mais je finis par m'asseoir pour l'éteindre. Chassant une mèche attirée par la moiteur de mon visage, j'ai appuyé sur le bouton de l'appareil photo pour regarder le dernier cliché.

Devant l'image de mon sexe exposé sans pudeur à l'objectif et entourant le jouet vibrant, j'eus le souffle coupé. Mon clitoris était presque aussi rouge que la forme de plastique qui le titillait, et ma peau ainsi que ma fine toison scintillaient sous le gel graisseux. Mes doigts, eux aussi brillants et humides, formaient un « V » pour tenir les lèvres de mon sexe.

Je ne pouvais pas lui montrer cette photo, évidemment. Si elle tombait entre les mains de qui que ce soit, j'en serais humiliée à vie. J'allais l'effacer lorsque j'ai imaginé sa réaction. Cette pensée figea mon pouce au-dessus du bouton.

Neil me désirait. Je n'avais pas besoin qu'il me le prouve davantage. Nous avions été amants pendant six ans, même si ce temps s'était presque entièrement écoulé sans que nous nous retrouvions une seule fois, et même si je ne connaissais son vrai nom que depuis quelques jours. On nous offrait une chance inespérée de nous retrouver ensemble. Cette chance, je devais la saisir.

Mon seul problème : comment lui faire parvenir la photo ? Il passait le week-end avec sa fille ; je ne pouvais pas lui soumettre une telle image par texto au milieu de ses retrouvailles familiales. Par mail ? Non, trop risqué, et si Neil vérifiait sa boîte mail au bureau, la situation pouvait devenir embarrassante.

Mon regard se posa sur l'iPad posé sur ma commode et une idée diabolique me vint à l'esprit.

De toute ma vie, je n'avais jamais été aussi impatiente d'être à lundi.

Chapitre 9

Après ce week-end de nuits sans repos, j'étais plus qu'impatiente de retrouver Neil. Dès l'instant où mes yeux se sont ouverts le lundi matin, mon corps était en alerte. Je me suis douchée, habillée, j'ai pris le train, et tout cela en pilote automatique, car je ressassais encore et encore le vocabulaire emprunté par Neil en marge des livres qu'il m'avait laissés sur la tablette. Le vendredi midi, son petit jeu avec les sushis avait poussé ma libido à sa puissance maximale et Neil était la seule personne à pouvoir rétablir la configuration initiale de mon système. Croyez-moi, j'avais tout essayé avec les différents ustensiles qu'il m'avait envoyés ; mais malgré mes nombreux orgasmes du week-end, je n'étais pas rassasiée.

En sortant de la station de métro, je l'aperçus sur le trottoir d'en face, devant l'entrée de Porteras. Il se tenait près de sa Maybach, et la douce lumière matinale auréolait sa tignasse claire. Je n'avais encore jamais vu un tel sourire sur son visage. Il ouvrit la porte du passager arrière et je compris la raison de son bonheur.

Une femme de mon âge sortit de la voiture. Aucun doute possible, il s'agissait d'Emma. Je sentis mon cœur se serrer. Elle était d'une beauté simple, naturelle, avec sa coupe au carré ébouriffée sous une casquette gavroche, et elle portait une veste en jean à peine trop grande pour elle. Son look lui donnait un air de rock-star, mais au moment d'enlacer son père, elle redevenait une jeune fille qui enlace son père.

Quelle voyeuse j'étais! Cet aspect de sa vie, Neil ne m'y avait pas invitée. J'avais beau assister à la scène par hasard, on aurait dit que je les espionnais. Je gardai la tête baissée en espérant passer inaperçue en traversant la route, puis gravis les hautes marches au pas de course.

Sans le vouloir, des bribes de leur conversation sont parvenues jusqu'à mes oreilles :

— Tu m'appelleras quand tu auras atterri ?

Puis, la réponse de la jeune femme me surprit ; elle avait presque le même accent que son père.

— Évidemment. Mais ne t'inquiète pas pour moi ; ce n'est pas moi le pilote. Moi, je resterai au fond de la cabine avec une bonne dose de Valium.

Ma curiosité resta sur sa faim tandis que je me glissais entre les portes vitrées pour accéder à l'immense hall d'entrée. J'ai présenté mon badge à l'agent de sécurité avant de poursuivre ma route. Ce ne fut que lorsque j'attendis l'ascenseur que je sentis le parfum de Neil qui approchait derrière moi. Son odeur m'était déjà familière et je reconnaissais le bruit de sa respiration.

Ma tête se mit à tourner. Avais-je vraiment retenu ces informations en seulement cinq jours ? Si oui, c'était stupide de ma part ! Ou étaient-ce des détails enfouis pendant des années au creux de mon inconscient, depuis notre nuit inoubliable ? Si tel était le cas, franchement, c'était stupide de ma part !

— Bonjour, mademoiselle Scaife, dit-il d'un ton neutre, et je tournai la tête.

Je ne m'attendais pas à le voir si proche de moi, et le peu d'espace qui nous séparait fut encore réduit lorsque les portes s'ouvrirent et que nous pénétrâmes dans la cabine.

— Bonjour, répondis-je en m'efforçant d'afficher un air indifférent, alors que nos épaules se touchaient au milieu d'employés de Porteras et d'autres sociétés de l'immeuble.

— Vous avez passé un bon week-end ? me demanda-t-il, toujours sur ce même ton banal, le regard rivé sur les chiffres lumineux, au-dessus des portes.

L'ascenseur a marqué un arrêt, trois personnes sont descendues. Nous n'étions plus que quatre. Malheureusement, les deux autres employés travaillaient également pour Porteras et ne manquaient pas une miette de la scène. Je n'étais pas égocentrique au point de croire que je les fascinais ; s'ils nous écoutaient, c'était uniquement parce que Neil était leur nouveau patron et qu'ils tentaient de cerner le personnage.

De son côté, Neil devait se montrer à la hauteur et prétendre qu'il ne remarquait pas leur curiosité. C'est pourquoi, en lui répondant sur un ton léger, j'ai ressenti une pointe de pitié pour lui.

— Oui, c'était très agréable. J'ai passé deux jours à lire sur mon lit.

Une rougeur est apparue sur ses pommettes. Je me suis retenue de sourire, plutôt fière de moi.

En arrivant au bureau, nous avons croisé Délia qui nous attendait dans le couloir, avec une sacoche en cuir clouté en guise de mallette. Quand elle nous aperçut, elle nous décocha un sourire rayonnant.

— À votre service !

— Bonjour, mademoiselle Williams, l'accueillit Neil.

— Appelez-moi Délia. Je ne suis pas à cheval sur les mondanités, déclara-t-elle en lui serrant la main, puis la mienne, et elle pointa son doigt vers moi en cherchant à se souvenir de mon nom.

— Sophia, c'est ça ?

— Presque : Sophie.

Dans le bureau, avant d'accrocher mon manteau dans la penderie, j'ai débarrassé Neil du sien et montré à Délia quel cintre utiliser.

— Je suis en retard, encore une fois, murmurai-je à l'oreille de la jeune femme. Ce n'est pas dans mes habitudes, mais la semaine a été longue, avec la nouvelle direction, tout ça.

— Ça vous change du *Journal de l'auto*, non ? s'enquit-elle.

Je marquai une pause. De quoi parlait-elle ?

— Pardon ?

— *Le Journal de l'auto*, ce magazine où vous travailliez avant la reprise de Porteras.

Par mon air dubitatif, elle comprit que je ne voyais pas où elle voulait en venir et nous sommes restées une minute ainsi, bloquées par notre confusion, avant qu'elle ne prenne enfin conscience de la situation.

— Vous ne travailliez pas déjà pour M. Elwood ? Pour son magazine auto ?

— Oh ! m'exclamai-je en secouant la tête, soulagée que notre quiproquo soit enfin terminé. Non ! J'étais l'assistante de Gabriella Winters, ici à Porteras. Je ne travaille pour Neil que depuis cinq jours.

Rapidement, je me suis corrigée :

— Enfin, pour M. Elwood.

La matinée passa à toute allure : il me fallut faire visiter les locaux à Délia, la présenter aux autres, et lui montrer comment fonctionnaient les téléphones internes. Lui expliquer le système de Porteras revenait à faire un véritable travail de fourmi. Délia ne m'interrompit pas une seule fois pour me dire qu'elle savait ce qu'elle faisait et qu'elle n'avait pas besoin de moi. J'aimais son humilité ; contrairement aux rares assistants adjoints de Gabriella auxquels j'avais eu affaire, elle voulait seulement faire du bon travail et ne cherchait pas à me prendre de haut. Je l'appréciais un peu plus à chaque minute.

À 11 h 30, Rudy entra dans le bureau en grande pompe pour annoncer qu'il devait voir Neil de toute urgence. J'ai profité de l'interrogatoire que Rudy faisait subir à Délia pour frapper à la porte de Neil. Il aurait été préférable de l'appeler, mais je venais de passer la journée à guetter le moment opportun pour le voir seul à seul, en vain. J'avais laissé la tablette devant son ordinateur, mais son bureau avait été un véritable moulin ; il avait enchaîné réunion sur réunion depuis le matin. Avait-il trouvé le temps de voir son nouveau fond d'écran ?

— Entrez, appela-t-il.

À peine eus-je mis un pied dans le bureau que j'eus la réponse à ma question. Il l'avait vu.

— Fermez la porte derrière vous, marmonna-t-il d'un ton bourru, puis il se leva et fit un pas vers moi.

Docilement, je me retournai et refermai le verrou. Lorsque je lui refis face, il était juste derrière moi.

— Si les choses deviennent trop intenses, ou si tu es mal à l'aise, n'hésite pas à dire « rouge » pour tout arrêter, « jaune » pour ralentir le rythme.

Avant de poursuivre, il se pencha et me chuchota à l'oreille, pour être sûr de ne pas être entendu par Rudy et Délia :

— Un peu comme un feu de signalisation. Tu comprends ?

— Oui, répondis-je, le souffle court, en m'inclinant vers lui.

Neil m'attrapa par les poignets, m'écarta de la porte, puis, par une légère pression derrière la nuque, me pencha au-dessus du bureau avant de remonter ma jupe crayon noire. Dessous, je portais des collants noirs à motifs dont il saisit l'entrejambe, puis il se pencha sur mon dos.

En relevant à peine le menton, je chassai une mèche coincée au coin de mes lèvres.

— Et vert, qu'est-ce que ça veut dire ? lui demandai-je dans un souffle.

Tout contre mon oreille, je sentis qu'il esquissait un sourire.

— Vert signifie : continue. Toujours comme un feu de signalisation.

Ses doigts s'entortillaient dans le tissu de mes collants et tout mon corps vibrait à la sensation du bord de bureau frottant contre mes cuisses.

Je frissonnai sous ses mains et déclarai :

— Vert.

Ses mouvements furent si vifs que je me vis prise au dépourvu : il déchira l'entrejambe de mes collants, trouva vite ma culotte et la poussa sur le côté. Ma peau humide et sensible ainsi dévoilée, il y enfonça brutalement deux doigts. Je laissai échapper un sanglot étouffé.

D'un calme déconcertant, Neil s'empara du téléphone et composa le numéro du bureau voisin.

— Délia ? Dites à Rudy que je le retrouve à la voiture… Non, ce n'est pas urgent. Il veut seulement que nous allions boire un verre. Dites-lui que j'arrive dans cinq minutes. Je dois revoir mon planning de la semaine avec Sophie et je n'ai pas d'autre moment pour m'en occuper… Non, pas encore. Restez joignable. Sophie vous expliquera tout dès que nous aurons terminé.

Ma position inconfortable rendait ma respiration difficile et j'entendais battre mon pouls à mes oreilles – et à d'autres endroits – mais je n'avais rien manqué de la conversation, bien que ses paroles m'aient paru lointaines. Ses doigts se sont immobilisés en moi, aussi profonds qu'ils pouvaient l'être. Un flot de douleur mélangée au plaisir me donna des vertiges. Je craignais de jouir par cette seule pression et me demandais si je serais capable de rester discrète et silencieuse.

Il s'allongea un peu plus sur mon dos et me mordilla l'oreille avec une tendresse qui contrastait avec la brutalité de ses gestes.

— Je vois que tu as apprécié mes petits cadeaux.

Je poussai un gémissement dans un balancement des hanches ; pourvu que j'atteigne la délivrance. Neil ne me laissa pas la liberté de mouvement nécessaire, mais il se mit à former de petits cercles au fond de mon intimité.

— Et tu as lu les livres, souligna-t-il. Tu as même ajouté des notes dans la marge.

Il me mordilla encore le lobe de l'oreille. Mon corps entier était aux aguets.

— Il y a une note en particulier que j'ai beaucoup aimée, poursuivit-il. Je peux te la lire ?

J'ai hoché la tête, mais un soupir de déception m'échappa lorsqu'il retira ses doigts de mon sexe. Il prit l'iPad dans ses mains et alluma l'écran, puis ouvrit le livre.

— Voilà, dans le chapitre sur le profil de soumise qui te correspond…

Je déglutis sans discrétion. Neil leva les yeux, un petit sourire satisfait aux lèvres.

— Tu as écrit « être tienne ». Que veux-tu dire par là, Sophie ?

— Je ne savais pas comment le décrire autrement.

Incapable d'en dire plus, je passai la langue sur mes lèvres soudain très sèches. Avec lui, je me sentais capable de choses que je n'aurais jamais soupçonnées avec un autre, mais l'admettre à voix haute était une autre histoire. Je n'arrivais même pas à le regarder dans les yeux. Il me faudrait faire des efforts sur ce plan-là. Un jour peut-être, je n'aurai plus cette affreuse crampe qui se forme dans mon estomac dès que mon désir devient incontrôlable.

— Quand on est ensemble, je… je n'ai pas seulement envie d'être soumise. J'ai *besoin* d'être ta Soumise. Je ne veux pas que ce soit un autre. Il n'y a que toi. Tu me fais ressentir des choses que je n'aurais jamais cru ressentir un jour. Et j'en veux plus encore. Je veux être… tienne. Que tu me contrôles complètement. Et tout ça, je trouve que c'est terrifiant.

En levant les yeux, je croisai son regard ; la tendresse que j'y lus me choqua. J'en tremblais. Ses caresses me manquaient déjà, si bien que je sentais les larmes m'envahir. Était-ce dû à ma franchise spontanée ? Ou au risque de se faire surprendre par quelqu'un qui entrerait dans le bureau sans prévenir ? Ou à ce long week-end de frustration, à peine satisfait par la lecture de quelques textes stimulants ? Tous mes membres tremblaient comme ceux d'un drogué à qui on refuse sa dose quotidienne.

— Oh, Sophie.

Sa voix éraillée trahissait sa tension. Pendant un instant, il semblait démuni. Finalement, il s'approcha de moi pour prendre mon corps tremblant dans ses bras et, dans le fauteuil, me fit asseoir sur ses genoux. Sa main retrouva son chemin entre mes cuisses, mais cette fois plus doucement, et du bout des doigts, il caressa mon clitoris. Je me suis agrippée à lui, les mains autour de son cou, le visage enfoui au creux de son épaule, déversant mes sanglots de soulagement sur sa chemise. Les larmes coulaient sur mes joues en flot continu. L'envie sexuelle qu'il m'inspirait était presque embarrassante ; je me laissais submerger par mes émotions. Dans un frisson étourdissant, j'ai laissé la jouissance l'emporter, le nez contre son parfum délicieux.

C'était pile ce dont j'avais besoin : jouir par ses caresses, non pas grâce à un jouet en plastique. J'avais besoin que cela vienne de lui, que mon plaisir dépende entièrement de son contrôle.

Il remit ma jupe droite sur mes cuisses et s'écarta à peine pour me regarder droit dans les yeux.

— Tu te sens mieux ?

Dans un hochement de tête, j'ai senti un soupir saccadé s'échapper de mes lèvres.

— Sophie, je suis sincèrement désolé.

Je me suis relevée et me suis frotté les yeux. Quelle honte de le laisser ainsi voir les larmes couler sur mes joues ! Mon maquillage était fichu, j'en étais sûre.

— Non, c'est moi. Excuse-moi. Je ne voulais pas pleurer. Crois-moi, je ne suis pas folle.

— Bien sûr que non, m'interrompit Neil, comme si le seul fait de le suggérer le rebutait. C'est entièrement ma faute. J'ai tout fait pour attiser tes pulsions, vendredi dernier. Je t'ai renvoyée chez toi avec des livres qui t'amadoueraient, qui te rendraient docile, alors que je savais que tu n'étais pas familière avec ce monde-là. Tu n'étais pas prête à ressentir tout ça.

— Mais ça ne m'a pas dérangée, ai-je insisté avec toute l'honnêteté du monde. Me faire caresser brutalement au-dessus d'un bureau, c'était le meilleur moment de ma journée. Si c'était à refaire, je n'hésiterais pas une seconde. Je veux pouvoir le gérer. Je t'assure.

— Ce n'est pas seulement une question de volonté. Il ne faut pas avoir honte. D'ailleurs, c'est moi qui devrais avoir honte.

Neil marqua une pause en examinant la tache de mascara que j'avais laissée sur sa chemise, puis il enfila méticuleusement sa veste pour la dissimuler.

— C'était égoïste et totalement irresponsable de ma part de pousser les choses aussi loin alors que tu n'étais pas prête.

J'étais là, devant son bureau, à ne pas savoir quoi dire, ni quoi faire. Jamais personne ne m'avait procuré de telles émotions. D'habitude, j'avais le cerveau en ébullition. Là, mon esprit semblait totalement éteint.

— Viens me voir, ce soir, dit-il en sortant la carte magnétique noire de son portefeuille pour me la tendre. On discutera. Il ne sera pas question de sexe.

— Bien sûr.

Je lui pris la clé des mains.

— Parfait. Pour l'instant, prends le reste de ta journée.

— Ce ne sera pas nécessaire, rétorquai-je rapidement, séchant mes joues du revers de la main – je me sentais tellement idiote ! Je m'en remettrai, tu sais.

— Oui, je sais.

Neil se leva et s'avança vers moi, posa la main sur mon bras et le caressa doucement à travers le tissu. Il parlait avec lenteur et patience.

— Tu n'as rien à te reprocher. C'est moi qui me suis mal comporté et je tiens à rectifier le tir. Si tu es dans cet état, c'est uniquement à cause de ce faux pas. On appelle ça le *subdrop* en anglais, une sorte de dépression après les rapports. Tu as dû croiser ce terme dans les livres que je t'ai donnés.

Un paragraphe était consacré à ce sujet, mais j'avais préféré ne pas le lire.

— Oui, mais je ne me sentais pas concernée, puisque je...

— Puisque tu es capable de gérer tes émotions uniquement par ta volonté ? m'interrompit Neil en levant un sourcil.

Prise de court, je ne dis rien et étouffai mes derniers reniflements.

— Parfois, c'est inévitable. Mais pas cette fois-ci. J'aurais dû passer plus de temps avec toi avant de t'emporter avec moi dans le vif du sujet. Maintenant, je suis incapable de gérer la situation correctement parce que j'ai été assez idiot pour commencer tout ça sur mon lieu de travail. Je t'en prie, prends ta journée. Vois-le comme un cadeau. Ce ne sera pas pris sur ton salaire. Je suis sûr que Délia saura tenir la barre toute seule une demi-journée. Nous pourrons nous retrouver ce soir à mon hôtel et en discuter. En attendant, prends soin de toi, s'il te plaît. Je regrette sincèrement de ne pas pouvoir faire plus pour le moment.

— Tu es sûr de toi ?

J'hésitais encore ; les traitements de faveur, ce n'était pas ma tasse de thé. Mais il fallait avouer que j'étais tentée par l'idée de rentrer chez moi et de faire une sieste dans un bon bain chaud.

— Enfin… Je vais y aller, mais…

— Porteras n'a jamais flanché en cinquante ans. Ce n'est pas une demi-journée de plus ou de moins qui y changera quoi que ce soit.

Il se pencha et m'embrassa sur la joue. Son visage était plus doux à la mi-journée que le soir, sans la repousse piquante du début de soirée. J'aimais sentir qu'il s'attardait pour m'embrasser, même pour ce baiser innocent.

— Prends tout le temps dont tu as besoin. Je sortirai le premier et dirai à Délia que tu ne te sens pas bien. On se revoit ce soir.

Après m'avoir doucement serré le bras, Neil s'éloigna et sortit du bureau en laissant la porte entrouverte derrière lui.

J'attendis quelques minutes afin d'être certaine qu'il était parti. Il avait retiré le miroir décoratif que Gabriella gardait toujours accroché derrière son fauteuil. Je dus alors m'asseoir devant son ordinateur et allumer l'écran, si je voulais voir mon reflet grâce à la webcam. Aussitôt l'écran sorti de sa veille, je m'aperçus que Neil avait déjà allumé le logiciel de la caméra.

— Vous êtes aussi superficiel que n'importe qui, monsieur Elwood, murmurai-je dans ma barbe. Seulement, vous cachez bien votre jeu.

J'observai mon image que filmait la petite caméra intégrée et épongeai le mascara sous mes yeux avec le coin d'un mouchoir.

Voilà qui était mieux. En secouant les épaules, je pris une profonde inspiration, puis retournai dans mon bureau.

— Eh, tout va bien ? s'inquiéta Délia en me voyant émerger.

Elle s'était assise dans mon fauteuil, mais dès qu'elle me vit arriver, elle se leva d'un bond pour s'approcher.

— Oui, ça va. C'est juste que je… je ne me sens pas très bien. Je crois que je vais rentrer.

— M. Elwood vous a mal traitée ?

En prononçant ces mots, Délia tourna la tête comme si elle s'apprêtait à prendre la fuite.

— Je ne veux pas travailler pour un fou furieux, ajouta-t-elle.

— Non, ce n'est pas un fou furieux. Il n'est pas méchant, mais je…

Je ne voulais pas mentir à Délia, mais de toute évidence, je ne pouvais pas non plus lui dire la vérité.

— J'ai du mal à me faire au changement de direction. J'aimais beaucoup mon ancienne responsable.

— Ça, j'avais compris, acquiesça la jeune femme avec un sourire pincé. Vous savez, je pensais que vous m'en vouliez d'avoir pris votre ancien travail alors que vous appréciez beaucoup M. Elwood. Je pensais que vous travailliez ensemble depuis longtemps.

— Non, mais nous nous connaissions déjà vaguement.

Cette réponse me convenait ; après tout, les gens peuvent se connaître sans forcément coucher ensemble.

Délia croisa les bras.

— D'accord, je comprends mieux.

— Vous comprenez quoi ?

Va-t'en ! File ! Ne sympathise pas avec elle pour la seule raison qu'elle te donne envie de te confier !

— Je ne devrais peut-être pas le dire, hésita-t-elle en frottant le bout de ses doigts sur son front. C'est assez embarrassant. Disons que j'avais l'impression que tous les deux, dans ce bureau, vous… Je ne sais pas. Que vous jouiez à James Spader et Maggie Gyllenhaal.

J'étais consciente de ma mâchoire tombante. Pourvu qu'elle le prenne pour de la surprise, comme si cette idée ne m'était jamais venue à l'esprit et que je la trouvais écœurante.

— Waouh ! m'exclamai-je. Vous en avez, de l'imagination !

Rassurez-moi, j'ai bien dit « imagination » et pas « intuition » ?

— Oui, peut-être même un peu trop, parfois. Je suis désolée. Je ne voulais pas remettre votre sens des valeurs en question. Pas du tout.

Elle secoua soudain la tête avant de reprendre :

— Pardon. Reprenons à zéro. Bonjour, je m'appelle Délia.

J'esquissai un sourire forcé en espérant qu'il ne serait pas trop étrange.

— Ne vous en faites pas, je ne le prends pas mal.

— Vraiment, c'était déplacé, marmonna Délia dans un haussement d'épaules. Mais… Avez-vous remarqué sa manière de vous regarder ? Et puis, il faut dire qu'il ne vous quitte pas des yeux.

— Non, je n'ai pas remarqué.

Soudain, je me suis souvenue que j'étais censée me sentir très mal. J'ai cligné des yeux et plaqué ma main contre ma tempe.

— Je suis désolée, Délia, mais j'ai une migraine atroce et ces lumières vont me rendre folle. Vous pensez pouvoir vous en sortir, aujourd'hui ?

— Oui, tout ira bien ; j'ai la situation en main, me rassura-t-elle en tapotant le bureau. On se revoit demain ?

— Oui.

Mais le lendemain, je ferais en sorte de porter mon déguisement anti-spéculations romantiques.

Ce long après-midi de repos m'a revigorée, comme l'avait prédit Neil. J'étais encore terriblement embarrassée par la manière dont s'était déroulée la matinée, et à la fois déçue par ma propre réaction ; une simple histoire de sexe m'avait totalement chamboulée. Quelle honte !

Certes, les livres avaient évoqué la possibilité qu'un taux élevé d'endorphine puisse dérégler mes réactions émotionnelles, ou quelque chose comme ça. Mais d'habitude, j'étais imbattable pour ce qui était de délimiter sexe et sentiments.

À 20 heures, je suis arrivée dans la suite à l'hôtel *W*; j'entendais l'eau couler dans la douche, à l'étage. *Lady Stardust* de David Bowie résonnait dans toute la pièce à travers les enceintes du loft, si fort que j'en plaignais le voisinage de Neil, même s'il s'agissait d'une clientèle temporaire.

Devais-je rester en bas ou le rejoindre à l'étage ? Ce soir-là, il voulait parler, avait-il dit. Peut-être qu'il n'avait pas du tout l'intention de coucher avec moi. Je n'étais plus très sûre de savoir où nous en étions, sur ce terrain-là. Quoi qu'il en soit, j'ai posé mes paquets de plats à emporter, retiré mon manteau et je me suis dirigée vers les marches.

Dans la salle de bains, je savais que Neil avait une « douche à l'italienne » ; d'ailleurs, j'en déduis que les Italiens raffolent de voir l'eau s'éparpiller par litres sur le sol carrelé. Il m'est arrivé d'utiliser ce genre de système ; chaque fois, j'aurais tout donné pour troquer la maigre porte en verre contre un bon rideau de douche.

Ce point de vue, je l'ai oublié à la seconde où j'ai découvert le spectacle que cette douche m'offrait.

Neil était sous le jet, les cheveux ramenés en arrière par la pression de l'eau, le visage dégagé. L'unique petite lumière au-dessus de lui formait un jeu d'ombres sur son corps et accentuait les lignes de ses muscles, de son dos et de ses jambes. S'il y avait un avantage à le surprendre sous la douche, c'était celui-ci : il chantait comme une casserole. Moi qui l'avais toujours connu avec un air imposant et décontracté qui forçait le respect, le fait d'assister à son heure de gloire secrète cassait complètement le mythe. C'était un type comme les autres, avec les mêmes habitudes étranges et les mêmes fausses notes sous la douche. Je trouvais cette découverte tellement rassurante que je me mis à rire et il tourna brusquement la tête. Le choc qui déforma d'abord ses traits fut vite remplacé par un rire sonore tandis qu'il chassait l'eau qui lui venait dans les yeux.

— Espionner un collègue de travail qui prend sa douche, c'est contraire au règlement interne de Porteras sur le harcèlement sexuel, non ? déclara-t-il en fermant le robinet.

Il saisit ensuite une serviette qu'il enroula autour de sa taille.

— Et mettre les doigts dans le sexe d'une collègue assise sur le bureau, ce n'est pas interdit, peut-être ? rétorquai-je. Certes, ça n'excuse rien, mais…

Alors qu'il s'approchait de moi, j'en perdis le fil de mes pensées. La serviette était à peine accrochée à ses hanches. Il me tendit la main mais je préférai l'esquiver.

— Non ! Tu es tout mouillé. Et puis, j'ai apporté à manger, alors dépêche-toi.

Sur ces mots, j'ai filé au salon où j'ai commencé à déballer les cartons de nourriture. Neil apparut à peine quelques minutes plus tard, pieds et torse nus, ne portant que son pantalon de pyjama noir. Il se pencha au-dessus de mon épaule, les cheveux encore humides.

— Qu'est-ce que c'est, tout ça ? demanda-t-il, puis il déposa un bref baiser dans mon cou.

Avec un petit cri, j'ai penché la tête de l'autre côté pour éviter d'autres gouttes d'eau froide sur ma peau.

— Je te rends la monnaie de ta pièce pour les hamburgers de l'autre soir. J'espère que tu aimes la nourriture chinoise trop grasse.

J'ai ouvert l'un des emballages afin de plonger mon nez dans l'odeur de poulet à l'orange.

— Il faut combattre le mal par le mal, déclara Neil en s'asseyant sur le canapé, le sourire aux lèvres. On dirait que tu vas mieux.

— Oui, beaucoup mieux, acquiesçai-je en lui rendant timidement son sourire. Je suis désolée pour tout à l'heure, je me suis conduite comme une idiote.

— Non, c'était ma faute, rectifia-t-il en prenant un air grave. Il m'arrive par erreur de prendre ton enthousiasme pour… de l'expérience. Je sais que tu es toujours partante pour essayer de nouvelles choses et ça m'excite. Je me suis laissé emporter par le désir sans prendre le temps de réfléchir.

— D'habitude, mes sentiments n'entrent pas en jeu pour une histoire de sexe. J'ai plutôt tendance à faire taire cette partie de moi.

Mes mots sortaient comme ça, sans réflexion, et je me trouvais pathétique.

— Enfin, je veux dire…

— Ne sois pas bête, Sophie. Je n'ai jamais dit que je voulais que tu marques une frontière entre tes sentiments et le sexe, m'expliqua-t-il avec une voix plus douce. D'expérience, je peux t'assurer que ça ne change rien. Le bonheur devrait découler naturellement d'une relation sexuelle épanouie, c'est un minimum.

Sur ce point-là, je ne pouvais pas lutter. Je ne m'étais jamais sentie épanouie sur le plan sexuel. Je poussai un soupir.

— D'accord, tu as raison. Je me suis montrée trop sensible *avec toi*. C'est juste que… C'est comme si j'étais sobre depuis six ans et que je replongeais aujourd'hui. Tu es comme une drogue, pour moi. Je trouve ça terrifiant.

— J'en prends note.

Il me prit la main et me fit asseoir à côté de lui. C'était étrange d'être encore habillée alors que mon bras touchait sa peau nue. J'étais venue en jean moulant et marinière, un ensemble passe-partout, mais qui ne me rendait pas décontractée pour autant.

— Je ressens la même chose. C'est très déstabilisant pour moi de faire la différence entre toi et la Sophie qui a occupé mes pensées pendant six longues années.

Avant de poursuivre, il emmêla nos doigts avec tendresse.

— Ces deux parties de toi se mélangeaient dans ma tête, ce matin. Sans te demander ton avis, j'ai joué à un jeu dangereux, et dans un contexte inhabituel. Je suis sincèrement désolé. Si tu es toujours partante pour poursuivre notre aventure, tu peux me faire confiance : je ne referai plus les mêmes erreurs.

— Si je suis toujours partante ?

Je me suis redressée sur le canapé, inquiète, les coudes enfoncés dans le dossier en cuir.

— *Si* ? ai-je répété.

— Avec moi, tu n'auras jamais l'impression d'être prise au piège, admit-il. Je le refuse. Tout comme je refuse que tu fonces tête baissée dans un rôle de soumise alors qu'il te reste des appréhensions. Si jamais, à un moment donné, tu as des doutes sur cet arrangement, n'hésite pas à m'en parler, que ce soit pour oublier l'aspect soumission ou pour tout arrêter.

Je ne suis pas quelqu'un de vindicatif; les extrêmes, ce n'est pas mon truc.

J'ai quitté mes ballerines afin de laisser courir mes orteils vernis sur le dessus de son immense pied nu.

— Dans *Au-delà du missionnaire*, j'ai lu un article sur le déni d'orgasme. Je croyais que c'était ce que tu faisais. Mais c'est censé être une punition, non ?

— On peut le pratiquer comme une punition, mais je préfère le voir comme un jeu à part entière.

De son autre main, il chassa quelques mèches de cheveux échappées de ma queue-de-cheval mal nouée. Tandis que sa main redescendait, ses doigts s'attardèrent pour caresser ma joue.

— Les livres que je t'ai donnés n'entrent pas dans les détails ; en réalité, le panel des possibilités est plus large qu'on ne le pense grâce au conditionnement mental et au travail sur l'orgasme. Je ne lancerai pas les hostilités contre ta volonté.

— Montre-moi de quoi tu es capable.

Je ne m'aperçus qu'à cet instant que mon visage s'empourprait et que mon cœur battait la chamade. L'impatience me rongeait, tout comme l'excitation, mais je ne sus dire ce qui m'avait mise dans cet état. Était-ce le fait d'être en compagnie de Neil ? Avec lui, j'étais perpétuellement sur le qui-vive. Il faudrait bien que je m'y habitue.

Sa réponse fut digne d'un manuel de médecine :

— Je peux entraîner ton corps à répondre à certaines caresses, à certaines phrases pour déclencher un orgasme sur commande.

Le son de sa voix me faisait déjà frissonner, si bien que je le savais capable de me pousser à l'extase par la seule force de ses paroles.

—On dirait que ça peut être dangereux. Si tu me faisais jouir dans un lieu public, que se passerait-il ?

—Je le ferais si tu me le demandais, répondit-il dans un souffle. C'est typiquement le genre d'exercice qui demande une confiance à toute épreuve. Nous tenterons l'expérience une autre fois. Ce soir, commençons par le commencement. Enfin, si tu es d'accord, évidemment.

—Hum, oui. J'ai une envie de sexe irrépressible depuis que je t'ai vu sous la douche, assumai-je à ma grande surprise. Mais d'abord, on devrait manger quelque chose.

Aussi peu sexy que cela puisse paraître, je préférais me remplir la panse de nourriture trop grasse plutôt que de laisser mon estomac se manifester pendant notre interlude érotique.

Nous nous sommes installés sur le canapé, heureux de plonger nos baguettes en plastique dans nos boîtes en carton, puis soudain, une pensée m'est apparue.

—Oh non, j'avais oublié que tu n'aimais pas les plats gonflés de sodium.

—Les habitudes sont faites pour être bousculées. De temps en temps, précisa-t-il d'un air coupable après une courte pause.

Cette pointe de regret dans sa voix me fit un pincement au cœur.

—Tu as mangé un hamburger l'autre soir alors que tu disais ne jamais manger de viande rouge.

— J'essaie de surveiller ma santé autant que possible, se justifia Neil d'une voix lasse. Mais je trouve ça déprimant de rencontrer une personne née la même année que celle qui a marqué la chute de mon état de santé. Mon père est mort alors qu'il avait à peine plus de cinquante ans, et je sais que l'horloge tourne pour moi aussi. C'est pourquoi j'essaie de maintenir une alimentation équilibrée, une hygiène de vie saine, tout ça. Mais une petite entorse à la règle, ça ne peut pas faire de mal.

Le sujet était sensible, je me sentais mal de l'avoir abordé. Je sortis une pousse de brocoli du plat de bœuf et la lui tendis.

— Eh ! J'ai trouvé de la nourriture pour Neil !

Il voulut me lancer un regard sévère, mais ne put le tenir très longtemps, et nous nous sommes mis à rire aux éclats tandis que je lui faisais croquer le légume.

— Ah, je suis repue, déclarai-je en me tapotant le ventre, légèrement gonflé par ce repas englouti en deux bouchées. J'espère que les femmes avec un petit ventre te plaisent aussi.

— Toi, tu me plais, repartit-il, soudain sérieux, en buvant une gorgée d'eau. Ventre ou pas ventre.

— Dans ce cas, c'est un point que nous avons en commun, souris-je chaleureusement. Oh ! J'ai reçu mes analyses par courrier, aujourd'hui !

Je me suis levée d'un bond afin de lui apporter l'enveloppe du Planning Familial enfouie au fond de mon sac.

— Certifiée sans maladie, l'informai-je fièrement en lui donnant le papier. Enfin, je parle des maladies qu'ils ont testées. Je peux très bien avoir la tuberculose, ou ce genre de choses.

Son regard se posa brièvement sur moi avant de revenir sur le courrier.

—Attends une minute, dit Neil. J'ai aussi mes résultats.

Il posa son carton de nourriture à côté de lui et s'essuya la bouche avec l'une des serviettes en papier fleuri livrées avec le repas, puis il se leva pour récupérer son iPad posé sur le comptoir du Minibar. Face à la tablette, je me mis à siffler, impressionnée.

—Ton médecin te contacte par mail ?

—C'est une conversation en ligne ; grâce à ça, tu peux savoir tout ce que tu veux, m'expliqua Neil avant de marquer une pause. Il y a pas mal d'informations, alors évite de…

—De fourrer mon nez dans ton historique de conversation médicale ? Promis, j'essaierai de me retenir.

J'ai ensuite jeté un coup d'œil aux données pertinentes ; piquée de curiosité, j'ai remarqué qu'il mesurait 1 m 88 et pesait 80 kg.

—Bon, alors, repris-je. Maintenant que nous sommes débarrassés de ces détails pratiques et que nous avons évoqué le *subdrop*…

Il sourit en voyant mon regard dériver vers le loft, puis rit doucement avant de me répliquer :

—N'en dis pas plus.

En lui passant devant afin de monter l'escalier, je me réjouissais de savoir que les jeans mettaient toujours mes fesses en valeur.

—J'espère que tu ne trouves pas la chambre trop « banale », le charriai-je en marquant les guillemets avec mes doigts alors que je passais la dernière marche.

— Tout ce que nous ferons ici tiendra du banal, m'assura-t-il. Tu n'es pas encore prête pour les extrêmes. Et puis, je n'ai ni corde, ni tapette ; je ne les ai pas toujours avec moi, tu sais.

Il finirait donc par me fesser ? À cette pensée, je serrai les cuisses instinctivement.

— Eh bien… Tu as ta main. Et une ceinture.

Les lèvres serrées, il me décocha un sourire qui me fit chaud au bas du ventre. J'en étais bouche bée ; poitrine relevée, je respirais avec peine en le regardant s'approcher lentement. Ses épaules encore nues scintillaient à la lumière, tout comme ses yeux quand il me regardait. Sa capacité à changer de personnalité d'un instant à l'autre me captivait. L'un des articles que j'avais également lus à ce sujet était consacré à cette façon de changer d'humeur dans les relations Dominants / Soumis. Je me demandais si, à ses yeux, j'étais différente des autres.

J'étais trop timide pour lui poser la question, mais espérais que c'était le cas.

Du bout du doigt, il caressa une boucle de mes cheveux qui venait frôler ma clavicule.

— Si j'utilisais une ceinture sur toi, tu ne pourrais plus t'asseoir pendant une semaine.

Les paupières closes, je laissai un frisson me saisir. Ne devais-je pas tout faire pour garder le contrôle ? Ou pouvait-il s'en charger pour moi ?

— Sophie, reviens, murmura-t-il d'un ton ferme, et je rouvris les yeux. Ce soir, tu décides des limites à fixer. Mais j'ai le devoir de te protéger de toi-même : pas de ceinture. Qu'est-ce que tu préfères : un mot de passe ou le système tricolore ?

— Rouge, jaune et vert ? répétai-je en les comptant sur mes doigts. Oui, ça me va. C'est facile à retenir.

— Parfait. Je te fais confiance pour les utiliser à bon escient. Si tu ressens le moindre blocage, tu n'as qu'à utiliser ce code.

Ensuite, Neil fit un pas en arrière.

— Déshabille-toi, s'il te plaît.

Sans l'ombre d'une hésitation, je quittai ma marinière pour dévoiler un soutien-gorge rose à pois noirs, avec de la dentelle qui dessinait l'arrondi des bonnets. Je retirai ensuite mon jean. Je portais un string assorti.

— Très joli, fit-il remarquer, les paupières à demi closes. Maintenant, détache tes cheveux.

Tandis que je commençais à retirer les épingles une à une, il marcha en cercle autour de moi d'un pas lent. Il me parlait d'une voix grave :

— Alors comme ça, tu aimes la fessée, Sophie ?

— Oui.

Je n'aimais pas, j'adorais. Au souvenir de l'attente qui précédait le coup, mon corps se crispa de désir.

— Oui, *monsieur*, rectifia-t-il doucement. Pendant nos jeux, appelle-moi monsieur.

— J'aime la fessée, monsieur, répétai-je docilement.

— Et tu as aimé la première fois où je t'ai fessée ?

Neil s'arrêta derrière moi et glissa les doigts dans ma chevelure lâche pour libérer les dernières mèches attachées.

Les épingles tombèrent par terre. Lorsqu'il se trouvait tout près de moi, mes sens étaient en alerte, si bien que j'entendis le petit « clic » du fer au contact du sol.

Ses doigts me caressant le crâne détournaient mon attention de toute pensée logique. Je me mordis la lèvre afin d'étouffer un soupir, puis je lui répondis :

— Oui, monsieur.

— Dis-moi ce qui t'a plu. Prends ton temps.

Son torse frôlait mon dos, et cette fois, je ne pus retenir un gémissement.

Il se pencha pour me susurrer à l'oreille :

— Qu'est-ce que j'ai entendu ?

Mon sexe se crispait à mesure que Neil dessinait de petits ronds à la racine de mes cheveux. J'avais les mains posées sur mes cuisses et la tentation était forte de les approcher peu à peu de ma féminité.

Neil s'arrêta.

— Ne te touche pas.

Je dus rassembler toute ma volonté pour garder les bras le long du corps.

— Réponds à ma question, Sophie, reprit Neil.

Son souffle me chatouillait l'oreille.

— Dis-moi ce qui t'a plu quand je t'ai fessée.

— J'ai aimé quand…

Je me suis mordillé la lèvre. J'avais beau pousser le tapis avec mes orteils, rien ne soulageait ce besoin insatiable de caresses. Comment ferais-je pour tenir une nuit entière d'impatience ?

En me concentrant sur ma réponse à sa question, je parvins à reprendre mes esprits.

— J'ai aimé l'attente. L'anticipation. Et la sensation physique que ça m'apportait.

— Décris-moi cette sensation.

Il retira ses doigts de mes cheveux pour les laisser retomber en cascade sur mes épaules. Il s'écarta de moi, juste le temps d'éteindre la lampe. Dans la pénombre, je discernais ses contours grâce à la lumière qui nous provenait du rez-de-chaussée.

— C'était douloureux. Mais cette douleur était délicieuse. J'avais l'impression d'être vicieuse, comme si je franchissais la barrière de l'interdit.

Il m'était plus facile de parler quand ses mains n'étaient pas posées sur moi.

— Je me fiche de ne pas pouvoir m'asseoir pendant une semaine. Le souvenir de cette douleur me rappelle notre nuit ensemble.

Dans l'avion qui m'avait emmenée à New York, six ans auparavant, je ne faisais pas la maligne. On m'avait laissé une liasse de billets sur une table de chevet après une nuit de sexe. Ma fierté ne s'en était pas remise.

Ses doigts revinrent se promener le long de mes bras.

— Si je comprends bien, tu vois la fessée comme une sorte de récompense plutôt que comme une punition ?

Ses caresses me donnaient la chair de poule.

— Cette punition ne serait pas très efficace sur moi, monsieur. Je suis prête à me conduire comme une peste si ça peut m'aider à attirer l'attention.

Il rit doucement.

— Je devrai trouver autre chose, dans ce cas.

En tournant autour de moi jusqu'à me faire face, il m'ordonna :

— Enlève ton soutien-gorge.

Mes doigts tremblaient en cherchant l'agrafe. Neil me regardait faire, et je n'arrivais pas à deviner ses pensées dans la lumière tamisée de la chambre.

Je libérai les bretelles et laissai le vêtement glisser le long de mon bras.

Neil attendit qu'il tombe au sol pour me prendre la main, puis, de la sienne, épousa la forme de mon sein. Sans vouloir me vanter, j'imaginais qu'il devait lutter pour rester humble dans une telle situation. Je savais que mon désir pour lui était réciproque, mais lui se révélait plus capable de le dissimuler derrière une armure de fierté. Il se montrait patient, prenait son temps. Alors que moi, je n'en pouvais plus d'attendre de le sentir en moi.

La mèche rebelle qui venait frôler ma poitrine se vit rapidement chassée par le revers de sa main, puis il prit mon téton durci entre ses lèvres. La vague de sensations qui m'envahit à cet instant manqua de me faire trébucher, comme si toute mon énergie s'en trouvait drainée. Il leva les yeux, d'un air amusé, et me relâcha.

— Je vais te fesser, ce soir, Sophie, me susurra-t-il d'une voix suave et pleine de promesses. Mais seulement si tu es gentille, très gentille avec moi.

Chapitre 10

— Gentille comment, monsieur ? ai-je demandé à Neil.

Sous son regard, je me sentais totalement nue. Ma culotte était littéralement plaquée contre mon intimité, et ma peau se consumait sous le brasier de mon impatience. L'idée d'obtenir enfin ce dont je rêvais, et de la main du seul homme capable de me l'apporter, faisait encore grimper la tension que je peinais déjà à supporter.

— Tu dois répondre à certaines questions. Après ce qui s'est passé aujourd'hui, je ne veux plus refaire la même erreur, m'avoua-t-il tout en promenant le bout de son index autour de mon téton, puis il alla s'asseoir au bord du lit. Je dois savoir ce qui te met à l'aise. Les limites, nous les franchirons plus tard. Pour l'instant, commençons par la première étape.

Comment pouvait-il papoter dans un moment pareil ? N'était-il pas censé me jeter au sol et me… dominer ?

— Je connais déjà ton avis sur la fessée, résuma-t-il avec un petit sourire. Mais qu'en est-il du sexe oral ?

— Pour moi ou pour toi ?

Mon sexe hurlait : *Pour moi, pour moi !*

— Parce que, repris-je, tu as dû remarquer que j'apprécie quand tu prends la direction du sud.

— Pour nous deux, clarifia Neil. Que dirais-tu si je te demandais de me sucer la bite ?

Fallait-il vraiment qu'il utilise ce mot ? J'étais assez excitée comme ça, pas la peine d'en rajouter !

— Bonne question.

— Prends le temps d'y réfléchir.

Mon regard se posa sur son corps et j'humectai ma lèvre inférieure. Les mots que je m'apprêtais à prononcer me surprirent moi-même, et je ne reconnus pas ma voix, couverte par le battement de mon cœur.

— Je dirais oui, j'en ai envie. Je veux te sucer, et avaler.

Il leva un sourcil.

La question du dépistage me trottait dans la tête depuis le début de l'après-midi, depuis que j'avais reçu mes résultats. Quand serais-je prête à coucher avec Neil sans protection, à assumer tout ce qui ressortirait de positif de ses résultats à lui ? D'accord, peut-être que j'aurais dû consulter un avis extérieur et me garder quelques jours de réflexion, puisque je ne pouvais pas y songer sans me laisser influencer par des pensées lubriques. Finalement, je décidai que je pouvais lui faire confiance. Au moins sur ce sujet.

Mais pas avec des billets d'avion.

— Je préfère que tu portes un préservatif pendant l'acte, mais je déteste le goût du latex. Puisque nous avons tous les deux passé les tests et que cette activité ne présente pas vraiment de risques...

Je m'interrompis pour faire la grimace, puis repris :

— Ma dernière phrase est un peu satirique...

— À partir du moment où on se protège pendant le rapport, ça me convient, conclut Neil après un instant de réflexion. Pour ce qui est du code, nous avons parlé de rouge, jaune et vert, mais si tu te retrouves dans une situation où il t'est impossible de t'exprimer verbalement, tu peux me faire signe en levant le poing et en ouvrant puis refermant la main. Tu peux essayer, pour voir ?

Je suivis ses instructions. Aussi étrange que ça puisse paraître, plus on prévoyait ce qui arriverait, plus j'étais excitée. L'expérience me faisait penser à ces moments où on choisit son plat sur la carte d'un restaurant alors que notre estomac crie famine. Discrètement, je me tenais sur un pied, puis sur l'autre, pour sentir le frottement de ma culotte contre mon sexe.

— Très bien. Est-ce qu'il y a une chose que tu préfères éviter pour ce soir ?

Je réfléchis une minute.

— Hum, non. Pas vraiment. Je te préviendrai au moindre doute, mais je suis ouverte à tout ce qui est susceptible de faire du bien.

— Et est-ce qu'il y a quelque chose que tu *voudrais* faire ce soir ?

Il se leva du lit et se rapprocha de moi, mais sans me toucher. Il resta debout, le regard posé sur moi, accompagné de ce sourire dévastateur.

Le battement de mon cœur résonnait dans ma cage thoracique. Je me soupçonnais même de pouvoir m'étouffer avec mon propre pouls.

—Ne sois pas trop gentil avec moi, lui réclamai-je. Ce qui me plaît, quand je suis avec toi, c'est justement le ton sévère que tu prends pour me donner des ordres. Je ne veux pas que tu me frappes, mais ne prends pas de gants non plus. Rends-moi soumise.

—C'est un ordre ? sourit-il. Ce genre d'autorité n'est pas courant chez les soumis.

Je fis un pas en avant, approchant ma peau nue de la sienne, et lui adressai un sourire coquin.

—Peut-être qu'il me faut un meilleur professeur.

Sa main vint épouser l'arrondi de ma mâchoire et il appuya avec son pouce, un peu fort mais pas trop, sur ma joue. Je poussai un gémissement.

—Vraiment ?

Le ton de sa voix avait complètement changé ; elle était à présent sèche et suave, un mélange de sévérité et de tendresse. Mon dos se raidit, mes yeux s'écarquillèrent et je secouai frénétiquement la tête, autant que me le permettait sa main toujours posée sur ma joue.

—Je n'ai pas bien entendu, Sophie, dit-il encore.

—Non, murmurai-je avant de m'éclaircir la voix. Non, monsieur.

— À présent, je veux que tu commences à te caresser.

Il s'éloigna pour rejoindre le lit, d'où il put observer ma main qui glissait lentement jusqu'à mon ventre et menaçait de m'emmener très vite vers le plaisir, mais il m'arrêta net.

— Pas par là.

D'un air coupable, j'ai retiré mes doigts de sous l'élastique de ma culotte.

— Prends tes seins dans tes mains, ordonna-t-il.

Je lui obéis, heureuse de pouvoir enfin soulager leur attente. Mon pouce s'égara au-dessus de leur pointe, mais Neil secoua la tête en signe de désapprobation.

— Je ne t'ai jamais dit de faire ça. Enlève tes mains.

— Pardonnez-moi, monsieur, murmurai-je, puis j'exécutai ses ordres, contre mon gré.

Je n'en pouvais plus de désir ; cette seule inspiration charnelle m'étourdissait.

Neil me contempla longtemps, trop longtemps, alors que j'attendais, les bras le long du corps et les poings serrés contre mes cuisses. Les coudes posés sur les genoux, une main tombant au milieu, il me regardait comme si j'étais une vulgaire télévision, et non une femme désespérée d'attendre son toucher.

— Tu t'en sors bien, jugea-t-il.

— Je vous en prie, gémis-je.

Mes seins devenaient douloureux et leur pointe durcissait comme jamais. Je devais à tout prix les toucher. L'air de la chambre ne m'avait pas semblé si froid tout à l'heure ; je me mis à frissonner et mes poils se dressaient sur ma peau.

— Je vous prie de quoi ?

— Je vous en prie, monsieur, laissez-moi…

Laissez-moi quoi ? pensai-je. *Jouir ?*

Il n'accepterait jamais. On venait à peine de commencer et il n'avait eu aucun scrupule à me laisser un week-end entier.

— Me caresser, achevai-je de le supplier dans un souffle pathétique.

Le temps qu'il prit pour y réfléchir me parut une éternité. Son regard me parcourait de haut en bas. Je le sentais sur moi.

— Oui, mais seulement au-dessus de la ceinture, décida-t-il finalement, le regard toujours rivé sur mes doigts qui faisaient rouler un téton. Qu'en dis-tu, ma Sophie ?

— Merci, monsieur, grognai-je.

Le fait d'être là, devant Neil, en me caressant comme je le faisais, cela me donnait l'étrange sensation d'être une autre. J'étais une autre Sophie, sans foi ni loi. Libérée de tout souci, de toute obligation. Les détails pragmatiques de ma vie se voyaient effacés de mon esprit ; je n'étais qu'une jeune fille dans une chambre d'hôtel qui faisait tout pour se faire prendre par l'homme assis face à elle.

À ma grande surprise, le signe à présent familier de l'orgasme qui approche naissait sous mes doigts encore affairés sur mes seins. J'étais désinhibée, sous ses yeux, et rejetai la tête en arrière en poussant un soupir.

— Ne jouis pas.

Mes paupières s'ouvrirent d'un coup et je me redressai, les mains immobiles. Il était sérieux, voire même contrarié, peut-être.

J'avais beau savoir que ce n'était qu'un jeu, l'excitation me saisissait à la gorge.

Il se leva et s'approcha une nouvelle fois de moi. Il me saisit si brusquement que je poussai un petit cri ; il me força à me pencher et colla son bassin contre le mien.

— Tu pourras jouir ce soir, mais pas encore. Pas tout de suite.

Les muscles de mon bas-ventre se crispèrent à ces mots.

— D'abord, tu me supplieras de te laisser jouir, poursuivit Neil. Ensuite, tu me supplieras de pouvoir t'arrêter.

Le supplier de pouvoir m'arrêter ? Je ne me voyais pas vouloir une telle chose. C'était comme de supplier d'être privé d'air ou de nourriture. Il me relâcha, sa main courait sur mon bras jusqu'à enlacer mes doigts et il m'aida à garder l'équilibre.

— Prends un oreiller. Mets-le au pied du lit, sur les draps, et allonge-toi dessus. Sur le ventre, les fesses en l'air.

D'un geste lent, il attrapa l'élastique de ma culotte qu'il fit à peine descendre sur mes cuisses.

— Tant que tu y es, descends-la jusqu'aux genoux, ordonna-t-il.

La seule friction que créait la marche pouvait me provoquer un orgasme, je le savais. J'étais dans un sacré pétrin. Quand pourrais-je commencer à le supplier ?

Mes mains tremblaient en positionnant l'oreiller comme il me l'avait demandé. Je me suis allongée, et, quand ma peau a touché le duvet blanc encore frais, j'ai pris une profonde inspiration.

Neil se mit derrière moi pour mieux me contempler ; en remuant les fesses, j'ai descendu ma culotte un peu plus bas.

— Seulement jusqu'aux genoux, monsieur ?

— Disons…

Du bout du doigt, il suivit le chemin du sous-vêtement qu'il accompagna dans l'arrondi de mes fesses, puis derrière mes cuisses, jusqu'à la pliure de mes genoux.

— Ici.

Je me tortillai sur les draps, le souffle court.

Ses grandes mains chaudes se promenaient sur mon dos et me donnaient des frissons. Lorsqu'elles se posèrent sur mes hanches, Neil leva une main et mon corps se tendit pour accueillir le premier coup. Mais il ne me fessa pas. Au lieu de cela, il caressa doucement ma fesse avec sa paume bien à plat. Sa main quitta brusquement ma peau ; là encore, je me crispai. Pourtant, je voulais rester apaisée. Cela finirait par tomber.

— Quelle force préfères-tu ? demanda-t-il, en laissant ses doigts errer sur ma croupe.

— Quelle force ? répétai-je, confuse. Hum, assez fort ?

— Comme ça ?

Le choc me coupa le souffle. Ce n'était pas une petite tape amoureuse mais une véritable claque, brûlante et pénible. La douleur s'étendit de l'endroit où avait atterri sa main jusqu'à l'extrémité de mes membres, tel un halo, une onde qui me poussa en avant, et j'étouffai un cri contre le matelas.

— Plus fort ou moins fort ?

Neil se pencha au-dessus de moi et frôla de ses lèvres la zone endolorie.

— Plus fort, ai-je gémi.

— Je te demande pardon ? s'offensa-t-il.

— Plus fort, monsieur, me suis-je corrigée, avant d'ajouter : Plus fort, monsieur, s'il vous plaît.

— C'est bien, Sophie.

Un nouveau coup fendit l'air, décidément plus fort que le précédent. Je poussai un cri, dans un mélange de souffrance et de soulagement. Neil fit claquer sa langue.

— Je suis heureux de te fesser aussi fort que tu le souhaites, mais nous sommes dans une chambre d'hôtel. Tu vas devoir baisser d'un ton.

Baisser d'un ton ? grimaçai-je, le visage enfoui dans les draps. Neil se fichait bien de gêner ses voisins, j'en avais pour preuve son concert sous la douche tout en fausses notes. J'avais lu les livres ; je savais donc qu'un Dominant pouvait imposer le silence à sa Soumise, comme exercice de self-control.

— Pouvez-vous me frapper encore, monsieur ? réclamai-je, dans un balancement des hanches contre l'oreiller.

Cette fois-ci, la claque me prit par surprise et je ne pus retenir un nouveau cri.

— Si tu n'arrives pas à te taire, je serai obligé de te bâillonner, préféra-t-il me prévenir. Et arrête de me dire ce que je dois faire.

— Pardonnez-moi, monsieur.

Et j'étais sincèrement désolée. Je prenais à peine conscience qu'il venait de m'enseigner une leçon capitale au sujet de la différence entre une claque punitive et une claque pour le plaisir.

Neil me caressa doucement la peau. Ses doigts s'insinuaient entre mes fesses et je retins mon souffle.

— C'était assez fort pour toi ?

— Oui, monsieur, grommelai-je en remuant à peine les hanches pour l'inviter à poursuivre.

— Tu en veux une autre ?

Son doigt pénétra mon sexe et un gémissement rauque s'échappa de sa gorge.

— Je crois que oui. L'idée te tente ?

J'en avais terriblement envie, mais je ne voulais pas pour autant qu'il abandonne son doigté magique.

— Réclame-le-moi, Sophie. Gentiment.

— S'il vous plaît, monsieur.

Je gémissais et soupirais, ondulant des hanches sous ses mains. Lorsque ses doigts se retirèrent, il étala mon excitation entre mes lèvres gonflées, qu'il écarta afin d'y remettre l'index, encore et encore, comme au ralenti pour me rendre toujours plus folle. Mes jambes flageolaient.

Puis, Neil s'arrêta, et sa main s'immobilisa à l'endroit stratégique que je redoutais. Aucun mouvement, aucune pénétration, aucune friction ; je laissai échapper un cri étouffé contre les draps.

À cet instant précis, il me fessa, plus fort que les fois précédentes et je ne pus retenir une plainte de douleur et d'attente enfin satisfaite.

— Je t'ai pourtant interdit de crier.

Ses doigts me quittèrent pour empoigner une mèche de mes cheveux, ce qui me tira la tête en arrière. Il fit une boule avec ma culotte maculée et la poussa contre ma bouche.

Ce qu'il avait en tête ne faisait aucun doute. Je sentais le résultat de mon excitation dont ma culotte était imprégnée et dont ses doigts ne s'étaient pas défaits avant de venir se glisser dans mes cheveux. De toute ma vie, je ne m'étais jamais sentie aussi sale et aussi excitée par mon état de dépravée. Dans un grognement, je lui ai dit « Vert » et il a enfoncé le sous-vêtement dans ma bouche.

— Souviens-toi du signal, me rappela-t-il en faisant le geste sous mes yeux de l'ouverture et de la fermeture de la paume de sa main.

Il me fessa une nouvelle fois et l'écho de sa peau claquant la mienne résonna dans la chambre d'hôtel. J'allais jouir. Aucun doute possible : mon corps brûlant m'envoyait tous les signaux. Mais à l'instant où le nœud de volupté au creux de mon estomac allait se délier, Neil me stoppa net dans mon élan.

— Pas encore, Sophie.

Dans un frémissement, je me forçais à freiner juste au bord du précipice. Mes orteils se recroquevillaient. J'avais des crampes aux mollets. Cet orgasme, j'en avais autant besoin qu'il me fallait respirer. Rien n'était perdu ; une seule pensée de sensualité suffirait à me faire grimper au septième ciel. Mais le plaisir en serait moins satisfaisant que si j'attendais de voir jusqu'où Neil était capable d'aller dans son rôle de Dominant.

— Lève-toi.

Mes muscles pelviens se crispaient par caprice. N'allait-il pas me libérer ? En me redressant, un sanglot d'hystérie resta coincé dans ma gorge. C'est alors que Neil clarifia ses intentions :

— Mets-toi à quatre pattes au milieu du lit.

J'exécutai ses désirs, la respiration saccadée. Je sentis une goutte de sueur perler au coin de mes lèvres, et j'avais la bouche entrouverte pour m'accommoder de la culotte encore en boule contre mon palais.

Tandis que je l'attendais, immobile, il récupéra un préservatif dans la table de chevet. À l'affût du moindre de ses mouvements, j'écoutais ses gestes et ses déplacements dans la chambre. Sa respiration s'accéléra à peine lorsqu'il s'agenouilla sur le lit, derrière moi. Et puis, j'ai senti ses mains sur mes hanches, qui m'attiraient contre lui. Ma chair le réclamait tandis qu'il frottait l'extrémité de son sexe recouvert de latex contre ma sensibilité, pour préparer le terrain. Lorsque son gland donna de petits coups à mon clitoris, je me cambrai pour l'inviter à poursuivre, mais il me fit arrêter en posant la main à plat sur mon dos.

— Je te baiserai, Sophie, me rassura-t-il en poussant contre mon entrée. Et je te laisserai jouir.

Un gémissement s'échappa de ma gorge. La délivrance devenait un besoin vital. Notre instant d'intimité au bureau n'avait pas comblé la frustration qui avait grandi en moi tout au long du week-end. Quand je le sentis enfin me pénétrer, je poussai en arrière pour l'accompagner, mais cela eut l'effet inverse de celui escompté : il se retira.

— Mais je prends mon temps, ajouta Neil, finalement.

Mes épaules en tombèrent et je laissai reposer mon front sur les draps. Je ne pouvais qu'attendre, parfaitement immobile, et espérer. Je priai intérieurement, telle la pire des profanes, pour la liberté de jouir le plus tôt possible.

Neil revint à la charge et entra à mi-chemin. Un hoquet de surprise m'échappa. La facilité avec laquelle je le laissai me prendre m'étonnait, car il était si imposant, si large. Il s'écarta de nouveau et je crispai mes muscles pour le retenir. Puis, il me prit encore ; cette fois si profondément que j'en poussai un petit cri.

— Tu veux que j'arrête ? s'inquiéta Neil.

Ce n'était plus son rôle de Dominant qui parlait, mais bien celui d'un homme soucieux de mon bien-être. Toujours enfoui en moi, il se pencha sur mon dos et tendit le bras afin de retirer la culotte encore coincée dans ma bouche.

— Je vous en prie, monsieur, n'arrêtez pas, soupirai-je d'une voix enrouée.

Le tissu m'avait complètement asséché la bouche.

— Tu te souviens des mots ?

De toute évidence, il n'était pas rassuré. Avait-il déjà couché avec une femme qui n'avait pas su utiliser les signaux ? Ou craignait-il seulement que mon manque d'expérience m'empêche de m'en servir à bon escient ?

— Neil, je te promets que tout va bien, jurai-je en grinçant des dents. S'il te plaît, baise-moi.

Il me donna une claque sur la fesse en poussant un grognement.

Neil Elwood grogne pendant l'acte. C'est une information à vendre à Forbes.

Les poings enfoncés dans le matelas, je sentais mon estomac se nouer. Pendant qu'il commençait un mouvement brusque de va-et-vient, je retins ma respiration. L'une de ses mains quitta ma hanche, et se posa sur mon clitoris qu'il excita par des cercles grossiers. Je ne savais pas si je devais pousser en avant contre sa main ou en arrière contre son sexe. Des gouttes de sueur glissaient sur mes tempes et je soupirai au rythme de ses à-coups, presque jusqu'à l'hyperventilation. Je sentais renaître la pulsion qu'il m'avait trop longtemps refusée, et cette fois, j'irais jusqu'au bout. Le souffle court, je gravissais les étapes une à une jusqu'à l'extase sans chercher à retenir les sons qui sortaient de mes lèvres entrouvertes.

— Décris-moi ce que tu ressens, Sophie, m'ordonna Neil en empoignant une touffe de mes cheveux pour me faire rejeter la tête en arrière.

— Je jouis ! criai-je avec désespoir, incapable de reconnaître le son de ma propre voix.

Il poussa encore contre ma croupe, comme pour entrer toujours plus loin. Mes jambes tremblaient et mes forces me quittaient peu à peu. Chaque parcelle de mon corps réagissait à la stimulation sexuelle. C'en était presque trop : ses mains, son sexe, les gouttes de sueur qui tombaient de mon nez, les crampes dans mes pieds à force de recroqueviller les orteils de conserve avec un orgasme fulgurant.

Tandis que les vagues s'estompaient, je sentis à peine sa langue se promener sur mon dos.

— J'aime quand tu jouis, admit Neil entre deux grognements. Et si on recommençait ?

J'étais encore étourdie par mon extase mais je ne pouvais échapper à son délicieux toucher. Il pinça mon clitoris sans le relâcher, et se retira à peine pour appuyer son gland contre mon point G.

— Oui, là. Juste là. Oh oui, comme ça, balbutiai-je sur le chemin d'un nouvel orgasme.

C'était de la torture. Il me pénétrait à peine. Mes muscles se tendirent autour de lui, et à l'instant même où les vertiges me montaient à la tête, il relâcha mon point sensible. Mon pouls battait contre mes tempes et je hurlai d'un nouveau plaisir teinté d'un étrange sanglot.

Je n'en pouvais plus, pris-je conscience dès qu'il s'enfonça généreusement dans mon intimité. Il m'avait prévenue qu'il n'arrêterait pas tant que je ne le supplierais pas. Alors, je l'ai supplié.

— Je vous en prie, monsieur. Arrêtez !

Neil se retira.

— Prends l'oreiller. Pose-le par terre et mets-toi à genoux dessus.

Mes poils se dressaient sur ma peau. J'exécutai ses ordres, les jambes flageolantes, et posai l'oreiller au pied du lit. Après m'y être agenouillée, je levai les yeux en attente de la suite.

Neil enleva le préservatif qu'il jeta sur le lit, puis frotta le bout de son sexe contre ma bouche.

— Tu n'as eu que deux orgasmes, Sophie.

— Oui, mais c'était trop intense, monsieur, murmurai-je avant d'apposer ma langue sur la peau satinée de son gland.

— Dans ce cas, te voilà dans de beaux draps.

Un gémissement lui échappa sous les caresses de ma langue.

— Parce que figure-toi que rien ne me fait plus plaisir au monde que de te faire jouir encore et encore, sans jamais m'arrêter, jusqu'à te faire pleurer et supplier pour que j'arrête. L'idée te tente ?

— Oh, oui, monsieur. Tant que vous ne me demandez pas ensuite de pouvoir marcher.

Mes cuisses frissonnaient à la seule pensée des conséquences que causerait un autre orgasme.

Je pris son membre fermement dans mon poing et le masturbai sur toute sa longueur. Après avoir humecté mes lèvres, je pris juste le bout de son sexe. La main de Neil se posa sur ma tête, pas pour m'encourager mais pour laisser ses doigts se promener dans ma chevelure. Il n'exerçait aucune pression, mais me maintenait en place ; une réaction qui nourrit mon courage. Ma langue entoura son gland sensible et je commençai la succion. Puis, je le pris aussi loin que je le pus.

Neil grogna et balança les hanches juste assez pour accompagner le mouvement de ma bouche. Tout en le suçant doucement, je laissai mes ongles frôler l'intérieur de ses cuisses.

J'aime la façon dont la fellation installe un climat d'intimité, plus encore que la pénétration elle-même. J'aime savoir que mon partenaire est incapable de penser à autre chose qu'à l'instant présent.

La satisfaction apportée par mes caresses me rendait presque égoïste dans mon plaisir.

Je levai le menton, laissant ma langue caresser son membre par-dessous, et m'aperçus qu'il ne manquait rien de mes moindres mouvements. J'ai épousé la forme de ses testicules avec ma paume, et les sentis réagir, chauds et lourds dans ma main. Son souffle soudain saccadé, sa poigne ferme dans mes cheveux, tout portait à croire qu'il n'allait plus tarder. J'accélérai à peine le rythme et il poussa un gémissement :

— Oh, bon Dieu !

Son sexe se raidit dans ma bouche et je le sentis jouir contre mon palais. Il me fallut un temps de réaction, mais très vite, j'avalai, encore et encore, avant de finalement le relâcher.

Neil libéra ma mèche de cheveux captive et me tendit une main que j'acceptai.

— Je boirais volontiers un verre d'eau, gloussai-je.

Il me prit dans ses bras pour une brève étreinte et m'embrassa sur la joue. Alors que je me dirigeais vers la salle de bains, il me donna une tape sur les fesses et je ricanai en moi-même.

À mon retour des toilettes et après m'être rafraîchi la bouche, je vis que Neil était au lit, assis contre un mur d'oreillers moelleux. Un coup d'œil sur le radio-réveil m'indiqua qu'il était 22 h 45.

— Je devrais peut-être...

Je ne voulus pas finir ma phrase, craignant de passer pour une fille facile qui prend la fuite juste après l'amour. Mais j'avais une autre excuse : le lendemain, je repartais travailler.

— Non, attends. Viens par là une minute, réclama Neil en tapotant la place vide dans le lit. Ne rentre pas tout de suite chez toi, tu risquerais d'avoir un nouveau coup de blues.

J'étais mitigée : d'un côté, je me croyais capable de rentrer et de gérer mes émotions, mais d'un autre côté, le souvenir était encore vif de cet après-midi où j'avais fondu en larmes dans ses bras. Quelle humiliation ! Neil avait raison : si je n'y prêtais pas attention, toute cette histoire de Dominant / Soumise pouvait me monter à la tête. Pour cette fois, je préférai suivre ses conseils.

— Tu n'as pas trop mal au derrière ? me demanda-t-il pendant que je me glissais sous les draps à côté de lui.

Les draps étaient frais et doux contre ma peau nue, un vrai régal.

— Au « derrière » ? répétai-je avec un sourire. Non, pour l'instant ça va. Mais demain est un autre jour.

Face à son expression inquiète, je me suis empressée d'ajouter :

— Mais c'était le but, non ? De me prendre sans détour ? J'aime ça, et puis, les occasions sont rares.

— On pourrait se voir plus souvent, si tu en as envie, suggéra-t-il.

Confortablement installée contre son flanc, je laissai ma tête reposer contre son épaule et il m'entoura de son bras. La chaleur de son corps réchauffait délicieusement le mien.

— Je croyais que ce n'était pas du sérieux entre nous ? Si on se voit plus souvent, ça implique…

— Se voir plus souvent n'implique pas forcément une relation sérieuse, m'interrompit-il, puis il déposa un baiser sur mon front. Après tout, on se voit au travail tous les jours.

— Oh, à propos ! m'exclamai-je, avant de rouler sur le côté afin de le regarder dans les yeux. Délia a deviné qu'il se passe quelque chose.

Sa main qui me caressait le bras s'immobilisa.

— C'est-à-dire ?

— Elle m'en a parlé. Elle m'a demandé depuis combien de temps on travaillait ensemble, et elle a remarqué ta façon de me regarder, précisai-je en me mordillant la lèvre. D'après elle, tu me regardes tout le temps.

— Forcément, je travaille avec toi. Comment faire autrement ?

Je sentis dans sa voix qu'il était sur la défensive. Mais il poussa un soupir, résigné.

— D'accord, j'avoue me surprendre parfois à promener mon regard où il ne faut pas. Je ferai des efforts de ce côté-là. À l'avenir, quand on sera au bureau, on évitera tout… contact.

Le lit était si confortable que je me sentais sombrer dans le matelas douillet.

— Où nous retrouverons-nous quand tu auras quitté l'hôtel ?

— Je trouve injuste de t'imposer de venir à moi, mais puisque tu as une colocataire, c'est compliqué, fit remarquer Neil.

On pourrait continuer notre petite routine sensuelle à l'hôtel. Sinon... Est-ce que tu es contre l'idée de venir chez moi ?

—Non, mais je voulais m'assurer que ça ne te met pas mal à l'aise, répondis-je dans un haussement d'épaules. Je comprends que tu ne veuilles pas venir chez moi, c'est petit.

—Si je venais, ça ne te dérangerait pas ? s'enquit-il en reprenant ses caresses le long de mon bras et dans mon dos.

Excellente question. Comment réagirais-je si Neil venait investir mon espace vital ? Cela ne risquait-il pas de rendre les choses trop intimes ? D'un autre côté...

—J'avoue que je ne dirais pas non à me coucher immédiatement après l'amour, au lieu de prendre un taxi.

—Tu n'es pas obligée de partir. Je ne t'ai jamais mise à la porte.

Sous les draps, son pied venait se frotter à ma cheville et je ne pus retenir un sourire.

—Nous prenons les choses de manière très décontractée, mais n'oublions pas qu'il s'agit d'une relation. Tu n'es pas un objet. Ce que tu ressens est très important pour moi, Sophie.

Ces mots apaisèrent une boule qui s'était formée dans mon ventre à mon insu. Consciemment, je savais que Neil avait toujours été honnête avec moi ; pourtant, une partie de moi avait toujours eu du mal à accorder sa confiance, et doutait de lui depuis le début sans que je ne m'en aperçoive.

Cette partie de moi se vit rassurée par les paroles de Neil, et je frissonnai de soulagement. Il me prit dans ses bras tendrement et me regarda d'un air inquiet.

— Tu vas bien ?

— Oui, très bien. Plus que bien.

J'approchai le visage de son cou pour y déposer un baiser taquin qui lui permit de comprendre que je ne mentais pas ; puis, à contrecœur, je m'écartai légèrement.

— J'ai passé une excellente soirée.

— Ce n'est que la partie émergée de l'iceberg, me promit Neil avec un grand sourire.

Je suis restée là un moment, à moitié assoupie, le laissant jouer avec une mèche de mes cheveux. Soudain, je repensai à un détail qui m'avait piquée. Lorsque je compris clairement de quoi il s'agissait, je ne savais pas comment le formuler.

— Au fait… Quand on est tous les deux en train de… Tu n'es pas obligé de me rappeler constamment le code. Enfin, c'est gentil de ta part, puisque je suis novice, mais je t'assure que je m'en souviendrai le moment venu. Je ne suis pas idiote.

Depuis le début de notre conversation, Neil me caressait doucement le dos, mais il s'interrompit pour formuler mentalement sa réplique.

— Je sais que tu n'es pas idiote. Si je t'ai donné l'impression de le penser, sache que c'était involontaire.

— Oui, je sais. Puisque j'ai craqué, tu fais attention.

Ce n'était pas logique, et pourtant, j'avais la sensation d'avoir fait quelque chose de mal.

— Non, ce n'est pas ça. Ne culpabilise pas d'avoir craqué devant moi. Peut-être que je devrais t'en parler…

En le voyant chercher ses mots et prendre une profonde inspiration, je sus qu'il fallait m'attendre à une mauvaise nouvelle.

— J'ai déjà endossé le rôle du soumis, et, pris par le feu de l'action, j'en ai oublié le mot de passe. L'autre personne ne s'est pas aperçue que je ne prenais plus de plaisir et la situation a dégénéré. Je ne veux pas te faire subir la même chose.

— C'était parce qu'elle ne gérait pas son rôle dominant, ou…

— *Il*, me corrigea Neil d'une petite voix.

— Oh.

Neil couchait également avec des hommes ? Pour une surprise, c'en était une. Pas forcément une mauvaise, en imaginant la scène. D'ailleurs, elle pouvait même nourrir quelques fantasmes à assouvir pendant mon bain chaud, si je laissais de côté le fait que ça ait mal tourné.

— Ce n'était pas un bon Dominant, expliqua-t-il. À l'époque, il m'impressionnait. C'était son idée : il me proposait d'être soumis pour comprendre ce que cela faisait. Mais ce n'est pas dans ma nature, alors je n'en ai pas profité. Il m'a attaché, j'ai commencé à paniquer et je me suis blessé au cou et aux épaules.

— Excuse-moi, je ne voulais pas réveiller de mauvais souvenirs.

Décidément, j'étais la reine pour casser l'ambiance.

Et puis, une autre question m'apparut et je ne pouvais pas la garder pour moi, en particulier si je devais retourner travailler le lendemain.

— Hum, pardonne-moi d'être curieuse, mais… C'était Rudy ?

Le visage de Neil se déforma d'horreur.

— Oh, bien sûr que non ! Voyons Sophie, il est mon meilleur ami. Je suis peut-être ouvert à beaucoup de choses sur le plan sexuel, mais ma vie privée reste clairement séparée du reste. Une fois qu'une personne m'apparaît sous une certaine lumière, je peux difficilement en faire abstraction par la suite. Et puis, Rudy est assez coincé, comme garçon.

Je pouffai de rire.

— D'accord. Mais j'insiste, arrête de me répéter le code constamment. Je le connais. Et je te fais confiance, je sais que tu sauras réagir si les choses tournent mal pour moi.

— J'en prends note, promit Neil. Mais je m'assurerai toujours que tu connais les mots et les gestes à savoir avant de commencer. Toujours. Pas seulement pour toi, mais pour moi aussi.

— Marché conclu.

À contrecœur, je me suis tirée hors du lit ; sinon, j'allais finir par m'endormir à force de caresses contre sa peau douce et chaude. Il me contempla pendant que je m'habillais, sans dire un mot, puis attendit l'instant où j'enfilais ma marinière pour enfin rompre le silence.

— Reste avec moi ce week-end.

J'étais penchée pour ramasser mes épingles tombées au sol, et à ses mots, je me redressai d'un coup.

— Je te demande pardon ?

— Quand j'aurai récupéré mon appartement, et qu'on n'aura plus à se ruiner dans des plats à emporter.

Un sourire apparut au coin de ses lèvres lorsqu'il ajouta :

— Je ne sais pas si tu en as conscience, mais je suis très riche. Mon appartement est assez impressionnant.

Je posai les poings sur les hanches.

— Écoute, ce n'est pas mon cas, je ne suis pas riche et mon appartement n'a rien d'extraordinaire. Mais je te rappelle, monsieur Élitiste, que notre relation est uniquement basée sur le sexe. Est-ce que tu crois vraiment que c'est une bonne idée de passer un week-end entier ensemble ?

Il se leva du lit, fit quelques pas vers moi, parfaitement à l'aise dans sa nudité, et colla mon corps vêtu contre le sien. Il laissa tomber une de ses mains sur mes fesses, et l'autre vint se plaquer au creux de mes reins.

— Est-ce que c'est une bonne idée de passer quarante-huit heures, voire plus, à te prendre dans toutes les pièces, sur chaque lit, chaque chaise et chaque table de mon appartement ? C'est ta question ?

Je ronronnai sous la douceur de son nez qui venait se frotter à mon cou.

— Tu sais trouver les arguments, lui reconnus-je.

— Je serai rentré chez moi dès le week-end prochain, souffla-t-il contre ma peau.

Les étincelles d'un désir ravivé accéléraient mon flux sanguin. Comment pouvais-je déjà avoir envie de lui alors que j'étais encore épuisée par ce que nous venions de faire ?

En réfléchissant à la date, je poussai un soupir, déçue.

— Non, je ne pourrai pas. Holli tient à tout prix à organiser une fête pour célébrer mon nouveau poste dans la boîte. C'est une excuse pour inviter tous nos amis et boire jusqu'à plus soif, mais elle est tellement excitée à cette idée... Je lui ai promis.

— Dans ce cas, je ne peux pas te demander d'abandonner tes amis, conclut Neil en faisant un pas en arrière. Et si j'envoyais un taxi pour te récupérer le samedi soir ? Nous pourrions passer la nuit ensemble et prendre le petit déjeuner dimanche matin.

J'hésitai une seconde.

— Tu ne vas pas à l'église, j'espère ?

Ma question sembla le choquer.

— Bien sûr que si ! Je croyais pourtant t'avoir parlé de ma foi en Dieu.

Je ne sus comment réagir. Dans cet instant de panique, je pris conscience qu'il plaisantait et lui tapai l'épaule, indignée.

— Très drôle.

— Je crois en la Sainte Mère du Petit Déjeuner Tardif, lança-t-il malicieusement.

Puis, il se pencha pour m'embrasser et je me laissai enlacer par ses bras musclés. En relevant la tête, il me demanda :

— Dans deux samedis, pas vrai ?

— Oui, j'ai hâte. Ce sera magique.

Ce sera également la date du premier mois de notre relation.

Je trouvais raisonnable d'avoir attendu tout ce temps avant de rester dormir avec lui ; ce serait une manière de marquer l'anniversaire. Et puis, même en restant dans la même ville, je pouvais le voir comme un jour de vacances.

Oh, pourquoi se chercher des excuses ? Si je voulais passer du temps avec Neil, c'était uniquement parce que j'avais des sentiments pour lui. Nous avions beau insister sur l'aspect sexuel et sans attache de notre relation, mon cœur n'était pas dupe. Ce n'était pas une raison pour m'accrocher à quelque idéal romantique, mais je devais admettre que j'aimais passer du temps avec lui.

Neil m'appela un taxi et, durant tout le trajet, je gardai le front appuyé contre la vitre teintée, les yeux fermés. Encore une nuit trop courte. Mais cela en valait la peine, malgré le manque de sommeil accumulé. Je me sentais pleine d'énergie, c'était comme une renaissance. On n'a pas toujours l'occasion de vivre une aventure sexuelle passionnelle, et cela me permettait de constater les bienfaits du sexe sur la santé.

Le lendemain après-midi, je gigotais sur ma chaise à la recherche de la position la moins inconfortable possible, quand Rudy entra dans la pièce et se planta devant mon bureau.

— Vous l'avez manqué, il vient de partir, l'informai-je, en désignant la porte close. Il est descendu au sixième pour le shooting sur les nouveaux talons aiguilles.

— Je sais.

Les sourcils parfaitement épilés de Rudy se levèrent une fraction de seconde.

— C'est à vous que je voulais parler. Et où est la petite…

— Délia ? finis-je à sa place, à peine irritée par son « petite ». Elle est partie avec lui.

Ils m'avaient laissée pour que je range mon bureau avant mon changement de poste. Je n'étais pas mécontente d'être un peu seule ; ce transfert vers le département cosmétique me laissait un goût amer. Je travaillais pour Porteras depuis deux ans, et j'avais passé tout ce temps dans ce bureau. Même si le nouveau était juste en face, il me semblait aussi loin que la planète Mars.

— Tant mieux, déclara Rudy en tapant du poing sur la table. Je voulais vous parler en privé, sans prendre le risque que ça arrive aux oreilles de cette fouineuse.

— Cette fouineuse ? répétai-je en repensant à ma conversation avec Neil, dans le lit *– en a-t-il parlé à Rudy ?* Que voulez-vous dire par…

Je ne crois pas avoir déjà été la cible d'un regard aussi méprisant de toute ma vie.

— Pas la peine de faire semblant, Sophie. Je sais que vous couchez avec Neil. C'est mon meilleur ami, il n'a aucun secret pour moi. Et visiblement, Délia est aussi au courant, n'est-ce pas ?

— Elle se doute de quelque chose, répondis-je discrètement. Vous voulez bien baisser d'un ton ? Délia est une professionnelle, plus que moi, d'ailleurs, puisqu'elle ne couche pas avec le patron. Elle a juste senti qu'il se tramait quelque chose.

— Je ne suis pas venu pour parler d'elle, en tout cas. Dites-moi tout ce que vous savez sur Jake Kirchner.

— Jake ?

Je fronçai les sourcils.

— Pas grand-chose. Il est en couple et écrit quelques essais en indépendant, des critiques littéraires, je crois…

— Non, non, non. Donnez-moi des informations utiles. Lui arrive-t-il de contacter votre ancienne responsable ?

Tout en parlant, Rudy plissait les yeux, comme pour ponctuer son discours.

— Ah, fis-je. Vous voulez dire : devrait-on s'inquiéter à son sujet ?

Que répondre à cette question ? J'aimais beaucoup Jake, et il n'avait jamais rien fait qui puisse nuire à qui que ce soit, mais les changements de direction au sein de Porteras ne l'enchantaient pas non plus, et il avait toujours été aux petits soins avec Gabriella. S'il restait une chance de lui rendre son poste de patronne de la boîte, je savais sans l'ombre d'un doute quel parti il soutiendrait en cas de révolution.

Toutefois, je n'allais pas le dire à Rudy. Aux dernières nouvelles, Jake avait toute ma confiance, alors que Rudy devait encore faire ses preuves pour la mériter.

— Je n'en sais rien. Et je n'ai aucune nouvelle de Gabriella.

— Mais vous gardez contact avec Jake, insistait Rudy, visiblement déterminé à ne pas abandonner la partie. Écoutez, vous n'avez pas conscience du travail qu'a demandé la vente et la restructuration de Porteras, mais je travaille dessus avec Neil et Valérie depuis plus d'un an.

Valérie ? Qui est Valérie ?

La preuve était là : je n'avais pas la moindre idée de ce qui se passait dans l'envers du décor.

— Je sais que vous avez énormément travaillé, me défendis-je. Je vous assure que je n'essaie pas de vous mettre des bâtons dans les roues. Quand je vous dis que je n'en sais rien, c'est la pure vérité. Mais je tiens à ce magazine. Et à Neil. Si je détenais la moindre information qui puisse le mettre en péril, je le mettrais aussitôt au courant.

Ma franchise surprit Rudy, et ça le mit mal à l'aise. Il ne devait pas avoir l'habitude d'être surpris. En faisant la moue, il reprit :

— Très bien. Restons-en là. Merci pour votre sincérité.

Il s'apprêtait à quitter la pièce lorsque je lui ai lancé :

— Au fait, je suis allée voir Giulio Cesar, la saison dernière. Vos costumes étaient splendides.

— Je sais. Merci.

Mais il ne put me cacher son sourire en coin derrière la glace de la porte vitrée.

Enfin seule, je poursuivis le rangement de mes affaires pour libérer ce qui deviendrait le bureau de Délia, et songeai aux options qui s'offraient à moi. Flatter Jake pour lui soutirer des informations en faveur de Rudy ? Non, hors de question. Mais si Jake devenait un fardeau potentiel, je devais garder un œil sur lui. Je l'aimais beaucoup, mais notre bonne entente ne devait pas mettre mon nouveau travail en danger. Je n'aimais pas non plus l'idée de savoir que Gabriella passait par ses anciens employés pour se renseigner sur la vie du magazine.

Je n'étais sûre que d'une chose. Jake m'avait tendu la main pendant deux ans, et ce serait le trahir que de ne pas le mettre au courant des inquiétudes qu'il suscitait. Certes, Neil comptait énormément pour moi, mais mes amis – y compris ceux de mon lieu de travail – étaient plus importants que la relation frivole que j'entretenais avec un homme que je connaissais à peine.

Je devais tout dire à Jake, et assumer les conséquences si Rudy venait à l'apprendre.

Chapitre 11

L'OCCASION DE PARLER À JAKE NE SE PRÉSENTA QUE LE jeudi suivant. Il était bien trop occupé à se battre pour le maintien du shooting photo prévu pour le numéro de janvier consacré à Versailles. Le jeudi matin, Neil et Rudy auraient sans doute pris leur décision, et je pensai que c'était le moment ou jamais de mettre Jake au courant des doutes de Rudy.

Je trouvai mon collègue dans la salle de conférences, plongé dans l'étude de quelques photos dont le papier brillant reflétait la lumière des néons pendus au-dessus de sa tête. Je ne sus dire s'il réfléchissait ou s'il pleurait sur son sort.

— Salut, toi…

Pathétique. Il faut dire que je n'ai jamais été douée pour annoncer aux gens des nouvelles qu'ils n'ont pas envie d'entendre.

— Comment ça s'est passé ?

Il leva les yeux et eut un petit rire nerveux.

— J'ai perdu quatre photos. Rudy Ainsworth les trouvait redondantes.

Je fis mine d'étudier les quatre clichés étalés devant lui. Le sujet de Rudy était déjà sur le tapis ; une approche idéale pour embrayer.

— Tu ne t'entends pas bien avec lui ?

— Qui peut s'entendre avec ce type ? Ce n'est qu'un crâneur aux chevilles trop enflées.

D'un geste nerveux, Jake se passa la main dans les cheveux. Je décidai de tenter une autre approche.

— J'ai hâte de commencer dans le département cosmétique. Rudy n'y va jamais. Tu devrais venir aussi.

— Quoi ? Travailler dans le cosmétique ? pouffa Jake, avec dérision. Le rouge à lèvres et l'ombre à paupières, très peu pour moi. Je mérite mieux que ça.

Waouh, merci pour ton honnêteté, salaud !

Je commençais à me demander pourquoi je l'aidais à garder son travail.

— Bien sûr, mais une top-modèle déguisée en mime avec tenue de cuir noir et perruque poudrée, ça c'est du journalisme !

Pourquoi cette pique, je l'ignore, mais cela n'avait aucune importance : Jake ne m'écoutait pas. À peine eus-je terminé ma phrase qu'il m'interrompit pour déclarer :

— Avec Neil Elwood aux manettes, cette boîte va partir en fumée, comme une étoile mourante. Comme ça. Pouf !

Il claqua des doigts.

— Je pense qu'une étoile met plus de temps à mourir qu'un simple « pouf ».

Jake m'apparaissait sous un jour irascible. Il ne m'avait jamais paru si détestable. À l'époque de Gabriella, il n'aurait jamais osé se comporter comme ça.

Un véritable ami lui aurait expliqué la raison précise qui justifiait le rejet de certaines de ses photos. Elles étaient trop semblables; chacune avait son accessoire en fourrure et rappelait une vision moderne de la Russie soviétique au lieu de faire hommage à une noblesse à la française. Mais quelque chose me disait que Jake avait déjà entendu ce discours. Il ne trouverait pas d'intérêt à ma critique. Au lieu de cela, je préférai donc lui dire:

— En tout cas, je pense que je vais faire profil bas. À se plaindre plus fort que les autres, on se prend les tomates. Si je pouvais éviter de me tacher, ce serait bien.

Ma devise le fit sourire, mais je vis qu'il se forçait.

— Je ne devrais peut-être pas te le dire, mais..., commença Jake en prenant une photo dans ses mains avant de la reposer. Ne sois pas trop confiante. Il y a des... défauts dans ce système. Je sais que toi, tu ne les alimenteras pas.

Alimenter quoi? Les paroles grandioses des prétentieux de cette entreprise? Je hochai la tête d'un air solennel.

— Tout à fait. Je comprends.

Puis, je m'échappai de la salle de conférences au pas de course. Jake avait toujours eu ce côté décalé, comme sa manière presque embarrassante de se passionner pour son propre travail; mais jusqu'à présent, j'étais parvenue à passer outre pour préserver notre amitié. À présent que Gabriella était partie, il se conduisait comme un enfant capricieux. On se croirait dans… *Docteur Jakell et M. Hyde.*

Si seulement Holli était là pour témoigner de mon sublime jeu de mots, elle me lancerait : « Tope là ! »

En traversant la réception, j'avais comme un goût amer. Je ne m'attendais pas à voir la conversation dériver comme ça ; je m'apprêtais à le soutenir et j'en sortais insultée. Le nouveau poste que j'occuperais dès le lendemain était visiblement trop médiocre pour Jake. À ses yeux, je n'étais donc qu'une journaliste de bas étage à qui il daignait encore adresser la parole.

Notre « amitié » avait-elle toujours fonctionné ainsi ? Ou avait-il un problème avec moi parce que je passais d'assistante à rédactrice adjointe ? Peut-être que tant que je servais le café, je n'étais pas une rivale potentielle. Dorénavant, j'allais participer activement à la rédaction du contenu du magazine. J'en déduisis qu'il soutenait une personne dans la mesure où ce n'était pas un concurrent direct.

Tu ne vis plus sous la coupe de Gabriella, ma belle. Il ne peut plus te faire de chantage, me rappelai-je.

Peut-être que mon lien avec Gabriella était le seul intérêt de notre amitié, et ce depuis le début.

Distraite par ma profonde déception, je faillis traverser la réception sans remarquer Délia, qui était assise sur un long canapé blanc et adressait un grand sourire à… Holli ?

— Eh ! la saluai-je, en m'efforçant de cacher ma surprise.

Holli ne venait jamais spontanément me voir au travail – Gabriella interdisait toute visite d'ordre privé et Holli observait méticuleusement cette règle. Les seules fois où elle avait dû se présenter au grand bureau pour des raisons professionnelles, elle n'avait jamais fait le crochet pour me saluer.

—Salut ! Je passais dans le coin, et je me suis dit que je pouvais t'inviter à déjeuner sans risquer de me prendre un coup de pied aux fesses. Contrairement à avant.

Holli fourra les mains dans les poches arrière de son jean moulant et se balança sur ses talons en se mordillant la lèvre.

—Et puis, ajouta-t-elle, je suis tombée sur Délia.

Ah-ah.

Je tentai de cacher mon sourire.

—Vous vous connaissez ?

Pour une ville de huit millions d'habitants, New York est la preuve que le monde est petit.

Délia se leva du canapé en gloussant, le regard en coin vers Holli comme pour lui demander la permission de parler. Il y avait de la conspiration dans l'air.

—Holli a posé pour le couturier Roland Mouret, il y a quelques années.

—Je faisais le plateau de sushis humains, lança Holli avec fierté. C'était l'un de mes premiers shootings. Et j'ai rencontré Aerosmith !

Je riais avec elles, un peu comme on rit lorsqu'on est la troisième roue du tandem. Elles ne cherchaient pas volontairement à m'exclure de leurs souvenirs communs ; le courant passait, voilà tout. Je haussai les épaules avec un petit sourire.

—Une fille sushi toute nue, ça ne s'oublie pas, pas vrai ?

— Bref, vous allez déjeuner ? Je prends les choses en main, ne vous inquiétez pas, me rassura Délia.

— Super, merci.

C'était l'occasion de soutirer à Holli des anecdotes croustillantes sur cette histoire de sushi. On ne pouvait pas évoquer une rock-star qui déguste ma meilleure amie sans que je réclame des détails.

— Bon, fit Délia, les yeux grands ouverts et le sourire calculé tandis qu'elle nous regardait l'une puis l'autre. On se revoit bientôt, alors ?

— Vendredi prochain ? lui rappela Holli en lui faisant le coup ridicule des doigts en pistolet.

Délia opina et se mit à rire.

— Vendredi soir, sans faute, acquiesça-t-elle avant de reprendre la direction des bureaux.

Holli se retourna la première et j'en fis autant, sans regarder en arrière pour savoir si Délia l'observait encore.

Holli n'a aucun tabou concernant sa sexualité – impossible donc de la faire entrer dans une case. Elle a connu des hommes et des femmes, et pendant ses études, elle a vécu un étrange ménage à trois avec un couple marié. Pendant six mois en 2010, elle vouait un amour non réciproque au George Washington Bridge. C'est ce qui fait son charme. S'il m'arrive de lui parler d'expériences sexuelles, soit elle aura déjà essayé, soit elle aura un point de vue bien arrêté sur la chose.

En revanche, je ne connaissais pas les penchants de Délia, et je n'étais pas du genre à juger les autres. En prenant la direction du rez-de-chaussée, j'ai maintenu la conversation en terrain neutre.

— Elle se souvient de toi, c'est sympa, commentai-je dès que les portes de l'ascenseur furent refermées.

— Oui, elle est cool ! s'exclama Holli, puis elle sélectionna l'étage. Je l'ai invitée à la fête.

— J'avais compris, marmonnai-je en levant le sourcil. Et ta devise : « *no zob in job* » ?

— Une petite exception, ça ne peut pas faire de mal, assuma Holli, puis elle écarquilla les yeux. Pourquoi, j'ai fait quelque chose qu'il ne fallait pas ? Et lui, tu ne l'as pas invité, si ?

— Je le vois mal dans ce contexte.

Il n'aurait rien à faire dans une fête comme celle-ci, et au fond de moi, je culpabilisais d'en être soulagée. Je trouvais pourtant rassurant de le garder aussi loin que possible de ma vie privée. Nous ne formions pas un couple, et c'était déjà assez étrange de travailler avec mon amant. Ma décision était prise : je marquerais une frontière entre lui et mes sorties entre amis.

— Tu commences demain dans le cosmétique, non ? s'enquit Holli alors que nous pénétrions dans le hall d'entrée. Pourquoi un vendredi ?

Je levai le menton avec la fierté d'une favorite.

— Parce que je cherche à rendre fou M. Elwood. Pas de la façon à laquelle tu penses. Délia est ici pour se former alors qu'elle n'en a pas besoin. Il ne me reste plus rien à faire dans le bureau, à part ranger et nettoyer. Apparemment, il trouve mon ménage « maniaque » et « pathologique ».

— Tu vas assurer à ce nouveau poste, Sophie.

La confiance de Holli me réchauffait le cœur comme une tasse de délicieux chocolat chaud. Un frisson me parcourut des épaules jusqu'au bout de mes doigts.

— Rédactrice adjointe, c'est un sacré travail. Ce sera un véritable chamboulement.

Au moment où nous passions les portes, mon téléphone se mit à sonner. C'était Neil.

— Attends, je dois prendre cet appel.

Nous sommes sorties – parce que, aussi étrange que cela puisse paraître, la circulation sur Broadway, dans la partie sud de Manhattan, est bien moins bruyante que le hall d'entrée résonnant du bâtiment – et j'ai répondu au téléphone.

— Oui, monsieur ?

Aucun doute, il entendait mon sourire bête à travers le combiné. Mais lorsqu'il parla, je compris que ce n'était pas le moment de flirter. Sa voix trahissait la panique et il hachait ses mots.

— J'ai reçu un appel urgent. Je dois partir dans l'heure.

— Vous voulez que je remonte ?

Je levai un doigt devant Holli. Les remarques énigmatiques de Jake me revinrent en mémoire. Y avait-il un problème avec le changement de direction ? Était-ce encore possible ? Après tout, je ne savais rien de ce qui s'était passé en amont.

— Non, ça n'a rien à voir avec le travail, reprit Neil, visiblement troublé. Je dois rentrer à Londres. Ma mère est à l'hôpital. Elle aurait eu une attaque.

— Oh, je suis désolée.

Comment réagirais-je si ma mère se faisait hospitaliser de l'autre côté de l'océan ? J'osais à peine l'imaginer.

— Je peux faire quelque chose ?

— À partir de demain matin, tu n'es plus mon assistante, Sophie, me rappela-t-il. Je n'appelais pas pour tes services. Seulement, je voulais te prévenir avant de partir, pour que tu ne croies pas que je…

— Que tu t'apprêtes à disparaître encore de ma vie ?

Gênée, je me rendis à l'évidence que cette pensée m'aurait traversé l'esprit.

— Oui, exactement.

Ma spontanéité semblait le blesser. Malgré notre relation « sans attache », si Neil venait à me quitter comme il l'avait fait après l'épisode de Los Angeles, je ne serais pas seulement en colère, je serais anéantie. J'espérais que si notre relation devait finir, ce serait d'un commun accord et avec un respect mutuel, mais rien ne le prouvait à ce stade.

Il se racla la gorge.

— Je m'apprêtais à te proposer de fêter ta promotion demain soir. Malheureusement, cet imprévu me coupe l'herbe sous le pied. Je ne suis même pas certain de revenir à temps pour notre week-end ensemble.

— Tes obligations sont bien plus importantes, Neil. Ne t'inquiète pas pour moi, d'accord ? Tout va bien, le rassurai-je, avant d'ajouter après une seconde d'hésitation : Si tu as besoin de quoi que ce soit, appelle-moi.

— Je le ferai, merci.

Quatre mots simples et sincères qui me firent un pincement au cœur.

— Je t'appelle dès mon retour, ajouta-t-il.

En raccrochant, je me sentis démunie à l'idée de ne pas le revoir avant son départ. Et puis, je me trouvai soudain égoïste. Neil était en pleine crise, et voilà que je m'apitoyais sur mon sort.

— Tout va bien ? s'inquiétait Holli.

Je secouai la tête.

— Non. Il doit partir à Londres.

Je m'abstins de préciser qu'il devait « rentrer » à Londres. Le fait que ce soit son vrai chez-lui m'agaçait et je refusais de l'admettre.

— Sa mère a eu une attaque, expliquai-je.

— Oh, mince ! Elle est encore vivante ? demanda Holli avec une grimace.

À croire qu'elle se voyait dans un épisode des *Contes de la crypte*.

J'ai préféré ne pas répondre.

— Il doit s'absenter un certain temps, mais il ne voulait pas me laisser croire qu'il s'en allait définitivement, comme la dernière fois. C'est une bonne chose, non ?

— Oui, je suppose, acquiesça-t-elle en haussant les épaules. Est-ce que c'est vraiment si important ? Après tout, ce n'est qu'une histoire de sexe.

Je m'apprêtai à protester, mais ne trouvai pas les mots.

— Oui… enfin. Le sexe me manquera, c'est sûr.

Elle leva un sourcil, puis sourit d'un air de petite fille innocente.

— Quoi ? me méfiai-je. Bon, on va déjeuner ?

Holli éclata de rire et me suivit dans les escaliers.

Le lendemain, je me trouvais confrontée à deux étranges événements : j'allais au travail, mais sans me rendre à mon ancien bureau, et sans voir Neil. La veille, à peine étais-je rentrée le soir que j'ai appelé ma mère, comme si j'avais peur que la mauvaise santé maternelle ne soit contagieuse. Nous avons parlé du travail, de mes amis, mais je suis habilement parvenue à détourner ses questions au sujet de ma vie amoureuse ; elle n'approuverait pas mes soirées domination avec un homme plus âgé qu'elle.

Après cela, j'ai passé la moitié de la nuit éveillée, à regarder le plafond en calculant la durée d'un vol entre New York et Londres. Où Neil pouvait-il bien être ? Il avait quitté le bureau pendant ma pause-déjeuner, mais je n'avais aucune idée du temps qu'avait pris le contrôle de sécurité à l'aéroport. Délia avait parlé d'un jet privé, il n'était donc pas bloqué dans une queue à attendre de passer sous les portiques, ses chaussures à la main, impatient de retrouver sa mère souffrante.

En pénétrant dans l'immeuble, je fus surprise de constater que la Terre n'avait pas cessé de tourner. Au contraire, quand Rudy se chargea de présider toutes les réunions et tous les rendez-vous de Neil, il nous sembla que Gabriella était de retour parmi nous. Accaparée par les changements autour de mon propre poste, je ne m'étais pas aperçue de la crainte qu'inspirait Rudy à tous mes collègues.

Lorsque j'ai traversé la réception et qu'il m'a arrêtée pour me lancer joyeusement : « Bonne chance aujourd'hui, Sophie ! » j'ai senti les regards se tourner vers moi. La tête haute, j'ai continué de traverser le couloir. India Vaughn, directrice éditoriale du département cosmétique, s'est mise à marcher à mes côtés.

— Sophie Scaife, je crois que vous avez obtenu son approbation.

— Détrompez-vous, me suis-je empressée de réfuter. Il ne m'aime pas tant que ça.

Elle me salua d'une poignée de main, geste périlleux quand on marche côte à côte dans un couloir. Le professionnalisme avec lequel je l'avais esquivée m'impressionnait.

Prenons un instant pour parler d'India. Elle était la seule Anglaise de Porteras avant l'arrivée de Neil. Avec ses cheveux noirs et ses yeux clairs, elle pouvait être actrice dans le rôle d'une femme de président. India s'y connaissait mieux en vernis à ongles que tout autre être humain sur terre. Un jour, lors d'une fête de Noël où son appartement était ouvert à tous, j'ai découvert son dressing entièrement rempli de produits de beauté ; à croire qu'elle détenait des parts de L'Oréal qu'elle cachait dans ses placards.

Elle était également réputée pour son exigence intraitable avec ses employés, ce qui me poussait à vouloir l'impressionner.

— Ne soyez pas nerveuse, me rassura-t-elle, Gabriella a toujours parlé de vous en bien.

Pour moi, la nervosité n'était pas un problème ; au contraire, c'était une qualité qui me permettait d'avoir toujours une longueur d'avance dans mon travail.

— Vraiment ?

Ma tête se mit à tourner. Gabriella avait parlé de moi avant de partir ? Et elle avait mis mon nom sur cette liste ? Cela voulait-il dire que…

— Gabriella avait-elle l'intention de me proposer ce poste *avant* son départ ?

— Eh bien, oui. Elle ne l'avait pas évoqué ?

Avec un clin d'œil, India poussa les portes du département cosmétique.

L'endroit était magnifique. Des coiffeuses éclairées par de petites ampoules et des plans de travail recouverts de cartons qui regorgeaient d'échantillons des toutes dernières sorties. Dans le coin de la pièce trônaient une table lumineuse et une caméra digitale sur son trépied. Une jeune femme, dont les cheveux bruns méchés de vert étaient rassemblés en un chignon lâche, était penchée au-dessus de la table et tapotait ses ongles vernis sur un morceau de verre.

— Jessica ? l'appela India, et la jeune femme se redressa.

Elle portait les lunettes rectangulaires les plus cool que j'aie jamais vues, derrière lesquelles ses magnifiques yeux marron nous examinaient.

— Voici Jessica N'Guyen, notre directrice adjointe, me la présenta India.

— Ah, oui !

Je me souvenais de sa courte série de tutoriels de maquillage qu'elle tenait pour le site Internet du magazine. Je lui serrai la main.

— J'ai beaucoup aimé les roses printaniers de l'année dernière.

Mon admiration la ravissait.

— Pourtant, ce n'était pas gagné. Vous connaissez Gabriella et son amour pour les roses métallisés, ironisa Jessica.

— Moi, j'ai toujours cru en toi ! la rassura India avant de se tourner vers moi. Écoutez, je sais que travailler pour Gabriella était un véritable défi. Puisque vous avez tenu bon pendant deux ans, je sais que vous assurerez dans ce poste.

Un téléphone se mit à sonner non loin de là et India s'excusa afin d'y répondre.

— Alors, vos rouges à lèvres préférés. C'est parti.

Le regard de Jessica s'illuminait rien qu'en prononçant les mots « rouge à lèvres ». Je pris alors conscience que je pénétrais dans l'univers professionnel dont je rêvais. Bizarre, moi qui pensais rejoindre l'avis de Jake sur le fait que les vêtements haute couture étaient la véritable valeur de ce métier.

Adolescente, lorsque je feuilletais les magazines de mode, la seule chose que je pouvais me permettre financièrement, c'était les produits de beauté. J'avais économisé pendant des semaines pour m'offrir la palette d'ombres à paupières Clarins et le fond de teint hydratant Bobbi Brown. C'est pourquoi j'en savais un rayon dans ce domaine.

— Le « Flare » de Illamasqua, comptai-je sur mes doigts. Le « Rose Bohème » de Yves Saint Laurent, et bien sûr, le « Please me » de MAC. Je suis embauchée ?

Jessica s'apprêtait à répondre lorsque India raccrocha et se dirigea tout droit vers la porte.

— Que se passe-t-il ? lui demanda Jessica, et son air inquiet m'alarma.

— C'est Rudy.

Ce nom sortit de sa bouche dans un souffle de mépris et elle prononçait chaque syllabe avec son accent anglais, *Rou-déiii*.

— Je vais me faire gronder, ajouta-t-elle.

— Gronder ? répétai-je à Jessica après le départ de sa collègue. Que veut-elle dire par là ?

— Eh bien, depuis que Elwood a pris les manettes du magazine, lui et ses hommes de main mettent en place tous ces stupides changements de politique intérieure.

Le nom de Neil la faisait lever les yeux au ciel.

— Oh, fis-je mine de compatir. Tous des salauds, pas vrai ?

— Saviez-vous que Rudy Ainsworth a refusé quatre excellents clichés pour l'article sur Versailles ? me demanda Jessica comme s'il s'agissait d'un drame. Parce qu'il y a de la fourrure ! Ils veulent mettre un frein à l'achat des *fourrures* !

— À Porteras ?

Mais non, idiote, dans l'autre magazine pour lequel tu travailles ! me reprochai-je.

— Mais ça ne fonctionnera jamais, me repris-je.

Jessica acquiesça d'un hochement de tête.

— Ne m'en parlez pas. Allez, je vous fais visiter.

Je dois l'admettre, mon cerveau était trop encombré pour écouter ce que me disait Jessica. Pas très malin pour un premier jour à ce poste, mais je ne pouvais pas m'empêcher de penser à l'erreur monumentale qu'ils feraient en coupant le budget des fourrures à Porteras. Je ne militais pas forcément en faveur des fourrures, l'idée d'animaux morts me répugne, mais les créateurs antifourrure sont rares sur le marché. C'était un terrain sur lequel Neil partait perdant. Et puis, jusqu'où irait-il ? D'abord la fourrure, et ensuite quoi ? Le cuir ? Nous pouvions toujours promouvoir les pièces sans fourrure de couturiers qui en utilisaient sur d'autres créations, mais où cela nous mènerait-il ?

Sans le soutien des couturiers et des publicitaires, Porteras ne survivrait pas deux mois.

Jessica me montra comment photographier un échantillon de vernis transparent, ce à quoi elle s'attelait avant d'être interrompue par mon arrivée. C'est alors qu'India entra en trombe, complètement découragée.

— Nous devons revoir tout le numéro, déclara-t-elle en jetant un dossier agrafé sur le plan de travail.

— Février ? s'écria Jessica, en panique. Mais on vient juste de recevoir les échantillons !

— Non, janvier, désespérait India, et elle se laissa tomber sur une chaise, la tête dans les mains. On doit reprendre tout le numéro de janvier.

— Reprendre ? répéta Jessica sur un ton qui laissait entendre que c'était impensable. Mais nous aurons huit jours de retard minimum !

India la regarda et leva ses noirs sourcils parfaitement épilés.

— Dans ce cas, on peut revoir entièrement le planning.

Je ne comprenais pas.

— Mais que se passe-t-il ? M. Elwood a adoré les épreuves, lors de la réunion.

— Neil Elwood n'est qu'une grande gueule ! aboya India avec une telle brutalité que je ne pus retenir un éclat de rire nerveux.

— Excusez-moi, balbutiai-je en me couvrant la bouche.

— Ce n'est pas grave, Sophie, commenta India, puis elle pinça les ailes de son nez, ferma les paupières et fronça ses sourcils noirs. Bref, l'ordre nous est donné de ne plus promouvoir les produits de marque testés sur des animaux, ni d'utiliser des produits fabriqués par des marques qui testent d'autres produits sur des animaux.

Un cri étranglé s'échappa de la bouche de Jessica.

— M-Mais cela signifie plus de Estée Lauder, plus de Bobbi Brown, ni de Clinique, de MAC, de Fekkai…

— Et aucune autre marque appartenant à des filiales telles que Procter & Gamble, ce qui veut dire que notre section parfum ne vaut plus rien, se résigna India en secouant la tête. Notre ligne éditoriale se réduit à AVON et Mary Kay, et ce ne sont pas des pointures de la mode.

—AVON et Mary Kay utilisent les tests sur animaux, rectifiai-je, sans grande utilité.

Le sourire forcé qui se dessinait sur le visage d'India laissait entendre : « On est foutus ».

— Bien. Dans ce cas, il est temps d'appeler quelques gentils végétaliens et de voir ce qu'on peut faire avec eux.

Cette journée était une véritable claque dans ma figure. Elle dépassait largement mes débuts chez Gap un samedi avant Noël, qui culminaient pourtant en tête des pires premiers jours de ma vie. Nous avons passé la majeure partie de la matinée à réfléchir. Les marques de tous nos échantillons étaient sur la liste noire. Finalement, India prit la décision d'axer le numéro sur le maquillage 100 % naturel, en espérant que l'un des directeurs éditoriaux remarque l'absurdité de la situation.

Bon, ça ne m'enchante pas d'imaginer des scientifiques étalant leur rouge à lèvres dans les yeux de lapins innocents, mais je n'étais pas non plus ravie à l'idée de voir mon travail empirer de jour en jour. Si l'information selon laquelle Porteras luttait contre la cruauté envers les animaux fuitait, nous pourrions perdre une grande partie des financements publicitaires.

Ce jour-là avec Jessica, nous avons multiplié les allées et venues dans les bureaux de grandes marques afin de récupérer des échantillons à la dernière minute, ou dans des magasins avant leur fermeture. J'étais épuisée, j'avais mal aux pieds, mes mains étaient recouvertes d'ombres à paupières multicolores, depuis « Kale » jusqu'à « Brigid's Flame », mais je me disais que ce pouvait être pire. De retour à 20 heures, je titubais en passant devant la réception, et m'aperçus que Délia était toujours derrière mon ancien bureau. Elle leva la tête et me fit signe de la rejoindre.

Ce retour dans mes anciens locaux me serra le cœur et je fus prise d'une terrible nostalgie. Délia tenait dans ses mains l'iPad que m'avait confié Neil. À cette vision, je manquai de vomir ma terreur sur son bureau. L'avait-elle allumé ? Avait-elle vu la photo ?

— M. Elwood voulait vous le rendre hier, mais dans sa précipitation, il a oublié.

Elle me tendit la tablette en souriant, sans afficher le moindre indice.

C'est alors que je me sentis idiote de m'affoler sans raison.

— Merci, marmonnai-je, puis je me tournai vers la porte. Je vais rentrer, je suis épuisée.

Délia fit la grimace, compatissante.

— J'ai appris la nouvelle, ça tombe mal. Allez vous reposer.

Dans le train, sur le trajet du retour, j'ai ouvert l'iPad, à la recherche d'un soutien moral sous la forme d'un message de Neil, et puis je me suis dit que c'était ridicule. Sa mère était dans un lit d'hôpital ; il avait d'autres choses plus importantes à faire que flirter avec sa collègue de travail.

Pourtant, l'une de ses notes me fit chaud au cœur.

Sophie,

Je suis tellement désolé de ne pas être là pour ta première semaine au département cosmétique. Mais

sache que je te soutiens malgré la distance. Puisque je ne connais pas ton adresse mail personnelle, voici la mienne. J'aimerais beaucoup avoir de tes nouvelles, tu me manques déjà.
P.-S. : Délia pense que cet iPad t'appartient, inutile de le ramener au bureau.

Il avait signé le mot de son nom accompagné d'une adresse mail que je voyais pour la première fois. Ce que je retenais de ce message, c'était avant tout les mots « tu me manques déjà ». Je lui manquais ? Ce message n'avait pu être écrit que dans le bureau avant son départ. Cette pensée me donna des vertiges.

En rentrant à la maison, Holli n'était pas là. Je récupérai mon ordinateur portable « rangé » sous le canapé, puis ouvris mon compte Gmail, tapai son adresse et contemplai la fenêtre de message vide.

Bien sûr, je brûlais d'envie de lui dire qu'une ligne éditoriale contre la maltraitance animale était une grave erreur. Je voulais lui parler du travail supplémentaire que cela impliquait, des foudres qu'il s'attirait parmi ses employés, ceux-là mêmes dont il avait besoin pour alimenter Porteras. Je voulais le prévenir que cette décision était trop brutale et radicale. Mais je repensai au fait que sa mère était malade de l'autre côté de l'Atlantique, et qu'en ces temps de crise, ce n'était vraiment pas le moment.

Et puis, de quel côté étais-je ? Voulais-je le prévenir pour son bien ou pour celui du magazine ? Dans le doute, je me sentis confuse. D'ailleurs, se souciait-il vraiment de ces problèmes ?

Pour couronner le tout, je ne savais pas où était la limite de notre relation entre le sexe et l'amitié. Était-il devenu un ami en qui je pouvais avoir confiance, ou étions-nous restés à l'étape du « sois gentille et ne fais pas de vagues au bureau » ? Moi aussi, j'avais du mal à faire la différence entre le Neil de l'aéroport et l'homme avec qui je nourrissais une relation dans le présent.

Puisque je ne pouvais pas aborder le sujet par mail, je préférai oublier le chaos de ma journée de travail et me concentrer sur ce que je tenais sincèrement à lui dire. Ce qui donna :

> Neil,
>
> J'espère que tout va bien. Ne te languis pas de moi. Je serai là à ton retour.
>
> Appelle-moi si tu en as envie. Sinon, je ne t'en voudrai pas.

Je marquai une pause, tapotant les touches du bout des doigts sans vraiment appuyer dessus. De toute évidence, dans mes relations avec les hommes, j'étais plus douée à l'oral qu'à l'écrit. Il s'était montré spontané en m'avouant que je lui manquais. Pouvais-je vraiment repartir une phrase du même genre ?

Finalement, j'optai pour « Je penserai fort à toi » et appuyai sur la touche d'envoi. Ensuite, je me suis forcée à aller me coucher sans attendre de réponse.

Chapitre 12

La semaine suivante, Neil et moi sommes restés en contact par de simples mails très courts, et cela me convenait parfaitement. Étant donné l'effervescence au travail, je n'avais pas le temps de m'attarder sur de longs messages.

India, Jessica et moi travaillions à toutes les heures jusqu'au week-end, puis nous revenions à la charge tôt le matin jusque tard le soir. Arriva le vendredi matin suivant, et j'en oubliai la fête que me prévoyait Holli pour le soir même. Ce n'est qu'au moment de partir qu'elle me retint sur le pas de la porte :

— On a repoussé à 21 heures pour que tu n'aies qu'une heure de retard.

Et moi qui n'étais même pas sûre de pouvoir me libérer du bureau. Le département cosmétique était une véritable fourmilière, comme tous les employés de Porteras, je le savais déjà, mais j'étais loin d'imaginer l'organisation et les efforts que demandaient la sélection des produits et leur parution dans le magazine. Jusqu'à présent, j'avais seulement assisté aux réunions lors desquelles Gabriella disait oui ou non pour telle et telle épreuve de page.

En rentrant chez moi ce soir-là – dans un appartement bondé, à 22 heures, comme Holli l'avait prédit – j'étais exténuée, autant sur le plan physique que mental. En pensant au week-end, je me détendis, pour finalement ressentir une profonde frustration en me rappelant que je devais le passer avec Neil. Tout bien considéré, travailler aurait été une meilleure occupation.

Après avoir fait le tour de tous les invités qui me félicitaient pour mon nouveau poste, je m'excusai et filai me changer pour une tenue plus festive. Après quoi, je suis revenue dans le salon, bien décidée à me sociabiliser.

La soirée réunissait tous les ingrédients d'une fête organisée un vendredi soir entre jeunes actifs épuisés par leur semaine de travail : de la musique, de l'alcool, et de longues conversations. Au risque de nous faire passer, mes amis et moi-même, pour de vieux grincheux avant l'heure, l'époque où nous faisions passer le canapé par l'escalier de secours était bel et bien révolue. D'ailleurs, à 1 heure du matin, tout le monde était parti, sauf Délia. Elle et Holli étaient sur le canapé, occupées à flirter à moitié, et je commençais à me sentir exclue. C'est pourquoi lorsque Holli lança l'idée d'appeler un taxi et d'aller manger un morceau en ville, j'ai préféré décliner l'invitation.

— Allez-y, les filles. Je vais ranger un peu tout ce désordre, leur ai-je dit en exagérant un bâillement. Et puis, je ne vais pas tarder à aller me coucher.

— Ne range rien, objecta Holli. On s'en occupera demain.

Après leur départ, j'ai pris un sac-poubelle et commencé à ramasser les gobelets en plastique. Je vidais le fond d'un verre de vin lorsque mon téléphone se mit à sonner. Neil.

Jusqu'à cette seconde où je lus son nom sur l'écran, je ne m'étais pas aperçue qu'il me manquait à ce point. Le souffle court – et alcoolisé – je me précipitai pour répondre en espérant ne rien dire de stupide.

— Allô ?! éructai-je dans le combiné.

— Oh, hum… Bonsoir. Je ne m'attendais pas à une réponse aussi réveillée.

Lui, en revanche, avait une voix endormie. Ce devait être le mélange d'alcool et de fatigue, mais j'étais si soulagée d'entendre sa voix que les larmes me montaient aux yeux. Heureusement, je parvins à recouvrer mon calme.

— Holli a organisé une fête pour moi, ce soir, en l'honneur de ma promotion, lui rappelai-je.

— C'est vrai, j'avais oublié, excuse-moi. Je te dérange, peut-être ?

— Non, pas du tout. Tout le monde est parti. Et de ton côté, tout va bien ?

— Oui, ça va. En fait, je suis rentré. Mon avion vient d'atterrir et je sors à peine de l'aéroport.

Une pause. Il sembla à court de paroles, puis reprit d'un ton hésitant :

— Je ne veux vraiment pas te déranger, mais… Je peux venir te voir ?

En me mordant la lèvre, je balayai le salon du regard : un vrai champ de bataille !

— C'est à tes risques et périls, l'ai-je prévenu. Ici, c'est encore le fouillis.

— Aucun problème, je comprends. À dans une heure, alors ? Si ce n'est pas trop tard ?

L'espoir et le trouble que je percevais dans sa voix me rappelaient ce fameux soir où il était venu chez moi, soûl, après m'avoir appelée dans une scène digne d'un téléphone rose. C'était adorable.

— Non, ce n'est pas trop tard.

Ma dernière heure de sommeil remonterait donc à vingt-deux heures, mais j'aurais le temps de dormir dans ma tombe. Pour l'instant, j'avais besoin de le voir. Tout en continuant à m'occuper des déchets éparpillés dans le salon, les yeux rivés sur l'horloge, je refusai d'admettre que j'avais un nœud à l'estomac. Il m'avait manqué, et alors ? Ce n'était pas interdit, si ?

Au bout d'un moment, j'ai arrêté de vider les fonds de gobelets et m'en suis rempli un que j'ai emporté avec moi sur le canapé. J'ai dû m'assoupir puisque l'interphone me réveilla en sursaut. J'ai renversé mon rhum-Coca sur mon débardeur pailleté et poussé un grognement.

— J'arrive, une minute ! grommelai-je.

Mais qu'est-ce que je fabrique ?

Il ne m'entendait pas depuis la rue. Je me suis précipitée à l'interphone et j'ai haleté dans le combiné :

— Pardon, excuse-moi ! Je t'ouvre !

En attendant qu'il monte, je tapotai frénétiquement la tache de rhum avec une serviette en papier. Après qu'il eut frappé, j'ouvris la porte. Neil entra aussitôt dans le salon et me serra fort dans ses bras.

— Tu m'as tellement manqué! murmura-t-il dans mon cou.

Je fis un pas titubant en arrière et glissai les mains entre nous pour retrouver mon espace vital.

— Waouh, une minute, cowboy ! lui lançai-je dans un rire. Tu as bu dans l'avion ?

À peine gêné, il rit à son tour et s'écarta.

— Pardon, le Clonazépam doit encore faire effet.

Je montai sur la pointe des pieds et l'embrassai sur la joue, la main contre son torse pour garder l'équilibre.

— Tu prends du Clonazépam avant chaque vol ? D'habitude, les gens se désinhibent à l'alcool, pas aux médicaments.

— Oui, et tous ces gens sont venus chez toi ce soir, c'est ça ?

En observant le terrain miné de cadavres d'assiettes en papier, il écarquilla les yeux.

— Ton salon a l'odeur d'une distillerie.

— Hum… Non, ce doit être moi, admis-je, les yeux baissés sur mon débardeur en voulant chasser la tache du revers de la main. Attends, je vais me changer. À moins que tu préfères me l'enlever toi-même.

Avec un sourire, il referma la porte derrière lui et, lui prenant la main, je le guidai jusqu'à ma chambre.

C'est étrange de faire visiter son chez-soi à quelqu'un pour la première fois. Neil était déjà entré dans le salon, mais jamais dans la chambre. J'allumai la lumière, et redécouvris la pièce avec son regard : les murs blancs, la housse de couette percale verte, et les coussins décoratifs perlés – qui me semblaient soudain beaucoup trop nombreux. Cette petite pièce était trop encombrée.

Il désigna le mannequin en tissu à côté de ma machine à coudre.

— Tu crées tes propres vêtements ?

— Non, je les retouche simplement, répondis-je dans un haussement d'épaules. On me donne beaucoup de choses et tout n'est pas à ma taille. Tu peux accrocher ton manteau sur le mannequin, si tu veux.

Ma penderie n'en était pas vraiment une puisqu'il s'agissait des tuyauteries sur lesquelles j'accrochais mes cintres. Ma fenêtre était presque entièrement occultée par un immense miroir encadré d'écaille dorée. Je me sentais gênée. Mon appartement ressemblait à une auberge de jeunesse comparé à sa chambre de l'hôtel *W*. J'osais à peine imaginer son vrai chez-lui.

Son regard suivit scrupuleusement chacun de mes gestes tandis que je retirais mon haut taché. En souriant intérieurement, je suis partie tout droit vers la salle de bains.

— Attends-moi ici, je dois le rincer avant que ça s'incruste.

Mes mains tremblaient pendant que je passais le vêtement sous l'eau froide. Pourquoi étais-je si nerveuse ? Neil était chez moi, et alors ? Mon mode de vie modeste n'allait pas me faire baisser dans son estime ; en tout cas, il ne m'avait jamais donné cette impression. Et si vraiment il trouvait mon lieu de vie trop simpliste, je m'en fichais. Je n'étais pas sa décoratrice d'intérieur. Nous étions seulement proches par le sexe. Il n'allait pas refuser une partie de jambes en l'air à cause d'une paire de chaussettes qui traînait par terre.

J'entendis de la musique provenir de la chambre, esquissai un sourire, puis secouai la tête. Quelle idiote ! Il se sentait chez lui, puisqu'il jouait avec mon iPod. Oublions un peu cette histoire de décoration.

Les bras croisés, je partis le rejoindre. Neil était debout à côté de mon lit et tenait la photo de ma mère et moi que je garde toujours sur ma table de chevet. D'un air coupable, il s'empressa de la remettre à sa place près du réveil.

— Pardon, je touche à tout.

— Ce n'est pas ta faute, sans doute l'effet des médicaments, m'amusai-je, appuyée contre la porte. Alors, comment va ta mère ?

Il semblait étrange d'aborder ce sujet alors que j'étais en soutien-gorge, mais tant pis.

— Beaucoup mieux. Ma sœur et moi avons décidé qu'elle serait bien plus à l'aise en habitant chez ma sœur, m'expliqua-t-il, et il semblait se sentir coupable. Jusqu'à présent, elle vivait dans ma maison du Somerset, mais je pense que c'est un peu trop grand pour elle, maintenant.

— Tu as une sœur ?

J'avais oublié cette information. Sans doute parce que je n'avais pas prévu de rencontrer sa famille un jour.

Neil hocha la tête et pointa du doigt le cadre sur ma table de chevet.

— Et toi, tu as des frères et sœurs ?

— Non, fille unique.

Je cachai la photo en la couchant sur la table de chevet.

— Ma mère aussi est fille unique, et très protectrice. Pour l'instant, elle n'a pas besoin de voir ça.

Dans un rire, il me prit dans ses bras et je me laissai faire avec délice. Le tempo traînant de A Fine Frenzy me berçait et me détendait autant que l'étreinte de Neil. Il glissa une main dans mon dos, l'autre le long de mon bras jusqu'à entremêler nos doigts, et on se laissa porter par le rythme de la musique.

— Tu m'as vraiment manqué, me chuchota-t-il à l'oreille tandis que je laissai tomber ma tête sur son épaule.

J'étais soûle et lui était drogué aux médicaments. Pourtant, c'était l'instant le plus romantique de toute ma vie.

Ne devais-je pas mettre un peu de lumière sur cette situation ?

— Tu n'es parti qu'une semaine.

— Huit jours, corrigea Neil.

Il y eut une pause, pendant laquelle Neil exerça une légère pression sous mon menton pour me faire lever les yeux. Dans un sourire, j'entrouvris les lèvres, prête à être embrassée, mais il ne fit rien d'autre que plonger son regard dans le mien.

— Je ne parlais pas du voyage.

Pourquoi avais-je l'impression qu'autant d'émotions me causaient un affaissement des poumons ?

De nombreuses phrases me venaient, mais aucune ne valait la peine d'être prononcée ; elles menaient toutes vers des confessions trop médicinales pour intéresser Neil, et j'étais trop ivre pour assumer une telle conversation. C'est pourquoi je préférai rétorquer :

— Tais-toi.

Puis j'ai dévoré sa bouche d'un baiser sensuel. Jusqu'à présent, il m'avait habituée au Neil prudent et maîtrisé. Ce soir-là, c'était un autre homme. Ses mains couraient partout sur mon corps, dans mon dos, et s'acharnaient vainement sur l'agrafe de mon soutien-gorge, si bien que j'eus pitié de lui et le dégrafai moi-même. Sous son pull, je partis explorer les boutons de sa chemise et il retira ensuite les deux vêtements, nous rapprochant l'un contre l'autre comme s'il ne supportait plus la séparation physique de nos corps échauffés.

Les mots « un vrai régal » me venaient à l'esprit ; habituée à les utiliser sur le ton de l'ironie, je n'aurais jamais pensé les employer dans une telle situation. Pourtant, il n'y avait pas de meilleure façon de décrire nos baisers, affamés et désespérés, qui me laissaient haletante. Bien sûr, l'alcool se mêlait à ma passion.

— Le lit, soufflai-je contre sa bouche.

Nos visages tout près l'un de l'autre, nous nous sommes laissés tomber sur le matelas. Mon soutien-gorge a trouvé sa place par terre et je me suis aussitôt attaquée au bouton de mon jean. Alors qu'il m'attirait sous lui, je remuai pour me débarrasser du pantalon.

— Regarde-toi, murmura-t-il, la bouche contre mes seins. Tu es sublime.

Tout en soupirs et en ondulations, je me soulevai contre sa cuisse et m'y frottai sans réserve. Nos gestes étaient maladroits, mais d'une telle sensualité que je ne pouvais plus m'arrêter, pas même lorsqu'il leva le menton, soudain inquiet, et qu'il relâcha la pointe de mon sein coincée entre ses dents pour me murmurer :

— Je… Je n'ai pas de préservatif.

Aïe.

Grincement de vinyle sur la platine. Un élan de sobriété me permit de réfléchir posément. Nous avions tous les deux reçu nos tests, pas vrai ? Et je prenais la pilule. Mais la pilule n'était pas sûre à 100 %. Que ferais-je si ça devait arriver ? Ma crainte des conséquences au long terme faisait-elle le poids face à mon envie purement sexuelle à cette minute précise ?

Pas du tout.

— Si tu es quand même partant, je le suis aussi, lui dis-je.

Il réfléchit un instant – s'il était possible de réfléchir, étant donné notre état altéré par l'alcool et les médicaments. Le moment était mal choisi pour prendre une telle décision. La seule chose qui nous importait, c'était de continuer dans cet élan qui nous paraissait déjà bien lancé. Puisqu'il n'y avait personne pour nous apporter un avis sobre sur la question, le choix nous appartenait.

— Et merde, on s'en fout ! grogna Neil et il s'allongea sur moi pour me dévorer de baisers.

Je suçotai sa langue, m'agrippai à ses épaules et me frottai contre lui sans la moindre honte. Mes pulsions étaient telles que j'en tremblais de la tête aux pieds. J'enroulai mes jambes autour de sa taille, puis m'arrachai à sa bouche le temps de le supplier de passer à l'étape suivante.

Il se redressa, défit sa ceinture, puis ouvrit sa braguette, et je me débarrassai de ma culotte. Entre nous, une sorte de frénésie remplissait la chambre. En m'approchant tout près lui, j'enfermai son sexe contre mon bas-ventre. Dans un grognement comblé, je parcourus la longueur de son membre avec ma féminité et me caressai contre sa rigidité. J'aurai pu continuer des heures jusqu'à jouir de cette seule friction, mais l'impatience était trop forte. Me soulevant à peine, je glissai une main sous moi et guidai son membre jusqu'à l'entrée.

De toute ma vie, les rapports non protégés se limitaient au chiffre zéro. Ma mère m'a éduquée de façon à penser que l'homme avec qui je couche doit être celui-là même avec qui je vieillirai et aurai des enfants. Sa propre expérience avait même instauré une sorte de paranoïa dans mon inconscient. Je n'avais jamais pris ce genre de risque avec un homme et, à l'instant où Neil entrait en moi, à la fois chaud et doux comme le velours, je sentais que plus rien ne nous séparait.

— Oh, putain ! criai-je, crispant les muscles autour de lui.

D'après son gémissement rauque, la sensation était aussi délicieuse pour lui que pour moi. Pendant une seconde, j'en oubliai de bouger et Neil posa les mains sur mes hanches afin de me rappeler à l'ordre. Les paumes sur son torse, je me mis assise et poussai un petit cri lorsqu'il me pénétra trop profondément.

Je repris un rythme plus lent et maîtrisai le mouvement de mes hanches pour ne plus ressentir la même douleur. La violence de certains moments purement charnels ne me dérangeait pas, mais pour l'instant, je cherchais plutôt le plaisir que la souffrance.

Les bras autour de mon corps frêle, il se redressa pour embrasser ma poitrine, mes épaules, mon cou. Ma chevelure nous entourait et Neil la repoussa du revers de la main afin d'atteindre ma bouche dans un tendre baiser. Il attrapa ma lèvre entre ses dents et la taquina doucement.

Assise ainsi sur lui, les jambes autour de sa taille et les doigts dans ses cheveux, j'étais coincée, il ne me restait plus beaucoup de marge de manœuvre. En revanche, cette proximité extrême me procurait un immense sentiment de plénitude, ainsi immobilisée sur son sexe.

Neil ramena mes bras dans mon dos et tint fermement mes poignets d'une seule main. Il s'approcha de mon oreille et murmura :

— Non, non. Ne bouge pas.

Des frissons me parcouraient l'échine. Il exerça ce qu'il fallait de pression à mes poignets pour me faire comprendre que je devais obéir. Je rejetai la tête en arrière et laissai mes cheveux chatouiller le milieu de mon dos.

— J'aimerais te ligoter dans cette position, chuchota-t-il contre ma joue.

Il y avait comme un sentiment de danger presque primitif dans sa manière de dégager ma nuque exposée. Il me mordillait la peau et je le sentis sourire quand il s'aperçut que je retenais mon souffle.

— Tu me laisserais faire ?

— Oui, monsieur, soupirai-je.

J'avais besoin qu'il bouge en moi, qu'il me mène au bord de l'implosion, mais il promena seulement sa langue sur ma nuque et remonta jusqu'à mon oreille.

Bon sang ! Chaque geste était calculé pour me rendre folle. Il s'arqua, puis s'étendit, ce qui lui permit d'exercer une pression parfaite sur mon point G. Sa voix faisait résonner des pulsions animales et me suffisait presque pour atteindre l'orgasme. Sa langue jouait avec mon oreille et je dus enfoncer les ongles dans la paume de ma main pour me forcer à rester immobile. Il opéra encore un aller et retour, puis un autre, fit grimper ma tension toujours plus haut, en se mouvant à peine, et je tombai dans la spirale de l'extase, hurlai de plaisir et tremblai de cette libération extatique.

Sa force me surprit lorsqu'il libéra mes poignets pour me faire rouler sous son corps tout en longueur. À peine remise de mon orgasme, je sentais que mon sexe était encore trop sensible au toucher. J'en avais les larmes aux yeux lorsqu'il se retira avec une lenteur insoutenable, puis revint à la charge. Il passa une main sous la pliure de mon genou et me fit lever la jambe pour me pénétrer plus encore en me tenant fermement contre lui.

— Je vous en prie, s'il vous plaît ! m'étranglai-je, même si je n'étais pas sûre de ce que je lui demandais.

En revanche, j'étais convaincue que lui le savait.

Oh oui, il le savait très bien.

Il me prenait avec une lenteur déconcertante, les mains posées sur l'oreiller de chaque côté de ma tête, me tirant presque les cheveux contre le matelas. D'abord, je me tins à lui, mais ensuite, je m'agrippai aux oreillers, soulevai le bassin et partis dans l'ouragan étourdissant d'un nouvel orgasme. Neil se laissa porter, lui aussi, et je l'entendis pousser un gémissement près de mon oreille tandis qu'il se tendait à l'intérieur de moi.

Je repris peu à peu ma respiration, et, après quelques secondes, il releva la tête.

— Ça va ?

Les joues rosies par la gêne, je me mis à glousser pendant qu'il se retirait.

— Quelle question idiote, protestai-je.

En roulant sur le côté, il s'allongea près de moi et me prit dans ses bras.

— Je me fiche que ce soit idiot, rétorqua-t-il, puis il m'embrassa le front en guise de point final. Je te pose la question parce que je veux savoir.

— Je, hum… Je n'avais jamais fait l'amour jusqu'au bout sans préservatif, lui confiai-je.

Le souvenir de mon manque d'expérience à l'époque de notre première nuit ensemble me fit sourire et j'ajoutai :

— Je ne pensais pas pouvoir un jour… le sentir.

Mon aveu le fit rire.

—Je suppose que tu fais référence à…

—Ton sperme, oui.

D'ailleurs, à cet instant précis, je le sentais qui coulait entre mes cuisses.

—Arrête de rire! m'indignai-je. Maintenant, je suis gênée.

—Tu n'as aucune raison d'être gênée, me rassura Neil en me relevant le menton. Tu n'auras jamais à être gênée avec moi. Tu es la plus excitante des amantes que j'aie jamais connues, sans aucune exception. Et je ne dis pas ça sous l'effet des médicaments.

Je pouffai.

—C'est gentil, merci. Mais je ne pense pas être très excitante.

—Arrête de jouer les jeunes filles effarouchées, ça ne te va pas du tout.

En se redressant, il chercha les couvertures pour les ramener sur nous. Un nouveau rire d'autodérision m'échappa, et il dut encore défendre ses positions en m'avouant la pure vérité.

—La première fois, tu m'as laissé te prendre par-derrière. Moi, c'est ce que j'appelle avoir l'esprit d'aventure.

Sa grossièreté me fit pousser un petit cri et je le frappai à l'épaule.

—Eh, c'est toi qui m'as écartée du droit chemin! Je ne l'avais jamais fait avant.

—C'est un honneur d'être ton mentor pour toutes ces pratiques déviantes.

C'était si bon de l'avoir près de moi, de retrouver la chaleur de ses bras. Il avait peut-être raison ; nous devrions nous voir plus souvent.

Quelque chose me turlupinait.

—Je peux te poser une question ?

—Non, répondit-il, d'une voix endormie. On ne se connaît pas encore assez pour les questions personnelles.

Je poussai un soupir pour marcher dans son jeu taquin.

—Il y a six ans... Pourquoi avoir pris mon billet d'avion alors que tu me laissais assez d'argent pour en acheter un autre ?

Sa poitrine se gonfla d'air sous ma joue et Neil retint sa respiration le temps de formuler sa réponse.

—Je ne voulais pas te forcer, seulement te pousser à la réflexion. Tu étais si intelligente, si pleine de vie... Je trouvais dommage que tu te précipites par un élan de peur. C'était insupportable de te regarder te diriger droit dans le mur sans rien pouvoir faire. J'avoue que j'étais plus le père d'Emma que l'amant de Sophie à ce moment-là.

—En tout cas, j'ai fait le bon choix, me félicitai-je, en caressant son mollet avec mon pied.

Je luttais pour garder les yeux ouverts. Dans un bâillement plus sonore que prévu, je déclarai :

—J'ai sommeil.

—Tu veux que je m'en aille ? s'inquiéta Neil en frémissant à peine sous ma main.

J'ai secoué la tête et me suis lovée contre lui.

—Non. Pour l'instant, ne changeons rien. C'est parfait.

La chaleur du corps de Neil me réveilla, et j'avais encore la main sur les poils drus de son torse. La chambre était éclairée par le soleil matinal et l'on pouvait voir la poussière danser à travers les rayons de lumière.

Il était resté toute la nuit. Ce constat me plaisait et me terrifiait à la fois.

En m'asseyant, je regardai l'heure. Neil remua et murmura d'une voix enrouée :

— Bonjour.

J'ouvris la bouche pour répondre et…

Oh, non ! Mon haleine !

Il enroula un bras autour de ma taille et je le stoppai dans son élan en repoussant son épaule, me couvrant la bouche de l'autre main. Horrifiée, je bafouillai :

— Non !

La lumière du jour le fit plisser les yeux, et il prit un air agacé.

— Quoi, tu crois que je n'ai jamais senti l'haleine d'une femme au réveil ?

— Tu ne sentiras pas la mienne, en tout cas. Jamais.

En roulant sur le côté, je m'écartai de lui et tirai les draps au-dessus de ma bouche.

Ne s'avouant pas vaincu, Neil m'attira contre lui et je sentis dans mon dos son impressionnante érection matinale.

— Eh bien, bonjour à toi, gloussai-je et il fourra son nez dans ma nuque pour y déposer un baiser.

Je le sentis rire derrière moi.

— Ne prends pas la grosse tête, c'est seulement parce que j'ai très envie d'aller faire pipi.

— Oh, dans ce cas je suppose qu'il n'y aura pas de sexe au lit ce matin.

Je tournai la tête vers lui et lui fis le coup du battement de cils au-dessus du drap recouvrant toujours mon visage. À regret, Neil s'écarta de moi.

— En effet, j'ai bien peur que non. Rudy m'attend pour déjeuner à midi et je dois d'abord passer chez moi pour me changer. Et pour enlever mes lentilles de contact.

— Tu portes des lentilles ?

Étrange, je ne l'avais jamais remarqué. Pourtant, je passais beaucoup de temps à le regarder dans les yeux.

— Seulement quand j'ai besoin d'y voir.

De l'autre côté du lit, il s'assit et prit le temps d'observer la pièce.

— Demain matin, tu auras droit au grand réveil romantique, promis.

Demain ?

C'est vrai, j'avais oublié.

— Tu veux toujours que je dorme chez toi ? Même si on vient déjà de passer la nuit ensemble ?

— Je veux être avec toi tout le week-end, me rappela-t-il en souriant. Pourquoi ? Tu en as déjà marre de me voir ?

Marre de le voir ? Au contraire, mon besoin d'être à ses côtés commençait sérieusement à m'inquiéter. Je n'avais encore jamais laissé un homme passer la nuit entière avec moi. À présent, les choses étaient différentes entre nous ; je ne saurais décrire ce sentiment, mais ce n'était pas bon signe. Notre relation devait se résumer au sexe. Si je commençais à ressentir le besoin de passer mes journées avec lui, de dormir dans son lit, de rester toujours à ses côtés, nous allions avoir des problèmes.

Mais la situation n'était pas encore assez critique pour m'empêcher de renouveler l'expérience de la nuit passée.

— Pas le moins du monde. Tu me veux pour quand ?

Quelle maladresse ! Je voulais dire : « À quelle heure tu veux que je vienne ? » ; il émit un petit rire surpris.

— Demande-moi pour quand je ne te veux pas, ça ira plus vite, riposta-t-il.

Son caleçon traînait par terre, Neil le ramassa et l'enfila.

— J'envoie un chauffeur pour 18 heures, ça te convient ?

Waouh, il m'envoyait un chauffeur. Baiser un homme riche, ça avait ses avantages.

— Oui, parfait. Mais, hum… Tu devrais mettre un pantalon et cacher cette érection, je te rappelle que j'ai une colocataire.

Sur ce, je filai à la salle de bains pour me brosser les dents pendant qu'il s'habillait dans la chambre. Dans le miroir, je cherchai d'éventuelles traces rouges dans mon cou. Aucun suçon en vue. Ouf. Cependant, mon maquillage n'avait pas résisté et l'idée qu'il m'ait vue ainsi au réveil, avec du mascara qui coulait sous mes yeux, ne me plaisait pas vraiment.

Le pas chancelant, je me suis rendue dans le salon et décochai un sourire timide à Neil qui se dirigeait à son tour vers la salle de bains. Holli était assise en tailleur sur le canapé, façon lotus, et portait son tee-shirt de pyjama trop grand avec un poulet dessiné dessus et son pantalon en coton aux imprimés d'œuf et de bacon. Ce n'était pas un ensemble acheté tel quel, elle aimait simplement les associer pour accentuer leur côté sinistre.

— Tu es déjà debout ?

Je pensais qu'elle dormirait au moins jusqu'à midi.

— En fait, je ne suis toujours pas allée me coucher. En rentrant, je me suis laissé bercer par une publicité d'aérographe à maquillage, et puis ils ont repassé de vieux épisodes d'*Urgences*, m'expliqua-t-elle, avant de lever le sourcil. En plus, comment dormir avec tous ces cris de jouissance dans la chambre d'à côté ?

Mes joues s'empourprèrent.

— Eh ! Et notre règle, alors ? Interdiction d'écouter.

— Je n'avais pas vraiment le choix, ma belle.

Neil apparut, avec sa chemise blanche qu'il portait sous son pull la veille. Le pull en question était roulé sous son bras avec son manteau, et il tenait son iPhone.

— J'ai appelé mon chauffeur pendant que tu te lavais. Il ne va pas tarder, je vais pouvoir te laisser respirer.

Son commentaire laissait entendre une gêne, comme s'il n'était pas le bienvenu.

Je lui fis signe d'approcher.

— Reste un peu. Tu veux prendre le petit déjeuner ? Le frigo est vide, mais je peux rassembler deux ou trois choses pour faire un repas.

— Le frigo est vide ? répéta Neil, surpris.

— J'ai tout mangé, acquiesça Holli d'un ton fier. Et ma chère colocataire travaille trop, elle n'a pas le temps de faire les courses. Il paraît que son patron n'est qu'un sale type qui ne lui laisse aucun temps mort.

— Le sale type lui laisse justement un temps mort maintenant, sourit Neil, puis il marqua une pause en regardant Holli. Je vous reconnais, vous avez travaillé à Porteras, se souvint-il en claquant des doigts. On fixait une date pour reporter la séance photo des vestes et vous étiez parmi les mannequins.

Voilà que je me réveillais au milieu d'une drôle de parodie de ma propre existence. Neil venait de passer la nuit dans mon lit comme un petit copain, mon appartement était sens dessus dessous, et je le présentais à ma colocataire. Était-ce un retour aux années lycée ?

— Au fait, hum… Neil, voici Holli, ma colocataire. Holli, je te présente Neil, mon… (Quel mot employer pour décrire notre situation ? Et zut, après tout elle savait déjà.) Neil.

— Enchanté, lança-t-il avec malice, et son téléphone se mit à sonner. Ce doit être Tony.

— Je m'occupe de tout ranger, s'exclama Holli, et elle mit le DVD sur pause avant de sauter du canapé.

Toutes les deux, nous avions pour habitude de faciliter les choses l'une pour l'autre dès qu'il était question d'un rencard.

Malgré le geste tendre de Neil, qui s'approcha et enroula un bras autour de ma taille, je m'efforçai de rester concentrée sur le café que je versais dans le filtre et lui tendis simplement la joue en guise d'au revoir. Aucune attache. Une nuit entière passée avec un homme, mais rien ne devait changer. Tout était normal.

Ses lèvres vinrent frôler mon oreille et il chuchota tout bas :

— Je t'ai ramené un cadeau de Londres. J'ai hâte de l'utiliser sur toi.

S'il me restait le moindre doute quant à la nature du cadeau, ce doute s'envola lorsqu'il me donna une tape sur les fesses avant de s'éloigner.

Je me demandai si le chauffeur de Neil ne pouvait pas attendre que j'emmène mon patron dans ma chambre quelques minutes. J'imaginais que non, et puis, il était attendu pour le déjeuner.

— À ce soir, me lança-t-il depuis la porte.

Pour toute réponse, je lui souris.

Dès qu'il referma la porte, Holli reparut et retrouva sa place sur le canapé.

Neil était parti, je pouvais enfin poser la question qui me brûlait les lèvres.

— Alors, Délia est cool, non ?

Holli haussa les épaules.

— Ouais, elle est sympa.

C'était sa manière de ne pas dire : « Je veux l'épouser, lui faire un million d'enfants et porter des robes assorties pour notre photo de famille. » Mais puisque je ne voulais pas que la conversation se retourne contre moi, je me suis abstenue de tout commentaire.

— Où est-ce que vous êtes allées ?

Je me laissai tomber sur le canapé à côté d'elle.

— Dans ce restaurant coréen ouvert 24h/24h. Il est excellent et ils font la meilleure soupe au bœuf épicé de la ville.

Dans un soupir, elle eut l'air soudain morose.

— Mais ensuite, reprit-elle, elle a dit ce qu'il ne faut pas dire.

— Oh, non.

Encore cette remarque que les gens font toujours à Holli. Ou l'une des remarques, car il y en avait plusieurs.

— « Tu as de la chance » ?

— Ouais. « Oh, tu as tellement de chance. Moi, il faut constamment que je surveille ce que je mange. » Pourquoi ? Mais pourquoi ?! Elle qui était si cool. Je ne sais pas si je vais la revoir. J'en arrive à un point dans ma vie où je n'ai plus envie de prévenir les gens de ne pas faire de commentaire désobligeant sur mon corps.

Je me mordillai la lèvre. C'est sûr, elle avait raison. Et puis, ça ne me regardait pas. Mais comment ne pas m'en mêler ? Elles étaient faites l'une pour l'autre.

Il faudrait peut-être prévenir Délia. Ou bien, je pouvais m'occuper de mes affaires. Elles étaient adultes. Si Holli n'aimait pas Délia, elle pouvait toujours se rabattre sur l'un des millions d'autres habitants de cette ville. Or, ça ne fonctionnerait pas si j'essayais de jouer les marieuses avec deux poupées Barbie. Holli changea complètement de sujet.

— Bref, Neil a l'air sympa et il est resté cette nuit : tu as des choses à me raconter.

D'instinct, je voulus rétorquer sèchement qu'elle pouvait se mêler de ce qui la regardait et qu'il n'y avait rien d'autre entre nous. Mais Holli était ma meilleure amie et elle voyait clair dans mon jeu.

— OK, j'ai peut-être remarqué qu'il était, disons, plus affectueux que d'habitude, hier soir. Mais il l'a toujours été un peu. Et puis, c'était différent, puisqu'il était encore sous l'emprise des médicaments pour l'avion, et…

— Je vois, il t'a fait le coup du : « Je suis tellement drogué que je dis tout ce que je pense » ? grinça-t-elle des dents. Il n'a pas parlé du mot avec un grand « A », j'espère.

— Non ! Bien sûr que non ! m'indignai-je. Il a seulement dit que je lui ai manqué.

Holli pouffa d'un rire moqueur.

— Bon, alors ce n'est pas si grave. Tant qu'il ne s'est pas mis à pleurer.

— Ouais, approuvai-je.

Mais le cœur n'y était plus. Le peu de souvenir embrumé qu'il me restait de cette nuit commençait à se dissiper pour laisser apparaître une clarté désagréable et aveuglante. J'avais fait des choix que je n'aurais jamais faits avec un autre, parce qu'aucun autre homme ne m'a jamais mise aussi à l'aise que lui. Malheureusement, je ne savais pas d'où venait cette aisance – d'ailleurs, je ne voulais pas le savoir – et ça ne me rassurait pas pour ce qui était des décisions importantes qui impliquaient justement Neil.

Avant, j'aurais été confuse et aurais pensé que les choses allaient trop vite et qu'il fallait mettre le holà. Mais cette longue semaine sans Neil n'avait rien arrangé, au contraire, j'étais encore plus perdue qu'auparavant.

Faisais-je la même erreur que celle qu'il avait avoué faire ? Est-ce que je confondais l'homme sur lequel j'avais fantasmé pendant six ans et le Neil que je commençais à peine à connaître ? Il devait y avoir un peu de cela. Mes fantasmes s'étaient toujours limités au sexe. Je n'avais jamais réfléchi à quelle serait ma réaction si cet homme réapparaissait dans ma vie.

Aussi tentante que soit l'idée de tout avouer à Holli, mes doutes, mes sentiments, mes espoirs, je n'étais pas sûre d'assumer une telle conversation avec une gueule de bois. Je pris ma tasse de café dans ma chambre, la posai sur ma table de chevet et me laissai tomber sur mon lit. Les draps portaient encore le parfum de Neil. Je ne suis pas fière de l'avouer, mais j'ai aussitôt enfoui mon nez dans l'oreiller et inspiré profondément son odeur comme une adolescente de quinze ans.

Bon. Les choses avançaient très vite, alors que je n'avais rien vu venir. Était-ce une raison valable pour mettre un frein à toute cette histoire ?

Absolument pas.

Chapitre 13

Je me suis finalement convaincue que la déclaration inattendue de Neil – je lui avais manqué – était uniquement justifiée par le Clonazépam. Histoire de reprendre mes aises, je prévoyais d'accentuer le côté physique et sans attache de notre relation : je me rendais donc à son appartement habillée comme une bombe sexuelle prête à exploser.

Holli possède une robe de tulle noir D&G avec une taille de guêpe et un corset. En temps normal, je n'envisagerais même pas de lui emprunter ses vêtements ; je fais du 36 alors qu'elle entre dans du 32. Si on ajoute à cela son 1 m 78, nos penderies sont tout simplement incompatibles. Cependant, le but de ce soir-là n'était pas d'être trop couverte, ni de porter la robe trop longtemps. Bien que la tâche fût difficile de refermer la robe dans mon dos – respirer était donc hors de question –, ça en valait la peine.

Sous la robe, je portais un corset Agent Provocateur noir en dentelle pour lequel j'avais économisé pendant des mois, et des bas en satin noir avec une couture qui s'étendait derrière mon talon jusqu'en haut de ma cuisse. Pas de culotte. Voilà le secret.

En me voyant sortir de la salle de bains, prête, maquillée, avec les cheveux lâches tombant sur les fermetures du corset menaçant de lâcher, Holli siffla, impressionnée.

— Merci, dis-je avec une petite révérence sur mes talons, puis on sonna à la porte et je me précipitai pour y répondre. J'arrive tout de suite.

— Fais attention qu'il ne l'arrache pas avec les dents, me supplia Holli. C'est ma robe préférée.

Je récupérai mon manteau accroché près de la porte et le jetai sur mes épaules, puis m'emparai du sac qui contenait mes affaires pour le week-end. En me penchant en avant, j'avais la sensation d'être figée comme dans un plâtre, mais ma poitrine était divinement mise en valeur.

— Pas les dents, répétai-je, obéissante. Je lui passerai le mot.

— Et ne la tache pas avec son sperme, me cria-t-elle alors que je disparaissais dans l'escalier.

Dans un rire étouffé, je rétorquai :

— Chuuut !

Pourvu que mes gentils et très vieux voisins n'entendent pas ce conseil finement hurlé dans le couloir.

La Maybach était garée devant la porte, et le chauffeur m'attendait dehors, mal à l'aise.

— M. Elwood m'a spécifiquement demandé de ne pas vous ouvrir la portière… Sauf si vous me le demandez.

Je secouai la tête, le sourire aux lèvres.

— Vous seriez plus à l'aise en m'ouvrant la portière ?

— Oui, beaucoup plus. Merci.

Rassuré, l'homme prit mon sac et je montai en voiture en prenant garde à ma robe très courte. Mes seins se balançaient dangereusement, à peine retenus par le corset, et j'étais bien contente d'avoir enfilé un manteau.

La cloison qui m'isolait du chauffeur était baissée, de telle sorte que je pus m'adresser à lui tandis qu'il mettait le moteur en marche.

— Excusez-moi, hum… Où habite Neil, exactement ?

— Sur la Cinquième Avenue, au numéro 960, répondit-il, et il croisa mon regard dans le rétroviseur. Vous n'êtes encore jamais allée chez lui ?

— Non, c'est la première fois.

L'adresse me dit alors quelque chose.

— Attendez, vous avez dit sur la Cinquième Avenue ?

— Oui, à côté du parc, acquiesça le chauffeur avec un accent chaleureux de classe moyenne new-yorkaise. Le concierge vous guidera à votre arrivée.

OK. Je couchais avec un homme riche, ça, je le savais déjà. Mais cette richesse commençait à m'intimider ; chose idiote, puisque cet homme m'attirait déjà à l'époque où je le croyais écrivain en route pour Tokyo.

Pourtant, je ne pus m'empêcher de trépigner lorsque la voiture se gara devant l'imposant bâtiment d'avant-guerre.

— Voici l'invitée de M. Elwood, veuillez la guider jusqu'à son appartement, commanda le chauffeur auprès du concierge.

Agrippée à mon sac, je suivis l'autre homme dans le hall très chic de l'immeuble, puis tout droit jusqu'à l'ascenseur.

— M. Elwood habite au cinquième étage. Je l'informe de votre arrivée.

À l'avenir, il faudrait préférer mon appartement au sien, ça nous épargnerait le comité d'accueil « Bienvenue à la baise de Neil Elwood ». Franchement, je m'attendais presque à entendre l'ascenseur me parler : « Quel étage ? Oh, c'est pour M. Elwood ? Amusez-vous bien. » Clin d'œil. Heureusement, j'étais seule dans la cabine.

Les portes s'ouvrirent sur un palier qui correspondait parfaitement à l'image que je me faisais du couloir de portes où se retrouve Alice après être tombée dans le trou du lapin. Le vernis des murs de lambris brillait sous la lumière du lustre en bronze et ivoire pendu au-dessus de ma tête. Le sol était fait de dalles en marbre noires et blanches tel un échiquier. La porte assortie au lambris s'ouvrit ; je m'attendis à rencontrer Max, le majordome de la famille Addams. Mais ce n'était que Neil, modestement habillé en jean et pull.

— Tu es sublime, m'admira-t-il. Entre, je t'en prie.

S'il me trouvait bien coiffée et maquillée, il allait tout simplement fondre devant ma robe. Je laissai tomber mon sac à mes pieds lorsqu'il s'approcha pour m'aider à quitter mon manteau. Sortant un bras d'une manche, puis l'autre, je me suis ensuite tournée vers lui pour lui offrir le spectacle de mon décolleté exhibé aux frontières de la gravité, prêt à sortir du corset.

— Bon Dieu !

Le blasphème quitta ses lèvres dans un soupir et il me prit si vite dans ses bras que je manquai de trébucher sur mes talons trop hauts.

Son baiser comblait toutes mes attentes. Abandonnée dans son étreinte, je chassai le pan de manteau qui venait s'immiscer entre nous et entrouvris les lèvres pour accueillir les siennes. Ses bras entouraient ma taille et me tenaient captive. Quelle déception lorsqu'il me relâcha trop tôt, et que je m'agrippai à son bras pour garder l'équilibre.

En levant le menton, Neil me contempla avec une expression qui mêlait la gêne et la confusion. Sa bouche était recouverte de mon rouge à lèvres. Il sembla chercher ses mots, puis dit finalement :

— Désolé, je me suis laissé emporter. Tu m'as surpris.

— C'était le but, répliquai-je, puis je caressai langoureusement ma lèvre inférieure avec mon pouce. C'est embarrassant : on porte le même rouge à lèvres.

Du revers de la main, il chassa les traces pourpres.

— Il y a un lavabo juste là.

C'est à cet instant seulement que je regardai autour de moi. Le marbre tacheté du vestibule s'étendait jusqu'à une entrée plus grande, où les murs étaient ensuite blanc lin. Une porte à droite donnait sur une salle d'eau, où j'en profitai pour retoucher mon rouge à lèvres devant le miroir. Quand je me suis retournée,

Neil avait accroché mon manteau à une patère. Il désigna les autres portes.

— Je te fais visiter ? C'est la moindre des choses avant de déchirer cette robe.

— Ne la déchire pas. Elle est à Holli, c'est sa préférée, rétorquai-je sévèrement avant de lui emboîter le pas vers les autres pièces.

Un couloir partait à gauche après l'entrée. Je pris conscience que l'ascenseur donnait sur le centre de l'appartement.

— Trois chambres de ce côté, une salle de projection, une salle de musculation, et la bonne, décrivit-il en chassant l'air de la main comme s'il s'agissait de détails anodins. Et c'est d'accord, je ne déchirerai pas ta robe.

Seulement, il venait de prononcer un mot qui me laissait perplexe. Quelle pièce pouvait être « la bonne » ? Et soudain, je compris.

— Tu as une domestique ?

— Plutôt une femme de ménage, mais je lui ai donné sa soirée. Elle ne vit pas ici. En fait, j'utilise cette pièce pour stocker des choses.

Sur ce, il désigna l'autre côté, où un nouveau couloir partait en « L », cachant ainsi les dernières portes.

— Par ici, il y a la suite du maître – gardons cette partie-là pour après le dîner – et la bibliothèque.

— La bibliothèque ?

Je me laissai guider, sa main posée au creux de mes reins. Dans la pièce, il alluma la lumière ; un geste dérisoire pour révéler un tel décor : mobilier du dernier empire français, et étagères du sol au plafond occupées par une collection de vieux livres reliés de cuir.

Depuis le pas de la porte, j'examinai les étagères.

— Tu n'as pas tout lu, si ? Ils sont tous de la même édition.

— J'en ai lu quelques-uns, se défendit Neil. Mais tu as raison : les livres vraiment destinés à la lecture sont dans ma chambre. Ici, c'est une collection un peu tape-à-l'œil.

Ensemble, nous sommes revenus sur nos pas afin de rejoindre le salon, une immense pièce au plafond haut, où trônait une cheminée en pierre aux dimensions presque indécentes. Les meubles – un canapé, une banquette sans dossier, quelques chaises et une table basse monolithique en acajou – étaient tous modernes, mais inspirés d'un style classique. Les tapisseries beige coquille d'œuf décourageaient toute entreprise de manger ou de boire près des murs. Au-dessus de nos têtes, des poutres de bois foncé occupaient toute la longueur du plafond, et sous nos pieds, le plus grand tapis brodé que j'aie jamais vu recouvrait le parquet qui, tel quel, n'aurait pas correspondu aux meubles.

Bon, allez. Inspire, expire. Neil était vraiment très, très riche. Évidemment, c'était plus facile à accepter à l'époque où il vivait dans une chambre d'hôtel. Un hôtel chic, certes, mais quand même, ce n'était pas chez lui. Après tout, la Maybach qui le conduisait partout aurait dû me mettre la puce à l'oreille, non ? En tout cas, ma perception de son univers mettait du temps à s'adapter à la réalité.

— La cuisine est par là, m'informa Neil, et il me guida vers les portes vitrées arrondies à l'autre bout du salon.

Elles ouvraient sur la partie salle à manger, avec sa longue table et ses quatorze chaises, et nous l'avons traversée jusqu'à une autre porte, celle de la cuisine.

— J'étais en train de préparer le dîner, m'expliqua-t-il en retrouvant son poste près de l'immense îlot central surmonté d'un plan de travail en marbre.

Des chaises hautes en fer forgé étaient alignées près de la cuisinière ; je m'installai sur l'une d'elles avec toute la grâce possible dans la plus petite robe du monde. En face de moi, de l'autre côté de l'îlot, une planche à découper était recouverte de chou chinois et de champignons émincés.

— Tu as donné congé à ta femme de ménage pour cuisiner pour moi ?

Cette douce attention m'aida à me détendre. Je regardai Neil couper un poivron en fines tranches d'un geste maîtrisé, pliant à peine le coude avec ses manches retroussées.

Le sourire aux lèvres, il poussa les tranches sur le côté et s'empara d'une gousse d'ail.

— J'ai donné congé à ma femme de ménage pour te baiser toute la nuit et dans toutes les pièces qui me chantent.

Mon pouls s'emballa.

— Et pour t'impressionner avec mes talents culinaires, évidemment, ajouta-t-il en levant le menton, puis il me fit un clin d'œil et retourna à sa tâche avec la gousse d'ail. Il y a de l'eau au frigo, ou du vin blanc, mais pour le vin, c'est à tes risques et périls.

— Qu'est-ce qu'il y a de mal à être un peu alcoolisé ?

Je glissai hors de ma chaise et étudiai le coin de la cuisine. Sous l'évier, un petit frigo encastré avec une porte en verre renfermait de nombreuses bouteilles d'eau. Deux bouteilles de vin étaient couchées au milieu, et alors que j'en prenais une, Neil m'expliqua ce qu'il reprochait à l'ivresse.

— Je ne suis pas à l'aise lorsque ma soumise a trop bu.

Finalement, je pris une bouteille d'eau.

— Auriez-vous une petite idée en tête, monsieur ?

Le sourire en coin qui me faisait tant frissonner était de retour. À côté de lui, je m'adossai au plan de travail et le regardai couper ses légumes, rongée par l'envie qu'il s'arrête pour s'occuper de mon corps en alerte. Mais, en même temps, ça ne me dérangeait pas.

Nous étions tous les deux en confiance, compris-je à cet instant. On ne parlait plus de qui manquait à qui, il n'y avait plus d'effusion sentimentale. J'étais là pour me faire prendre par cet homme et poursuivre notre relation purement sexuelle, ponctuée de quelques instants d'amitié. Une situation que je me sentais capable de gérer.

Neil reposa le couteau et, amusé, s'essuya les mains sur son tablier tout en me contemplant d'un regard brûlant. J'avais tendance à oublier qu'il était si grand ; il me surplombait, moi qui mesurais seulement 1 m 62. À côté de lui, je me sentais petite, étrangement vulnérable ; pourtant, je n'avais pas peur, même lorsqu'il exerça une légère pression derrière ma nuque pour me forcer à me pencher au-dessus du comptoir.

— J'aime beaucoup ces bas, fit-il remarquer contre mon oreille.

Il fit glisser son doigt sur la ligne noire qui montait jusque sur ma cuisse derrière mon collant.

Sa main se promena sur ma fesse nue et, en constatant l'absence de sous-vêtement, il me chuchota :

— Coquine.

Puis, il retroussa la robe, révélant la partie nue de mon corps. Quand sa paume vint caresser ma peau douce, je frémis et attendis la claque qui tomberait tôt ou tard. Mes muscles se crispèrent, mais lorsque Neil leva la main, ce fut pour prendre un objet posé sur le comptoir.

Je tournai la tête. Il tenait une cuillère en bois qu'il fit claquer contre la paume de son autre main.

Je poussai un gémissement d'impatience, les orteils recroquevillés dans mes chaussures. L'attente ne fut pas longue : le premier coup m'arracha un cri de surprise. La douleur était bien plus intense qu'avec sa main, mais toute en surface, contrairement aux bleus dont j'avais souffert jusqu'à présent.

— Et là, Sophie, tu devrais dire…

— Merci, monsieur.

Bizarrement, chaque parcelle de mon corps lui était effectivement reconnaissante.

Son autre main vint se plaquer contre ma bouche, et il y força deux doigts contre ma langue. Je les suçai et goûtai le parfum du poivron et de l'ail qu'il venait de couper ; un rire se coinça dans ma gorge face à l'absurdité de la situation : nous étions dans une cuisine, au beau milieu de la préparation d'un repas.

— Excuse-moi si je ne suis pas assez violent, déclara Neil avec une nouvelle claque de sa cuillère en bois, et je sursautai. Mais j'ai d'autres activités prévues pour plus tard, et plus intenses que celle-ci. Pour l'instant, je te préserve.

Dans un gémissement, je roulai la langue autour de ses doigts. Mon sexe réclamait son attention, mais je savais pertinemment qu'il me ferait attendre une éternité avant de m'autoriser un orgasme.

À force, j'apprenais à apprécier l'attente. Pendant ces longues minutes où il mettait ma patience à rude épreuve, j'étais autant le centre du monde pour lui qu'il l'était pour moi.

Après un nouvel assaut de la cuillère en bois, Neil remit ma robe en place et retira ses doigts de ma bouche. Il se retourna et se lava les mains dans l'évier près du bar. En me redressant, j'avais des vertiges. Puis, comme si de rien n'était, il retourna à sa planche à découper et gratta l'écorce d'un morceau de gingembre.

Je me laissai tomber sur la chaise où j'étais assise tout à l'heure, et Neil me tendit la bouteille d'eau que j'avais oubliée, comme si de rien n'était.

— J'espère que tu aimes le loup de mer.

Le diable en personne. Il savait parfaitement ce qu'il me faisait subir, et se torturait lui-même au passage ; je le remarquai par le tremblement de ses mains affairées en cuisine.

En revanche, il ne plaisantait pas au sujet de ses talents culinaires. Ce dîner, je pensais qu'il le préparait uniquement pour prouver qu'il restait un homme normal, malgré le fait qu'il vive dans un véritable palace sur la Cinquième Avenue.

Mais pas seulement : il ne jouait pas la comédie, et préparait un délicieux plat de poisson grillé sur son lit de poivrons, de chou chinois et de champignons shiitakés, accompagné d'une sauce au piment et gingembre. Nous nous sommes installés dans l'alcôve de la cuisine, au petit coin repas.

— La table de la salle à manger est trop grande à mon goût, suggéra-t-il, et j'acquiesçai sincèrement.

Le sujet principal de notre conversation fut le travail, et les différents événements au bureau. Un sujet sûr, où il n'était pas question de se lier d'amitié ou d'apprendre à mieux nous connaître.

Malheureusement, certains détails personnels ne pouvaient être évités. Des photos étaient accrochées sur le mur, où une jeune femme souriait – sans doute sa fille – et je m'efforçai de ne pas les regarder.

Son comportement de la veille m'avait chamboulée. Neil s'en était visiblement aperçu, puisque vers la fin du repas, il parla d'un ton plus sérieux :

— Sophie, je tiens à m'excuser si hier soir j'ai… dépassé les bornes. Je n'étais pas dans mon état normal.

— C'est pas grave. Mais tu as dit quelque chose.

Je m'interrompis. Silence.

— Ce n'est peut-être pas le moment d'en parler, repris-je timidement.

Neil esquissa un sourire triste.

— Avec les années, j'ai appris une chose : s'il y a un sujet que tu as du mal à aborder, c'est qu'il *faut* en parler.

— Je faisais référence à ton passé, lui confiai-je en m'efforçant d'entamer le dialogue sur un ton léger, mais mon intention retomba à plat quand je pris conscience que son divorce n'était pas un sujet de plaisanterie. Alors que le Clonazépam faisait encore effet, tu m'as dit que je t'avais manqué et tu as précisé que tu ne parlais pas du voyage.

Il hocha la tête, mais fuyait mon regard.

Un réflexe d'autodéfense, pensai-je.

Mon cœur se serra. Lorsqu'il reprit la parole, il parlait d'une voix grave, si sérieuse que je fus surprise, moi qui étais habituée au ton du flirt et de la taquinerie.

— J'aurais tant voulu que les choses se passent différemment entre nous. En apprenant à te connaître, ces dernières semaines, j'ai fini par comprendre qu'on est passés à côté de quelque chose, toi et moi.

— Ou pas, rétorquai-je, puis je m'essuyai le coin des lèvres avec ma serviette. Je n'ai toujours pas l'impression d'être une adulte, alors imagine-moi six ans en arrière.

— C'est vrai. Et on ne serait pas là ce soir.

Son regard me transperçait, accompagné de ce sourire en coin que je ne comprendrai décidément jamais.

Mon pouls s'emballait, mais pas seulement d'excitation. La soirée s'annonçait plus pesante que prévu : j'étais coincée entre la crainte de mes sentiments et la crainte de ses sentiments à lui. Je perdais le contrôle.

Neil tendit la main au-dessus de la table pour s'emparer de la mienne et l'envie me saisit de prendre mes jambes à mon cou, mais il lia son petit doigt au mien dans un geste enfantin.

— On fait un pacte : quoi qu'il advienne de nos arrangements, nous resterons en bons termes. Je refuse de passer encore six ans sans te voir.

Encore ce fichu nœud à l'estomac dont je ne remarquais la présence que lorsque les paroles de Neil le soulageaient.

— C'est faisable, scellai-je son pacte.

Une longue pause, qui commença par un silence agréable, mais finit par Neil qui se raclait la gorge, gêné.

Il était temps d'alléger l'atmosphère.

— Bon, quel est le programme après le repas ?

En prononçant ces mots, je quittai une chaussure et promenai mon pied enfermé dans son collant sur la cheville de Neil.

Il leva un sourcil.

— Maintenant que tu en parles, je dois t'offrir ton cadeau.

Je repoussai mon assiette.

— Je suis toujours prête pour les cadeaux.

Laissant la table telle quelle, nous nous sommes rendus dans la suite du maître. Il alluma les petites LED incrustées au plafond, et la chambre s'éclaira, baignée d'un halo doré.

— Waouh.

Sa chambre était au moins aussi grande que mon appartement.

De grandes fenêtres donnaient directement sur Central Park. L'un des pans de mur était entièrement recouvert d'étagères en bois foncé ; voilà l'endroit où il cachait les livres qui n'étaient pas reliés de cuir comme ceux de sa collection. Au milieu de la bibliothèque trônait un lit pour le moins gigantesque.

— Sacrée tête de lit, admirai-je en sifflant.

En m'approchant des étagères, je découvris une biographie de John Adams à côté d'un exemplaire des *Misérables*, de Hugo. La tranche des deux livres était craquelée à force d'usure.

J'en étais muette d'admiration.

— Je t'avais dit que je lisais, se défendit Neil en s'approchant des fauteuils installés devant la cheminée en marbre.

Elle était plus petite que celle du salon, mais quand même, une cheminée dans une chambre ! Les canapés et les fauteuils étaient des pièces rares, de toute évidence. Neil disparut derrière une porte en bois sombre assortie au reste de la pièce, et m'appela pour le rejoindre.

C'était un dressing. Mais ce n'est pas tout. C'était un immense dressing-room : les vestes de costume et les chemises étaient rangées par couleur et par matière. Des tiroirs étaient installés partout et l'odeur du bois de cèdre venait chatouiller mes narines. Des vitrines éclairées par leurs propres LED exposaient montres et boutons de manchette, chaque objet devant valoir au moins un an de mon salaire. Un peu plus au fond, une collection de chaussures me convainquit de la Carrie Bradshaw qui sommeillait en Neil, et une autre porte menait à la salle de bains. Le parquet et ses motifs à bâtons rompus cachaient un chauffage par le sol. On venait donc dans cette pièce pieds nus.

Rassemblons-nous : je couchais avec un homme si riche qu'il se faisait installer un chauffage spécifique dans son dressing.

Dans quel pétrin me suis-je fichue ?

De petits néons suspendus éclairaient le miroir à trois pans installé entre les vestes et les pantalons. Pour m'empêcher de poursuivre la visite, Neil s'assit dans le voltaire blanc installé devant le miroir. Il y avait même assez de place pour mettre un fauteuil dans le placard !

Ma penderie, en comparaison, se résumait à un bout de tuyauterie auquel je n'étais pas censée suspendre de poids.

— Et si tu te débarrassais de cette robe ? suggéra-t-il en s'installant confortablement, le pied posé sur l'autre genou.

— Et mon cadeau ?

— Je veux d'abord le mien.

Les coudes posés sur les accoudoirs, il ramena ses mains l'une face à l'autre, touchant le bout de ses doigts.

— Ce n'est pas une requête mais un ordre. Enlève ta robe.

Un frisson me parcourut l'échine. Quel véritable délice que la soumission !

Je passai les mains dans mon dos à la recherche de la fermeture Éclair, pendant que Neil m'observait dans le reflet du miroir derrière moi. Puisqu'il voyait tout, je pris mon temps, faisant glisser la fermeture comme si je cueillais une cerise, et la descendis lentement jusqu'en bas. Il régnait un tel silence que j'entendais chaque dent de la fermeture Éclair, et le froissement du vêtement qui s'échappait de mes épaules. Un léger haussement et la robe tomba au sol, révélant mon corset noir à dentelle.

— Pour qui réservais-tu ce corset ? demanda-t-il d'une voix rauque et autoritaire qui laissait supposer qu'il n'existait qu'une seule bonne réponse.

— Pour vous, monsieur.

Quand je pris une profonde inspiration, ma poitrine se gonfla, prête à s'échapper du vêtement.

— Et tu as choisi de ne pas porter de culotte. C'est pour moi aussi ?

— Oui, monsieur.

— Pourquoi ?

Son regard était posé sur moi tel un prédateur observant sa proie.

Les veines gonflées sous ma peau, le sexe déjà impatient, j'humectai mes lèvres avant de répondre :

— Je voulais vous simplifier la tâche. Je voulais que vous ayez accès le plus vite possible.

— Tu n'as pas à simplifier les choses, gronda-t-il en promenant son regard sur tout mon corps, et cela eut l'effet d'une caresse sur ma peau. Si je te veux, je t'obtiens. Tu le sais aussi bien que moi.

— Oui, monsieur, approuvai-je docilement, car je ne lui opposerais aucune résistance dans cet état de soumission totale. Quand vous voulez, où vous voulez.

Ces paroles sortaient de ma bouche avec la plus grande sincérité sans que je ne ressente la moindre panique : pendant la partie, nous pouvions nous abandonner totalement puisque ce n'était qu'un jeu. Il s'offrait à moi à travers son autorité et m'appartenait autant que je lui appartenais.

— Viens par là.

Il remua le doigt en crochet et j'obéis, m'approchant de lui jusqu'à ce que, en levant la main, il m'ordonne de m'arrêter.

— C'est assez près.

Neil tendit la main vers moi et fit glisser deux doigts le long de mes poils finement rasés en ligne jusqu'aux lèvres de mon sexe qu'il écarta avec douceur.

— Répète un peu. Quand est-ce que j'y ai droit ?

— Quand vous voulez, monsieur, répondis-je, et je pris une profonde inspiration, consciente que ma requête serait rejetée avant même que je la prononce. Tout de suite, monsieur.

Il retira sa main, comme je l'avais prédit, se leva du fauteuil pour m'entourer de ses bras et me retourna face au miroir, où nos reflets nous observaient. À travers la glace, il me regardait dans les yeux et promenait une main sur mon ventre tandis que l'autre chassait une mèche de cheveux de mon épaule. Puis il plongea les doigts dans mon décolleté, sous la fine bande de satin, et libéra mon sein par-dessus la dentelle noire.

— Tu es la perfection incarnée, Sophie.

Dans un frisson, je sentis son pouce caresser le contour de mon sein. Il s'attarda sur la pointe, provoquant un brasier sous ma peau.

— À présent, tu es prête pour mon cadeau, chuchota-t-il au creux de mon cou. Déshabille-toi, mais garde les bas et les talons. Je reviens tout de suite.

Il retourna dans la chambre. Seule dans son dressing, je dégrafai le corset qui tomba au sol et fis la moue en constatant les petites traces rouges laissées par le vêtement trop serré. Après tout, si Neil me faisait rougir les fesses, je ne voyais pas pourquoi celles-ci le dérangeraient. Cette pensée me fit ricaner, et j'entendis Neil lancer depuis le pas de la porte :

— Qu'est-ce qui t'amuse ?

— Rien, dis-je en haussant les épaules. Je suis tout excitée, c'est tout.

Il ne dit rien, le temps d'admirer ma poitrine nue, puis me tendit le cadeau.

Ou plutôt, *les* cadeaux, puisqu'il en avait un dans chaque main. L'une tenait un large paddle recouvert de cuir de la taille d'une petite planche à découper, et l'autre présentait une boîte à bijoux ouverte sur deux pinces au bout desquelles pendaient des petites boules noires.

— Oh.

J'en avais le souffle coupé. J'avais déjà entendu parler de ce genre d'objets, ou en avais vu sur Internet dans des vidéos intéressantes, mais il ne me serait jamais venu à l'idée de les essayer moi-même. Mes précédents amants auraient facilement pu se moquer de moi et de ma curiosité pour ces plaisirs alternatifs.

À présent, non seulement mon partenaire ne riait pas, mais en plus de cela, il avait pris l'initiative de faire de mes fantasmes une réalité. Pourtant, il n'aurait jamais pu deviner.

Neil posa la boîte et le paddle sur l'étagère sous ses vestes de costume.

— Tu ne t'enfuis pas en courant, c'est plutôt bon signe.

— À cet instant, je ne m'en irais pas même si le bâtiment était en feu, déclarai-je en serrant les cuisses. S'il te plaît, Neil.

— Retourne-toi, ordonna-t-il brusquement, ce qui m'excitait encore plus. Comment es-tu censée m'appeler ?

— Monsieur, ronronnai-je, incapable de retenir le sourire qui se dessinait sur mon visage.

D'un coup d'œil discret, je l'aperçus dans le miroir, et vis qu'il souriait aussi en sortant les pinces de leur écrin de velours noir.

— Tu garderas les yeux ouverts. Je peux te faire confiance ?

Je frissonnai.

— Oui, monsieur.

— Si tu gardes les yeux ouverts, je te laisserai jouir avant même qu'on ne sorte de ce dressing. Mais si tu les fermes, je te ferai attendre très, très longtemps. Tu m'as bien compris ?

— Mais puis-je cligner des yeux, monsieur ?

Il me donna une légère tape sur les fesses.

— Évidemment. Je veux que tu te voies jouir, Sophie.

— Oh.

Ma poitrine se gonflait encore sous ma respiration saccadée.

Il leva une pince à téton sous mon regard curieux et ajusta la taille de l'anneau. Malgré l'écartement maximal, leur pression sur mes tétons fut d'une intensité immédiate, mais Neil fit doucement glisser l'anneau, petit à petit.

— Préviens-moi dès que c'est trop douloureux.

Au fond de moi, j'étais déjà tentée de crier « maintenant ! » et de tout arrêter avant d'aller plus loin, mais une fois passé le choc des premières sensations, je me trouvai curieuse de voir jusqu'où j'étais capable d'aller. La douleur se développait et je poussai un grognement, mes paupières clignaient de plus en plus vite, mais je me souvins alors de la promesse de Neil si je parvenais à garder les yeux ouverts.

Le pincement devenait désagréable, alors je préférai souffler « c'est trop ». Il soulagea alors la tension, un peu seulement. Puis, avec la même délicatesse, il répéta l'opération de l'autre côté. Face au miroir, je voyais mes tétons rouge foncé entre les petites pinces noires et sentais les petits bijoux se balancer par leur propre poids, provoquant encore un tiraillement dans ma poitrine.

Du bout de l'index, il soupesa l'une des petites boules.

— Tu les trouves jolies ?

Je hochai la tête. Leur présence provoquait une douleur inqualifiable, étrangement supportable, et la pointe de mes seins, malgré la pression des longues pinces, réclamait plus que jamais d'être touchée. Lorsque Neil retira son doigt de sous la boule, le léger balancement d'un si petit objet provoqua un frisson dans mon corps tout entier. Toujours avec cette constante délicatesse, mon dominateur caressa les pointes endolories d'un léger frôlement qui suffisait, là encore, à éveiller tous mes sens.

Soutenant mon sein dans la paume de sa main, Neil se pencha et passa la langue sur le point rougi entre les pinces. Dans un gémissement, je me laissai étreindre par la sensation familière d'une tension entre mes cuisses. Trop tôt à mon goût, il recula d'un pas, puis posa son regard brûlant de désir sur mon corps meurtri.

— Est-ce que tu souhaites jouir maintenant, Sophie ? demanda-t-il, en me caressant la joue pour me forcer à le regarder droit dans les yeux.

— Oui, monsieur.

Était-ce vraiment ma voix, chevrotante et suppliante ? Était-ce vraiment *moi* ?

Neil m'attira contre lui, contre son pull qu'il frottait tel un buisson de chardons sur ma poitrine sensible. J'imaginais mes seins gonfler puis se flétrir comme des pêches trop mûres. Mon dominateur recula pour retirer son pull et je voulais déjà qu'il revienne m'enlacer, cette fois de sa peau douce contre la mienne. Au lieu de cela, il s'agenouilla devant moi et me rappela à l'ordre :

— Souviens-toi : garde les yeux ouverts, sinon j'arrête.

D'un mouvement du pouce, il écarta ma féminité, puis apposa sa langue contre mon clitoris. Un long soupir rauque m'échappa et mes yeux commencèrent à se fermer, mais je me ressaisis et considérai notre reflet dans le miroir. Je gardai les yeux rivés sur l'image de sa main posée sur le collant noir de ma cuisse, de sa langue recourbée pour me goûter, de sa lèvre gourmande sur ma peau gonflée.

Sa dextérité me rendait folle, tantôt me tapotant avec le bout de sa langue, tantôt me caressant longuement. Il grogna, les doigts enfoncés dans ma cuisse, puis leva ma jambe par-dessus son épaule. Au moindre mouvement, je pouvais tomber sur mes fesses ; s'il ne me soutenait pas, je n'aurais aucun équilibre. À cet instant, ma confiance en lui devait être totale.

Notre reflet m'hypnotisait. L'homme dont la puissance sexuelle me comblait se tenait là, les mains et les lèvres contre moi, occupé à me procurer du plaisir pour satisfaire ses propres envies ; j'étais pour lui le centre de l'univers. Il me désirait. Il voulait me contrôler, me posséder, me faire sienne. Et en même temps, il était à genoux devant moi et répondait à mes besoins, à la fois maître et esclave de sa captive.

C'est à ce moment précis que je compris : j'étais entièrement dévouée à lui, pieds et poings liés.

Le soulagement d'une telle prise de conscience déclencha mon plaisir. Les doigts emmêlés dans ses cheveux, je le gardai fermement contre moi et laissai la douce excitation de l'orgasme provoquer des spasmes au creux de mes cuisses et dans ma poitrine. Neil me soutenait, les bras autour de mes cuisses, et je m'agrippai à ses épaules sans jamais quitter le miroir des yeux, sans détourner le regard de la scène qui se déroulait en face de moi.

Neil releva le menton et je baissai la tête. Les battements de mon cœur s'accéléraient sous l'emprise de son regard d'un vert magnifique.

— Ça va ?

— Oui, je…

Tout en reprenant ma respiration, je libérai l'anneau d'une pince et la retirai d'un coup.

— Non ! s'exclama Neil en levant la main, mais c'était trop tard.

Le sang circula brusquement dans mes veines meurtries comme si une lame me transperçait le sein et je poussai un cri de douleur, tâchant de ne pas prêter attention à Neil qui, lui, s'efforçait de cacher son amusement.

— Sophie, je suis vraiment désolé. J'aurais dû te prévenir.

Il se couvrit la bouche d'une main et éclata de rire.

— Tu aurais dû me prévenir que mes seins ne s'en remettraient jamais, c'est ça ? gémis-je sur le ton du reproche, mais je ris à mon tour, consciente que la scène était plutôt comique.

— Tiens.

Du revers de la main, il chassa la mienne de mon autre sein et s'en approcha, afin de rassembler toute sa concentration, puis il ramena l'anneau sur la pince, tout doucement, d'un geste maîtrisé. La tension s'effaça peu à peu et il prit ma chair entre ses lèvres pour la caresser du bout de la langue. La douleur était toujours vive, mais c'était une douleur délicieuse, atténuée par la succion de Neil. Lorsque les bouts caoutchouteux de la pince quittèrent enfin mon téton, ce fut moins traumatisant que pour l'autre sein.

— Voilà, sourit-il, et il vint réclamer un baiser. Ça va mieux ?

La tendresse qui transparaissait dans sa voix et dans ses caresses sur mon bras me fit l'effet d'un coup de poing dans les côtes.

— Hum… Oui, articulai-je.

Mon cœur battait la chamade, mais, oui, j'allais mieux. Beaucoup mieux. J'étais amoureuse de mon patron.

Et donc, j'étais foutue.

Chapitre 14

Parfois, il faut savoir saisir l'opportunité de se confronter à l'autre et de parler de sa relation avec lui.

Couchée sur les genoux de mon patron, ne portant que des collants et des talons hauts, les bras liés dans mon dos… Non, ce n'était pas le moment idéal.

En effet, j'étais amoureuse de Neil. Mais en cinq secondes, j'avais pris ma décision quant à mes sentiments pour lui : je n'y accorderais aucune importance. Inutile de chercher à les faire disparaître comme par magie, mais il valait mieux rester raisonnable et ne pas précipiter les choses. Il avait été clair sur ce point : nous resterions monogames, puisqu'il ne cherchait pas à se caser pour l'instant. Rien ne pressait, nous avions le temps. La tension s'en alla. Plus ou moins.

Et puis, amoureuse ou non, j'étais sincère en lui avouant ne pas être encore prête à partager ma vie avec quelqu'un.

Je savourais les moments passés avec Neil, mais j'appréciais aussi d'avoir mon espace vital, de pouvoir faire mes propres choix et d'avoir la liberté d'aller et venir comme ça me chantait. Dans une relation sérieuse, il faut réfléchir à l'investissement de l'autre, à ses sentiments à lui, et ce type de questionnement, je m'en passais volontiers pour l'instant. Sans compter le point de vue de Neil que je ne parvenais pas à discerner.

Au lieu de prendre mes jambes à mon cou en me rendant compte de ce que je ressentais pour lui, je préférais rester et passer un délicieux moment avec lui.

— C'est pour garder tes mains en dehors de mon chemin, expliqua Neil, occupé à former des nœuds avec la corde pour en faire une ganse autour de mes avant-bras.

Chaque main était ramenée contre le coude opposé, les coudes étant eux-mêmes repliés dans mon dos. Il poursuivit son explication, qu'il interrompait seulement pour se concentrer sur les nœuds de sa corde.

— Il serait dangereux… qu'un soumis non expérimenté essaie de se protéger avec ses mains au lieu d'utiliser le code. Frapper tes petits doigts fragiles, c'est bien la dernière chose… dont j'ai envie.

Il se pencha et déposa un baiser dans la paume de ma main, puis tapota doucement mes fesses.

— Ce n'est pas trop serré ?

— Non, ça va, le rassurai-je en remuant les doigts, et je constatai que mon sang circulait normalement. C'est une question d'habitude, ajoutai-je.

— J'ai des ciseaux de pharmacie dans ma table de chevet. Si tu paniques, je te libère en une seconde.

Il promena son doigt le long de ma colonne vertébrale et sur la corde enroulée autour de mes bras. Ensuite, il m'aida à me redresser et nous nous sommes dirigés vers le lit. La scène était irréelle : avec ses grandes mains posées sur moi, j'avais la sensation d'être une poupée à sa merci. Le fait de ne pas pouvoir utiliser mes mains me faisait un peu peur, mais ma confiance en Neil rendait la chose excitante, voire réjouissante.

Le matelas était surélevé par rapport au lit de l'hôtel *W*, et malgré mes talons hauts, lorsqu'il me fit pencher en avant, la tête reposant sur un oreiller, je devais presque me lever sur la pointe des pieds.

Ainsi allongée, je le regardais se déplacer vers le placard, dans lequel il récupéra le paddle, puis il se retourna et demanda :

— Combien de coups es-tu prête à endurer, Sophie ?

Ma poitrine encore douloureuse s'écrasait contre l'épaisse couette de son lit et, sous ma joue, l'oreiller sentait bon la lessive. J'avais les mains liées et le sexe à la fois comblé et impatient de remettre le couvert.

— Sur une fourchette de un à dix ? m'enquis-je, en humectant mes lèvres pour lui sourire. Je dirais douze mille, monsieur.

— Douze mille, ça me semble un peu excessif.

Il s'approcha derrière moi et posa le paddle sur mes fesses. D'instinct, mes muscles se tendirent, mais je me souvins qu'il fallait au contraire se détendre. Il ne ferait rien tant que je m'y attendais.

— En revanche, douze me paraît raisonnable, corrigea-t-il.

Oh. Avais-je mal compris la question ? Car à présent, douze me paraissait énorme.

Le premier choc du paddle contre ma chair fut plus surprenant que douloureux. D'ailleurs, cet objet faisait moins mal que la paume de sa main.

— Ne lésinez pas sur la force, le repris-je en essayant de tourner la tête vers lui.

— Petite effrontée, comment oses-tu me donner des ordres ?

Il me frappa encore, mais cette fois assez fort pour me couper le souffle. La douleur s'étendit et je poussai un gémissement en me pressant contre le matelas.

— Ça t'apprendra à me parler sur un autre ton, gronda-t-il, une main posée sur mon dos pour me tenir immobile. Il t'en reste dix à souffrir avant d'envisager de pouvoir te toucher. Alors ne bouge pas. Qu'est-ce qu'on dit ?

— Pardonnez-moi, monsieur, soufflai-je, haletante.

Déjà, un nouveau coup s'abattit sur ma peau, puis deux autres, sans pause entre chacun. Cela suffit à m'arracher un cri dont le son guttural me choquait moi-même.

Quelle serait ma douleur si Neil frappait vraiment de toutes ses forces ? Ce soir-là, en tout cas, je me satisferais largement du tissu de cuir sur ma peau rougie. L'impact détonant du paddle me privait de toutes mes forces. Les ongles enfoncés dans la paume de mes mains, j'essayais instinctivement de libérer mes poignets pour me protéger les fesses. Neil avait raison. Bien que je sois dans cette position par choix, et malgré le plaisir que cela faisait grandir en moi, j'aurais essayé de l'arrêter d'un mouvement stupide, et j'en serais ressortie les doigts mutilés.

Après l'enchaînement du septième et du huitième, il marqua une pause et frôla doucement mes fesses empourprées. Il passa la main dans mes cheveux et me tira la tête en arrière.

— Il en reste quatre. Tu penses pouvoir les supporter ?

— Oui, monsieur, je vous en prie, murmurai-je.

Qu'est-ce qui me plaisait tant dans cette situation ? L'attente, sans doute, et l'endorphine sécrétée par mon flux sanguin après chaque coup. Mais plus que cela, ce qui me plaisait, c'était la confiance. L'impression de faire une chose dangereuse, mais de ne pas être en danger car Neil n'autoriserait aucune blessure. Je profitais pleinement des sensations d'une fessée ou du sexe punitif parce que je savais au fond de moi que cet homme pouvait provoquer en moi le désir, l'extase, l'anticipation et la douleur, sans jamais me laisser avoir peur. Je ne le craignais pas, et je ne craignais pas de le décevoir. Tout ce que nous faisions ensemble avait pour seul objectif notre plaisir mutuel.

Quel plaisir en tirait-il de son côté ? Je n'en avais aucune idée.

Au prochain assaut, il heurta mes fesses plus bas, au niveau des lèvres de mon sexe. Le choc fut terrible et un étrange mélange de douleur et de soulagement me saisit.

— Tu aimes ça ? susurra-t-il en glissant une main entre mes cuisses.

Lorsqu'il enfonça brutalement un doigt dans mon sexe, je tressaillis.

— Oui, monsieur, geignis-je.

À peine eut-il retiré sa main qu'un nouveau coup tomba, puis un autre, visant encore mes lèvres exposées, et si puissant que je manquai de trébucher sur mes talons hauts. Cette fois, il me présenta le paddle souillé par mon excitation.

— Tu es une vilaine fille, pas vrai ? fit-il mine de me réprimander, provoquant des pointes de fièvre extatique dans chaque partie de mon corps.

J'avais tant envie de lui que j'en tremblais, et de m'avoir présenté la preuve de mon propre désir me conduisait au bord de la folie.

— Nettoie, ordonna Neil, le paddle tenu devant mon visage.

Je dus tirer la langue vers le cuir humide pendant qu'il passait la main dans mes cheveux. Puis, il me poussa la tête en avant et ramena la planche dans mon dos afin de me fesser une nouvelle fois. Deux doigts me pénétraient dans un mouvement vif. Je poussai un grognement et m'arquai contre sa main, puis il la retira, étalant son trophée sur mes lèvres gonflées. Soulagée, je me mis à soupirer mais il recommença aussitôt.

— Tu veux apprendre une chose intéressante au sujet de la peau lorsqu'on la mouille ? me demanda-t-il en couvrant le bruit de mes gémissements.

Pantelante, je hochai la tête. Puis, le paddle me frappa violemment et je crus sentir ma peau prendre feu.

— Elle rend la fessée plus douloureuse.

— Oh, putain !

Je m'écrasai contre le matelas, si proche de l'orgasme que je recroquevillais les orteils dans mes chaussures. Le moindre toucher stratégique me ferait perdre le contrôle. Les ongles enfoncés dans la paume de mes mains, je tenais bon et attendais la délivrance.

Les larmes coulaient sur mes joues lorsque le dernier coup me fit pousser un cri déchirant. Malheureusement, je n'avais pas joui et pleurnichais de frustration.

Neil se pencha sur moi et chassa une larme avant d'embrasser la trace qu'elle venait de laisser sur ma joue.

— Ce n'est pas si terrible, Sophie, se moqua-t-il.

Son pouce venait caresser ma lèvre inférieure pendant qu'il me poussait contre le lit, son jean rêche contre mes cuisses.

— Dis-moi ce que je dois faire pour t'apaiser. Je sais ce que tu vas dire, mais je veux l'entendre de ta bouche.

Dans un reniflement tremblant, je pris conscience que je ne l'avais toujours pas exprimé.

— Baisez-moi, monsieur.

Il posa la main sur ma croupe zébrée.

— Ne bouge pas.

Je fermai les yeux de toutes mes forces, et me balançai d'impatience, écoutant le bruit du tiroir de la table de chevet dont il sortait un préservatif. Il y eut ensuite le crissement de sa braguette qu'il ouvrait, du petit emballage qu'il déchirait, puis, plus vite que je le pensais, il se tint derrière moi, poussant le bout de son sexe contre mes cuisses écartées. Rapidement, il me pénétra. Je grognai et me cambrai, puis serrai les muscles pour m'agripper à lui tandis qu'il ressortait doucement, puis revenait à l'assaut.

— Tu es délicieuse, marmonna-t-il, les ongles enfoncés dans mes hanches.

Des crampes se formaient à mes cuisses à force de lutter pour garder l'équilibre sur ces fichus talons. Neil me prenait avec une langueur terrible.

— Tu te souviens de ce que je voulais te faire subir hier ?

— Oui, vous vouliez me ligoter, monsieur, répondis-je avec un cri étouffé lorsqu'il s'enfonça encore.

— Plus précisément, je voulais que tu sois ligotée et sur moi. D'ailleurs, on va le faire tout de suite.

Il se retira d'un coup.

— Mets-toi debout.

Inconsolable, je me levai avec son aide. Toute la soirée, j'avais attendu l'instant où il me pénétrerait, et à présent qu'il m'offrait ce que je voulais, il s'arrêtait brutalement.

— Arrête de gémir, gronda-t-il. Reste là, je reviens.

Il fit le tour du lit, jusqu'à la table de chevet. Ce devait être *son* côté du lit. Sur le meuble, il y avait une lampe, un réveil avec un socle pour iPhone, une paire de lunettes et une boîte de mouchoirs. L'autre table de chevet était vierge de tout objet, à l'exception de la lampe. Neil ouvrit donc son tiroir et en retira un cylindre en métal à peu près aussi long que ma main et aussi large qu'un étui à cigare.

— Qu'est-ce que c'est ? demandai-je, intriguée par l'objet en métal brillant.

Quelle que soit cette chose, la sensation sur ma peau serait très froide.

— C'est un vibromasseur, répondit Neil en faisant tourner la base.

Il était vraiment fin, contrairement au pseudo-pénis en plastique à 13 dollars que je cachais dans ma chambre.

Et puis, le souvenir me revint de tous les sex-toys que j'avais récemment reçus dans un colis, et l'usage que j'en avais fait durant l'absence de Neil. Je souris.

Neil s'approcha de mon côté du lit et colla mon corps contre le sien. Il chassa une mèche de cheveux derrière mon oreille, laissant sa main caresser ma joue au passage. Un frisson me fit tressaillir.

— J'ai l'intention de t'installer au-dessus de moi, sur mon sexe, et d'utiliser ce vibromasseur sur toi.

J'avais la gorge sèche. Cette chose ressemblait plus à un outil chirurgical stérile qu'à un sex-toy, avec sa surface brillante qui reflétait la lumière des lampes.

— Mais c'est du platine ! m'extasiai-je soudain.

— J'avais le choix entre celui-ci ou l'or à vingt-quatre carats, mais l'autre faisait trop tape-à-l'œil, m'expliqua-t-il avec un grand sourire. Qu'en penses-tu ?

— Je ne sais pas, *monsieur*, articulai-je en remuant les doigts, mes bras toujours attachés. Mais me mettre au-dessus… Ça ne fait pas très « soumise », si ?

— Laisse-moi te prouver que tu as tort.

Dans sa voix, je percevais le ton délicieux du défi, la promesse qu'il me donnerait effectivement tort et que je devrais le supplier de m'excuser, en jeune femme repentante – et comblée.

— Je vous en prie, monsieur. Prouvez-moi que j'ai tort.

Je passai volontairement la langue sur mes lèvres pour le provoquer.

Sa main toujours posée sur ma joue saisit mon menton. Sa fermeté me prit par surprise.

— Mets-toi à genoux sur le lit.

Je m'exécutai, sexuellement plus frustrée que jamais. Neil s'assit à côté de moi puis m'attira au-dessus de lui. Je n'avais jamais remarqué comme il est difficile de garder l'équilibre avec les mains liées dans le dos. Heureusement qu'il était là pour me soutenir. D'un mouvement des hanches discret, je voulus positionner son sexe contre moi.

— Non.

Il me prit par la taille et nous redressa sur le lit. Puis, s'allongeant de nouveau, il m'approcha tout contre son érection. Les lèvres de mon intimité s'écartèrent pour l'accueillir, et je fis un mouvement du bassin pour rester au plus près de lui, gênée de constater physiquement mon excitation autour de son gland et sur mes cuisses. La lubrification rendait chaque sensation plus intense et je sentis menacer l'orgasme trop longtemps refoulé. Mes gémissements étouffés lui mirent la puce à l'oreille.

— Est-ce que tu vas jouir ? demanda-t-il, et il m'attrapa par les hanches pour me tenir captive.

— Je vous en prie ! pleurai-je, saisie au bord du précipice. Je dois jouir, il le faut !

— Ne t'inquiète pas, ça va venir, chuchota Neil en glissant une main entre nous.

Doucement, il fit entrer son sexe dans le mien, puis s'empara du vibromasseur et le mit en marche avant d'apposer le métal froid contre mon clitoris tout en me pénétrant d'un geste vif.

Il ne m'en fallut pas davantage, et je hurlai, haletai et me frottai contre lui tandis que des vagues d'extase me saisissaient de la tête aux pieds. Des taches de lumière se formaient sur mes paupières. Les vibrations du petit tube étaient étrangement puissantes et je me levai pour m'échapper, pour retrouver un instant de répit, pour fuir cette sensation que j'attendais pourtant depuis des heures.

— Cette position te semble toujours trop peu adaptée à une soumise ? me provoqua Neil, puis il m'agrippa la nuque et me tira vers lui afin de me forcer à le prendre tout entier.

J'étais à sa merci, serrée contre son torse tandis qu'il me pénétrait en des mouvements de va-et-vient incessants. Le vibromasseur était coincé entre nous, couché de tout son long sur mon clitoris, et glissait délicieusement à chaque balancement. Les doigts enfoncés dans la chair de mes paumes, je sentais que j'allais encore jouir. Oui, encore une fois, je jouissais sans pouvoir me libérer, prisonnière de ses genoux ramenés derrière mon dos. La tension de mon orgasme me fit rejeter la tête en arrière et pousser un cri, le corps crispé au-dessus de lui.

Neil riait, à bout de souffle, sans jamais ralentir le rythme, sans retirer le jouet qui devenait alors un instrument de torture.

— Alors ? Tu as encore l'impression de contrôler les choses ?

— Non ! Non, monsieur ! haletai-je en rythme avec ses assauts répétés, au bord de l'hyperventilation.

Mon sexe était gonflé par les trop nombreux orgasmes et ma chair tendue autour de son membre imposant. Mes poumons souffraient. La sueur plaquait mes cheveux à mon front. Pourtant, quel effort faisais-je ?

J'étais captive d'une stimulation qui se répétait en boucle et passais du manque à l'excès, puis à la frustration, pour ensuite être comblée, et le cercle se répétait. Je ne comptais plus le nombre d'orgasmes, ne savais plus ce que je disais. Ce que je percevais, c'était uniquement les « oui », les « non », les « je vous en prie », et les « arrêtez ! » Le tout devenait une litanie de désespoir triomphant. Le mot « rouge » était toujours là, au coin de mon esprit, mais je ne voulais pas vraiment arrêter. Ou peut-être que si. Je ne savais plus.

Ses cuisses claquaient mes fesses et le son obscène de ce mouvement provoquait en moi une nouvelle montée d'extase.

— Tu vas me faire jouir, Sophie, grogna-t-il à mon oreille.

Il attrapa fermement mes fesses, les ongles enfoncés dans ma chair, et se cambra vers moi dans un grognement de plaisir. J'atteignis encore l'hystérie d'un orgasme, mais elle n'était plus provoquée par sa pénétration ou par une quelconque vibration ; cette fois, je me concentrai sur ses mots. Je le faisais jouir. Peu importe les cordes qui m'empêchaient de bouger comme bon me semblait, peu importe que je sois son objet sexuel ; il jouissait grâce à moi. Cette pensée m'arracha un demi-sanglot dans mon plaisir. Tandis qu'une goutte de sueur perlait au bout de mon nez, je sentis que c'en était trop : les cordes, le vibromasseur, son érection palpitante, je n'en pouvais plus.

— Rouge ! m'essoufflai-je dans un effort d'éloignement.

Je me suis laissée tomber sur les draps en soufflant pour chasser les cheveux de mon visage. Aussitôt, Neil dénoua mes liens et je dus faire preuve de patience. C'était étrange ; le fait d'être attachée ne m'avait pas dérangée, mais à présent, je sentais monter une pulsion de violence claustrophobique pour libérer mes poignets.

— Calme-toi, murmura-t-il doucement en défaisant rapidement les nœuds, puis il massa mes poignets, mes avant-bras, et me fit rouler sur le ventre pour me masser le dos tout entier.

Ronronnant de soulagement, je le sentis travailler mes muscles avec le talon de sa main.

— Pourquoi tu fais ça ? Non pas que ça me dérange, au contraire.

Je ramenai mes mains libres sous mon front.

— Tu étais coincée dans la même position depuis longtemps. Je ne veux pas que tu aies des douleurs demain matin.

Ses mains se figèrent sur mon dos lorsqu'il ajouta :

— En fait, je ne veux pas que tu aies mal au dos, mais pour le reste je ne peux rien te promettre.

J'étouffais mon rire dans le matelas et me sentis rougir.

— J'ai des bleus aux fesses ?

— Non, pas de bleus. Je dirais plutôt que tu es rouge cerise. Et tu es enrouée, tu devrais boire un verre d'eau.

Il quitta le lit et rejoignit son dressing. De loin, je vis la lumière de la salle de bains s'allumer, puis Neil réapparut – assumant parfaitement sa nudité, ce qui me donna des papillons dans le ventre – avec un verre d'eau, mais aussi un paquet de brosses à dents à usage unique.

— Pour le matin, expliqua-t-il en posant le paquet sur la table de chevet vide. Pour que tu ne te précipites pas hors du lit dès que tu ouvres les yeux.

Je souris au souvenir de ce matin-là, au réveil à ses côtés.

— Quel hôte attentionné.

D'un geste tendre, il caressa l'arrondi de mes fesses.

— Tu veux un peu de glace ?

En m'asseyant sur le lit pour m'emparer du verre d'eau, je pris seulement conscience de ma soif.

— Non, j'aime les sensations fortes, je te l'ai dit.

Neil récupéra le vibromasseur laissé sur le lit et l'éteignit.

— Je range ça, je retire mes lentilles de contact, et ensuite je reviens trouver les bras d'une femme sublime et complètement nue. Que penses-tu de mon programme ?

Dès que j'eus éloigné le verre de mes lèvres, Neil s'approcha pour embrasser le bout de mon nez.

— Je t'attends, lui souris-je.

Quand il fut parti, je me recouchai en gloussant et chassai les mèches collées à mon visage. Neil dormait donc là, seul. Enfin, sa femme avait également passé de nombreuses nuits dans ce lit. J'eus comme un goût amer et tournai la tête vers la table de chevet vierge. Était-ce la sienne ? Qu'elle eût dormi de ce côté ou non, ce petit meuble vide n'en restait pas moins déprimant, à présent mis à la disposition d'une jeune femme obsédée par la bonne haleine.

Neil revint et se glissa sous les draps à côté de moi.

— Qu'est-ce que tu en as pensé ?

— C'était magique, comme d'habitude.

Je tapai l'oreiller sous ma tête pour le gonfler un peu plus. Il y avait assez d'oreillers sur ce lit pour y dormir à quatre. En y reposant ma tête, je crus que je ne m'arrêterais jamais de m'enfoncer. Un délice.

— Tu aimerais faire les choses différemment, la prochaine fois ?

J'aimais le grain éraillé que prenait sa voix tard le soir. Sa question me fit réfléchir un instant et je promenai mes doigts sur la bande de satin de la couverture.

— Non. Franchement, tu sais parfaitement ce dont j'ai besoin et tu n'hésites pas à me poser la question de ce que je veux. J'apprécie. Ce que je ne comprends pas, c'est où est le plaisir que tu en retires.

— Ce qui me plaît, ce sont les défis, m'expliqua Neil en roulant sur le côté pour me faire face, un bras posé sur les couvertures au-dessus de mon ventre. Je vois ça comme un jeu où il me faut trouver ce qui te donnera le plus de plaisir, ce qui te permettra d'être soumise à 100 %.

— Eh bien, bonne chance. Je ne pense pas pouvoir me soumettre entièrement, pouffai-je.

Il posa la main sur ma joue, et ce simple geste envoya des signaux électriques dans tout mon corps. Malgré ma fatigue et un sentiment de complétude évident, j'avais encore envie de lui.

— Tu le fais déjà. Pour toi, la soumission rime avec humiliation, exprima-t-il en laissant ses doigts glisser sur ma joue, le pouce sur mes lèvres. C'est une façon de voir les choses, mais tu fais fausse route en croyant que la domination et la soumission se basent uniquement sur ce qu'on prend à l'autre. Tu prends au mot mes ordres, mes restrictions, la souffrance que je te cause, et je prends ta liberté de contrôle. Mais c'est faux. Quand tu es soumise, tu ne prends pas, tu te donnes entièrement. Tu donnes ton désir, ton attention, ton esprit, et tu m'en fais cadeau uniquement parce que tu en as envie.

— Ça fait donc de toi celui qui prend, conclus-je en glissant le bout de son pouce entre mes lèvres.

— Personne ne prend rien. Je te donne du plaisir, des limites à ne pas dépasser pour rester dans les sensations agréables. Mais je ne te prends jamais ta liberté. Loin de moi cette idée.

Sur ces mots, il se pencha vers moi et m'ensorcela d'un baiser langoureux. Il attrapa la base de mes cheveux dans ma nuque et tira ma tête en arrière. Un gémissement m'échappa à la séparation soudaine de nos bouches.

— Tu me fais confiance, poursuivit Neil, et tu t'ouvres à moi sans aucune crainte. Ma récompense est là, Sophie. C'est un véritable aphrodisiaque.

Je revins chercher le baiser dont il venait de me priver malgré le peu de liberté de mouvement qu'il me restait avec son bras sur moi. Puis, lentement pour ne pas cogner nos têtes, Neil s'écarta et je me lovai contre son flanc.

La chaleur de sa peau nue contre la mienne me procurait un sentiment de bien-être incroyable. Peu importaient les oreillers moelleux, rien n'était plus confortable que l'épaule de Neil sous ma joue.

— Avoue, tu l'as souvent fait avec d'autres femmes, non ?

Tout en parlant, j'enroulais les poils de son torse autour de mon index.

— À l'époque de Los Angeles, tu semblais connaître ton affaire.

Il posa la main sur la mienne pour l'aplatir contre sa poitrine.

— Tu es certaine de vouloir le savoir ?

— Puisque je t'ai posé la question.

Son parfum m'enivrait, je savais que je ne m'en lasserais jamais.

— Ne t'inquiète pas, repris-je. Je ne vais pas être jalouse de ces femmes, elles ne sont pas là ce soir.

— Oui, j'ai déjà connu des relations impliquant la domination et la soumission, admit-il en caressant le dos de ma main. Mais j'ai aussi fréquenté des femmes sans faire appel à ces jeux-là.

— Qu'est-ce que tu préférais ?

Si je devais un jour m'engager dans une relation sérieuse, mon compagnon devrait savoir provoquer cette même folie que Neil éveillait chez moi. Je n'imaginais pas les choses autrement.

Sa main se figea sur la mienne. Je sentais son pouls.

— Ce que je préfère, c'est être avec toi. D'une manière ou d'une autre.

Ma poitrine se serra douloureusement. Mais c'était une douleur agréable.

Quoi de mieux au monde que de s'éveiller aux côtés de Neil ? Je me sentais en sécurité – un sentiment imprudent puisque je n'avais jamais été autant en danger de toute ma vie. Endormie tout contre sa peau tiède, avec son bras autour de mes épaules, je me sentais protégée alors que je n'avais besoin de personne.

En remuant légèrement, je me libérai juste assez pour m'emparer des brosses à dents sur la table de chevet. J'en sortis une du paquet et me frottai frénétiquement les dents, impatiente de chasser ma fichue haleine matinale.

— La vanité porte un nom : Sophie, murmura Neil dans un demi-sommeil, alors qu'il retirait son bras de sous moi pour se tourner de l'autre côté.

— Chè pas par vani'é, chè par politèche, articulai-je autour de la brosse, puis pris le verre et me rinçai la bouche avec le fond d'eau.

Sa main se referma sur ma hanche et je m'empressai de reposer le verre avant qu'il ne m'attire sous son corps.

— Dans ce cas, je suis très poli, clama-t-il, avec un souffle à la menthe qui éveilla mes soupçons. Parce que je me suis déjà levé pour me laver les dents.

— Oh, et ce n'est pas de la vanité, peut-être ?

Il tendit le bras au-dessus de moi et s'empara d'une télécommande dont il actionna le bouton. Les volets s'ouvrirent lentement sur un ciel clair et vierge de tout bâtiment.

— Bon. Nous avons la journée devant nous et je n'ai pas la moindre idée de ce qu'on pourrait faire, tous les deux.

Le bout de son sexe s'immisça entre mes cuisses, et fit de lui un menteur : il savait parfaitement quoi faire de moi, ce jour-là.

Un seul mouvement des hanches et il me pénétrait. Je pris son visage dans mes mains.

— Tu ne t'es pas rasé.

— Non, tu aimes ma barbe de trois jours, rétorqua Neil en se frottant à mon cou.

Comblée de tendresse, je le laissai me mordiller l'oreille – ce point étrangement érogène qui pouvait me déclencher un orgasme si Neil s'appliquait suffisamment.

— C'est vrai, je l'adore, murmurai-je en tendant le cou pour lui laisser plus d'envergure.

Puis, je levai une jambe autour de sa taille et le pris en moi, si soudainement qu'on poussa tous les deux un soupir.

— Oh… délicieux, susurra-t-il au creux de mon épaule. Mais je dois mettre un préservatif.

Il avait raison, je le savais bien, mais cela me procurait un plaisir si intense que je ne voulais pas le laisser partir. Au moins, l'un de nous avait la présence d'esprit de rester pragmatique.

— Dépêche-toi.

Et pour appuyer ma phrase, je serrai les muscles autour de lui.

— Oh, putain, jura-t-il, le nez enfoui dans mon cou.

Son souffle sur ma peau, les picots de sa barbe naissante, son sexe profondément enfoncé en moi, sans aucune obligation de la journée… D'accord, je comprenais mieux à présent pourquoi il aimait tant passer la nuit entière avec ses amantes. Il n'y avait pas de meilleure façon de commencer la journée.

Finalement, il roula sur le côté et fouilla dans la table de chevet, puis se recouvrit du latex ; en un temps record, il était de retour à sa place initiale. J'en fus à la fois impressionnée et flattée, ce qui me fit rire.

— Qu'est-ce qu'il y a de si drôle ? demanda-t-il en opérant un balancement des hanches au-dessus de moi.

Il passa son bras sous mon genou et me tint ouverte à lui pour me prendre avec plus d'intensité.

— Rien, je savoure mon réveil, c'est tout, haletai-je en enfonçant les poings dans l'oreiller derrière moi. C'est si bon, comme ça.

— Comme ça ?

Il se retira à peine, provoquant un frémissement dans mes cuisses. Frustrée de le sentir partir, je ne pouvais rien faire dans une telle position.

Les lèvres scellées, j'étouffai un soupir. C'est étrange, mais la lumière du jour me donnait un recul désagréable. Certes, je m'étais débarrassée de mon haleine, mais mon maquillage avait dû couler, sans parler de mes cheveux hirsutes que j'osais à peine imaginer. Tout près de moi, Neil devait voir chacun de mes pores.

Comme ça, en un claquement de doigts, je n'étais plus d'humeur. Neil s'immobilisa et leva la tête.

— Il y a un problème ?

— Non, non.

Impossible de lui mentir alors qu'il était si proche de mon visage.

— Je me sens juste un peu trop… exposée.

— Pourquoi ? On n'a pas de public, que je sache.

En regardant par-dessus son épaule, il fit semblant de vérifier.

— Tu ferais mieux d'être moins sarcastique avec ton sexe coincé entre mes cuisses, gloussai-je. Oublie ça.

— Non, je n'oublie pas. Ça ne sert à rien de continuer si quelque chose te tracasse.

Il voulut s'écarter de moi, mais j'emprisonnai sa taille avec mes jambes.

— D'accord, d'accord, capitulai-je en faisant la grimace. La nuit, c'est différent. On peut être sales, voire vicieux. Mais les matins n'ont rien de sexy. Et puis, j'ai l'air…

— Tu as l'air d'un canon de beauté ! m'interrompit-il, puis il m'embrassa et chassa une mèche de mes cheveux. Tu as l'air d'une femme qui a eu son compte hier soir, qui se réveille en sueur – il s'interrompit pour enfouir le nez dans mon cou et respirer profondément – et qui empeste le sexe, avec une seule idée en tête : recommencer.

— Qui empeste ? C'est du joli !

Bizarrement, aussi franc soit-il, il me rassurait.

— Sophie, je me fiche que ton mascara ait coulé, ou que tes cheveux soient emmêlés. Tout ce qui m'intéresse, c'est d'avoir cette jeune femme à la sensualité affirmée, qui a la moitié de mon âge et qui réclame de faire les pires choses dans ma chambre.

— Et dans la cuisine.

— On peut tenter aussi quelques positions dans la salle de bains, enchérit Neil en s'enfonçant plus encore.

Ce mouvement me procura un long frisson. Il s'empara alors de ma bouche dans un baiser sensuel, poussant nos langues à s'enlacer. Les mains sur ses épaules et les orteils recroquevillés, je savourai la sensualité de nos corps emmêlés. Neil releva la tête et dit :

— On y réfléchira après le petit déjeuner.

J'acquiesçai d'un hochement de tête, essoufflée, et adoptai le rythme de ses va-et-vient.

— « Les matins n'ont rien de sexy » ? Je t'en ficherai, grommela-t-il en posant son front contre le mien.

— Oh, tais-toi et baise-moi !

J'attrapai un oreiller et le lui écrasai sur le crâne.

Après une courte bagarre, il parvint à me ramener les bras au-dessus de ma tête, fermement maintenus contre le matelas.

— Dis-moi ce que tu veux, n'importe quoi, et je te l'offrirai, s'engagea Neil, et il leva à peine le bassin, ne me laissant que l'extrémité de son sexe.

Je plongeai les yeux dans son regard vert, et la passion que j'y lus me pétrifia. J'aurais pu entrer dans son jeu et répondre par une réplique coquine, mais sur ce terrain, je ne faisais pas le poids face à lui.

— Toi. Je te veux, toi.

Sans prévenir, il s'enfonça brusquement, si bien que j'eus un hoquet de surprise.

— Baise-moi, chuchotai-je, et ma demande se transforma en gémissement quand je me mis à remuer à son rythme.

Neil libéra mes mains, se redressa et m'attrapa par les hanches.

— Tu peux répéter ?

— Baise-moi.

Ma requête était inutile puisqu'il me prenait déjà sauvagement, nourri de l'élan de son corps contre le mien, qui m'enfonçait dans le matelas.

— J'aime t'entendre dire ça, grogna-t-il, toujours plus puissant dans ses mouvements. Répète plus fort.

— Baise-moi ! criai-je, avec l'espoir que l'isolation suffisait à ne pas déranger les voisins. Baise-moi ! Je veux que tu me baises !

En m'attrapant les bras, il m'attira en position assise sur ses cuisses. Nos corps étaient emmêlés, mes cheveux, nos membres, nos langues, et Neil ne s'écarta de moi que pour m'ordonner :

— Mets-toi à quatre pattes.

L'attente est un véritable aphrodisiaque, pensai-je en remarquant que le moindre changement de position me semblait durer des heures.

Chaque seconde faisait encore grimper la tension qui régnait dans cette pièce. Il entoura son poing d'une mèche de cheveux et tira ma tête en arrière.

— Comme ça ?

— Oui ! m'impatientai-je en frappant le matelas. Mais dépêche-toi de me baiser !

Il me pénétra si soudainement que je perdis l'équilibre et fis claquer mes mâchoires l'une contre l'autre, mais Neil ne s'interrompit pas pour si peu. Puisque je l'avais demandé, j'obtiendrais le sexe punitif pour payer mon audace. Mon soulagement s'exprima en cris, les mains fermement agrippées au drap jusqu'à faire blanchir mes phalanges. Dès que je me laissais retomber, vidée de toute force par la puissance de ses assauts, il me redressait et me prenait plus fort encore, me provoquant des hurlements inarticulés.

— C'est ça, Sophie, grommela-t-il en me tirant les cheveux. Crie pour moi.

Il passa un bras autour de ma taille et me souleva à peine du lit, assez pour soutenir tout mon poids, puis de l'autre main, il vint caresser mon clitoris sans jamais ralentir son rythme frénétique.

— Ah, je jouis ! éructai-je, stupéfaite par la puissance de mon orgasme et la rapidité avec laquelle il se manifestait.

Comment pouvait-il me faire ressentir ça ? Comment pouvait-il me rendre aussi folle de lui, et si vite ? Je lui en voulais presque de savoir aussi bien répondre aux besoins de mon corps. Mais faire des reproches au plein cœur de son extase, ce n'est pas évident à gérer. Prise de spasmes, je hurlai son nom.

Neil me laissa retomber sur le matelas et s'allongea sur moi en poussant un grognement dans son plaisir.

— Alors ? articula-t-il, à bout de souffle. Ce n'est pas mieux que de prendre un taxi en plein milieu de la nuit ?

Comme je remuais sous lui, il roula sur le côté pour me libérer. En me redressant pour m'asseoir en tailleur, je ramenai la couverture autour de ma poitrine.

— D'accord, tes arguments tiennent la route : rester dormir, c'est génial.

— C'est la preuve que tu dois respecter la sagesse des anciens, se moqua-t-il en bâillant.

— Tu veux parler de cette sagesse qui m'a renvoyée chez moi sans culotte après l'une de nos toutes premières soirées ensemble ?

— Je te rappelle que tu as appris une leçon importante ce soir-là.

Il tendit le bras et tira quelques mouchoirs de la boîte en carton posée sur sa table de chevet. Une fois le préservatif au fond de la poubelle, il m'attira près de lui et je me laissai faire en gloussant. Son bras coincé sous moi, il fit glisser sa main jusque sous mes fesses.

— Cette fois, tu n'as pas porté de culotte du tout. Je me trompe ?

— Non, mais j'en ai pris une dans mes affaires, précisai-je en me mordant la lèvre et en battant des cils. Un shorty noir très mignon. Il devrait t'intéresser.

Son étreinte se resserra et ses doigts s'enfoncèrent dans la chair de ma croupe.

— Et si tu l'enfilais, pour voir si je suis vraiment intéressé ?

— C'est un pur caprice, obsédé comme tu es, lui reprochai-je. En plus, j'ai laissé mon sac dans l'entrée.

— Dans ce cas, cours le chercher, réclama-t-il en déposant un baiser sur le bout de mon nez. Ensuite, tu viens t'asseoir sur mes genoux en ne portant que ce shorty. Tu ne regretteras pas d'être allée le prendre.

Je poussai un soupir et imaginai la main de Neil glisser à l'avant du petit shorty noir.

— D'accord. Mais j'emporte ton pull. Il fait froid, là-bas.

Je dus rassembler toute ma volonté pour quitter le lit. Comment faisait Neil pour se lever chaque matin ? C'était bien trop confortable et moelleux ; à sa place, je me ferais porter malade pour rester sous les draps toute la journée.

J'enfilai le pull resté dans le dressing ; il me descendait jusqu'au milieu des cuisses et je devais retrousser les manches.

— Il te va mieux qu'à moi, fit remarquer Neil. Dépêche-toi. Je te veux encore au moins une fois avant le petit déjeuner.

Dans un petit rire, je me précipitai hors de la chambre et fus surprise par la fraîcheur du marbre dans l'entrée. Il devrait installer son chauffage par le sol dans tout l'appartement. En récupérant mon sac, je me figeai. Ça sentait le café.

Bizarre, sa femme de ménage a pourtant pris son week-end.

Il avait peut-être une cafetière programmable. Ce serait génial. Je pourrais le boire au lit avec lui. Je reposai le sac et traversai le salon et la salle à manger au pas de course.

Un sourire bête plaqué à mes lèvres, je poussai la porte de la cuisine. Mais tout s'effondra lorsque j'aperçus une femme assise au comptoir. Un cri m'échappa.

Son sourire digne d'un méchant de James Bond, elle pencha la tête sur le côté en me saluant d'une voix faussement joyeuse :

— Bonjour !

C'était Emma. Oh bon sang, c'était la fille de Neil.

Chapitre 15

— SOPHIE ? S'INQUIÉTA NEIL À L'AUTRE BOUT DE l'appartement.

Il avait dû m'entendre crier.

Avec du recul, je me dis que j'aurais pu répondre : « Tout va bien » ou « C'est juste ta fille », mais une seule pensée m'obsédait : il allait se précipiter dans la cuisine tout nu avant que je n'aie le temps de le prévenir. Être là devant Emma, seulement vêtue d'un pull trop grand, c'était déjà assez humiliant. Prise d'une panique hystérique, je lui ai donc hurlé :

— Enfile un pantalon !

— Oh, adorable. Merci beaucoup, lança Emma avant de reporter son attention sur le magazine ouvert en face d'elle.

À côté du magazine, il y avait une tasse de café, et notre dîner de la veille avait été débarrassé. Elle était donc arrivée depuis un moment. Génial.

Neil apparut à la porte de la cuisine en nouant la ceinture de sa robe de chambre. En une seconde, son expression passa de l'inquiétude, à la confusion, puis à l'horreur.

— Emma ?! Qu'est-ce que tu fais là ?

— C'était prévu, on en a parlé en début de semaine, répondit la jeune femme, puis elle me sonda du regard. Visiblement, tu avais d'autres choses en tête.

— Tu devais venir le vingt-neuf, affirma-t-il, comme si le seul fait de prononcer la date pouvait nous sortir de cette affreuse situation.

— Non, c'était le vingt-huit, corrigea Emma en portant la tasse à ses lèvres. Puisque Tony n'est pas venu me chercher à l'aéroport, j'aurais dû me douter que tu t'étais trompé de date. Encore une fois.

— Hum… (Neil s'éclaircit la voix.) Quand est-ce que tu es arrivée ?

— À peu près au moment du « Je veux que tu me baises ».

En prononçant ces mots, elle leva les sourcils en regardant son père, dans une sorte de bataille silencieuse.

Derrière moi, Neil me souffla à l'oreille :

— Notre matinée à tous les deux n'aurait pas dû finir comme ça.

Je tirai sur le bas du pull. Il aurait pu toucher le sol, je ne me serais pas sentie moins nue sous les yeux d'Emma. Elle m'avait déjà entendue coucher avec son père ; en plus du son, elle n'avait pas besoin de l'image.

— Je vais… Je vais m'en aller.

— Non, tu n'es pas obligée de partir, murmura Neil en m'accompagnant jusqu'au salon.

Là, il lança un coup d'œil inquiet vers les portes de la cuisine, puis baissa d'un ton pour ne pas être entendu.

Ah, maintenant tu penses à être discret, hein ?

— Reste, Sophie. Prends le petit déjeuner. Je te dois au moins ça.

— Non, tu ne me dois rien du tout, répliquai-je à mi-voix. Tu as confondu les dates, c'est pas grave. On se verra un autre week-end.

— Non, j'insiste. S'il te plaît. Ce n'est pas parce qu'il y a Emma que tu dois partir. Nous sommes entre adultes. Je n'ai pas à lui donner d'explications.

Il posa la main sur mon bras.

— Écoute, va t'habiller pendant que je lui parle. On devrait voir ça comme une chance : c'est l'opportunité pour vous de vous rencontrer. Vous pourriez très bien vous entendre.

Trop tard, pour ça, pensai-je.

Mais je ne voulais pas me disputer avec lui. C'était la pire manière dont il pouvait me présenter à sa fille. J'aurais préféré ne jamais la rencontrer plutôt que dans ces conditions. Et puis, rien n'était sérieux entre nous, il n'y avait aucune raison de jouer à se présenter nos familles. Je n'avais pas l'intention de l'emmener chez ma mère. Bon sang, elle n'était même pas au courant que je voyais quelqu'un. C'était mieux comme ça.

Pourtant, Neil avait vraiment envie que je reste, allez savoir pourquoi, et de mon côté, je ne voulais pas causer de tension entre nous. Je partis donc me préparer pour un petit déjeuner de famille déjantée. Quelque part, je me dis qu'Emma était encore moins bien lotie que moi dans ce foutu dérapage.

C'est vrai, quoi, pensai-je en enfilant le jean et le tee-shirt à manches longues près du corps au col en « V » que j'avais emportés dans le seul but de séduire Neil avec une tenue à la fois ordinaire et sexy. À présent, je m'inquiétais du décolleté plongeant.

Beaucoup trop plongeant.

Si tu surprenais ta mère avec un type de ton âge, tu réagirais exactement de la même manière.

D'ailleurs, il n'avait pas besoin d'avoir mon âge. Adolescente, à l'époque où ma mère retentait l'expérience de la séduction, j'avais repoussé un nombre impressionnant de ses prétendants alors que leur âge était parfaitement approprié au sien. Si Emma et moi nous étions rencontrées à travers le travail ou les amis, rien ne nous aurait empêchées de nous entendre. Mais une fois qu'on ajoute l'ingrédient magique « je couche avec ton père », je ne pouvais pas lui reprocher de faire une croix sur toute tentative d'amitié entre nous.

J'ai brossé mes cheveux et les ai attachés en queue-de-cheval basse. Neil entra dans la chambre au moment où je m'apprêtais à le rejoindre.

— Sue a laissé une quiche dans le frigo, je l'ai mise au four. On la mangera pendant que ma végétalienne de fille nous regardera d'un mauvais œil.

Il se rendit ensuite dans son dressing. En revenant, il portait un pantalon de jogging et un tee-shirt bleu informe portant le nom d'un semi-marathon.

En dehors de la nudité, c'était la tenue la plus décontractée que je l'aie jamais vu porter. Et bizarrement, il était plus sexy que jamais.

Il reprit la conversation où il l'avait laissée.

— C'est ma faute. Si j'en avais parlé à Sue, elle aurait préparé autre chose pour le petit déjeuner, mais j'ai oublié la date du retour de Londres de ma fille unique. Je reformule : j'ai oublié que ma fille traversait l'Atlantique Nord dans un cercueil volant, en métal.

Il s'assit sur le canapé et se massa les tempes du bout des doigts.

— Alors…, dis-je en m'asseyant à côté de lui et en passant vaguement la main dans son dos. Votre conversation s'est mal passée, c'est ça ?

— Très mal, marmonna-t-il en frottant la peau de son visage dans la paume de ses mains. Je dois y retourner.

— Ah, je vois, m'étouffai-je en laissant échapper un rire jaune. Tu veux que je reste parce que tu as peur.

— Je… hum, bafouilla-t-il. Oui, c'est à peu près ça. La situation est déjà assez compliquée, je n'ai pas envie de l'affronter tout seul.

— Mais tu ne penses pas que ma présence risque d'empirer les choses ?

Je me levai.

— Peut-être, mais…, soupira-t-il. J'aime être avec toi. Je ne veux pas anticiper la fin de notre week-end ensemble. Et puis, quand tu es là, je trouve ma vie plus facile. Puisque je m'apprête à vivre la pire scène possible entre un père et sa fille, autant que tu sois à mes côtés, en soutien moral.

— Ça tombe sous le sens. Après tout, c'est moi qui nous ai mis dans cette situation.

Me penchant près de lui, j'ai embrassé sa joue délicieusement piquante. J'eus un pincement au cœur en songeant que cette barbe de trois jours ne serait pas mise à profit, finalement.

De retour dans la cuisine, Emma était assise à la petite table sous l'alcôve, les yeux rivés sur son téléphone.

Neil se racla la gorge et lorsqu'elle tourna la tête, un sourcil levé – un tic commun à son père, c'était d'ailleurs étrange –, il lui expliqua calmement :

— Emma, je n'ai pas encore eu l'occasion de te présenter ma petite amie Sophie. Sophie, voici ma fille, Emma.

Pardon ? Petite amie ? Quoi ?!

De toute évidence, le moment était mal choisi pour aborder le sujet. Je n'avais aucune envie d'expliquer à cette inconnue la relation purement sexuelle et sans attache que je vivais avec son père.

Oh, ne t'inquiète pas, Emma : on ne fait que coucher ensemble pour le plaisir et sans aucune contrainte. Voilà, tu te sens mieux, maintenant ?

— Enchantée, Sophie, dit Emma, sans chercher à venir me serrer la main. Je ne savais pas que mon père était en couple. Si peu de temps après le divorce.

Moi non plus.

Je pris place sur la banquette en face d'elle et me poussai au fond pour laisser une place à Neil. Emma regarda aussitôt l'écran de son téléphone et puisque Neil était occupé à sortir la quiche du four, je passai le temps en regardant les photos encadrées sur le mur au-dessus de notre coin repas. Un très jeune Neil souriait et tenait un bébé aux joues roses dans ses bras, lors de ce qui semblait être un match de polo. Sur une autre, la petite fille qui avait grandi et portait des couettes, se tenait fièrement devant un panneau indiquant « Llewellyn Academy ». La suivante montrait une Emma de six ou sept ans qui tenait un chiot sur ses genoux, un petit Springer anglais.

— C'est Merry, expliqua Neil.

En me tournant vers lui, je vis qu'il regardait les photos. Il posa la quiche sur un dessous-de-plat au milieu de la table et s'en retourna chercher des assiettes.

— C'était mon cadeau de Noël à Emma, une année. Tu aurais dû voir sa tête quand elle a descendu l'escalier et qu'elle a découvert un vrai chiot, endormi dans son panier au pied du sapin.

— Alors que tu savais que c'était typiquement le genre de cliché qu'on ne veut pas nourrir, papa.

Au bruit du grille-pain, Emma reposa son téléphone sur la table, se leva du siège et récupéra son bagel grillé, puis retourna s'asseoir à table avec un pot de beurre aux noix de cajou.

— Acheter un animal pour une fête de vacances, c'est scandaleux, acquiesçai-je pour être le plus possible en accord avec elle. Mais le chien était entre de bonnes mains, je suis certaine que Neil l'a fait en connaissance de cause.

— Un être vivant ne doit pas dépendre d'un maître. C'est de l'esclavage.

Le sourire d'Emma me gênait ; c'était comme si j'avais récité l'alphabet dans le désordre et qu'elle me trouvait courageuse d'avoir pris le risque d'essayer.

Neil s'approcha, assiettes et couverts dans les mains, et s'assit à côté de moi.

— Emma travaille dans l'association qui lutte contre la maltraitance animale.

— J'en ai entendu parler, vous faites du très bon travail ! m'exclamai-je, me pâmant d'admiration.

— Merci, ça fait plaisir, opina Emma. Et donc, Sophie… Vous avez eu votre bac ?

— Emma !

Le ton autoritaire de Neil ne passa pas inaperçu. J'avais toujours détesté voir mes amies se bagarrer avec leurs parents, et cette scène me laissait un arrière-goût amer de cette époque révolue. J'en avais froid dans le dos.

— Oh, ça va, papa. Je plaisante, elle l'a bien compris.

J'étais prête à parier qu'elle ne plaisantait pas du tout.

Elle poursuivit :

— Il faut bien rompre la glace, non ? La matinée est déjà suffisamment pénible comme ça, se rebella Emma, puis elle posa les coudes sur la table et m'observa, feignant la curiosité. Comment vous êtes-vous rencontrés ?

Question piège : que répondre ? Neil ne devait pas souvent parler de ses aventures d'un soir avec sa fille, et nous n'avions pas de version édulcorée de notre histoire à lui servir.

— Sophie et moi, on s'est rencontrés il y a quelques années, répondit Neil à ma place. Nous avons repris contact récemment.

— J'ai entendu ça, commenta Emma avant de marquer une pause, le bagel à mi-chemin vers sa bouche. Si tu veux que je passe la semaine ailleurs, je peux aller chez Michael, ou chez Elizabeth.

— Ce ne sera pas nécessaire. Et j'apprécierais beaucoup que tu n'en parles pas à Elizabeth, si tu dois la voir cette semaine.

En prononçant le nom de son ex, Neil crispa les mâchoires. Pourtant, le peu qu'il m'avait dit à son sujet n'était pas tellement empreint d'amertume. Emma était-elle proche de son ex-femme ? Ou plutôt de sa *future* ex-femme. Le divorce était-il prononcé ? Aurais-je dû m'en inquiéter plus tôt ? Enfin, peu importe qu'il soit toujours marié, l'essentiel, c'était qu'ils ne soient plus ensemble, non ?

Oh bon Dieu, je comprenais mieux l'irritation spontanée d'Emma envers moi. Si elle était proche de sa belle-mère, il était normal qu'elle soit fâchée de voir son père tourner la page aussi vite. Relation sérieuse ou non, ce n'était pas le sujet ; Emma ne connaissait pas les tenants et les aboutissants, elle n'avait entendu que les mots « petite amie ».

— Ne t'inquiète pas, dit-elle à voix basse, sans prendre la peine de regarder son père pour lui dire la phrase suivante en face. Je n'irai pas lui dire qu'une femme vit ici alors qu'elle vient à peine de déménager. Si elle l'apprenait, elle ne s'en remettrait pas.

Si seulement j'avais le pouvoir de disparaître dans un trou de souris…

— Pardon, mais c'est trop gênant. Je vais partir.

En secouant la tête, je me levai, prise au piège entre Neil et le mur, espérant de tout mon cœur qu'il se retirerait pour me laisser partir de cet endroit.

Ouf, Neil réalisa mon vœu.

— Laisse-moi te raccompagner, me murmura-t-il en quittant la banquette, et il lança un regard noir à sa fille.

Combien de fois avais-je reçu ce même regard de la part de ma mère ?

Mais je ne le prenais pas pour moi. Toute cette situation ne me regardait pas, c'était uniquement entre Emma et son père. Je tombais à pic pour éponger des colères enfouies qui ne me concernaient pas.

— Je suis désolé, c'était désastreux, soupira Neil en me suivant jusqu'à la chambre.

— Ce n'est rien, lui assurai-je, et je ramassai la robe D&G laissée dans le dressing afin de la ranger méticuleusement dans mon sac de voyage. Moi aussi, je serais écœurée de surprendre ma mère avec un homme de mon âge.

C'était la pire des choses à dire. Sa grimace me faisait penser à un homme qu'on vient de gifler.

— Écœurée ?

— Ce n'est pas toi qui es écœurant, essayai-je de me rattraper.

Je m'approchai de lui et montai sur la pointe des pieds afin de passer les bras autour de son cou. Il hésita et voulut être en colère après moi, mais ne put résister à l'appel de mes lèvres patiemment entrouvertes pour lui. Il m'embrassa et resserra brièvement son étreinte.

— Essaie de voir les choses du point de vue d'Emma, lui recommandai-je calmement en m'écartant à peine. Tu as des parents. Il t'est sûrement arrivé d'être mal à l'aise en pensant à leur vie sexuelle.

— Je crains que ce soit plus compliqué que ça, m'expliqua Neil, en s'asseyant sur le canapé, et il leva vers moi un regard coupable. Le divorce est loin de réjouir Emma. Elle a été demoiselle d'honneur à notre mariage, donc tu imagines le reste.

— Elle soutient le camp Elizabeth, je l'avais remarqué.

En m'asseyant à côté de lui, je posai les mains sur mes genoux. Heureusement que ce n'était pas sérieux entre nous ; je n'imaginais pas Emma en demoiselle d'honneur pour mon mariage, en tout cas pas après l'avoir rencontrée dans de telles conditions.

— Le côté « petite amie » l'a peut-être surprise. Je sais que moi, ça m'a choquée.

— Désolé, marmonna Neil, en me regardant à peine du coin de l'œil. Je ne pensais pas avoir à m'expliquer un jour sur notre relation. Notre secret nous a enfermés dans une bulle, ces derniers temps. De tout mon entourage, Rudy était le seul au courant pour toi. Je n'étais pas prêt, et je n'avais aucune envie de dire à ma fille que tu es la femme que je baise de temps en temps.

Je poussai doucement son genou avec le mien.

— Il faut croire qu'elle préférerait entendre ça plutôt que de te savoir dans une relation sérieuse.

— Et je ne voulais pas te blesser non plus, ajouta-t-il, en me regardant droit dans les yeux. Tu es plus importante pour moi qu'un simple plan cul.

Mon cœur tout récemment amoureux se serra dans ma poitrine, et je dus me ressaisir mentalement. Il était hors de question de lui hurler : « Je t'aime ! Partons dès ce soir à Las Vegas pour nous marier dans la nuit ! »

Il n'y avait qu'une chose raisonnable à faire : en rire.

— Il faut bien le dire : côté sexe, c'est génial.

Je me penchai contre lui et le poussai à l'épaule, ce qui le fit rire.

— Le week-end prochain ? demanda-t-il, plein d'espoir.

— Hum… oui.

Pincement au cœur. Pourquoi attendre si longtemps avant de le revoir ?

— Tu as une semaine chargée ? ai-je demandé, timide.

— Pas forcément, mais avec Emma à la maison…, grimaça-t-il. Pardonne-moi.

— C'est pas grave.

Si, c'était grave. C'était même très grave. J'étais jalouse et amère, et en même temps, rien ne m'en donnait le droit.

Neil était le père d'Emma. Au fond de moi, je savais que je n'aurais jamais supporté de fréquenter un homme totalement indifférent à son enfant, quel que soit l'âge de ce dernier.

— Je trouve votre relation géniale, vous êtes fusionnels. Enfin, la plupart du temps. C'est une chance.

— Tu veux que j'appelle une voiture pour te raccompagner ?

Je secouai la tête.

— Trouve-moi vieux jeu si tu veux, mais je préfère rentrer à pied, la queue entre les jambes. D'ailleurs, ça ne sera pas la première fois de la journée.

— Tu l'as dit ! acquiesça-t-il en riant.

Il me raccompagna jusqu'à l'ascenseur, et en l'attendant, m'embrassa avec une tendresse délicieuse. Je savourai cette douceur, sans chercher à la combattre. Pourquoi refouler mes émotions ? Neil voulait mon bonheur, il l'avait dit lui-même. Mais nous étions satisfaits de ce que nous avions. Inutile de faire semblant, de chercher à améliorer la réalité de notre relation. Au « ding » de l'ascenseur, je quittai ses bras et fronçai les sourcils, passant doucement le pouce sur la peau de son cou.

— Qu'est-ce qu'il y a ?

Oh, non ! Là, je me sentais vraiment mal.

— Je crois que je t'ai laissé un suçon cette nuit.

Il se plaqua la main dans le cou, et à ma grande surprise, se mit à rougir.

— Bon sang, très chère ! s'amusa-t-il d'un air outré. Avez-vous conscience que je dois retourner petit-déjeuner avec mon enfant ?

Le sourire un peu idiot, il se pencha pour un dernier baiser et je filai vite dans l'ascenseur ; sinon, les au revoir allaient durer indéfiniment, parce que ni l'un ni l'autre n'avait envie de cette séparation.

Je me sentais légère, comme Monsieur Jack qui découvre Noël.

Seul bémol : en sortant du bâtiment, seule sur le trottoir de la Cinquième Avenue, Neil me manquait déjà.

Et merde. J'étais tombée sous son charme, en vrai.

Je ne regrettais pas d'avoir préféré le train à la voiture que me proposait Neil pour me ramener chez moi. Le trajet me laissa le temps de repenser à cette matinée grâce au recul d'un terrain neutre.

La fille de Neil défendait la cause animale : les changements au département cosmétique tombaient donc sous le sens. De même que les rejets de certains clichés de Jake. Étaient-ce des décisions prises à la demande d'Emma ? Neil se rendait forcément compte que c'était une mauvaise idée.

Je réfléchis un instant à ce que je savais de la jeune femme. Pas grand-chose, si ce n'est qu'elle était la fille de Neil et qu'elle me détesterait sans doute pour le restant de mes jours. Laissant tomber ma tête dans mes mains, je remerciai silencieusement le wagon d'être ainsi presque vide. Je ne me serais pas sentie mieux avec le bourdonnement des casques audio de mes voisins ou les regards obscènes d'un type qui aurait lorgné mon décolleté.

Reprenons, Emma était à fond pour les bêtes. Ce qui impliquait sans doute qu'elle soit contre l'industrie de la mode de manière générale. Après tout, les créateurs et autres producteurs de cosmétiques ne faisaient rien pour améliorer la condition animale. À présent, voilà que le père d'Emma se retrouvait à la tête de Porteras. Quelle influence exerçait-elle sur son père, au juste ?

Je n'y connaissais rien en relation père-fille. Mon propre géniteur avait pris la poudre d'escampette alors que j'avais un an. Parfois, il me gardait le week-end, jusqu'à mes six ans. Mais la véritable cause de ces quelques jours entre père et fille, je ne l'ai comprise qu'à l'adolescence : ma mère l'avait forcé à passer du temps avec moi. Lors de la remise des diplômes, à la fin du lycée, il était venu me donner une carte et un billet de vingt dollars avant de repartir vers sa nouvelle femme et ses enfants dont je ne me souviens plus des prénoms. Depuis, je ne l'avais plus jamais revu. Il semblait totalement improbable, si un jour je devais me réveiller avec l'idée de sauver le monde animal, que mon père bouge le petit doigt dans sa vie personnelle comme professionnelle pour honorer mes convictions. De toute évidence, la situation était tout autre pour Emma et Neil.

Le chiot au pied du sapin m'avait donné un premier indice de l'enfance gâtée qu'avait dû recevoir Emma.

Pourtant, elle s'était montrée particulièrement froide envers son père. Était-ce à cause du divorce ? Essayait-il de compenser par ses décisions professionnelles la perte d'une belle-mère ? Cela semblait irrationnel, ce n'était pas la solution.

En arrivant chez moi, j'avais des vertiges à force de trop réfléchir. Plongée dans mes spéculations sur l'éventuelle tentative de Neil de racheter l'amour de sa fille en allant droit dans le mur avec Porteras, et couverte de honte à l'idée d'oser juger leur situation familiale, j'avais l'esprit ailleurs en tournant la clé dans la serrure de ma porte. Si bien qu'en pénétrant dans mon salon, je ne fus pas surprise par la présence de Délia dans ma cuisine, seulement vêtue d'un tee-shirt trop grand.

— Oh, bonjour, bredouilla-t-elle.

Son visage se décomposa, mais, d'un geste de la main, je lui fis signe de se détendre. Le vouvoiement n'était plus de circonstance.

— Salut. Ne t'inquiète pas, je viens juste de vivre la même chose que toi, la rassurai-je en accrochant mon manteau. Enfin, pas tout à fait. Bref, tu ne peux pas comprendre.

— Ouais, dit-elle avec une grimace.

Holli émergea de la chambre, dans sa petite robe noire en satin sexy. Dans le dos, il y avait un magnifique paon brodé. Cette tenue provoquait ma jalousie les rares fois où je voyais Holli la porter. Elle la réservait pour les invités particuliers avec lesquels elle passait la nuit.

— Eh, salut ! Je croyais que tu ne devais pas revenir avant ce soir, me lança-t-elle en se dirigeant droit vers l'évier.

Là, elle remplit la cafetière d'eau en attendant ma réponse.

— En effet, je ne devais pas rentrer.

C'était totalement injuste de reprocher à Emma d'avoir gâché mon dimanche, mais je ne pouvais pas m'empêcher d'être amère. Après tout, je restais un être humain.

— Sa fille est arrivée, ça ne s'est pas très bien passé.

— Oh, non ! « Pas très bien », c'est-à-dire ? s'enquit Holli, puis elle lança un bref regard à Délia. Enfin, si ça ne te dérange pas de nous en parler.

New York était une grande ville, je supposai que je ne risquais rien tant que je ne donnais pas de nom.

— Hum, elle m'a entendue coucher avec son père. On n'était pas très discrets. Au contraire, c'était même plutôt agressif.

— Un enfant peut en garder des séquelles à vie, fit remarquer Délia en levant les sourcils.

— Non, c'est une adulte, rectifiai-je sans réfléchir.

Rassurons-nous, les hommes riches et dans la fleur de l'âge, ce n'était pas ce qui manquait à New York, je pouvais parler de n'importe qui. Pas vrai ?

Délia hocha la tête.

— Ah. Serait-ce une blonde méprisante qui ne sait pas communiquer ses horaires de voyage à la secrétaire de son père ? Parce que je viens de recevoir un mail grinçant de la part d'un de ces individus il y a de ça un quart d'heure.

Je voulus lui répondre, mais restai bouche bée.

— Ne t'inquiète pas, reprit-elle en nous regardant, Holli et moi, avec ses yeux de lapin dans les phares. Ton secret est bien gardé. J'ai compris dès mon premier jour. Tu sais, je me fiche de savoir avec qui tu couches, et un patron heureux au lit rend les journées de ses employés plus faciles.

— Tu ne dois en parler à personne ! m'inquiétai-je.

— Promis, juré, déclara Délia en marquant son cœur d'une croix, puis elle fut parcourue d'un frisson. Par contre, je suis navrée d'apprendre que tu as dû affronter la reine des glaciers.

Je n'étais pas à l'aise dans cette conversation critique envers la fille de Neil. Même si j'étais d'accord avec sa description du personnage, je préférai changer de sujet.

— Tu sais, Délia, je trouve que sans pantalon tu perds l'image de la nana cool et rock'n'roll que j'avais de toi au bureau.

— Oui, hum. Je n'avais pas prévu de rester cette nuit, mais…

Délia sembla incapable de retenir un sourire destiné à Holli. L'instant interminable pendant lequel elles échangèrent un regard de tendresse me fit sentir que j'étais de trop ; je me dirigeai donc vers ma chambre pour leur laisser un moment d'intimité.

— Je vous lâche les baskets. De toute façon, moi aussi j'ai du sommeil à rattraper.

Ma remarque était parfaitement déplacée, mais c'est tout ce qui me venait à l'esprit.

Une fois dans ma chambre, j'ai récupéré mon ordinateur posé sur la table de chevet, ouvert Google et marqué une pause, les doigts immobiles au-dessus du clavier.

Je ne suis pas une grande fan de cette nouvelle tendance à taper le nom d'un amant dans la barre de recherche, mais j'avais besoin de réponses. Bien sûr, je ne m'attendais pas à trouver des résultats à la recherche : « Neil Elwood s'entend-il avec sa fille, et si oui, pourquoi cherche-t-elle à saboter mon emploi ? » Malgré tout, je détestais cette sensation de rester dans le flou.

Et merde, tant pis.

J'ai tapé « Neil Elwood » et me suis préparée aux résultats.

Le moins qu'on puisse dire, c'est qu'il est choquant de découvrir que son partenaire sexuel possède sa propre page Wikipédia. J'ai cliqué sur le lien en lançant un regard nerveux par-dessus mon épaule, comme si quelqu'un attendait de me prendre en flagrant délit. À la lecture des premières lignes, mon estomac s'est noué. « Sir Neil Charles Leif Elwood (né le 24 mars 1964). »

Sir?

D'accord, ce type était donc une espèce de chevalier. Génial.

En parcourant le reste de l'article, je me cachai presque les yeux. Homme d'affaires, je le savais. Philanthrope ? Œuvre pour les victimes des mines antipersonnel ? Parlait-on vraiment du même individu qui me fessait jusqu'au sang ?

Pour résumer, je n'étais pas sortie de l'auberge. Mes yeux parcoururent en diagonale le chapitre sur son enfance. Fils de Rose (née Arden) et de Leif Elwood, benjamin d'une fratrie de quatre enfants, a vécu à Londres jusqu'à l'âge de sept ans, puis déménagement familial à Reykjavik, ville natale du père ; bref, toutes ces choses qu'on fait quand on n'est pas la fille unique d'une mère célibataire sans le sou dans le Michigan. Je laissai retomber ma tête dans mes mains.

Dans la marge de droite, sous une photo qui faisait plus penser à l'inconnu de l'aéroport de Los Angeles qu'à l'homme que je connaissais, il y avait une liste de faits divers. Le choc me saisit lorsque je lus sous le titre « épouses » le nom de « Valérie Stern (1984 – 1988) » au-dessus de « Elizabeth Walton-Elwood (2007 – 2012) ».

Stern ? Comme dans Elwood & Stern ? En vérifiant les dates, je fus pétrifiée. Sa collègue de travail était-elle la mère d'Emma ?

C'était donc ça. Une curiosité malsaine alimentée par Google m'occupa le reste de la journée. J'appris que Neil avait d'abord travaillé pour la société médiatique britannique de son père – aujourd'hui défunt – avant de se lancer seul dans les affaires et de travailler pour… Richard Branson ? En dessous, une photo montrant Neil et Richard Branson en costume cravate pour une soirée mondaine dans les années 1990. Juste à côté d'eux, Paul McCartney. J'appris également que Neil était dixième dans le classement des hommes les plus riches de Grande-Bretagne grâce à ses parts dans l'entreprise médiatique de son père et à ses agences immobilières implantées en Islande. Sa fortune était estimée à 6,5 *milliards* de livres sterling.

Et moi, j'avais osé chipoter pour payer le room service.

Je refermai l'ordinateur avant de le reposer délicatement sur la table de chevet comme s'il s'agissait d'un produit explosif instable.

On frappa à ma porte et la tête de Holli apparut dans l'embrasure.

— Tu peux sortir de ta cachette, elle est partie.

— Je ne me cachais pas, je vous laissais un peu d'intimité, rétorquai-je. Au fait, tu disais ne plus vouloir la revoir.

— Je n'étais pas encore décidée.

Holli s'assit sur mon lit et je m'allongeai à côté d'elle en regardant le plafond. Les yeux rivés sur les fissures dans le plâtre, je pris la décision de mettre mes problèmes de milliardaire de côté pour le moment.

— Et maintenant, tu es décidée ?

Holli réfléchit et s'assit en tailleur.

— Je l'aime bien. Oui, on se reverra sûrement. Mais on n'en est pas encore à faire les plans de table pour le mariage.

Avec un sourire niais, je la taquinai :

— Holli et Délia sont amoureuses…

— Et toi, alors ? Deux nuits d'affilée, toi qui prends toujours le taxi en fin de soirée. Et prise la main dans le sac par sa fille ! Pitié, dis-moi qu'elle n'est pas entrée dans la chambre quand…

— Non. Mais c'était horrible quand même. Elle a tout entendu. Maintenant, elle me déteste.

Je fis un geste vague en direction de l'ordinateur avant d'ajouter :

— Là-dessus, je rentre chez moi pour découvrir que non seulement Neil est un milliardaire à la tête de sa propre entreprise, mais en plus de ça, c'est un chevalier décoré qui traîne parfois avec l'un des Beatles.

— Aïe. Mais d'après Délia, on parlera bientôt de toi aussi, me fit remarquer Holli en se rongeant l'ongle du pouce. À propos, je ne lui ai rien dit. Elle l'a deviné toute seule.

— Qu'est-ce que tu entends par « on parlera de moi » ? m'alarmai-je. On couche ensemble, rien de plus. Je te l'ai déjà dit.

— Écoute, Sophie. Je ne suis pas sûre que ce soit uniquement une histoire de sexe. Délia m'a dit qu'il s'inquiétait pour toi quand il était à Londres. Il voulait savoir comment se passait ton intégration à ton nouveau poste. Même s'il se faisait passer pour le patron soucieux du bien-être de son employée, Délia est persuadée que ce type est amoureux de toi.

— Non, pas du tout.

Un sourire un peu ahuri voulait se dessiner sur mes lèvres, mais je m'efforçai de le refouler. Je voulais même l'arracher de mon visage et le piétiner au sol. Ce n'était pas le moment de tracer des cœurs avec son nom à l'intérieur sur la couverture d'un petit carnet.

— Nous n'avons pas l'intention de nous engager dans une relation sérieuse, de son côté comme du mien.

L'image de sa page Wikipédia restait imprimée sur mes paupières. Il avait vécu trois ans avec Valérie Stern, puis s'était marié deux ans à sa future ex-femme. Ils s'étaient fréquentés un temps avant de se marier, mais malgré tout, on n'appelle pas cela une relation à long terme.

Pourquoi est-ce que ça me chiffonnait ?

Il avait promis que nous resterions amis si les choses tournaient mal entre nous. Avait-il fait la même promesse à Valérie ? Était-ce justement la raison pour laquelle ils collaboraient toujours ? Ou avait-il donné un poste à la mère de sa fille après leur rupture uniquement pour soulager sa conscience ?

— Ah ! m'exclamai-je en criant dans un oreiller, battant l'air des pieds comme une enfant capricieuse.

Lorsque je fus sortie de ma frustration, je m'assis et poussai un grognement.

— Dès qu'il bouge le petit doigt, je me persuade qu'il le fait avec une mauvaise arrière-pensée. « Il fait ceci parce que c'est un mauvais père. » Ou bien : « il fait cela parce qu'il culpabilise et veut soulager sa conscience vis-à-vis de son ex. » Pourquoi est-ce que je refuse de l'apprécier, tout simplement ?

— Parce que, justement, tu l'apprécies beaucoup trop, répondit Holli avec un sourire attendri. Tu te trouves des excuses pour ne pas l'aimer. C'est un signe.

— Tu peux parler, madame « Je n'arrive pas à me décider avec Délia », la provoquai-je avant de pousser un long soupir, exaspérée. Mais tu as raison. Je l'aime. Je suis amoureuse du type avec qui je couche. Et j'ai peur de ce que ça implique.

Holli haussa les épaules.

— Quelle importance ? Tu l'aimes, point barre. Ça ne veut pas dire que tu as des envies de mariage et de grande famille, tu l'as dit toi-même, pas vrai ?

— Ouais. Je ne me vois pas dans ce genre de vie.

— Alors, puisque tu l'aimes, profite du temps que vous passez ensemble. Si ça devient sérieux, tant mieux. Sinon, eh bien… Profite de l'instant présent.

— Mais comment tu fais ? Je me suis dit exactement la même chose, mais venant de toi, ça paraît dix fois plus raisonnable.

Et c'était vrai. La plupart du temps, une petite voix résonnait dans ma tête, la voix de Holli, et elle me traitait d'imbécile.

— Ce que je crains, c'est que mes sentiments ne soient pas réciproques.

— Crois-moi, ils le sont. Si Délia en est sûre, alors c'est vrai, déclara Holli en se levant et en s'étirant comme un chat. Je vais prendre une douche. Ensuite, je vais déjeuner avec mon agent. On est dimanche, elle a forcément une bonne nouvelle à m'annoncer, sinon elle aurait attendu demain. Croise les doigts pour moi !

Je tendis les mains vers elle pour lui offrir huit doigts croisés.

— C'est fait.

Au moins, une de nous deux connaît un changement positif dans sa carrière, pensai-je en reprenant l'ordinateur sur mes genoux.

Dès que l'écran s'alluma, je quittai la fenêtre de recherche. Je n'avais pas besoin d'en savoir plus. Holli avait raison, si cette relation m'intéressait, ce n'était pas pour répondre à des aspirations romantiques stupides, mais parce que tout se passait à merveille sur le plan sexuel comme sur le plan amical. Il avait un passé impressionnant, et alors ? Tout ce qu'il avait entrepris d'incroyable, c'était après sa vingt-quatrième année, or j'avais vingt-quatre ans. Je n'avais donc pas à m'inquiéter de ne pas avoir le numéro d'une star du rock dans mon répertoire. Nos différences n'avaient aucune importance. Je profiterais tout simplement des moments passés avec lui.

Chapitre 16

En partant travailler le lundi matin, je me sentais légère grâce à la direction positive que prenait la situation. Je venais d'être promue – pour mon talent professionnel, pas parce que je couchais avec le patron, contrairement à ce que je craignais – et, malgré l'ouragan qui chamboulait tout le département cosmétique, on s'en sortait plutôt bien. Nous avions mis la main sur une marque de produits de beauté encore méconnue mais prometteuse, et y avions consacré le numéro de janvier remanié au dernier moment. Malgré le retard accumulé sur la parution de février, le ciel ne nous tombait pas sur la tête comme la semaine précédente.

Malheureusement, travailler dans le même immeuble que Neil sans pouvoir le voir relevait de la torture psychologique. J'avais la désagréable sensation d'être une écolière obsédée par son instituteur. Je me suis forcée à me concentrer sur le travail, en tournant le dos à la porte pour ne pas être tentée de vérifier constamment si, par hasard, il ne traversait pas le couloir.

La seule manière de faire fonctionner notre relation dans le privé, c'était de porter toute mon attention sur mon métier. C'est pourquoi, lorsque je me rendis à son bureau au début de ma pause-déjeuner, ce n'était pas pour parler de nous, mais de ce qui se passait entre Délia et Holli.

Après les avoir surprises à l'appartement, j'ai décidé de m'en mêler. Juste un peu, pour donner un coup de pouce à Délia. En six ans d'amitié avec Holli, j'avais eu le temps de constater que sortir avec elle revenait à gagner une partie de Rubik's Cube : c'était un exploit. Délia me rendait service en gardant secrètes mes petites sorties extraprofessionnelles avec Neil, la moindre des choses était de lui renvoyer l'ascenseur.

— Bonjour, M. Elwood n'est pas là, m'informa Délia en levant les yeux de son ordinateur.

— Ce n'est pas lui que je venais voir, mais toi.

Plus que jamais, je trouvais étrange de revenir là, devant ce bureau derrière lequel j'avais passé deux ans. J'ai lancé un bref regard au bureau vide en face d'elle.

— Il n'y a toujours pas de seconde assistante ?

— Non, on dirait qu'il n'en a pas besoin, affirma Délia en tapant sur une touche du clavier avant de tourner sur son fauteuil pour me regarder en face. Soit il n'est pas assez exigeant, soit je fais de l'excellent travail.

— Je parie sur la seconde possibilité.

Elle se mit à rire, mais je voyais bien qu'elle brûlait d'envie de parler de Holli. Elle leva les sourcils et me décocha un grand sourire très peu naturel.

— Alors, hum… Comment va Holli ?

— Elle va très bien, acquiesçai-je les lèvres serrées, en cherchant le meilleur moyen de tourner ma prochaine phrase. Tu sais, vous allez vraiment bien ensemble. Mais il y a une chose que tu dois savoir.

— Oh ? fit-elle, souriant déjà moins. J'ai fait quelque chose de mal ?

Je pris une profonde inspiration.

— Eh bien voilà. Holli est très sensible dès qu'il s'agit de son poids.

Dans un rire, Délia ne cacha pas sa surprise.

— Mais elle pèse trois grammes ! J'aimerais être aussi mince qu'elle.

— Justement, c'est bien ça le problème.

Je connaissais Holli depuis ma première année d'études, et j'avais eu de nombreuses occasions de constater les dégâts que pouvaient causer les compliments d'inconnus sur sa silhouette. J'espérais sincèrement pouvoir expliquer à Délia en quelques minutes ce que j'avais mis des années à comprendre.

— Sa minceur lui a déjà valu de sales commentaires. Les gens la regardent de haut en disant qu'elle devrait manger plus, ou bien ils la félicitent de respecter un régime draconien alors qu'elle ne se restreint pas du tout. Elle est fatiguée de tout ça. La vérité, c'est que son corps est comme ça. Elle rencontre autant de difficultés pour prendre du poids que d'autres en ont pour en perdre. Et puis, il y a aussi les jaloux qui lui lancent des piques. Elle ne pourra jamais gagner cette bataille.

— Oh mon Dieu, s'épouvanta Délia. Et moi qui l'assommais tout le week-end : « Je t'envie de pouvoir manger tout ce que tu veux, j'aimerais que mes cuisses ne se touchent pas, comme toi, bla bla bla ». Stupide Délia !

Elle se prit la tête dans les mains.

— Arrête, ne dis pas ça.

Sans trop savoir pourquoi, je me mis à culpabiliser. Si un jour je blessais quelqu'un sans m'en apercevoir, je préférerais qu'on me le dise. Délia appréciait forcément.

— Elle t'aime beaucoup, repris-je. Vous pourriez être vraiment heureuses. Seulement, dans le cas présent, des excuses ne seront pas de trop.

— Je le ferai, m'assura-t-elle. Merci, Sophie.

— Je vais m'acheter à manger. Tu veux quelque chose ?

Délia secoua la tête.

— Non, j'ai un wrap à l'avocat dans le frigo. Vas-y, bon appétit.

En me retournant pour sortir, je tombai nez à nez sur Neil, qui entrait suivi par Hope. Il parut surpris de me voir là.

— Bonjour, Sophie.

— Bonjour, monsieur Elwood. J'allais justement partir, lui dis-je en passant devant lui, puis je fis signe à Hope. Bonjour.

— Tout se passe bien au département cosmétique, ma chère ? s'enquit cette dernière.

Depuis qu'elle ne travaillait plus avec Gabriella, je la trouvais beaucoup plus agréable.

— Oui, tout va bien. Quelques accrocs, mais ça va.

D'un hochement de tête, je les saluai tous les deux, croisant très brièvement le regard de Neil, puis sortis du bureau. Une fois dans le hall d'entrée, mon téléphone se mit à vibrer. Neil m'écrivait :

Cette jupe me rend fou.

Un sourire plaqué au visage, je quittai le bâtiment. J'espérais qu'il remarque ma jupe verte et fluide qui dépassait volontairement de sous mon manteau blanc en laine. Depuis quelque temps, je choisissais mes tenues en fonction des goûts de Neil. Rien de vulgaire, puisque je les portais au travail, et toujours à la pointe de la mode, mais j'avais très vite remarqué son goût pour les jupes. Un flash me revint de cette fameuse nuit, six ans auparavant ; il avait violemment tiré sur mon jean pour me l'enlever en un temps record. Une vague brûlante me saisit à la poitrine. Bon, d'accord, peut-être qu'il ne prêtait pas attention à ce que je portais. Peut-être que ce qu'il préférait, c'était moi.

— Eh, Sophie !

Me sentant coupable, je stoppai net. L'entrée n'était qu'à quelques mètres derrière moi et j'avais déjà des pensées complètement inappropriées à mon environnement de travail. Lorsque je me suis retournée, Jake me rejoignait au pas de course.

— Tu vas déjeuner ? me demanda-t-il en se mettant au bord du trottoir pour appeler un taxi.

— Oui, répondis-je, et je gardai pour moi le fait que je comptais déjeuner seule.

Depuis sa petite crise dans la salle de conférences de l'autre jour, j'avais évité de croiser Jake. Ce qui était beaucoup plus facile depuis qu'on ne travaillait plus dans le même département. Pour lui, le cosmétique n'était pas un domaine sérieux et méritait à peine d'entourer les encarts publicitaires. Il n'avait pas pris de nouvelles pour me demander comment se passait mon changement de cap. J'étais même surprise qu'il daigne encore m'adresser la parole.

— Je peux t'accompagner ? Je voudrais te parler d'un truc.

Le taxi qu'il avait appelé s'arrêta devant Jake qui m'ouvrit la portière.

Grinçant des dents, je mis ma jupe bien en place et pris place sur la banquette arrière, les cuisses fermement serrées. Jake s'assit à côté de moi et indiqua au chauffeur le nom d'un restaurant de sushis guindé et très prisé de l'élite de Porteras.

Ce sale type ne me demandait même pas si j'aimais les sushis.

Il se tourna vers moi et me décocha le sourire qu'il gardait pour les occasions où il avait besoin qu'on lui rende un service. À mon arrivée dans le magazine, ce rictus me faisait craquer. À présent que je connaissais son mauvais caractère et son côté bizarre, je n'étais plus si jalouse d'Amanda, finalement.

Son regard se posa brièvement sur mes jambes avant de revenir sur mon visage.

— Je voulais simplement prendre de tes nouvelles, savoir si tu te plais toujours à Porteras.

Quelle question étrange. Nous étions bons copains, mais il n'avait jamais montré d'intérêt pour l'évolution de ma carrière. D'habitude, on parlait plutôt de la sienne.

— Hum, je viens d'être promue. Pourquoi ça ne me plairait pas ?

Il hocha la tête, toujours souriant, puis pouffa de rire comme si nous partagions une blague entre nous.

— C'est vrai. Enfin, avec tous ces changements, vous devez crouler sous le travail.

— Oui, c'était stressant ces derniers temps, admis-je en prenant soin de bien choisir mes mots. Et toi, alors ? Tu t'es remis de cette histoire de Versailles ? J'ai vu les épreuves, c'est magnifique.

— Disons que je suis déçu de ne pas avoir fait ce que je voulais, mais ce n'est pas mauvais pour mon portfolio, soupira Jake en s'adossant à son siège. Je voulais te parler de quelques bruits de couloir. Mais d'abord, tu dois me garantir que tu es de notre côté.

Ça ne sent pas bon.

— De votre côté ? Je ne…

Puis, je me tus. Quoi qu'il s'apprête à me dire, j'avais besoin de le savoir, que ce soit pour le bien de Porteras ou pour celui de l'évolution de ma carrière.

Et pour le bien de Neil, non ? me demandai-je avec une voix qui, là encore, me faisait étrangement penser à Holli.

Mais curieuse comme elle est, si mon amie avait été là, elle m'aurait poussée à lui faire cracher le morceau. Puisqu'elle parlait pour ma conscience éméchée, autant suivre ses conseils.

— Bien sûr que je suis de votre côté, Jake. On est copains, non ?

Je lui souris dans une pâle imitation de Holli sur un shooting photo. Peu importe que je ne sois pas crédible, Jake ne s'en apercevrait pas puisque je lui servais la réponse qu'il voulait entendre.

Comment ai-je pu être aussi aveugle au sujet de ce fumier de Jake ? Avait-il toujours fait en sorte de se tenir correctement au temps de Gabriella ? Ou était-ce ma faute, trop occupée à être aux petits soins avec elle pour me rendre compte de ce qui se passait autour de moi ?

— Absolument, confirma-t-il sur le ton d'un commercial opportuniste prêt à vendre n'importe quoi pour clôturer une vente. Bon, écoute : tu le gardes pour toi, mais il paraît que la fille de Neil Elwood est engagée contre la maltraitance des animaux, ce qui expliquerait toutes les nouvelles décisions idiotes.

Ma mâchoire en tombait. Tout d'abord parce que Jake voulait en faire un secret d'état alors que l'information était écrite noir sur blanc sur la page Wikipédia de Neil – je l'avais moi-même lue la veille. Ensuite, parce que Jake était persuadé que je ne pouvais pas l'avoir appris par moi-même, ce qui signifiait que ma romance clandestine et complètement immorale n'avait toujours pas filtré jusqu'au bouche-à-oreille. Un véritable soulagement.

Mon téléphone vibra. Je ne pus résister à l'envie de lire le nom affiché à l'écran. Je levai le doigt.

— Attends une seconde, j'ai reçu un message.

J'aimerais retrousser cette jupe et te dévorer la chatte.

— Non, ça peut attendre, dis-je froidement à Jake en mettant l'appareil en veille. Tu disais ?

— Eh bien, d'après ce que j'ai entendu, certains créateurs verraient d'un mauvais œil l'arrivée de Neil Elwood, et ce depuis le début. Il paraît que sa fille, Emma, mène son père par le bout du nez. Il ferait n'importe quoi pour elle.

Jake parlait avec un air de dégoût, comme si l'idée d'un père aimant sa fille le révoltait.

— D'abord, elle refuse le poste prestigieux que papa lui offre sur un plateau parce qu'elle préfère un boulot dans le bien-être ou je ne sais quoi, et maintenant, elle veut qu'il transforme *Porteras* en magazine pour végétaliens ?

Je secouai la tête.

— M. Elwood n'est pas idiot. Il est quand même patron de tous ces magazines…

Le rire condescendant de Jake me coupa dans mon élan. Ses dents étaient d'une blancheur éclatante. On aurait cru un serpent avec un dentier.

— Ouais, des magazines de bagnoles ? De la lecture de ménagère et des journaux à scandale ? Il n'y connaît rien du tout et ne sait même pas comment il en est arrivé là. Crois-moi, il ne se fait pas des copains du côté des maquilleurs. Ceux qui travaillent sur le numéro de février doivent uniquement utiliser des produits qui ne font pas appel à la cruauté envers les animaux.

— Même chose pour le département cosmétique, acquiesçai-je. Alors d'après toi, sa fille est derrière tout ça ?

— Oh oui, c'est même certain.

Le taxi était bloqué dans les embouteillages et Jake regarda par sa vitre comme s'il pouvait voir depuis sa place la cause du ralentissement. D'un air distrait, il ajouta :

— Au fait, tu vas adorer la suite : tu sais, Valérie Stern, sa collaboratrice et la mère d'Emma ? Eh bien apparemment, ce coureur de jupons n'a rien trouvé de mieux à faire pour se faire pardonner que de lui offrir une entreprise comme il donnerait un bonbon. Mais tout ça, ce n'est pas moi qui te l'ai dit, d'accord ?

En effet, j'étais déjà au courant, il était donc facile de lui jurer de garder le silence sur ses confidences :

— Promis.

Mon téléphone vibra encore.

— Attends, c'est peut-être important.

Je pris un air sérieux en lisant le message :

Si nous étions seuls et ensemble à cet instant précis, je t'allongerais sur mon bureau, enroulerais ta jolie queue-de-cheval autour de mon poing et je te tirerais les cheveux en te prenant par-derrière.

Dans un raclement de gorge, je regardai par la vitre. Le trafic était toujours ralenti. Je lançai un regard sur le trottoir d'en face.

—Hum, j'ai bien peur que ce soit une urgence. Je vais devoir retourner au bureau.

—Tu es sérieuse, vous avez des urgences en cosmétique ?

Décidément, je commençais à profondément haïr le rire sournois de Jake.

—Oui, le gloss à lèvres m'appelle, confirmai-je en faisant mine d'être désolée.

Non, je ne courais pas au bureau pour coucher avec Neil. L'idée était pire que mauvaise, et la dernière fois, les choses avaient tourné au désastre. Mais je ne pouvais pas rester là et écouter une seconde de plus les imbécillités de Jake sans lui hurler dans les oreilles en m'arrachant les cheveux.

—Je ne peux pas prendre de risque maintenant, tu comprends ? Tiens, accepte ces dix dollars pour le taxi.

—Ah non, même pas en rêve ! s'écria Jake.

De toute l'histoire de notre amitié professionnelle, il ne m'avait jamais laissée payer quoi que ce soit. À croire que l'argent d'une femme ne valait rien comparé à l'argent d'un homme.

—File t'occuper de ton urgence de fard à paupières.

Faisant la sourde oreille aux protestations du chauffeur, je sortis du taxi par la gauche, du côté de la route, et traversai dangereusement les voies jusqu'au trottoir avant de retourner au bureau au pas de course. Dès que Jake fut hors de vue, j'entrai dans un Starbucks et me commandai un café au lait écrémé et un sandwich. Tout en patientant pour ma commande, je relus le dernier message de Neil.

Ses promesses n'étaient rien comparées à ce que nous avions fait en privé, mais le fait de lire ces mots sur l'écran de mon téléphone avait le même effet que s'il me les chuchotait à l'oreille. Mon pouls s'emballait et je sus que je devais arrêter d'y penser si je voulais éviter une situation gênante. Il fallait pourtant bien que je lui réponde.

Je me mettrais alors à genoux et je goûterais ma propre euphorie laissée sur ton sexe tapai-je, en espérant qu'aucun client du café ne vienne espionner l'écran de mon téléphone. Enfin, ils feraient bien ce qu'ils voudraient, mais ils prenaient le risque d'être choqués. De toute manière, ils n'avaient pas à espionner les inconnus, c'était malpoli.

J'envoyai le message et souris fièrement en recommençant à taper :

> Je te sucerais jusqu'à l'explosion, et j'avalerais tout sans sourciller. Peut-être que, en même temps, je ferais appel à ton ami le cylindre en platine.

Voilà qui devrait faire l'affaire.

Je récupérai mon café et pris la direction de Porteras. Mon excuse était en or massif puisque le département cosmétique était en crise depuis mon tout premier jour. Je traversai le hall d'entrée, puis observai du coin de l'œil les baies vitrées du bureau de Neil. Zut ! Il était dans un angle où je ne pouvais pas le voir. Délia leva les yeux et je la saluai des trois doigts qui ne portaient pas mon déjeuner.

À peine installée à mon bureau – enfin, pas vraiment un bureau, plutôt un coin de plan de travail qu'on m'avait cédé – je reçus un nouveau message. Il n'y avait qu'un seul mot :

Waouh.

Aux alentours de 21 heures ce soir-là, la sonnerie de mon portable retentit. C'était Neil. J'ai honte de l'admettre, mais je lui avais assigné une sonnerie : *Leisure Suite*, de Feist. Le rythme sexy de la bossa-nova sensuelle ronronnait dans le petit haut-parleur et je me précipitai pour y répondre, puis courus dans ma chambre en refermant la porte derrière moi.

Je n'avais plus eu de nouvelles de lui depuis ma pause-déjeuner, le motif de son appel n'était donc pas difficile à deviner.

— Allô ? susurrai-je innocemment.

— Petite insolente, j'ai dû dissimuler mon érection pendant toute ma réunion au département photo.

— Pardonnez-moi, qui est à l'appareil ? feignis-je en gloussant. Je provoque des érections à tellement d'hommes différents pendant les réunions photo que je ne sais plus qui est qui.

— Tu mériterais que je t'allonge sur mes genoux, menaça-t-il faussement, puisqu'il savait pertinemment que ce n'était pas une punition pour moi.

— Eh, c'est toi qui as commencé, lui rappelai-je.

— Exact, et j'aimerais beaucoup terminer.

J'ai alors regardé mon réveil et poussé un soupir.

— Pas ce soir, j'ai une réunion très tôt demain matin. En plus, rester dormir chez toi un soir de semaine, ça ressemble un peu trop au confort domestique à mon goût.

— Tu as raison, et demain est une grosse journée pour moi aussi. Mais j'imagine que tu as Skype sur ton ordinateur, pas vrai ?

Oh-oh. Quel pervers.

— C'est vrai.

Je mis le portable sur mes genoux, assise sur le lit.

— Qu'est-ce que tu me proposes ?

— Rendez-vous sur Skype dans dix minutes, ordonna-t-il. Je viens de t'envoyer mon pseudo par mail.

Mon cœur battait la chamade. Et d'autres parties de moi aussi.

— Oui, monsieur.

— À tout de suite.

Je raccrochai et lançai un regard circulaire à ma chambre. Me levant d'un bond, je fermai la porte à clé – réflexe inutile, puisque Holli n'entrait jamais sans frapper. Ce n'était pas ma première fois par Internet, et je savais d'avance qu'il me fallait prendre de nombreuses précautions avant que je ne sois parfaitement à l'aise. Je baissai les yeux sur mon pyjama. J'adorais les grenouilles, mais là, elles devaient partir. À la place, j'ai trouvé une culotte en dentelle noire très sexy sortie tout droit de la machine. J'ébouriffai légèrement mes cheveux et pris place sur les oreillers devant l'écran. Une touche de gloss à lèvres ne fut pas de trop, faute de temps pour retoucher entièrement mon maquillage. Et puis, j'étais trop fatiguée. Depuis qu'il m'avait juré qu'il aimait me prendre quelle que soit ma condition, je le prenais au mot.

En positionnant l'ordinateur entre mes pieds, je fus choquée par l'image que me renvoyait la caméra. Pour une fille pas maquillée dont les cheveux avaient été tirés toute la journée en queue-de-cheval, j'étais plutôt canon. L'angle lui permettait de me voir tout entière : mes cuisses écartées, ma culotte, mon ventre, mes seins, mes lèvres pulpeuses, bref, le forfait intégral. La seule pensée d'être ainsi exposée devant lui m'excitait déjà.

Je me penchai vers le clavier et vérifiai mes mails, puis entrai son pseudo sur Skype.

Une poignée de secondes plus tard, j'avais un appel. Je cliquai sur l'icône de la vidéo et retrouvai vite ma position d'origine.

Lorsque l'appel nous connecta, j'aperçus Neil, assis sur la banquette dans sa chambre. L'ordinateur devait être posé sur la table basse devant lui. Il portait encore sa chemise et son pantalon de travail, bien qu'il ait quitté la veste et retroussé les manches. Il portait des lunettes. Je ne l'avais jamais vu avec des lunettes. C'était terriblement mignon.

— Bonsoir, professeur Tournesol, le taquinai-je en posant une main sur mon ventre et l'autre au creux de ma cuisse.

— Bon sang, jeune fille ! Tu ne peux pas soumettre un tel spectacle à un homme, il faut d'abord nous mettre en contexte, riait-il, en remontant ses lunettes du bout du doigt. Et ne te moque pas, mes lentilles de contact me donnaient mal à la tête.

Considère que mon apparence de ringard est le prix à payer quand on quémande les conseils d'un vieux sage.

— Tu as quarante ans, pas quatre-vingts, le réprimandai-je avec un regard noir. Tu as aimé mes messages ?

Il tendit la main vers un objet hors-champ : un verre de whisky rempli d'un liquide ambré. Il but une gorgée, émit un bruit de délectation, et me répondit :

— Si je les ai aimés ? Si refouler un désir ardent toute la journée pour finalement se masturber dans un endroit calme, on appelle ça « aimer », alors oui.

Je gloussai.

— Qui sème le vent récolte la tempête, vieillard obscène.

Il but une autre gorgée de sa boisson avant de la mettre de côté.

— Je suppose que tu es seule ?

— Oui. Pareil pour toi ?

Relevant le menton, je fis mine d'inspecter la pièce autour de lui.

— Seul et enfermé à double tour. Même si je préférerais t'avoir ici avec moi plutôt que de l'autre côté de Chinatown.

En prononçant ces mots, un voile de tristesse apparut juste une seconde dans son regard.

— On ne peut pas tous se permettre un appartement sur la Cinquième Avenue. Qu'est-ce que tu préfères : t'apitoyer sur ton sort toute la soirée ou continuer notre échange sexuel ?

Il me décocha un sourire, reprit ses aises sur la banquette et ajusta l'angle de la caméra pour me laisser voir son visage.

— Très bien. Voyons… Et si tu jouais avec tes seins ?

Mes mains se posèrent aussitôt sur ma poitrine.

— Comme ça ?

— N'y mets aucune force pour l'instant. Ne te pince pas. Mets-y la douceur que j'emploierais avec toi.

Je me rappelai alors le gel qu'il m'avait offert avec le carton de sex-toys.

— Attends !

En me penchant sur le côté, j'atteignis le tiroir de la table de chevet d'où je sortis le petit pot.

— Autant utiliser ce truc-là.

Un sourire machiavélique se dessina sur son visage.

— Excellente idée.

Plongeant un doigt dans le produit, j'en appliquai une noisette autour de la pointe de mon sein droit. Le résultat fut immédiat ; au contact de ma peau, je sentis comme une brise fraîche. L'aréole de mon téton se rétracta et se durcit.

— Bien joué, me complimentait Neil tandis que je reportais mon attention sur mon autre sein en y répétant l'action.

Je me caressai du bout des doigts en de larges cercles autour de mes seins, puis de plus en plus étroits. Ma poitrine pesait lourd, mes pointes se tendaient face à Neil, réclamant l'attention directe de mes mains. Les paumes au contact du gel, je poussai un soupir.

— Quelle sensation ça te fait ? demanda-t-il, puis il leva les sourcils en percevant mon soupir tremblant. C'est bon ?

— Délicieux, murmurai-je. En fait, je ne me touche jamais comme ça.

— Difficile à croire.

Il ouvrit sa braguette et ajouta :

— Surtout quand on repense à l'accueil que tu m'as réservé à l'hôtel.

Un gémissement d'impatience m'échappa lorsque je passai les doigts sous l'arrondi de mes seins.

— Ce n'est pas ce que je voulais dire. La plupart du temps, je vais droit au but, direction le sud.

— Ah.

Neil libéra son sexe de son caleçon. Déjà à moitié raidi, ce dernier se raffermit encore sous les caresses qu'il s'administrait.

Mon pouls s'accéléra. J'avais déjà regardé mes amants se masturber, et c'était chaque fois source d'une excitation intense. Mais ils l'avaient toujours fait devant un film pornographique. Aucun ne l'avait fait en me regardant moi.

— Enlève ta culotte, gronda-t-il sans cesser le mouvement de son poignet. Laisse-moi te regarder.

À contrecœur, j'abandonnai ma poitrine afin de faire descendre le tissu de dentelle sur mes fesses, puis le long de mes cuisses, et le quittai complètement. J'étais consciente de la moiteur de mon sexe ; Neil ne pouvait pas le manquer avec mes jambes écartées comme elles l'étaient.

Il poussa un soupir satisfait.

— Voilà. J'y ai pensé toute la journée. J'aimerais tellement pouvoir te toucher.

— Moi, je le peux, le provoquai-je en appuyant à peine contre l'entrée de ma féminité.

— Je vois ça.

Le sourire en coin, il continuait son mouvement de poignet incessant.

— J'ai envie de toi, susurrai-je. C'est vraiment injuste.

— Tu portais une queue-de-cheval, aujourd'hui, n'est-ce pas ? demanda-t-il soudain.

— Hum, oui. Où est le rapport ?

— Récupère ton élastique, ordonna-t-il, sa main immobile. On va essayer quelque chose.

Je tendis le bras et pris l'accessoire posé sur la table de chevet, puis le lui présentai devant la caméra.

— Qu'est-ce qu'on essaie, au juste ?

— Je préférerais te le faire moi-même, mais puisque c'est impossible ce soir, tu vas devoir t'en occuper toute seule, conclut Neil, dont la voix rauque annonçait l'intensité de ce qui nous attendait. Mets l'élastique entre ton index et ton majeur et étire-le.

J'exécutai ses ordres avec un sentiment de trépidation.

— Je crois que je vois où tu veux en venir.

— Est-ce que tu me fais confiance ? s'enquit-il avec ce ton autoritaire que je prenais l'habitude de tenir en respect.

— Oui, monsieur. Je mets l'élastique contre ma cuisse et j'utilise mon autre main pour le faire claquer.

Je déglutis et plaçai l'objet en haut de ma cuisse.

— Non, pas ici, me reprit Neil d'un ton sévère. À l'intérieur.

Prenant une profonde inspiration, je rectifiai la position. L'élastique reposait contre le pli de ma cuisse, juste au-dessus de mon sexe. En le tirant entre le pouce et l'index de mon autre main, je comptai mentalement jusqu'à trois, et lâchai tout. Une douleur piquante mais soutenable naquit sous ma peau.

— Oh, Sophie, tu me déçois, gronda Neil. Plus fort. Laisse une marque rouge.

Dans un miaulement de protestation, je recommençai l'opération, tirant plus fort cette fois. Lorsqu'il claqua ma chair, je poussai un cri de surprise et observai, choquée, ma peau rougie autour d'une trace blanche.

— C'est parfait, commenta-t-il, satisfait, en ramenant sa peau lisse sur son gland, puis à la base de son sexe, et ainsi de suite sans me quitter du regard. Maintenant, recommence. Mais cette fois, contre ton clitoris.

Un rire nerveux m'échappa.

— Tu es fou ? Tu veux que je claque mon clitoris avec un élastique à cheveux ?

— Si j'étais là, je le ferais moi-même, rétorqua-t-il calmement sur le ton de l'excuse. Je peux te donner le top départ, si tu veux.

— Mais ce sera ultra-douloureux.

— Absolument. Est-ce qu'on a déjà fait quelque chose que tu n'as pas apprécié ?

— Non, dus-je admettre en faisant la moue.

À mon grand désarroi, mon intimité se gonflait, si bien que j'avais hâte de ressentir cette douleur aiguë. Qu'il aille au diable, ce type qui me connaissait décidément trop bien.

— Alors fais ce qu'on te dit. Sinon, je ne te fesserai pas. Aussi étrange que cette menace puisse paraître.

Dans un rire, je pris une profonde inspiration et positionnai l'élastique au-dessus de mon sexe.

— Comme ça ?

— Non, bien sûr que non. Ouvre-toi.

Avec les deux doigts qui tenaient l'élastique, j'écartai mes lèvres, remis l'objet en place, puis je retins ma respiration.

— Bien. Ce n'est pas si difficile, si ?

Il reprit son verre et but une longue gorgée.

Remuant des hanches, je craignais la douleur, je craignais mon désir croissant au creux de mes cuisses.

— Je croyais qu'on ne devait pas boire en faisant ça.

— Étant donné que, physiquement parlant, je ne te fais rien et que tu es sobre, j'estime que tu ne risques rien.

Puis, dans un hochement tête, il souffla :

— Fais-le.

Le souffle court, je savais d'avance que je souffrirais et aperçus la zébrure sur ma cuisse. En étais-je vraiment capable ?

— Sophie.

C'était une menace. Je devais obéir aux ordres de Monsieur. Un frisson me parcourut. Avec lui, j'étais prête à tout. Cette pensée me rendait brûlante de sensualité.

Je relâchai l'élastique en poussant un gémissement. L'objet me claqua violemment et je ne pus m'empêcher de crier en retirant vite ma main.

— Non, non, dit Neil. Ne bouge pas. Ne referme pas les jambes.

Je voulais resserrer les cuisses pour apaiser ma brûlure, car laisser ma rougeur ainsi à l'air libre prolongeait mon supplice, mais étrangement, cela intensifiait également le plaisir que j'en tirais.

— Encore, ordonna-t-il.

Ce fut plus difficile la deuxième fois. D'avance, je connaissais les conséquences. Mais je savais également la jouissance que cela pourrait m'apporter : le plaisir d'une caresse, aussi violente soit-elle, de ma chair torturée mais délectée. Je fis claquer l'élastique, mais me retins de crier. Seul un piaillement aigu s'échappa de ma gorge.

— Tu veux te caresser, pas vrai ? demanda Neil. Tu veux passer ta peau douce sur ta blessure et soulager la douleur.

— Oui, monsieur, haletai-je.

En effet, je me retenais difficilement de laisser courir mes doigts où je voulais.

— Vas-y. Mais tu devras t'arrêter quand je te le dirai.

Dans un grognement de plaisir, je poussai mon clitoris du bout de l'index, puis formai de petits cercles. Notre petit jeu tyrannique me laissait insensible. Mais très vite, alors que la zone endolorie s'apaisait enfin et que mes doigts trouvaient leur rythme, je réagis comme si rien ne s'était passé. Mes hanches se soulevaient contre ma main.

— Je crois que ça suffit.

La voix de Neil me fit ouvrir les yeux alors que je les avais fermés sans m'en apercevoir. Malgré moi, je dus retirer ma main.

— Est-ce que tu aimerais jouir, Sophie ? me demanda-t-il.

Je ne pus détourner le regard de son sexe sur l'écran. Je me sentais vide, démunie. La pensée de ne pas le rejoindre avant le week-end, de travailler chaque jour dans le même immeuble que lui sans qu'on puisse se toucher… je voulus pleurer.

Au lieu de cela, je murmurai :

— Oui, monsieur.

— Très bien. Encore trois fois avec l'élastique pour faire un chiffre pair : cinq. Ensuite seulement, j'estimerai que tu le mérites.

Son sourire était délicieusement malicieux et je sentais les muscles de mon sexe se crisper de frustration.

Je m'écriai, outrée :

— Cinq n'est même pas un chiffre pair ! Pourquoi pas seulement deux de plus pour faire quatre ?

— Pourquoi pas quatre de plus pour faire six ? enchérit-il, levant le sourcil.

Je levai les yeux au ciel et me mis à rire. Au fond de moi, j'avais sincèrement envie de me rebeller contre son autorité, et pourtant, je voulais en même temps me soumettre à la moindre de ses volontés. En fait, j'adorais lui obéir. S'il me tenait ce genre de discours en dehors des murs d'une chambre, je le quitterais dans la seconde. Mais de toute évidence, il savait déclencher mes pulsions même si nous n'étions pas dans le même quartier de New York.

— Bon, d'accord, marmonnai-je. Trois de plus.

Respirant profondément, je remis l'élastique entre mes cuisses, l'étirai, et attendis son feu vert.

— Tu n'imagines pas à quel point j'ai envie de toi.

Après s'être stimulé une ou deux fois de plus, il s'arrêta, les doigts autour de son gland, et ramena doucement sa main contre la base.

— Je pense que si, répliquai-je dans un soupir, puis j'humectai mes lèvres.

Mon corps entier était une boule de désir gonflée et douloureuse, depuis mes lèvres jusqu'à mon sexe en passant par ma poitrine. J'attendais l'orgasme, mais je savais qu'il n'arriverait que lorsque Neil l'aurait décidé.

Qu'arriverait-il si je faisais « accidentellement » échapper l'élastique de mes doigts ? M'interdirait-il de jouir ? Serais-je capable de braver son interdiction ? Ou dépendais-je d'une partie hystérique de mon cerveau qui se refusait la moindre action sans l'accord de Neil ? Je n'en savais rien, et ça m'effrayait. Cette peur se transformait en nouvelle pulsion sensuelle.

Bon sang, il avait raison. Je faisais une excellente soumise.

— Je veux sentir ton sexe, tes muscles resserrés autour de mes doigts, décrivit-il, puis il respira profondément. Autour de mon membre.

J'en frémis et murmurai d'une voix chevrotante :

— J'en ai envie aussi. Je veux que tu m'emplisses de ton plaisir, que tu m'épuises à la force de tes assauts.

Neil me décocha un sourire énigmatique.

— Fais-le.

L'élastique m'arracha un cri ; c'était un coup direct sur ma peau fragile qui provoqua une onde de choc le long de mes jambes.

— En voilà un, me rappela Neil. Tu es mouillée ?

— Je suis trempée, monsieur.

J'avais tellement envie d'être avec lui, d'être à ses pieds et de le supplier de pouvoir le sucer.

— Prouve-le-moi, réclama Neil tout en accélérant le rythme autour de son sexe en érection.

Écartant mes lèvres intimes, j'y plongeai deux doigts puis présentai à la lumière bleutée de l'écran le résultat brillant de mon désir.

— J'aimerais tant te goûter. Fais-le pour moi, Sophie. Goûte-toi.

Je glissai les doigts dans ma bouche et laissai échapper un gémissement rauque.

— Un jour, quelqu'un m'a dit que j'avais le goût de l'ananas, pensai-je tout haut. Je ne suis pas d'accord.

— Moi non plus, rétorqua Neil comme s'il trouvait l'idée insultante. Personnellement, quand je goûte le sexe féminin, je préfère qu'il ait le goût du sexe féminin. Et le tien est fantastique.

— Oh, mon Dieu, frissonnai-je. Je pourrais jouir en t'écoutant parler.

— Je te le déconseille. Maintenant, encore l'élastique.

Cette fois, je ne pus étouffer une plainte déchirante. J'avais la peau en flammes et n'en pouvais plus d'attendre la douceur d'une caresse, tout en savourant pourtant mon martyre. Il me restait encore une fois à souffrir. Neil changea de main active et défit un à un les boutons de sa chemise.

— Quand tu jouiras, je veux que tu te souviennes de qui te procure ce plaisir. Qui est-ce ?

— Vous, monsieur, haletai-je.

Cette extase, j'en avais besoin. Et vite. J'étais prête à faire n'importe quoi. À dire ce qui me passait par la tête.

— Vous m'excitez, vous me faites jouir, il n'y a que vous.

— Encore une dernière et je te libère, me promit-il d'une voix douce comme une caresse. Une toute dernière.

Je tirai l'élastique, le relâchai, et il n'en fallut pas plus. La douleur se propagea, mais cette sensation provoqua mon départ vers le zénith. Mon corps faisait des bruits obscènes, mes hanches se soulevaient, frustrée par l'absence de Neil. Le cocktail détonnant de souffrance et de délice me faisait onduler sur les draps, et je poussai des gémissements irrépressibles. De son côté, il devait tout voir : mon pouls qui battait au creux de mes cuisses, mes fesses qui se soulevaient, mon sexe rougi par le choc et le désir. Je me suis laissée retomber sur les oreillers, si épuisée que je ne pris pas la peine d'essuyer les larmes de soulagement qui perlaient au coin de mes yeux. En posant le regard sur l'écran, je me délectai de la vision de Neil : il jouissait dans un grognement guttural, et laissait son sperme couler sur son ventre.

Je ne pouvais plus bouger. Du bout des doigts, je touchai ma peau endolorie pour évaluer les dégâts et les coupures me picotaient. S'il me l'avait demandé, j'aurais souffert de l'élastique encore cinq fois. Même dix. Heureusement qu'il connaissait mes limites et refusait de les pousser trop loin.

De toute évidence, on ne pouvait pas me faire confiance.

Le lendemain matin au travail, j'étalais du rouge à lèvres à la cire d'abeille sur le dos de ma main, l'esprit ailleurs, lorsque India passa la tête dans l'embrasure de la porte.

— Eh, tout le monde, venez vite !

Son ton alarmé me tira de ma rêverie et je me tournai vers Jessica.

— Qu'est-ce qui se passe ?

— Aucune idée.

Mais elle quittait déjà son tabouret haut et se dirigeait vers la porte.

Tout le monde était réuni dans le grand bureau principal. Jessica et moi nous sommes faufilées vers un pan de mur encore inoccupé. Rudy, au centre de la pièce, balayait la foule d'un regard impénétrable.

— J'espère que nous sommes tous là, cria-t-il pour couvrir le brouhaha qui l'entourait. Cette annonce est très importante.

Neil se tenait dans l'allée principale au milieu de la pièce. Il portait une veste noire élégante par-dessus une chemise grise, le premier bouton ouvert, et observait les retardataires qui arrivaient des escaliers et des bureaux annexes. Lorsque le calme se fit autour de lui, il s'adressa à nous :

— Je tiens à vous féliciter pour la parution de cet excellent numéro. Vous avez su intégrer les changements récents avec brio. Au constat de cette réussite, je n'émets aucun doute quant à votre adaptation face aux chamboulements à venir. Malheureusement, il est un domaine pour lequel la mode se montre récalcitrante.

Certains d'entre vous ont eu l'occasion de travailler avec Rudy. Vous connaissez ses qualifications : d'abord créateur de costumes, il a ensuite travaillé sur les défilés de mode avant de se tourner vers le journalisme. Il sait mieux que quiconque les difficultés qu'on peut rencontrer en voulant apporter l'innovation au sein d'une entreprise. C'est pourquoi je me fie à son instinct et j'espère que vous en ferez autant.

Ce fut furtif, mais un éclair d'agacement apparut sur le visage de Rudy. Il se tramait quelque chose.

Neil poursuivit :

— En tant qu'institution du milieu de la mode, Porteras a l'opportunité d'amener le changement dans un domaine qui en a désespérément besoin. C'est pourquoi, dès le numéro de février et pour tous ceux qui suivront, *Porteras* ne fera plus apparaître aucune fourrure, aucun cuir, ni aucun autre produit pouvant faire appel à la cruauté envers les animaux. Nous ne cautionnerons plus l'œuvre d'un créateur qui pourrait inclure ces éléments dans l'une de ses collections.

Une rumeur de chuchotements de surprise, voire de choc, s'éleva dans la pièce et Rudy dut s'éclaircir bruyamment la voix afin d'ajouter :

— M. Elwood n'a pas terminé.

Le silence retomba comme une chape de plomb.

— Comme je le disais, reprit Neil en promenant son regard autoritaire sur les visages consternés, Porteras s'élèvera contre la cruauté envers les animaux. Chaque département recevra une note spécifique portant les détails du changement de politique, mais de manière générale, cela relèvera du bon sens. Je tiens à vous prévenir : cette information est confidentielle. Nous ne tolérerons aucun article de blog, aucun tweet, ni aucun tuyau pouvant provenir d'un informateur de notre entreprise, ou vous aurez à en répondre devant moi personnellement. Si la nouvelle venait à filtrer avant l'annonce officielle, je serais forcé d'inspecter chaque département individuellement.

Bourdonnement d'approbation pendant les quelques minutes où Rudy s'entretenait avec Neil en privé. Lorsqu'ils conclurent leur tête-à-tête, Rudy lança à l'assemblée :

— Je demande Jake Kirchner et Rosie Bell, les autres peuvent retourner au travail. Nous vous tiendrons au courant pour la suite.

Le regard de Neil balaya la foule et croisa le mien, si bien que je dus garder le contrôle de ma réaction. Il avait sans doute surpris ma stupéfaction. D'un bref sourire, il tenta de me rassurer, puis se retourna vers une employée de la révision qui demandait à lui parler.

Les jambes flageolantes, je suis repartie au département cosmétique.

— Pince-moi, je rêve, se lamenta Jessica qui m'emboîtait le pas dans le couloir.

India était déjà de retour, derrière son bureau, et se tenait la tête entre les mains.

Je n'y croyais pas. Enfin, je l'avais plus ou moins vu venir, mais je n'avais pas prévu que ça prendrait cette ampleur.

— Je ne pensais pas qu'il ferait vraiment…

— Couler le magazine ? m'interrompit India d'une voix grave, puis elle éclata de rire. Il se fiche complètement du sort de Porteras. Pour lui, ce n'est qu'un jouet sans valeur.

— Mais tout l'investissement financier…

Neil se rendait forcément compte de l'argent qu'il risquait de jeter par les fenêtres.

Était-ce vraiment dans le seul but de faire plaisir à Emma ?

Je repensai alors aux paroles de Jake au sujet de Porteras qui partirait en fumée comme une étoile mourante. Le même désespoir se lisait à présent dans le regard d'India.

— Je ferai savoir que vous avez été d'excellents éléments, nous promit-elle, à Jessica et moi.

Elle chercha ensuite quelque chose sous son bureau et en sortit une bouteille. Du Gran Patrón Platinum. Elle vida un fond de café dans le terreau de son palmier derrière elle et remplit le petit verre de tequila avant de nous lancer :

— Je porte un toast.

Ce fut l'instant où les choses commencèrent à très mal tourner. Porteras venait de heurter l'iceberg et s'apprêtait à doucement sombrer. Son capitaine s'en rendait-il compte ? Ça, c'était une autre histoire.

Chapitre 17

Le premier numéro de *Porteras* sous la direction de Elwood & Stern parut le premier lundi du mois de décembre, et les commentaires désobligeants se mirent à fleurir sur la toile le soir même.

Neil voulait m'inviter à sortir le vendredi pour fêter le nouveau numéro. En quittant le bureau ce soir-là, j'avais la tête encore pleine des commérages incessants sur des mails amers et des réunions improvisées en cachette.

Devais-je faire part de mes inquiétudes à Neil ? On ne se voyait que depuis deux mois. Malgré tout le temps que nous passions ensemble – plus que ce à quoi nous nous étions attendus – les choses restaient légères entre nous, et je ne savais pas vraiment jusqu'à quel point je pouvais aborder le sujet du travail.

La conversation se portait régulièrement sur le bureau, bien sûr, mais ce n'était généralement que Neil qui me demandait des nouvelles de mon adaptation à mon poste. Un jour, il m'avait demandé mon avis au sujet d'un article qu'il envisageait de supprimer, mais j'avais rapidement mis les points sur les « i ».

— Je refuse d'avoir accès aux décisions de Neil-mon-patron sous prétexte que je fréquente Neil-mon-amant, lui avais-je expliqué, et il avait admis que c'était une sage réaction.

Le fait est que, malgré tout l'amour que je portais à Neil – et je l'aimais profondément, inutile de le nier, à présent – je devais avant tout penser à moi. Je me l'étais promis afin de protéger mes intérêts. N'avais-je pas raison ? D'où ma question : pouvais-je évoquer les bouleversements au sein du magazine et mon avis pessimiste sur la question ? Et ce, malgré notre conversation sur les limites professionnelles à ne pas franchir ?

Nous ne quittions jamais le travail dans la même voiture, nous n'étions pas idiots. C'était le meilleur moyen de se faire prendre la main dans le sac. Au lieu de cela, je préférais attendre son texto qui m'assurait qu'il était bien parti avant de prendre à mon tour un taxi. En fin de soirée, nous ramenions sa voiture chez lui. Depuis notre première nuit complète, nous avions passé tous nos week-ends ensemble, mais préférions ne pas sortir et rester chez Neil pour déguster les petits plats qu'il me préparait. Il avait beaucoup de talent en cuisine, mais malgré tout, j'avais hâte de sortir un jour avec lui dans un lieu public, quitte à dîner avec Rudy.

Dans la semaine, Neil avait justement évoqué cette idée au téléphone. Il m'avait expliqué que puisqu'il me consacrait tout son temps libre, il n'avait plus trouvé l'occasion de voir son ami en dehors du travail. C'est alors que je me suis sentie mal, parce que je ne voyais plus beaucoup Holli non plus.

Il faut dire que, ces derniers temps, elle était souvent sortie avec Délia.

Mon taxi s'arrêta devant le restaurant et je quittai le véhicule, soudain prise d'un doute concernant ma tenue. L'endroit choisi par Neil était un restaurant de tapas, à la fois chic et décontracté, alors que j'étais en tenue de travail. Je tirai un peu sur ma jupe péplum grise et remis en place les épaulettes de ma blouse à mancherons en dentelle noire. J'espérais ne pas être le mouton noir dans une mer de mini-jupes et de débardeurs prêts à sortir en boîte.

Neil m'attendait au bar, avec le costume bleu marine qu'il avait porté au bureau toute la journée, mais sa cravate n'y était plus et il avait défait le premier bouton de sa chemise blanche. Je lui enviais cette aisance qu'il affichait dans tous les contextes. Il se leva du tabouret et me rejoignit, puis glissa un bras autour de ma taille en accompagnant ce geste d'un bref baiser sur ma joue.

Il me guida à l'autre bout de la salle à manger sans retirer sa main du creux de mes reins.

— Je me languissais de te voir, ma chérie. Je suis content que tu sois là.

« Ma chérie » ?

Nous avions des petits noms, à présent ? Il l'avait dit naturellement, sans la moindre pointe de sarcasme, ni de gêne, juste après l'avoir prononcé.

Je me demandai s'il s'était rendu compte de ce qu'il venait de me dire.

Rudy se leva de table en nous voyant approcher, et sourit poliment.

— Bonsoir, Sophie.

Deux verres d'eau étaient servis et Neil se réjouit de voir qu'une pinte de bière brune l'attendait.

— Ah, ils ont apporté nos boissons.

— Il a refusé de commander pour vous, m'expliqua Rudy. À croire que vous guidez M. Elwood sur le chemin du vingt et unième siècle.

— Elle me rend civilisé, confirma Neil dans un rire.

— C'est toujours mieux que la dernière en date, soupira spontanément Rudy, puis il se reprit en lançant un regard à son ami. Oups, pardon.

Embarrassant.

— Comment était ta journée de travail ? me demanda Neil en faisant signe au serveur d'approcher.

— Hum. Est-ce qu'on peut éviter de parler du bureau ?

Vraiment, je n'avais qu'une envie : éviter ce sujet. Si je remettais en question chaque décision professionnelle de Neil, cela ne regardait que moi.

— Excellente idée, acquiesça Rudy avec emphase. Quant à moi, j'aimerais en savoir un peu plus sur vous.

— Sur moi ?

Je me suis alors tournée vers Neil, le regard interrogateur.

— Oui, répondit Rudy à la place de mon amant. Il parle de vous sans arrêt, mais je voudrais l'entendre de source sûre. Non pas que je doute de ce qu'il me raconte.

— Je ne parle pas d'elle tout le temps, s'insurgea l'autre avant de se tourner vers moi, l'air faussement indigné. C'est faux, je t'assure.

— Bon, que voulez-vous savoir ?

La serveuse se présenta à notre table et je m'interrompis pour commander :

— Un verre d'eau et un vin rouge, doux de préférence. Celui que votre sommelier me conseillera.

Une astuce pour prétendre être sophistiquée alors qu'en réalité je ne retenais jamais le nom des vins.

— C'est fantastique que vous vous soyez retrouvés après toutes ces années, s'enthousiasma Rudy lorsque la serveuse fut repartie. Qu'avez-vous fait, de votre côté, pendant cette période ?

Je lui racontai alors mon parcours ; mes études à New York, mon embauche à Porteras, ce que j'avais appris sous la direction de Gabriella. Rudy m'expliqua qu'il la connaissait un peu, car ils fréquentaient le même réseau social. Pendant que je parlais, il écoutait avec la plus grande attention, ce qui me donna l'impression de passer un entretien d'embauche.

— Arrête de la harceler avec tes questions, finit par s'interposer Neil, avec un rire gêné.

Mais Rudy n'en fit pas cas, comme s'il avait l'habitude de ne pas l'écouter, une qualité que je trouvai aussitôt attachante, je dois l'avouer. En effet, Neil pouvait se montrer envahissant et j'appréciais de voir comment d'autres personnes le géraient.

Le retour de la serveuse m'offrit l'opportunité de reprendre mon souffle. Nous avons commandé des assiettes de tapas à partager.

— Je ne cherche pas à la harceler, se défendit finalement Rudy en buvant une gorgée de sa pinte de bière. Je veux seulement en apprendre plus sur elle, puisqu'elle occupe une si grande part de ta vie ces derniers temps.

Neil se racla la gorge, visiblement mal à l'aise, et je sautai sur l'occasion de le sauver de cette impasse.

— Et moi, j'aimerais beaucoup savoir comment un styliste de votre envergure peut devenir le meilleur ami d'un milliardaire qui prend l'avion low-cost pour draguer les jeunes étudiantes.

Dans un éclat de rire, Neil accueillit avec soulagement ce changement de sujet. Je compris alors qu'il parlait souvent de moi à son ami mais préférait que je n'en sache rien.

— En fait, c'est une drôle d'histoire.

— On s'est rencontrés grâce à Valérie. La mère d'Emma.

En prononçant ce nom, Rudy plissa légèrement les yeux comme s'il observait attentivement ma réaction.

Sans vouloir le décevoir, je lui prouvai d'un air interrogateur que je ne connaissais pas cette Valérie. Pour être intimidé par le nom d'une personne, il faut d'abord la connaître ; or, ce n'était pas mon cas.

— Et ?

— Rudy a rencontré Valérie pendant son séjour à l'étranger pour ses études, m'expliqua Neil. Cette marieuse lui proposait de rencontrer son frère Stephen ; elle voulait les caser ensemble.

Rudy acquiesça et éclata de rire.

— En arrivant chez Valérie, puisque je n'avais encore jamais vu ce Stephen et que Neil était là, j'ai cru que c'était lui mon rencard.

— J'étais flatté, évidemment, sourit Neil avec tendresse. Mais on ne jouait pas vraiment dans la même équipe.

— Il a très bien réagi, s'exclama joyeusement Rudy.

— Et Stephen ? leur demandai-je, curieuse.

— Stephen est une histoire dramatique que nous vous raconterons une autre fois, me répondit-il.

— Je lui porte un toast, déclara Neil, puis il reposa son verre et recula sa chaise. Je vous prie de m'excuser. Rudy, je compte sur toi pour te comporter en gentleman en mon absence.

Sirotant mon vin, j'attendis que Neil soit assez loin, puis posai sur Rudy un regard malicieux.

— Alors, j'ai réussi ?

— Réussi quoi ? demanda-t-il, l'air innocent.

— Le test.

Il réfléchit un instant.

— Rien n'est encore fait. Pour l'heure, je suis tenté de dire oui. Pardon d'être si froid avec vous, mais Neil est mon meilleur ami et il a fait de très mauvais choix amoureux dans le passé.

Je lui décochai un sourire joyeux.

— Dans ce cas, vous serez rassuré d'apprendre qu'il n'y a rien d'amoureux entre nous.

— Je suis au courant de votre relation purement sexuelle et « sans attache », affirma-t-il en me rendant mon sourire. Mais vous devez savoir que Neil ne connaît pas les relations légères. Sans parler de son fort caractère. Il a tendance à forcer le destin.

Je pointai le doigt sur mon visage.

—Ne m'en parlez pas, je suis très influençable.

—Il ne peut pas s'en empêcher, il est du signe du poisson, s'amusa-t-il.

C'était la première fois qu'il s'adressait à moi sans signe de méfiance. Je finirais par l'amadouer.

—Ne le décevez pas, Sophie, reprit-il après une gorgée de bière. Il ne s'ouvre pas facilement aux gens. Je sais qu'il a cet air de confiance imperturbable, mais au fond de lui, il est vulnérable. Avec vous, il est plus fragile que vous ne le pensez.

Je gigotai sur mon siège, intimidée par le regard insistant que Rudy posait sur moi.

Zut.

Il y avait tant de choses que je voulais lui dire ; que j'aimais Neil, que je ne lui ferais jamais de mal. Le problème, c'est que je lui en faisais déjà en n'abordant pas le sujet des sous-entendus plus ou moins codés de Jake.

Les actes en disent plus que les paroles, Scaife, me réprimandai-je silencieusement.

—Vous aviez raison au sujet de Jake Kirchner. Je pense qu'il travaille toujours pour Gabriella.

Son sourcil se leva dans un angle droit parfait.

—Que savez-vous ?

—Il pense qu'il y aura un nouveau rachat, et pas des moindres. C'est tout ce que je sais.

Je regardai par-dessus mon épaule pour m'assurer que Neil n'était pas dans le coin.

— J'ai l'impression que je ne peux pas en parler avec Neil. On essaie de maintenir une frontière entre notre vie privée et notre vie professionnelle.

Rudy but une gorgée d'eau.

— Eh bien, bonne chance. Je me pencherai sur cette histoire de Kirchner. Dès que j'en saurai plus, j'en parlerai à Neil.

La serveuse reparut avec les assiettes de tapas, puis peu de temps après, ce fut le tour de Neil.

— Il ne t'a pas menacée, j'espère, s'inquiéta-t-il en me faisant un clin d'œil, puis il s'assit.

— Non, on ne faisait que discuter.

Ouf, j'étais parvenue à éviter le sujet du travail, mais je ne savais toujours pas la position de Rudy au sujet de cette histoire saugrenue de défendre la cause animale. La conversation risquait d'être épineuse, mais je sentais qu'il me faudrait en parler tôt ou tard avec Neil.

Tandis que nous dégustions les délicieux hors-d'œuvre, j'écoutais les deux hommes se donner des nouvelles d'amis communs. De temps à autre, ils faisaient une parenthèse pour ne pas m'exclure de la conversation. La situation était irréelle, Neil jouait un rôle que je ne lui connaissais pas. Jusqu'à présent, nous passions notre temps en tête à tête. En le voyant interagir avec un ami de longue date, je repensai à ma relation avec Holli et à notre façon de nous comprendre en une phrase. Nous sommes restés là, autour de cette table, à boire et à discuter jusque tard dans la soirée. Après une bataille autour de l'addition à laquelle je n'ai pas voulu participer – les cocktails en dessert, puis les cocktails digestifs et autres post-digestifs ont fait grimper la note –, nous sommes sortis du restaurant.

— Sophie, me dit Rudy en se penchant afin d'embrasser l'air près de ma joue. J'ai été ravi.

— C'est réciproque, répliquai-je, surprise de l'affection qu'il m'inspirait déjà. Hum, vous venez boire un dernier verre chez Neil ?

Les mots sortirent de ma bouche sans que je n'aie pris le temps de réfléchir ; après tout, ce n'était pas à moi de l'inviter. Je me suis donc tournée vers Neil, qui se racla la gorge.

— Une autre fois peut-être, pas vrai Rudy ?

Sa façon de retirer mon invitation ne parut pas choquante, ni la réponse de Rudy à cette situation délicate :

— C'est très gentil de votre part, Sophie, mais je ne veux pas m'imposer. Passez un bon week-end, tous les deux.

Ils échangèrent une étreinte virile et maladroite, puis Neil et moi sommes retournés à la Maybach tandis que Rudy récupérait les clés de sa Maserati Gran Turismo auprès du voiturier.

À peine installés à l'arrière de la voiture, je lui présentai mes excuses :

— Je suis désolée, je n'aurais pas dû inviter quelqu'un chez toi sans te demander ton avis.

— L'essentiel, c'est que vous vous soyez aussi bien entendus, affirma Neil, puis il s'adossa dans le coin entre la portière et son siège et se pinça l'aile du nez. Et puis, c'est une preuve que tu es à l'aise. Autant chez moi qu'avec moi.

— Est-ce que ça va ? m'inquiétai-je malgré mon état sévère d'ébriété. Tu as l'air épuisé.

— J'ai un peu mal à la tête. Je devrais retourner voir l'opticien, murmura-t-il, et il cligna des yeux avec un sourire forcé. C'est une simple migraine, rien à voir avec le cliché du « j'ai mal à la tête, je n'ai pas envie de faire l'amour ».

— Pauvre chou.

Le vin rouge m'était monté à la tête, sans compter les cocktails enchaînés après le dessert. En glissant au sol de l'habitacle spacieux, j'ai rejoint son côté de la banquette. Je me suis assise entre ses jambes et ai laissé ma tête reposer contre son genou.

— La soirée prend une tournure qui m'intéresse, sourit-il en chassant une mèche de mon front.

— Je ne peux jamais faire ça, susurrai-je et je tendis le bras pour ouvrir sa braguette.

À cette vitesse, la distance entre le restaurant et son appartement nous laissait environ vingt minutes, je me dépêchai donc de chasser les obstacles jusqu'à mon objectif.

— Si l'envie te prend à n'importe quel moment, n'hésite pas. Tu n'as pas besoin d'invitation.

— La plupart du temps quand on fait l'amour, tout tourne autour de mon plaisir à moi. Ce soir, je te propose d'inverser les rôles.

Mes derniers mots me firent frémir.

— Tu crois que je ne tire aucun plaisir de tes orgasmes ? s'enquit-il dans un soupir lorsque je l'empoignai fermement.

— Non, ce doit être excitant pour toi.

Je libérai son sexe de sa cachette ; déjà raide, il se durcissait encore sous mes doigts.

— Mais j'ai envie de ça, repris-je. Je veux être celle qui te fera jouir. Ce soir, tes désirs seront des ordres. Tout est possible.

— Vraiment ? s'étonna-t-il, puis il me décocha un sourire d'écolier attendrissant. Mon anniversaire n'est qu'en mars, tu es au courant ?

Je m'humectai la lèvre et me penchai vers lui pour titiller le bout de son sexe. Puis, avec une lenteur étourdissante, je le pris dans ma bouche depuis la base et jusqu'à son extrémité. Mon regard ne quitta pas le sien et je sentis mon pouls s'emballer. Son cœur s'accélérait également, je le sentais sous ma main dont le mouvement accompagnait celui de ma bouche. Parcourant son membre sous toutes ses coutures, je me délectai de la façon dont il retint soudain sa respiration.

— Joyeux anniversaire à moi-même, alors, conclut-il dans un grognement, et il rejeta la tête en arrière.

Sans ralentir le rythme de mon poignet, je le pris aussi loin que possible, passant la langue dessus, dessous, le recouvrant de ma salive et penchant la tête sur le côté. Rien ne pressait, j'avais le temps et l'envie de le savourer la nuit entière.

En y réfléchissant, j'avais négligé cet aspect. De toutes mes précédentes relations, je n'avais jamais engagé de préliminaires sans passer par la fellation ; or, depuis deux mois, avec Neil je ne l'avais fait que deux fois. Tous mes précédents amants faisaient allusion à cette douceur dès le second rendez-vous, voire plus tôt.

Neil aurait pu me donner « l'ordre » de lui en faire une lors de nos jeux coquins, mais il ne l'avait jamais fait. Puisque ce n'était pas une obligation, je me retrouvais dans une situation où ce qui importait vraiment, ce n'était pas de l'impressionner mais de lui apporter tout le plaisir qu'on peut donner à un homme. Je m'efforçais de répondre au mieux aux réactions de son corps. Il emmêla ses doigts dans mes cheveux, et prit soin de ne pas les tirer trop fort. Son autre main, posée sur son genou, se crispait et se détendait au rythme de ma succion et de sa respiration saccadée. J'avançai la tête plus encore et ouvris ma gorge pour l'accueillir tout entier ; ses hanches eurent alors comme une secousse qui le projeta contre moi.

— Pardon, souffla-t-il dans un halètement.

Suffoquant légèrement, je levai la tête pour le rassurer.

— Ne t'inquiète pas.

Puis, forçant tous mes muscles à se détendre, je le repris dans ma bouche. La fellation est l'un de mes talents cachés.

— Putain, c'est incroyable, murmura Neil.

Il ignorait qu'il devait mon talent à un entraînement intensif sur des bâtonnets de glace à l'eau, en colonie de vacances. Évidemment, Neil était bien plus imposant qu'un sorbet, et la marge de manœuvre de ma langue s'en trouvait restreinte. Je ne pouvais rien faire de plus que faire glisser mes lèvres sur son sexe, ce qu'il semblait tout de même apprécier. La position dans laquelle j'étais rendait la démarche difficile, car je devais le prendre profondément tout en évitant d'avoir un haut-le-cœur, c'est pourquoi je ne pus faire durer le plaisir trop longtemps. Mais Neil ne me le demandait pas : il me releva le menton.

— Viens par là, m'ordonna-t-il en se tapotant la cuisse.

Je ne me fis pas prier et montai sur ses genoux. Dès que je fus recroquevillée sur lui, il glissa une main sous ma jupe et poussa un soupir comblé à la rencontre de la moiteur de ma culotte. Repoussant le tissu satiné sur le côté, il enfonça aussitôt deux doigts en moi.

— Une simple fellation et voilà le résultat, ronronnai-je à son oreille, le souffle court tandis qu'il faisait un mouvement de va-et-vient avec ses doigts curieux. Ça a suffi pour m'exciter.

De son autre main, il me caressa le dos, puis les fesses sous ma jupe retroussée. Entre deux baisers, je lui murmurai :

— Tu as un préservatif ?

Il ouvrit l'accoudoir central d'un geste expert et en sortit un paquet noir en plastique.

— Quel attirail ! Tu es prêt pour des kilomètres de route, gloussai-je en me relevant pour le laisser enfiler le latex, non sans une certaine fébrilité.

Neil écarta encore ma culotte sur le côté pour laisser son sexe trouver mon entrée, et il s'enfonça en un mouvement brusque. Je m'agrippai aux pans de sa veste et me cambrai, enivrée par la sensualité de l'instant alors que nous étions encore complètement habillés.

À l'arrière d'une voiture dans les rues de Manhattan. Rien que ça.

Je ne rêve pas, c'est vraiment ma vie !

Passant la main sur ma poitrine, il déboutonna mon chemisier, tira sur mon soutien-gorge et prit la pointe de mon sein entre ses lèvres. Je roulai des hanches avec langueur, insatiable, et souhaitai plus d'intensité, plus de friction, mais la Maybach avait beau être spacieuse, les positions qu'elle offrait n'étaient pas les plus confortables. En particulier avec cette jupe qui me serrait les cuisses.

— Monsieur Elwood ? appela Tony dans l'interphone. Nous sommes arrivés.

Neil se pencha pour enfoncer le bouton, et ordonna d'une voix calme et posée malgré nos postures :

— Faites encore le tour du pâté de maisons, vous serez gentil.

— Oui, monsieur.

Me frottant contre lui, je serrai mes muscles avec délice.

— Seulement un tour ? ronronnai-je.

— Oui, ça devrait te laisser le temps de reboutonner ton chemisier, répondit-il avant de me mordiller la lèvre inférieure. Ensuite, on montera l'escalier et je te baiserai sur la première surface horizontale à portée de main.

— Horizontale ? Quel manque cruel d'imagination.

Je voulus m'écarter de lui, mais il me retint.

— Tu peux t'habiller dans cette position, non ? Il faut profiter de chaque minute.

Levant les yeux au ciel, je soufflai sur une mèche qui me cachait le visage.

— Tu n'es qu'un pervers, j'espère au moins que tu en es conscient.

Neil enfouit son visage dans mes seins et s'exclama d'une voix étouffée :

— Je sais, ma chérie. Je suis obscène.

Encore ce « ma chérie ». Mais d'où ça venait ? Je lui fis lever le menton et me dépêchai de reboutonner sa chemise.

— Tu pourrais au moins me faire jouir avant d'arriver, le provoquai-je. Je l'ai mérité, non ?

— Oui, tu l'as amplement mérité, acquiesça Neil en faisant courir ses doigts sur ma poitrine alors que je refermais le dernier bouton.

Il voulut remonter ma jupe plus haut, mais elle était si étroite que ce fut difficile. Il dut opérer un angle étrange avec son poignet pour atteindre mon entrejambe.

— Je te lance un pari. Si tu parviens à me faire jouir avant qu'on ait fait le tour du quartier…

Je m'interrompis pour reprendre mon souffle au moment où ses doigts caressaient mon clitoris.

— … tu pourras faire ce que tu veux de moi.

Un sourire outré se dessina sur ses lèvres.

— Quelle coquine.

La voiture tourna au premier virage et je me penchai pour l'embrasser. Pendant qu'une main était occupée entre mes cuisses, l'autre vint entourer ma taille pour me tenir immobile alors que je me tortillais sur son sexe.

— C'est de la triche si tu m'aides, non ? murmura-t-il. C'est presque trop facile, tu ne fais rien pour me bloquer.

— Je serais folle de vouloir t'en empêcher.

Notre position poussait l'extrémité de son membre tout contre mon point G. À force d'entourer mon clitoris du bout des doigts, Neil parvint à me donner des vertiges, et plus rien n'existait mis à part cette caresse délicieuse.

La voiture freina et me fit balancer sur Neil, ce qui m'arracha un cri de plaisir. Il continua d'aller et venir, mais doucement, en bougeant à peine. Son autre main agrippa mes fesses et me força à me redresser. Les genoux enfoncés dans le dossier, je suivis le mouvement, ravie par la sensation de son gland à l'intérieur de moi. Haletante, j'étais impatiente de redescendre d'un coup et de le reprendre tout entier, mais il fit claquer sa langue.

— Non, non, reste là, me réprimanda-t-il. Attends, j'ai une autre idée.

Il se souleva à peine et se frotta divinement contre moi, ce qui me fit gémir de frustration. Il sourit, visiblement satisfait.

— C'est parti.

La voiture prit le deuxième virage. J'avais le souffle court et entrais dans une danse enfiévrée. La largeur de sa virilité poussait contre ma sensibilité aiguë et ses doigts accéléraient le rythme contre mon clitoris. Alors, je m'agrippai au dossier du siège et poussai des miaulements que je n'aurais jamais cru entendre ailleurs que dans un film pornographique.

— Ah ! suffoquai-je, effarée par l'intensité de mon plaisir.

Neil s'enfonça plus encore en moi et je sentis des spasmes me parcourir.

— Alors, je gagne le pari ? s'enquit-il, en m'abaissant une dernière fois sur lui d'un geste brusque.

— Putain !

Je frappai ses épaules avec la paume des mains. J'avais la tête qui tournait et la chair de poule sur tout le corps, mais Neil continuait de se frotter à moi, de me toucher, de faire durer mon orgasme jusqu'à ses dernières secondes.

— Arrête ! le suppliai-je, le nez enfoui dans son cou.

La voiture entama un nouveau virage et je pris conscience que je n'avais plus fait attention à la route.

— Nous y sommes, déclara Neil en chassant les cheveux de mon visage.

Je ressentais la même fatigue qu'après avoir dormi lors d'un très long voyage en voiture. Mes jambes tremblaient. Mes cuisses collaient. Neil me souleva par les hanches et je m'assis à côté de lui pendant qu'il rangeait ses attributs.

De mon côté, je me redressai pour remettre ma jupe en place, les cuisses courbaturées et les genoux affaiblis.

— On a déjà fait le tour du pâté de maisons ?

— Tu étais distraite, affirma Neil en refermant sa braguette, puis il appuya sur le bouton de l'interphone. Merci, Tony, nous pouvons sortir.

Le chauffeur m'ouvrit la portière et je quittai la voiture, incapable de le regarder dans les yeux. Aucun doute, Neil avait déjà couché à l'arrière de cette voiture – qui s'en priverait, puisqu'il y avait un chauffeur ? – mais pour ma part, les ébats sur les banquettes arrière n'avaient jamais impliqué une troisième personne.

— Bonsoir, Tony, lui lança Neil et il referma sa veste en contournant la voiture.

Il ne masqua pas son empressement en me guidant dans le hall puis jusqu'à l'ascenseur. Ses mains recommencèrent à me parcourir avant même d'entrer dans l'appartement. Une fois dans le vestibule, il ne prit pas la peine d'allumer la lumière.

— Mets-toi à quatre pattes, me souffla-t-il et j'exécutai ses ordres sur le marbre froid.

Je trépignai. Allait-il vraiment le faire ? Sans lubrifiant ni préliminaires ? Je commençai à regretter ma proposition : « Tu pourras faire ce que tu veux de moi. »

Dès qu'il retrouva l'enveloppe chaude de mon sexe, je poussai un soupir de soulagement.

— Franchement, Sophie. Tu ne croyais tout de même pas que j'allais te faire une chose pareille sans préparation ?

Il se pencha sur moi et ouvrit mon chemisier d'un geste si vif qu'il en arracha les boutons. Mon sexe se resserra autour de lui.

— Tu l'as déjà fait, lui rappelai-je, puis, prenant une profonde inspiration, je lui répétai les mots avec lesquels je l'avais supplié plusieurs années auparavant. « S'il te plaît. Tu as dit *tout* ce que je veux. Je ne l'ai encore jamais fait, et j'aimerais que tu sois le premier. »

Neil saisit fermement ma croupe de ses grandes mains et fit glisser son pouce entre mes globes.

— Une enfant capricieuse, voilà ce que tu étais.

Son pouce força délicatement le passage, et me provoqua des frissons aussi brûlants que glacés.

— Mais on recommencera, pas vrai ? insistai-je.

Dans un rire, Neil se retira de ma féminité avec une lenteur à me rendre folle.

— Tout à fait. Mais pas sans un minimum d'entraînement. À l'époque, tu étais si étroite que j'ai cru que tu m'avais fait un bleu au pénis.

Un rire choqué s'échappa de mes lèvres, puis fut vite remplacé par un soupir lorsqu'il me pénétra de nouveau.

— Assez discuté. Baise-moi.

Et c'est ce qu'il fit avec la maîtrise que j'aimais tant. Retirant son pouce, il me fessa avec une violence surprenante, avant de tirer sur mon soutien-gorge. L'une des bretelles se déchira, mais je m'en fichais. Je savais que, de toute manière, il était bon pour la poubelle. Neil retroussa ma jupe et me posséda avec une violence qui me fit hurler, mais était-ce du plaisir ou de la douleur ? Au moment de l'orgasme, ce n'était pas une libération, ni un soulagement, mais plutôt un choc électrique qui figea mes membres et me vida de toutes mes forces. Je me suis alors effondrée sur le sol, laissant le marbre froid me glacer la poitrine. Neil accompagna ma chute et força encore le mouvement vers mon corps qui résistait malgré moi, puis il poussa un grognement rauque.

Ce fut la première fois qu'un homme me prenait avec une telle violence que je ne pouvais plus réagir. Dépourvue de mots, de gestes, je le laissai m'aider à me relever sur mes jambes flageolantes et me guider jusqu'à la chambre. Là, il alluma les petites lumières et retira lui-même mes vêtements puisque j'étais trop faible pour y arriver seule. Ensuite, il m'abandonna le temps de se rendre à la salle de bains et je m'effondrai sur le lit. Je ne voulais pas m'endormir, mais ne pouvais pas non plus combattre le sommeil.

J'ignore combien de temps s'écoula, mais à mon réveil, il faisait nuit, Neil était allongé à côté de moi et il ronflait légèrement. Je ne pus m'empêcher de sourire et me recroquevillai contre lui.

Dans son sommeil, Neil déploya son bras autour de moi et m'attira contre son corps. Son pied s'enroula autour de ma cheville.

Mon cœur battait à cent à l'heure. Je l'aimais. Je l'aimais d'un amour impossible et – j'en étais sûre – réciproque. Nous ne l'avions pas encore prononcé, et tant mieux. Les mots « ma chérie » m'avaient déjà chamboulée, j'osais à peine imaginer l'effet que me ferait une déclaration.

Une nouvelle crainte naquit en moi : il ne m'avait jamais parlé d'amour. Le temps que nous passions ensemble ne faisait pas de nous un couple sérieux. Ce soir-là, j'avais prévu de lui parler de Porteras et de l'accueil mitigé qu'avaient reçu ses nouvelles directives. Au lieu de cela, le sexe m'avait embrumé l'esprit. N'était-ce pas mieux comme ça ? Si je lui parlais de mes inquiétudes concernant le magazine, penserait-il que je profite de la situation ? Mettrait-il un terme à notre relation ? Tout portait à croire que non, mais je ne voulais pas courir un tel risque.

Mes résolutions devaient tenir bon. Rien ne me forçait à me taire ; Neil méritait d'être au courant, peu importe que je craigne sa réaction. S'il m'aimait vraiment, il saluerait mon initiative, non ? Et s'il ne m'aimait pas, aurais-je vraiment envie de poursuivre cette relation ?

Même si c'était le cas, je ne pouvais pas continuer comme ça. C'est pourquoi je pris la décision d'en parler dès le lendemain au petit déjeuner.

— « *Porteras* nous a habitués à des numéros épais comme la Bible », lus-je à haute voix le lendemain matin, les coudes posés sur l'îlot central de la cuisine pendant que Neil fouettait des œufs dans un bol en céramique.

Depuis ma première nuit chez lui, il avait pris l'habitude de nous préparer le petit déjeuner. C'était devenu notre petit rituel agréable. Enfin, « agréable » n'était peut-être pas le mot pour qualifier ce matin-là.

— « Mais la quantité de publicité a été considérablement réduite. Est-ce la décision de Elwood & Stern, l'entreprise qui a repris dernièrement les manettes du magazine ? Ou est-ce une preuve que les créateurs encore loyaux à Gabriella Winters, unique reine de la mode, refusent d'aller trop loin dans le changement ? »

— On fait évoluer le magazine, les gens sont libres de réagir, dit calmement Neil tout en versant la préparation d'œufs dans la poêle sur le feu.

Il portait le tee-shirt et le pantalon en coton qu'il enfilait généralement au réveil, et le torchon jeté nonchalamment sur l'épaule rendait l'ensemble étrangement sexy.

—Oui, mais ces « gens » écrivent l'édito du *New York Times*, soulignai-je d'une voix aussi douce que possible.

—La version en ligne, précisa Neil en désignant du menton l'iPad. Tu veux bien me passer le poivre ?

Je reposai la tablette et lui tendis la coupelle de grains de poivre vert hachés.

—Trop de changements d'un coup… Les lecteurs fidèles à Gabriella risquent de voir ça d'un mauvais œil. Et comment vont-ils réagir en janvier, avec la censure des créateurs qui utilisent les produits testés sur les animaux ? Je trouve juste que les lecteurs n'ont plus beaucoup de choix.

—Je n'ai pas envie de parler de ça, Sophie. C'est l'un des seuls moments de la journée où je ne suis pas obligé de penser à ce fichu magazine.

Aucun doute, il était fâché. Je n'étais pas habituée à l'agacer, et le nœud que cela créait dans mon ventre était loin de me plaire.

Pourtant, c'était important pour moi, et je m'étais promis de ne pas faire marche arrière juste pour le satisfaire.

—Ce fichu magazine, c'est mon métier, Neil. Mon seul et unique métier. Je pense avoir le droit de m'inquiéter.

Il se retourna et jeta le torchon sur le comptoir.

—Tu penses vraiment que Porteras s'effondrera à cause d'un seul numéro moins bon que les autres ? Chaque fois qu'une boîte change de direction, il faut en subir les conséquences. Bienvenue dans le monde de l'édition.

—Ce ne sera pas seulement un numéro moins bon que les autres, rétorquai-je. En défendant la cause des animaux, le magazine prend le risque de réduire drastiquement l'éventail de publicitaires et de créateurs qui nous soutiennent.

— Quelle importance ? Après tout, *Porteras* reste le magazine de mode le plus influent d'Amérique, voire du monde entier. Si on décide de bannir… l'orange, par exemple. Eh bien, cette couleur sera abandonnée par toutes les *fashionistas*, expliqua-t-il d'un air distrait en retournant l'omelette.

— Mais tu ne dis pas seulement « fini l'orange », tu mets en avant des créateurs qui n'utilisent pas cette couleur.

Ce n'était pourtant pas compliqué à comprendre. Je poursuivis :

— Si tu dis : « pas de fourrure, pas de cuir, pas de tests sur les animaux », tu fais une croix sur une large majorité de publicitaires et de créateurs. En gros, tu fais comprendre aux plus grandes boîtes mondiales qu'elles ne sont plus les bienvenues à Porteras.

— Et c'est le cas. Les jeunes stylistes et les nouvelles marques de produits de beauté s'adapteront pour répondre à nos besoins. Cette révolution finira par trouver son public, j'en suis sûr.

Je décidai de changer de tactique.

— Qu'en pense Rudy ?

Le silence qui suivit fut une réponse parlante. L'omelette crépitait sur le feu.

— En termes de mode, Rudy est un génie, personne ne remet cela en question. Mais il n'y connaît rien en édition.

— Alors lui aussi trouve l'idée insensée ? compris-je en secouant la tête, dépitée. Tu n'écoutes donc personne ? Est-ce que tu prends plaisir à leur payer des salaires astronomiques pour ne pas écouter leurs conseils ?

Dans un accès d'exaspération, Neil jeta une tige de ciboule sur la planche à découper.

— Je n'ai vraiment pas envie d'avoir cette conversation avec toi, Sophie.

— Pourquoi ? Parce que je ne suis qu'une pauvre rédactrice du département cosmétique ?

— Rédactrice *adjointe*, rectifia-t-il sèchement en découpant sa ciboule.

Oh non, il n'a pas osé !

— J'ai compris.

Je tournai les talons. Venant de lui, ce genre de pique ne passait pas. Je l'entendis pousser un juron derrière moi dans un bruit de couteau retombant sur la planche. Il se précipita alors entre la porte et moi. Je déteste quand les gens font ça. Si je n'étais pas si raisonnable, je lui aurais mis un coup de pied entre les jambes. Fichu sens des convenances.

D'un geste étonnamment doux, il posa une main sur mon épaule pour m'arrêter dans mon élan.

— Franchement, tu comptes t'en aller en claquant la porte à cause d'une toute petite dispute ?

— Oui ! m'exclamai-je en chassant sa main d'un haussement d'épaule. Et ce n'est pas juste une toute petite dispute. Il s'agit de mon métier, de ma carrière ! Je dois pouvoir gagner ma vie, c'est pourquoi je refuse que tu n'en fasses qu'à ta tête et que tu laisses le magazine couler juste parce que tu n'écoutes personne.

— Si, j'écoute ! se défendit Neil, et dans son mouvement, des gouttes rouges tachèrent son tee-shirt. Je…

— Tu saignes !

Aussitôt, je me sentis rassurée de ne pas avoir d'omelette dans mon estomac. Je ne supportais pas la vue du sang, que ce soit le mien ou celui des autres. Cela me rendait malade.

Il fronça les sourcils, vexé que je lui aie coupé la parole. Puis, il aperçut la trace rouge qui coulait le long de son bras.

— Quoi ? Oh ça va, je me suis à peine coupé.

— Et maintenant, tu banalises ta coupure ?

Je me précipitai vers le comptoir et y récupérai le torchon en ronchonnant :

— Tu m'énerves avec tes grands airs !

— Aide-moi au lieu de dire des bêtises.

— D'accord, d'accord, grommelai-je en ravalant ma crainte, et je pris sa main. Je te jure que si une seule goutte me tombe dessus je vais vomir.

J'eus soudain des vertiges. La pièce se mit à tourner, mon estomac gargouilla et j'eus comme un goût de bile dans la bouche.

— Waouh. Je ne me sens vraiment pas bien.

L'idée, c'était de courir vomir dans l'évier, mais je ne pus que glisser sur les fesses, adossée à la fraîcheur de la porte, les yeux fermés. Neil voulut me retenir de m'affaisser mais je le chassai.

— N'en fais surtout pas tomber sur moi.

Un rot menaçant se forma au fond de ma gorge et je tournai vivement la tête.

— Tu es vraiment malade ? À cause d'une petite goutte de sang ?

À présent, il riait doucement mais cela ne m'impressionnait pas.

— J'estime que le sang doit rester à l'intérieur du corps, rétorquai-je. Et puisque tu ne vas pas mourir, je suis toujours en colère.

— Si, je vais peut-être mourir. Ma blessure est grande ouverte, ça coule partout. J'espère que je n'aurai pas besoin de points de suture.

J'eus un haut-le-cœur à peine exagéré.

— Excuse-moi, dit encore Neil, en posant l'autre main sur mon genou. Je ne veux pas que mes décisions professionnelles te dérangent. Sache que si quoi que ce soit devait arriver, je ferais en sorte que ça ne t'affecte pas.

Je repensai alors à la partie « & Stern » de son entreprise et aux ragots que Jake avait colportés dans la voiture. L'idée d'un tel arrangement ne me plaisait pas du tout.

— Je ne veux pas de ton aide. Je refuse que tu veilles au succès de ma carrière juste parce qu'on a couché ensemble.

— Ce n'est pas ce que je voulais dire, se défendit-il, avec une pointe d'irritation. Je ne peux pas laisser quelqu'un qui m'est cher souffrir à cause de mes erreurs. L'indépendance, d'accord, mais jusqu'à une certaine limite. Je ne suis pas arrivé là où j'en suis tout seul. Chaque personne talentueuse que je connais a su m'aider tout au long du chemin.

Je ne sus quoi répliquer. Difficile de ne pas reconnaître son humilité. J'admirais cette qualité, ce qui ne me facilitait pas la tâche si je voulais continuer de lui en vouloir.

— Porteras s'en sortira très bien, affirma-t-il. Mais si ce n'est pas le cas, je t'aiderai à trouver un autre poste.

— Je ne me laisserai pas faire. Le piston est l'une des pires injustices du monde du travail, résistai-je en secouant la tête. Je ne veux pas que les gens pensent que je suis avec toi pour ton pouvoir ou ton argent. Et si je grimpe les échelons dans le métier, je veux y arriver seule. Coucher avec toi ne doit pas entacher mon mérite, tu comprends ?

— Oui, je comprends, sourit-il. Et c'est une belle qualité.

— Alors pourquoi nous chamailler ? Je comprends que tu n'aies pas envie de parler du travail. Après tout, je te demande de m'épargner les traitements de faveur, et ensuite, je me permets de te donner des conseils sur la façon dont tu mènes la boîte. C'est vrai, c'est injuste.

S'il y a une chose que je déteste, c'est bien de me faire prendre à mon propre jeu de rhétorique. Le choix s'offrait à moi, c'était l'un ou l'autre, et je compris que ce qui importait vraiment, c'était que Neil respecte la frontière que nous avions fixée entre notre vie professionnelle et notre vie privée. Je pouvais donc faire une croix sur mes conseils concernant la manière dont il gérait Porteras.

— Mais je ne te demande rien, murmurai-je finalement. Tout ce que je veux, c'est toi.

— Je sais. Et il est rare qu'une personne débarque dans ma vie avec cette seule idée en tête.

Neil enroula son bras taché autour de mes épaules et me serra contre lui, puis il m'embrassa le front en susurrant :

— C'est justement pour ça que je t'aime si fort.

Chapitre 18

Avez-vous déjà regardé un documentaire dans lequel un lézard se retrouve face à un objet de couleur similaire, puis se fige sur place comme par instinct ? Ce fut la posture de Neil dans la seconde où il me dit qu'il m'aimait.

J'eus la désagréable sensation que cet instant précis marquait la fin de notre belle histoire, que Neil venait de prononcer ces mots accidentellement – c'était *forcément* involontaire – et qu'il était gêné car il ne savait pas comment retirer ces paroles maladroites. Par crainte, il pouvait très bien décider de tout arrêter.

Sans lui laisser le temps de trop y réfléchir, je lui demandai :

— Tu le penses vraiment ?

— Je, hum…

Horrifié, il se mit à pâlir, comme moi devant son sang.

— Ce que je voulais dire, c'est que…

Il s'humecta les lèvres, fit la grimace, puis éclata de rire en se pinçant l'aile du nez comme si une affreuse migraine le prenait par surprise.

— J'avais prévu de te le dire dans un tout autre contexte. À un moment où je ne saignerais pas dans un torchon de cuisine, par exemple.

Je pris sa main avec précaution et retirai le torchon, prête à combattre ma nausée. Le sang ne coulait plus, bien que le tissu en fût lourdement gorgé.

— Regarde, c'est rien du tout. Une simple petite coupure.

— Ah bon ? fit-il d'une voix éraillée comme celle d'un adolescent, et je trouvai cela adorable. Ouf, j'ai eu peur de m'être ouvert une veine.

J'ai délicatement refermé son poing et remis le torchon en place, saisie par ma phobie du sang que j'essayais tant bien que mal de combattre.

— Moi aussi, je t'aime.

Il leva les yeux et me décocha un bref sourire.

— Je suis rassuré. Mais sache que je n'attendais pas de retour de ta part. Je sais quelles sont tes attentes dans notre relation, elles sont claires depuis le début. Je ne veux pas te forcer…

— Je sais, je…

Avouer son amour à quelqu'un, n'est-ce pas censé être la plus belle chose au monde ? Pourquoi avais-je l'impression qu'on me donnait un coup de poing dans le ventre ?

Neil m'étudia un instant, en attente d'une réponse. Dans son regard, je voyais qu'il avait besoin d'être rassuré. Rongée par la culpabilité, je fus pourtant incapable de lui apporter ce qu'il voulait. Déçu, il dit d'une voix triste :

— J'avais prévu de t'avouer un jour – pas aujourd'hui, évidemment – mon amour pour toi. Mais je ne m'attendais pas à cette réponse.

Il voulut rire, mais sa tentative échoua lamentablement. Alors, il se leva et s'approcha de l'évier où il jeta le torchon ensanglanté et se rinça les mains.

— Pardon si ma réponse t'a déçu, mais je n'y peux rien, murmurai-je avec l'affreuse sensation de me conduire en vipère. En fait, j'ai peur.

— Pourquoi ?

— Si on tombe amoureux… Est-ce que ça ne risque pas de tout changer ?

J'aurais tout donné pour effacer les dix minutes qui venaient de s'écouler, même si cela signifiait retourner à notre dispute ; au moins, je savais où nous en étions. Je me suis levée, tout en m'efforçant de garder mes distances.

— Est-ce que ça implique qu'on doit passer tout notre temps libre ensemble, regarder les mêmes émissions à la télévision et accorder nos emplois du temps ? Bon sang, je ne sais pas. Est-ce qu'on devra organiser des repas familiaux avec ta fille pendant les vacances ? Est-ce que je devrai parler de toi à ma mère ? Elle a sept ans de moins que toi, elle ne s'en remettra jamais ! C'était tellement plus facile lorsqu'il ne s'agissait que de coucher ensemble.

Neil avait profité de ma diatribe pour s'approcher de moi. Il me coupa la parole par un baiser, ce qui aurait dû me rendre furieuse. Pourtant, ce simple geste m'aidait ; chaque mot que je venais de prononcer avait fait grimper ma panique, et le fait de sentir ses lèvres sur les miennes et sa main dans mes cheveux me permit de m'apaiser.

Il me regarda droit dans les yeux.

— Les choses ne sont pas obligées de changer, Sophie. Je t'aime. Si on y est enfin, si on forme enfin un couple, je suis prêt à prendre ce que tu me donneras. Même si tu ne veux pas passer tes vacances avec moi, ni me présenter à ta famille. Tu n'es d'ailleurs pas forcée de laisser une brosse à dents ici si tu n'en as pas envie.

Il déposa encore un baiser sur mon front et me prit dans ses bras.

— Si je m'emporte, c'est uniquement parce que j'ai peur de t'aimer, balbutiai-je en me sentant ridicule. Je ne voulais pas que l'amour s'immisce entre nous.

— Eh bien, excuse-moi d'être parvenu à te charmer.

Relevant mon menton, il sourit et s'empara de ma bouche avec sensualité. La main qu'il n'avait pas blessée vint épouser la forme de ma joue et il frotta son nez contre le mien. C'était le baiser le plus romantique de toute ma vie. Le nœud qui s'était formé dans mon estomac se délia totalement. J'aimais un homme qui m'aimait en retour et le ciel ne nous était pas tombé sur la tête.

Je me sentais si soulagée que j'en avais presque oublié un détail qu'il venait de prononcer. En m'écartant, je lui lançai un regard troublé.

— Tu as dit : « enfin » ?

Il refit la tête de l'animal aux aguets.

— Depuis combien de temps es-tu amoureux de moi ?

Un frisson d'appréhension me parcourut mais je m'empressai de le chasser.

— Depuis six ans.

Il n'y eut aucune trace d'hésitation dans sa voix. Ses bras vinrent encercler ma taille.

— Je suis tombé fou amoureux de toi il y a six ans, reprit Neil. Ce fameux soir à Los Angeles.

Là, j'étais en panique. Mais moins que je ne l'aurais pensé.

— C'est une blague ?

— Non, pas du tout, affirma-t-il, puis il marqua une pause, l'air affligé. Je saurais même te dire le moment exact, je m'en souviens comme si c'était hier.

Je ne dis rien. Que pouvais-je répondre à cela ?

Alors, Neil me raconta. Le regard rivé au mien, dans lequel je lisais toute une suite d'émotions intenses, il me raconta le moment où il était tombé amoureux de moi.

— On était au bar de l'aéroport et tu t'es mise à crier de colère quand je t'ai dit que je n'aimais pas la plume de William Faulkner.

J'en restai bouche bée.

— Neil… On se connaissait depuis dix minutes à peine.

— Je sais. Ça peut paraître fou. C'était encore mieux qu'un coup de foudre.

Le reste sortit en un flot de paroles destiné à noyer le fait qu'il venait de m'avouer un amour qui durait depuis six ans alors qu'il ne m'avait pas vue une seule journée entière.

— Tu ne cherchais pas à me donner raison pour m'impressionner. Tu étais à la fois si jeune et si sûre de toi, je trouvais ça charmant. Alors que tu te disais journaliste, j'étais pour toi l'employé d'un grand magazine, et tu n'as pas cherché une seule seconde à profiter de moi comme contact pour entrer dans le milieu. Tu n'avais peur de rien. Un billet pour l'étranger en main, tu t'apprêtais à voyager pour la première fois dans un pays dont la langue t'était complètement inconnue et où tu ne connaissais personne. Tu n'avais même pas assez d'argent pour te payer une chambre d'hôtel. Mais tu t'en fichais ; ce qui t'importait, c'était de défendre les écrits de Faulkner. C'est à ce moment-là que j'ai su que tu étais la femme idéale, admit-il avec un sourire triste. Je t'avais rencontrée trop tôt dans ta vie, ça n'aurait mené à rien. L'envie m'a pris de poursuivre une relation avec toi à Tokyo, mais j'avais peur. J'aurais gâché ta vie en essayant de faire de toi une autre femme que j'estimais te correspondre. Alors, j'ai préféré te laisser partir et tourner la page. Depuis, j'ai fait de ma vie un enchaînement d'erreurs ridicules.

Là encore, je ne sus quoi dire. Neil était sincèrement amoureux de moi, ce n'était pas du cinéma. Et de toute évidence, ça faisait un moment. Ce fut à mon tour de prendre la pose du lézard aux aguets.

— Je n'aurais pas dû te dire tout ça, regretta Neil et son expression se décomposa.

— Si, rétorquai-je en lui souriant. Si, je suis contente que tu me l'aies dit.

Il m'embrassa de ses lèvres douces et chaudes, et je me lovai contre lui. Il m'aimait. Neil Elwood et moi étions amoureux.

Mais j'étais toujours remontée contre lui.

— Ce que tu as dit tout à l'heure, c'était maladroit, lui ai-je ensuite reproché en chassant une mèche de mon visage. Au sujet de mon travail, du fait que je ne sois *que* rédactrice adjointe. C'était un coup bas.

— Je sais, je l'ai fait exprès pour te blesser. Excuse-moi, souffla-t-il avec une telle sincérité que mon cœur se serra. Je n'en suis pas fier.

— Je ne t'en voudrai pas pour toujours, quarante minutes devraient suffire, plaisantai-je, puis je désignai la poêle restée sur les plaques de cuisson. Tu n'as qu'à te rattraper en finissant de préparer le petit déjeuner, et évite de saigner dans la poêle.

Nous avons savouré notre repas sur l'îlot central car il y avait plus de place pour nos gadgets. Aussi décevant que ça puisse paraître, Neil aimait lire le journal sur son iPad, et j'aimais me tenir au courant des nouvelles grâce au *Huffington Post* que je lisais sur mon téléphone, j'appréciai donc de partager ce moment de silence. En me levant pour me resservir une tasse de café, je pris par réflexe la tasse de Neil afin de la remplir aussi. Lorsque je retournai à ma place, il me serra la main d'un geste naturel sans quitter sa tablette des yeux.

Parfois, ce sont les plus petites choses qui nous coupent le souffle.

Je retirai ma main et me levai d'un bond pour m'étirer comme un chat en poussant un grognement.

— Bon, je vais prendre une douche. Qu'est-ce qu'il y a de prévu pour aujourd'hui ?

— Rien du tout. Si tu veux sortir, je ne suis pas contre l'idée d'un jogging au parc avant les premières gelées de l'hiver. Mais si tu préfères rester à l'intérieur, je ferai mon sport sur le vélo elliptique.

Faire de l'exercice, c'était très important aux yeux de Neil, ce qui était parfait pour moi ; je n'avais aucune envie qu'il me pousse à la paresse chaque week-end. Plusieurs fois, nous étions partis courir ensemble et rentrions à son appartement en sueur et épuisés, pour finalement terminer dans la douche à nous adonner à nos jeux sensuels préférés. Mais ce matin-là, je n'avais pas envie de sortir dans le froid hivernal.

— Si ça ne te dérange pas, je ne préfère pas. Je suis vraiment fatiguée et mes genoux me font un mal de chien. À croire qu'un milliardaire pervers et sans scrupule m'a baisée à même le sol de marbre hier soir.

Sur ces mots, je m'approchai de lui et reposai le menton sur son épaule en le regardant tourner les pages sur son iPad.

— Si ça peut te consoler, je pense que le milliardaire en question a très mal aux genoux, lui aussi, s'amusa-t-il avant de me prendre la main pour y déposer un bref baiser. Allez, va te laver.

C'était un fait, ma baignoire était géniale, mais puisque j'étais une accro des bains moussants, je devais bien admettre que la salle de bains de Neil était impressionnante. Elle n'était accessible que par son dressing aussi immense qu'indécent, une intimité qui transformait la pièce en oasis isolée du reste de la maison. En plus d'une ébénisterie en bois sombre et de lumières dorées relaxantes aux abat-jour en verre, on retrouvait ce système divin de chauffage par le sol recouvert de carrelage en tuiles de pierre naturelle. Les toilettes étaient situées dans un coin à part, près du lavabo en verre à double vasque posé sur un socle de pierre brunie. Sur le côté du lavabo, une étagère était vide et attendait patiemment le jour où je me sentirais assez à l'aise pour la remplir.

J'ouvris un placard et en sortis quelques serviettes blanches duveteuses. L'autre avantage avec Neil, c'était que je pouvais utiliser autant de serviettes que je voulais puisque je n'avais pas ensuite à payer le luxe d'aller à la laverie. De ce point de vue, fréquenter Neil revenait presque à vivre à l'hôtel. En riant à cette pensée, j'ouvris les portes de la douche et commençai à faire couler l'eau. Les coins de la cabine spacieuse étaient en pierre, naturelle là aussi, et elle était composée de trois pans de vitre en verre. L'imposant pommeau de douche carré au-dessus de ma tête donnait la sensation d'être sous la pluie ; il y avait également une douchette amovible et des sprays intégrés au mur. La salle de bains possédait sa baignoire à remous, mais avec cette douche tirée tout droit de mes plus beaux fantasmes, je n'avais pas encore pris la peine de tenter l'alternative.

Je fis mousser le shampoing sous le jet de pluie et repensai à notre conversation. Ça y est, nous l'avions dit. Nous nous étions avoué notre amour. À présent que les choses étaient claires, rien ne serait plus pareil.

Au restaurant, Rudy avait dit que Neil ne faisait jamais les choses à moitié. Cela voulait-il dire que nous étions partis pour une histoire sérieuse? Allait-il y avoir deux brosses à dents dans le verre? Pire encore, risquions-nous de tomber dans le quotidien morne d'un couple ordinaire? Voilà que je me mettais à penser au pire. Neil m'aimait. Ne pouvais-je pas me satisfaire de cela? Mais si nous étions « amoureux », cela devait-il exclure nos jeux érotiques?

D'expérience, je savais que si une relation stagnait, je préférais rompre plutôt que de faire des efforts. Avec Neil, c'était différent. Sans le vouloir, je me retrouvais à l'endroit même que je redoutais en tant que jeune adulte: aux portes d'une relation stable qui me forçait à m'investir.

— Sophie?

Le son de sa voix me fit ouvrir les yeux. Neil ne portait rien d'autre qu'une serviette autour de la taille.

Mon cœur manqua presque un battement. Malgré la buée, les portes vitrées de la douche ne cachaient rien et je me sentis étrangement mal à l'aise, ainsi nue devant lui. Il ouvrit la porte, la referma derrière lui dans un petit « clic » et prit soin d'éviter le jet d'eau central.

— J'espère que ça ne te dérange pas si je te rejoins.

— Pas du tout, susurrai-je en serrant les cuisses.

La dernière fois que nous avions été ensemble dans la douche, il m'avait prise brutalement par-derrière, les seins plaqués contre la vitre embuée. S'il me réservait le même sort dans les minutes à venir, je n'allais pas rechigner.

Il me fit signe de m'écarter du jet d'eau et ferma le robinet.

— Viens par ici.

Alors qu'il me tournait le dos, j'aperçus le métal brillant d'une paire de menottes coincée dans la serviette au niveau de sa taille. J'eus un frisson.

— Tu n'es pas venu pour te laver. Je me trompe ?

Il confirma en secouant la tête, et sortit les menottes de leur cachette. En se retournant, face à moi, il me les tendit et je lui présentai docilement mes poignets, de plus en plus crispée d'impatience. Il emprisonna mon poignet gauche sans trop serrer, puis le droit, et me tourna face aux jets d'eau muraux. Il me fit lever les bras, se glissa dessous et serra nos corps l'un contre l'autre avec mes poignets scellés derrière sa nuque.

— Essaie de ne pas tirer, m'avisa Neil. Je n'ai pas envie que tu me tordes le cou ou que tu t'entailles les poignets. Alors fais-moi plaisir, ne glisse pas.

— Ces instructions annoncent quelque chose d'intense, le taquinai-je.

Mais intérieurement, ma libido tirait la sonnette d'alarme.

— Oui, ce sera très intense, tu peux me faire confiance.

Il s'empara du tuyau avec la douchette amovible, dévissa cette dernière et la laissa tomber à nos pieds.

Oh, bon sang.

S'il y a une chose qu'une femme à la sexualité épanouie doit savoir, c'est l'importance de la pression de l'eau et d'un tuyau à portée de main. Visiblement, au moins un homme sexuellement épanoui le savait également et il venait de m'attacher à lui dans une cabine de douche. Le sourire aux lèvres, il ouvrit le robinet. Tandis qu'il testait la température sur son bras, je ne pus m'empêcher de regarder l'eau ruisseler sur ses biceps. Mes cuisses tremblaient.

Il fit courir le jet entre nous et nous recouvrit de la chaleur délicieuse de l'eau. Puis, dans un sourire satisfait, il déclara :

— C'est parti.

Je me dressai sur mes talons au moment où le jet toucha mon point sensible. Il alla jusqu'à presser directement le bout du tuyau contre mon sexe, ce qui intensifia encore la pression de l'eau. Je suis gênée de l'admettre, mais il ne me fallut pas plus de huit secondes pour atteindre l'orgasme. Un gémissement m'échappa.

— Pardon ? Qu'est-ce que c'était ? demanda-t-il en me prenant fermement par la taille, alors que l'eau glissait le long de mes jambes. Je n'ai pas bien entendu, il va falloir recommencer.

— Oh, merde !

Je voulus m'échapper de son emprise et du jet sur mon clitoris déjà sensible. C'était encore pire que la torture de l'élastique, car l'intensité était constante et ne me laissait aucun temps mort. Mes cuisses se tendirent et je traitai Neil de tous les noms, les larmes aux yeux, au moment où l'extase me saisit une deuxième fois.

Le seul mot que je ne prononçai pas fut « rouge ». J'étais prise d'une envie délirante de voir jusqu'où je pouvais aller, ce que j'étais capable de supporter, et le temps d'y réfléchir, un troisième orgasme me fit tressaillir. Au quatrième, je poussai un cri déchirant, collée à Neil, qui me tenait toujours captive contre l'instrument de torture. Je voulus refermer les cuisses, mais il y glissa un genou pour m'obliger à les garder entrouvertes. Je sentais son érection à travers la serviette qu'il portait toujours autour de la taille. Toutes mes forces me quittaient, j'étais prête à m'effondrer, mais je devais rester debout, droite sur mes talons. Des crampes naissaient dans mes mollets tandis que je jouissais encore et encore. Le plaisir se transforma en véritable explosion de douleur et avec un dernier hurlement étranglé, je criai : « Rouge ! »

Neil referma le robinet d'une main et desserra les menottes de l'autre. Il fut assez vif pour me retenir au moment où je tombai dans ses bras, exténuée comme si, finalement, j'étais sortie courir un marathon. L'expérience n'avait pas duré plus de dix minutes, mais pour moi, il semblait qu'une éternité venait de s'écouler.

En me tenant fermement contre lui, Neil m'aida à sortir de la cabine de douche, puis il m'enveloppa d'une grande serviette que j'avais sortie au préalable, et laissa la sienne, humide, glisser par terre. Il m'accompagna dans le dressing, puis jusqu'à la chambre où il me frotta minutieusement le corps. Ensuite, il tira les draps encore froissés et m'ordonna de m'allonger.

— Est-ce que tu vas me baiser ? ai-je demandé en me faufilant sous les draps.

À ma grande surprise, il ramena la couverture sur moi et se pencha pour m'embrasser le front.

— Non. Je te l'ai dit, je vais faire un peu de vélo elliptique.

— Oh.

Ma déception était ridicule. Après tout, je m'étais presque évanouie à force de jouir dans la douche ; si nous remettions le couvert, je pourrais ne pas y survivre.

— Repose-toi, ma chérie, sourit Neil en m'embrassant encore. Tu devras être en forme pour ce que je te réserve. Je vais y réfléchir sur le vélo.

Je me mis à glousser et m'enfonçai avec délice dans le lit divinement moelleux de Neil.

Comment ai-je pu craindre de m'ennuyer avec lui ?

Le lundi matin, je dus prendre un congé maladie. Les deux seules fois où j'étais tombée malade dans ma carrière, je ne m'étais pas arrêtée de travailler. Puisque la bactérie était là, pensais-je à l'époque, autant être payée à faire quelque chose. Mais cette fois, j'étais trop faible pour me battre ; j'avais passé la matinée la tête au-dessus de la cuvette des toilettes.

— Eh ! s'exclama Holli en passant la tête par la porte, puis elle fronça les sourcils. Tu as la gueule de bois ?

— Non.

Je voulus secouer la tête, mais le mouvement me rappela vite que c'était une mauvaise idée.

— J'ai pris ma journée. Je vomis non-stop depuis cette nuit.

— Beurk. Devine quoi ? rayonna-t-elle en s'appuyant contre la porte, et elle attendit que mon nouveau haut-le-cœur soit terminé avant de reprendre. J'ai trouvé un travail en or massif.

Même si ma position rendait cela difficile, je voulus paraître heureuse pour elle ; je chassai les cheveux collés à mon front puis reposai la tête sur mes coudes, au-dessus de la cuvette.

— Génial ! Qu'est-ce que c'est ?

— Ça commence en janvier…, embraya Holli, en faisant volontairement grimper le suspens. Et ce sera à Paris.

— Oh mon Dieu !

Je parvins à me relever, à me gargariser la bouche à l'eau froide dans le lavabo, puis portai toute mon attention sur mon amie.

— Ne me dis pas que tu participes à la semaine des défilés de Paris !

— Tu te souviens de mon repas avec mon agent, il y a quelques semaines ? Je l'ai appris ce jour-là, mais je ne pouvais en parler à personne. Une vraie torture.

Holli accueillit mon étreinte avec précaution comme si elle tenait une bombe à retardement, puis elle m'esquiva en baissant la tête.

— S'il te plaît, ne me donne pas ton truc si c'est contagieux.

Je fis un pas en arrière. Malgré mon estomac à l'envers, j'étais heureuse, le bonheur émanait de moi.

Enfin, ce n'était peut-être pas que le bonheur qui émanait de mon corps.

Quand je tombai à genoux au-dessus de la cuvette, Holli se précipita hors des toilettes.

Après une dispute animée, Neil et moi nous étions avoué notre amour. Après un tel week-end, je retournai au bureau avec une étrange boule au ventre. Avant, le fait de travailler en sachant qu'il n'était pas loin me provoquait une excitation sensuelle, mais à présent, je me sentais seulement frustrée. Le fait de cacher notre histoire n'avait plus rien d'amusant. C'était déprimant.

Je suis retournée travailler le mardi. À peine ai-je mis le pied dans le hall d'entrée que Neil est sorti de son bureau pour m'intercepter.

— Est-ce que ça va mieux, mademoiselle Scaife ? s'enquit-il en réglant son pas sur le mien tandis que je remontais le couloir jusqu'au département cosmétique.

— Oui, ça va, monsieur Elwood. Merci.

Je répondais volontairement sur un ton léger. Au moment où je franchis les portes de mon département, je sentis qu'il allait frôler le creux de mes reins avec sa main. Je me retournai vivement et lui décochai un sourire neutre et professionnel en disant :

— Je peux vous être utile ?

— Non, je voulais…

Ses yeux se posèrent sur Jessica qui éditait des photos sur son ordinateur derrière moi, au niveau du bureau central. Elle ne prêtait pas attention à lui.

— Je voulais seulement m'assurer que tout va bien.

Et il tourna les talons. La veille, il m'avait appelée alors que j'étais encore malade comme un chien. Un petit mot – de sa petite amie, pas de son employée – pour le rassurer ne serait sans doute pas de trop. Je me dirigeai vers mon bureau, posai mon sac et en sortis mon téléphone pour lui écrire un message :

Je vais beaucoup mieux. Sans doute une gastro, mais c'est passé.

— Bonjour, Jess, lançai-je tout en tapant sur les touches de mon portable, puis j'envoyai le messagc et me tournai vers elle. Désolée pour hier, j'étais malade. Quoi de neuf ? C'était encore la panique ?

— Non, ça allait. Tu n'auras pas grand-chose à rattraper puisque les problèmes sont presque réglés pour ce numéro. Par contre, je suis désolée que tu aies passé un sale week-end.

— Ce n'était pas si terrible. J'ai seulement été malade dans la nuit du dimanche au lundi.

En y réfléchissant, j'étais rassurée que ça ne me soit pas arrivé chez Neil. Au réveil, je m'étais à peine redressée pour vomir sur la couverture, ça aurait brisé tout le romantisme entre nous.

— Comment était ton week-end ?

Jessica haussa les épaules.

— Je suis allée à une fête, à Greenwich Village. Un groupe moyen pour une fête qui frisait le médiocre. Et toi ?

— J'ai passé les deux jours avec mon petit ami.

C'était excitant : je parlais de Neil sans qu'on sache que je parlais de lui. Il était hors de question que Jessica et India apprennent que je fréquentais Neil Elwood. Ce n'était pas seulement pour protéger mon poste ; elles l'avaient si bien poignardé dans le dos qu'il valait mieux ne pas leur dire que j'étais amoureuse de leur ennemi public numéro un.

— Au fait ! m'exclamai-je soudain – comment avais-je pu oublier ? Tu sais quoi ? Ma colocataire est embauchée pour la semaine des défilés de Paris !

— Waouh ! s'enthousiasma Jessica, les yeux écarquillés. Si je comprends bien, ça y est, elle a percé dans le milieu.

— Oui, elle est folle de joie.

Je n'y avais pas vraiment réfléchi, mais… elle avait raison. Holli se serait contentée de poser devant des voitures hors de prix dans les foires automobiles ; ses attentes de mannequin étaient largement dépassées.

La porte s'ouvrit et je levai les yeux en m'attendant à voir India. Mais ce fut Jake qui entra dans le bureau.

— Sophie, je peux te parler une minute ?

J'ai regardé Jessica.

— Je peux ?

— India n'est pas encore arrivée, alors vas-y. Mais dépêche-toi.

— Bon, on fait vite, ai-je prévenu Jake tandis que nous remontions le couloir.

Il me fit emprunter la sortie de secours qui menait à l'escalier extérieur en colimaçon. Jake ne semblait pas remarquer qu'on ne passait pas inaperçus auprès des collègues.

— Tu es conscient qu'on fait croire à tout le monde que c'est une réunion secrète ?

Au fond de moi, j'étais agacée. Jake avait toujours l'impression que j'étais de son côté, mais je n'avais aucune idée de ce qu'il manigançait.

— Normal, c'en est une, me répondit-il, puis il regarda par la vitre derrière moi d'un air inquiet. Je voulais que tu sois la première à l'apprendre : je m'en vais.

— Comment ça ? Tu démissionnes ?

Malgré le suspens qu'il avait mis en scène, ce n'était pas vraiment une surprise. Déjà sous le règne de Gabriella, je le soupçonnais de vouloir quitter le navire, non pas qu'il parût malheureux, mais je pensais qu'il décrocherait un jour un contrat pour son livre et n'aurait plus besoin de travailler à nos côtés. Malgré tous ses défauts qui n'avaient cessé de grandir ces derniers mois, je restais persuadée que Jake était un homme talentueux. Il savait comment travailler avec des photographes, comment manier l'écriture pour sublimer son art, et il se montrait ouvert à la critique s'il l'estimait constructive.

— Ce serait une perte pour Porteras, lui dis-je en le pensant sincèrement.

— Oui, mais ce n'est pas obligé d'en être une pour toi.

Il posa la main sur le mur derrière moi et se pencha vers moi, un peu trop près à mon goût. C'était sans doute pour nourrir l'aspect secret de notre conversation.

J'écartai légèrement ma tête de sa main.

— Qu'est-ce que tu veux dire par là ?

En poussant un soupir, Jake regarda par la vitre de la porte.

— Tu dois me jurer que tu n'en parleras pas à Elwood. Je ne sais pas ce qu'il y a entre vous, mais je veux être certain que tu ne courras pas lui raconter ce que je viens de te dire.

Une gifle de sa part aurait eu le même effet à cet instant.

— Quoi ?!

Il leva les yeux au ciel.

— Ne fais pas l'innocente. Tu étais dans son bureau, ce jour-là. J'étais là. Comme par hasard, tu as décroché une promotion.

— Ce n'est pas comme ça que je l'ai méritée ! Gabriella…

— … t'avait mise sur la liste, je sais. Écoute, je connais ça. Il m'est arrivé aussi de faire des choses dont je ne suis pas fier pour décrocher un poste.

Dans son regard, je lisais une sorte de : « On est pareils, tous les deux. Je te comprends. »

Mais il ne comprenait rien du tout. Il ne me comprenait pas moi.

— Gabriella a de nombreux partenaires financiers, poursuivit-il avec un sourire en coin. Elle a aussi le soutien d'importants stylistes. Ils prévoient de monter leur propre magazine.

— Tant mieux. J'espère que ça aura du succès.

Je le pensais vraiment. De toute manière, la nouvelle politique de Neil allait faire couler Porteras.

— Inutile d'espérer. On n'a aucun doute là-dessus. Gabriella récupère tous les publicitaires qui fuient cette boîte comme des rats quittent le bateau en plein naufrage.

Jake se redressa et fourra les mains dans ses poches. Une envie terrible me saisit de lui ficher un coup de poing dans son visage de gamin effronté. Il reprit :

— Tu as en face de toi le directeur adjoint de Gabriella pour sa nouvelle publication. Une place à bord, ça t'intéresse ?

— Quoi ?!

Je crus m'étouffer.

— Comme je te l'ai dit, rien n'est encore officiel. Mais je peux lui en parler et voir si elle n'aurait pas un poste pour toi. Tu pourrais commencer assistante, comme avant, mais il y a de grandes chances pour que tu montes en grade. Alors ?

Je voulus lui répondre : « Réfléchissons. Je travaillerais deux ans de plus pour la femme qui n'a pas cru bon de faire appel à moi dès le premier projet de sa nouvelle aventure, je promènerais son chien au colon détraqué et trahirais l'homme que j'aime pour accomplir les deux précédentes tâches. Compte sur moi ! Et tant qu'on y est, donne-moi une scie pour la branche sur laquelle je suis assise. »

Mais j'étais trop raisonnable pour tout lui cracher au visage. Un poste dans le prochain magazine de Gabriella ? Certains seraient prêts à tuer pour une opportunité pareille. Pouvais-je vraiment la laisser passer ? Introduite comme elle l'était dans le milieu de la mode, Gabriella réussirait forcément un coup de maître. Son nouveau magazine aurait un succès phénoménal, nourri par le courroux de lecteurs anciennement fidèles à *Porteras* et rendus fous de colère par les changements déplorables opérés par Elwood & Stern.

— J'y réfléchirai, répondis-je avec précaution.

— Tant mieux, sourit-il, content de lui. Tu sais qu'avec Gabriella, tu n'auras pas à te soumettre à des actes dépravés derrière les portes closes des hauts patrons.

Au contraire, j'entacherais ma dignité au nez et à la barbe de tout le monde. C'était tellement tentant.

Je quittai notre cachette dans l'escalier de secours, le pas chancelant comme si un bus m'avait percutée. Me tournant soudain vers Jake qui m'emboîtait le pas, je lui lançai un regard inquiet.

— Est-ce que l'annonce officielle est pour bientôt ? Pour attirer de futurs abonnés ?

Tout sourires, Jake m'a répondu à mi-voix, promenant son regard méfiant autour de nous en quête d'oreilles trop curieuses :

— Justement, voici la cerise sur le gâteau : quelqu'un travaille ici, à Porteras, et emprunte pour elle la liste des coordonnées de tous les lecteurs. Dès vendredi, tous les abonnés recevront un courrier.

« Emprunte » ? Vole, plutôt. Un employé allait voler la liste d'adresses mails pour qu'elle braconne les lecteurs fidèles à Neil ? Certains magazines se partageaient ces listes, mais jamais dans un cas direct de concurrence. Cette manière de fonctionner était parfaitement sournoise.

Mais si Porteras devait couler, avais-je vraiment envie de faire partie des naufragés ?

Dans ma tête, une alarme stridente me hurlait : « Dis-le à Neil ! » en même temps que des flashs de lumière rouge m'aveuglaient l'esprit. La situation était grave. Une seule personne coupable de ce vol fourbe rendait tous les employés en possession de la liste potentiellement coupables. Ils pouvaient tous être licenciés.

Je pouvais être licenciée.

Après tout, n'étais-je pas le suspect idéal ? J'avais eu mon nez dans les affaires de Gabriella tout le temps où j'avais travaillé pour elle. Ils me pointeraient tous du doigt la première. Oh non, Neil me soupçonnerait, lui aussi.

Mais comment le lui dire ? Quoi qu'il en soit, je risquais de perdre mon travail une fois que la nouvelle se serait répandue. Le secret ne serait pas gardé bien longtemps, il suffisait qu'un abonné écrive à Porteras pour se renseigner sur le courrier bizarre qu'il venait de recevoir. Dès lors, le mal serait fait. Si Gabriella venait à apprendre que j'avais fuité l'information auprès de Neil, elle ne voudrait pas de moi sur son nouveau projet. Mais si je ne prévenais pas Neil, je le trahissais sur un plan aussi personnel que professionnel.

Je l'aimais. Pouvais-je vraiment lui cacher une chose pareille ?

Chapitre 19

Le vendredi soir, ma maladie était déjà un vieux souvenir. Mon estomac était toujours sensible selon les moments, mais je mettais cela sur le compte du stress accumulé.

J'avais hâte de revoir Neil, mais l'angoisse ne me quittait pas au sujet de l'offre qu'on m'avait secrètement proposée et de cette histoire d'espionnage interne. Dès la semaine à venir, le secret n'en serait plus un, et je devais à tout prix avertir Neil au sujet de la liste de contacts. Mais était-ce vraiment mon rôle ? N'était-ce pas au cœur même de notre accord de ne pas gâcher nos moments d'intimité en évoquant le travail ? J'avais prévenu Rudy qu'il fallait garder un œil sur Jake, et il avait sans doute passé le mot à Neil. Rudy était un homme rusé, rien ne lui échapperait.

Si on me proposait effectivement un poste intéressant, alors je lui en parlerais. S'il se montrait furieux, on pourrait en parler.

En revanche, s'il ne respectait pas le fait que je fasse passer ma carrière avant notre histoire d'amour, j'étais tombée sous le charme d'un homme qui ne me correspondait pas, peu importe que le sexe soit génial ou que nous soyons heureux ensemble. Je ne devais pas perdre de vue mes intérêts en tant qu'individu.

Après le travail, je me suis directement rendue chez Neil, et arrivai même avant lui. Je l'attendis donc dans le hall d'entrée.

— Voilà pourquoi il te faut une clé, me dit-il en arrivant.

Il me prit dans ses bras et déposa un baiser sur mon front avant de me libérer afin que nous empruntions l'ascenseur.

— Une clé ? répétai-je, puis j'y réfléchis longuement dans la cabine. D'un côté, tu n'as pas peur de me voir débarquer à n'importe quelle heure, ni de trouver mes affaires installées chez toi en ton absence.

— Sophie, tu refuses de laisser ne serait-ce qu'une brosse à dents chez moi, alors non, je ne crains pas que tu emménages sans me prévenir.

— Au fait, ça me fait penser à mon sac. Il est arrivé ?

Ces derniers week-ends, Neil envoyait quelqu'un chez moi pour récupérer mes affaires et m'épargner un gros sac à trimballer au travail. Il aurait sans doute préféré que je laisse des vêtements de rechange à son appartement, mais je n'étais pas encore prête pour ça.

— Tony est allé le chercher ce matin, me rassura-t-il, puis les portes s'ouvrirent et nous rejoignîmes le couloir. Tu allais me dire ton autre côté.

Je lui lançai un regard confus.

— Mon autre côté ?

— Oui, « d'un autre côté », le côté qui justifiera que tu déclines ma proposition de te donner une clé.

— Oh, ce côté-là, bafouillai-je, puis je m'efforçai de garder un ton léger, puisqu'il avait raison, je n'avais pas l'intention d'accepter sa fichue clé. Eh bien, d'un autre côté, avoir accès à ton domicile, je trouve que c'est un peu trop gros pour une relation qui commence à peine.

Il m'ouvrit la porte et posa sa mallette dans l'entrée.

— Ça ne te dérange pas si on se fait livrer le repas, ce soir ? Je suis vraiment fatigué.

À présent que nous étions sous une lumière familière, je remarquai ses cernes et son teint pâle.

— Ça ne va pas ? J'espère que tu n'as pas attrapé ma maladie.

— Non, ça va. Un simple coup de fatigue.

Il esquissa un sourire courageux, mais je sentis comme un frisson d'inquiétude. Ces derniers temps, les rares bonnes nouvelles n'étaient que de mauvaises nouvelles déguisées. Je pris alors conscience qu'il avait dû se trouver sous une montagne de stress cette dernière semaine.

Je décidai de rendre la soirée aussi relaxante que possible. Le sujet de ma discussion avec Jake attendrait un jour où Neil serait en forme.

Nous avons opté pour des pizzas et du vin pas cher que nous avons dégustés assis en tailleur dans la salle de projection.

— Quand tu parlais de salle de projection, je m'attendais à trouver un écran plasma et une étagère remplie de DVD.

Au-dessus de nos têtes, j'admirais le plafond creusé et ses ampoules à LED. Le lit sur lequel nous étions assis était encerclé de sièges de cinéma, cinq devant nous et deux rangées de deux sièges de chaque côté du lit.

— Je l'ai fait construire pour les seize ans d'Emma. Avec ses copines, elles organisaient des soirées ici.

Puis il désigna le rétroprojecteur pendu au plafond.

— Celui-ci, je l'ai changé plusieurs fois.

— Oh, évidemment, me moquai-je.

— Ne te moque pas de ma fortune, me réprimanda-t-il avec un regard noir. Tu aurais plus d'argent si tu me laissais payer les pizzas.

— Non, je tiens à payer ma part.

Il sirota une gorgée de vin.

— À propos, Emma sera là demain.

— Ah.

Moi qui pensais m'être remise de mon mal de ventre, c'était raté. À force d'angoisser, j'allais finir par décrocher un ulcère à l'estomac.

— Emma sera là, répétai-je.

— Demain, acquiesça-t-il calmement, le sourire aux lèvres pendant qu'il observait ma réaction. Mais je veux que tu restes. Votre première rencontre s'est mal passée, or je tiens à ce que vous vous entendiez.

Je m'emparai de la bouteille de vin et me servis un autre verre.

— Est-ce qu'elle vit ici ?

— De temps en temps, oui. Elle voyage beaucoup pour son travail ; elle organise des événements et des collectes de fonds un peu partout dans le monde. Lorsqu'elle est de retour à New York, je la laisse revenir ici, sans loyer, pour qu'elle ne s'installe pas avec son idiot de petit ami.

Il poussa la boîte de pizza vers moi et s'allongea.

— Ça ne marchera pas éternellement, lui dis-je en prenant des pincettes.

— Oui, je sais. Mais ça a fonctionné pendant un an, pourvu que ça dure.

Face à l'écran de projection installé sur le mur, il fronça les sourcils et observa le couple, une femme aussi blonde que son mari, tous les deux en visite dans un corps de ferme entièrement rénové.

— Si je comprends bien, commenta-t-il, le principe de cette émission est de faire visiter des maisons à des gens qui refusent les plus belles demeures sous prétexte qu'ils ont la flemme d'y donner un coup de peinture ?

— C'est à peu près ça, affirmai-je, en cachant d'une main ma bouche pleine de pizza.

La croûte de ma dernière part resta au fond du carton et je m'essuyai les mains sur une serviette en papier.

— Bien, *monsieur*, j'ignore ce que vous aviez prévu ce soir, mais j'ai rompu notre accord : je suis un peu éméchée.

Les verres à vin de Neil étaient plus grands que ceux de mon appartement, et j'étais persuadée d'avoir bu plus de la moitié de la bouteille à moi seule.

— Je vois ça.

Prenant mon menton entre son pouce et son index, il me fit tourner la tête à droite, puis à gauche.

— Tu as les joues rouges.

— Ce n'est pas l'alcool, c'est à cause de ces idiots, rétorquai-je en désignant l'écran en face de nous. « Nous adorions la maison sur la presqu'île du cap Cod, mais mon Dieu, cette tââápisserie est ignôôôble ! »

Mon imitation le fit rire aux éclats.

— J'avais besoin de ça, ce soir. Tu n'imagines pas à quel point.

— Des mauvaises émissions télé ?

— Non, de toi, répondit Neil, et son sourire s'effaça lentement. Je découvre qu'avec toi, tous mes soucis n'ont plus aucune importance.

Oh, Neil.

Le problème était justement là. Il était trop heureux pour s'apercevoir des erreurs colossales qu'il faisait à Porteras. Ou peut-être qu'il s'en apercevait, mais comme un train fonçant droit sur lui, il ne pouvait pas les éviter.

Le problème ne venait pas des changements en eux-mêmes, mais du fait qu'ils étaient trop nombreux, et arrivaient trop tôt. Je commençai à cerner ce que Rudy appelait la personnalité de Neil et sa tendance à « forcer le destin » : lorsqu'il savait ce qu'il voulait, rien ne pouvait l'arrêter. Même si c'était une qualité, selon les cas, ce n'était pas toujours le plus raisonnable.

Nous avions déjà évoqué le problème du travail, sujet tabou. Je ne voulais pas réveiller cette dispute, et encore moins dans un tel état d'ébriété au vin rouge mélangé à une trop grande quantité de pizza. La scène n'avait rien de sensuel, et pourtant, je mets au défi quiconque se trouverait sur un lit avec Neil Elwood.

— Est-ce que tu regardes parfois des films pornos, ici ? lui demandai-je en gloussant malgré moi sur le mot « porno ».

— Sophie, ne joue pas les naïves, soupira-t-il. Bien sûr que oui. L'image est en haute définition et il n'y a aucun risque de taches sur mon ordinateur.

Alors que je riais, le visage dans mes mains, Neil se leva et débarrassa le lit des verres de vin et des cartons de pizza.

— L'idée te tente ? Regarder des films pornos en baisant ici ?

La question semblait aussi naturelle que s'il me demandait de choisir entre crêpes et tartines au petit déjeuner.

— Oui, ça pourrait être amusant. Tu sais… Je n'ai jamais été avec un homme qui parle de sexe aussi ouvertement. Avec mes ex, on couchait ensemble, mais on n'en parlait pas vraiment.

— À quoi bon le faire si on ne peut pas en parler ? fit-il remarquer très justement, puis il appuya sa phrase en terminant son verre d'une traite.

— Bien dit, ai-je souri, puis je me suis mise à genoux sur le lit dont les oreillers et les couvertures étaient assortis au velours bordeaux des sièges de cinéma qui l'entouraient. Est-ce qu'on a une bonne raison de ne pas regarder un film porno en nous adonnant à des activités coquines ce soir ?

— Non, rien ne nous en empêche, répondit Neil en s'approchant du lit. Mais je suis un peu surpris, je pensais que les jeunes femmes d'aujourd'hui n'étaient pas à l'aise avec la pornographie.

— Pourtant, des jeunes femmes, je parie que tu en as vu dans les films en question, rétorquai-je d'un ton sec.

— Bien sûr, acquiesça-t-il avant de marquer une pause. Mais puisque tu défends la cause féministe, je pensais que tu n'étais pas friande de ce genre de films.

— On ne forme pas non plus une ruche mono-pensante, Neil, dis-je en levant les yeux au ciel. J'aime le porno sans aller jusqu'au fétichisme dégradant. Si je te vois sortir d'un club où des filles mineures braillent à pleins poumons, je ne serai pas certaine d'apprécier.

— Non, en dessous de la majorité, ça ne m'intéresse pas.

Il s'assit à côté de moi, prit la télécommande et ouvrit le menu sur l'écran afin de sélectionner « privé », puis d'entrer un mot de passe.

— Impressionnant, m'extasiai-je devant le rétroprojecteur. Il y a un disque dur à l'intérieur ?

— Évidemment. Tout milliardaire amateur de porno qui se respecte se doit de vivre avec son temps, se vanta Neil, puis il appuya sur un autre bouton pour afficher une liste d'icônes. Alors, de quoi as-tu envie ?

Les images à l'écran me firent pouffer de rire. Un thème était récurrent, aucun doute là-dessus.

— Apparemment, j'ai le choix entre des rousses et des rousses.

Embarrassé, il m'adressa un sourire en coin.

— Hum, oui. J'aime bien les rousses.

— Désolée de te décevoir, mais je crains que cette couleur n'aille pas à mon teint, regrettai-je en soulevant une mèche de mes cheveux bruns. Mais un jour, je pourrai essayer, si tu veux.

— Hors de question. Ne change jamais ton apparence pour me plaire. Je t'aime telle que tu es.

— Tant que tu n'embauches pas une belle secrétaire rousse pour la pencher au-dessus de ton bureau, ça me va, le taquinai-je avant de pointer du doigt l'icône en haut à gauche de l'écran. Celle-ci ?

— Excellent choix ! Est-ce que tu parles français ?

— Pas le moins du monde.

— Ce n'est pas grave, les dialogues sont ridicules.

Il lança la vidéo.

— Et toi ? lui demandai-je, les sourcils froncés. Tu parles français ?

— Oui.

— Et d'autres langues ?

C'était une partie de sa vie que je connaissais mal mais qui était pourtant fascinante. Son cursus devait être impressionnant comparé au mien.

— À part l'anglais ? Eh bien, l'islandais est ma seconde langue, mais je la considère presque comme une langue maternelle. Je parle couramment l'allemand, le français, un peu de néerlandais et de grec. J'ai quelques bases en japonais, mais ça reste très difficile et on m'a clairement fait comprendre que mon accent était affreux.

Avec un sourire ravageur, il baissa les lumières à l'aide d'un autre bouton de la télécommande.

— Et toi ?

Je haussai les épaules.

— Espagnol. Pas couramment, mais je me débrouille.

— C'est parfait, non ? s'enthousiasma Neil en faisant courir ses doigts le long de mon dos. Je ferai le guide à Nice, et toi à Malaga.

Ce qui me fit doucement rire.

— Bien sûr, oui.

Son expression fut soudain grave.

— Je suis sérieux, Sophie. J'aimerais beaucoup partir en vacances avec toi, t'avoir pour moi seul pendant plus de deux nuits d'affilée, passer mes journées avec toi, pouvoir te tenir la main sans craindre d'être repéré par un collègue de travail. Je veux laisser le bureau où il est et me détendre avec toi.

— On va dîner de temps en temps et on court ensemble, lui rappelai-je.

Mais il avait raison, nous répétions constamment notre version des faits en silence dans nos têtes :

Oh, ce devait être un repas d'affaires, pas un dîner aux chandelles, mais le personnel du restaurant n'a rien voulu savoir.

Après réflexion, je lui dis :

— Dans un futur proche, pourquoi pas : on partirait dans un lieu ensoleillé où je pourrais porter un bikini.

— Où tu pourrais porter un *mono*kini, rectifia Neil d'une voix lascive. Je vais chercher un préservatif.

— Dépêche-toi.

Allongée sur le dos, je promenai mes doigts sur mon ventre.

— Je ne me dépêche jamais.

Il se pencha pour m'embrasser au moment où, à l'écran, la femme s'approchait à quatre pattes sur le lit d'un homme nu au corps tout simplement éblouissant.

— Waouh.

Mes sourcils se levèrent. Ce type avait des tablettes de chocolat comme je n'en avais jamais vu.

— Eh, je suis encore là! s'insurgea Neil depuis la porte, mais il avait l'air plus amusé que vexé.

L'actrice s'empara de l'érection de son partenaire en susurrant son texte. Une main sensuellement glissée sous le tee-shirt, je caressai l'arrondi de ma poitrine.

J'étais dans cette position lorsque Neil reparut; il s'arrêta au pied du lit pour me regarder me taquiner le sein sous mon vêtement.

Je lui souris.

— Qu'est-ce qu'elle dit?

— Hum, que ce n'est pas grave, que sa sœur n'en saura rien, et qu'elle a toujours voulu savoir s'il était bon au lit, traduit Neil en haussant les épaules. Je t'avais prévenue: le scénario est mauvais.

— C'est toujours mieux que: « Mince, notre vol est annulé. Je nous réserve une chambre à l'hôtel? », le taquinai-je en imitant son accent britannique.

Pour se venger, il me fit rouler sur le lit et enfouit son visage dans mon cou où il suçota ma peau, ce qui me fit rire, gesticuler et respirer bruyamment. Finalement, il me coinça sous lui, entre ses genoux. L'une de ses mains se posa sur mon pantalon de yoga – je tenais à être à l'aise le week-end, mais je n'étais pas encore prête pour les pantalons de pyjama en flanelle à motifs fleuris – et se glissa sous l'élastique. Mon rire se tut dès l'instant où ses caresses me firent pousser un gémissement. De l'autre main, il souleva le tee-shirt et épousa la forme de mon sein. Sa bouche sur la mienne, son corps contre le mien, je ne pus retenir un sourire.

Du bout des doigts, il trouva mon clitoris qu'il frôla dans un mouvement circulaire. Je rejetai la tête en arrière afin de suivre la progression du film. Dans cette position, je voyais l'image à l'envers, mais ça ne gâchait pas mon plaisir. La femme explorait le membre de son homme avec sa langue sans jamais quitter la caméra du regard, puis ses doigts se refermèrent autour du sexe mouillé de salive.

En réaction, mon corps fut pris d'un unique spasme.

— Ce sont mes scènes préférées, admit Neil en me mordillant la joue. Lorsque ça semble naturel. Les cris surjoués, ce n'est pas mon truc.

Je poussai un gémissement en roulant des hanches.

— Je suis tout à fait d'accord avec toi. C'est tellement plus excitant quand ça paraît réel.

Il glissa ses doigts à l'intérieur de moi.

— Et là, c'est réel ?

— Complètement réel, acquiesçai-je dans un murmure. Et pour toi tout seul.

— Tu rendrais fou n'importe quel homme en parlant comme ça.

Neil se redressa afin de quitter son tee-shirt et j'en fis autant. Mon soutien-gorge n'était déjà plus de la partie depuis que j'avais retiré mes vêtements de travail pour une tenue plus décontractée. Avant même d'avoir totalement enlevé mon haut, je sentis sur moi la bouche et les mains de Neil. En me recouchant, je l'emmenai avec moi. La sensation de nos peaux qui se touchaient était divine. J'aimais sentir son corps entre mes cuisses, la chaleur de sa bouche sur mes seins, les poils de son torse chatouiller mon ventre.

La bouche autour du sexe de son partenaire, l'actrice poussa un gémissement purement érotique.

— Neil.

Je glissai mes doigts dans ses cheveux pour lui faire relever la tête, puis susurrai en le regardant droit dans les yeux :

— J'aimerais te sucer.

Ma proposition le fit sourire et il se redressa. J'en fis autant, mais il posa une main sur ma poitrine.

— Reste là, m'intima-t-il.

Je regardai le film en attendant qu'il se déshabille. L'actrice y mettait une volonté grandissante et sa bouche parcourait sans relâche l'érection de son homme. Neil remonta sur le lit et s'installa au-dessus de moi, un genou de chaque côté de mes épaules. La pointe de son intimité vint frôler mes lèvres ; je l'accueillis contre ma langue en relevant la tête. Lorsque je voulus poser ma main sur lui, il la chassa afin de la ramener sur le côté de ma poitrine.

Pourquoi pas.

Je pressai mes seins autour de son sexe et parcourus juste sa pointe avec mes lèvres entrouvertes tandis qu'il opérait un mouvement de balancier. J'étais surprise du désir créé par la frustration de ne pas pouvoir le prendre tout entier ; cela me donnait envie de m'appliquer sur le peu auquel j'avais accès.

Neil ramena sa main sous ma culotte et me pénétra de ses deux doigts en continuant de se masturber entre mes seins. Mes hanches se soulevaient sous les douces caresses de cette main, alors que l'autre titillait l'arrondi de ma poitrine.

Un rire se coinça dans ma gorge.

— Tu ris ? s'étonna-t-il sans pouvoir retenir le sourire qui se dessina aussitôt sur ses lèvres.

La tête rejetée en arrière, je gémis de délice sous ses doigts taquins qui pinçaient et frôlaient mon clitoris.

— Oui. Je suis au paradis.

C'était vrai, je me sentais si bien, si légère. Ce que nous faisions ne me serait jamais venu à l'esprit avec mes précédents partenaires, mais je savais que Neil m'aimait et qu'il aimait coucher avec moi, tout simplement. Cette pensée suffisait à me débarrasser de tous mes complexes. Nous pouvions essayer tout ce que nous voulions, il serait toujours partant pour la nouveauté.

Cette position en particulier n'était pas pour me déplaire : je me délectais de ses doigts bien plus que de son sexe, et j'éprouvais un plaisir obscène à être ainsi coincée sous son corps. Il ne jouait pas son rôle de dominateur, ce qui ne m'empêchait pas d'être physiquement sa captive. Relevant la tête, je le pris dans ma bouche, entre deux rires, et dus très vite reposer ma tête sur l'oreiller pour m'épargner des douleurs cervicales.

Je serrai encore mes seins autour de son sexe.

— Si tu jouis comme ça, tu m'en mettras plein le visage, annonçai-je comme s'il s'agissait d'une remarque banale.

Ce n'en était pas une. À ces mots, Neil ferma les paupières et poussa un grognement.

Lorsqu'il retira sa main d'entre mes cuisses, je fus déçue.

— Lève-toi, m'ordonna-t-il en passant une jambe au-dessus de moi pour me libérer.

Je pris la main qu'il me tendait et me mis à genoux devant lui. Il me poussa en avant, et alors que je tombais à quatre pattes, il m'assena une violente fessée, puis sans prévenir, me baissa le pantalon et pressa sa bouche contre mon sexe. Sa succion de mon point sensible me fit sursauter, mais il me maintint en place et me força à lui offrir le meilleur accès à ma féminité.

Dans le film, l'actrice était à présent au-dessus de l'homme et lui caressait le visage pendant qu'il dévorait sa féminité. Les bruits qu'ils faisaient étaient trop spontanés pour être surjoués. Elle semblait vraiment prendre son pied. Tout comme je prenais vraiment mon pied pendant que Neil enfouissait son nez contre mon sexe et tapotait mon clitoris du bout de la langue.

— Je veux t'entendre, me somma-t-il en traçant un chemin de baisers le long de ma cuisse. Je vais te faire jouir, et je veux t'entendre crier.

— Oh, merde.

Au mouvement de ses doigts, je sentis que Neil savait parfaitement la force sauvage qu'il devait y mettre pour me plaire, pour me faire peur alors que je me savais en sécurité, pour me faire sienne alors que je détenais le pouvoir.

Tandis qu'il mêlait ses doigts et sa bouche en une danse enivrante et maîtrisée, je gardais les yeux rivés sur l'écran, sur la femme dont les cuisses tremblaient au-dessus du visage de son partenaire. Elle passait une main dans ses cheveux et, de l'autre, se massait la poitrine langoureusement. La langue de Neil fut remplacée par son pouce, et sans jamais cesser de solliciter mon plaisir, il s'approcha de ma fesse et me mordit généreusement. Il n'en fallut pas plus : dans un sanglot étouffé, je me frottai à sa main sans relâche et le laissai profiter de mon plaisir.

— Oh, putain ! criai-je sans retenue.

Il retira doucement sa main, et après une courte pause le temps d'enfiler le préservatif, revint à la charge. Mon pantalon encore autour des cuisses et ses genoux de chaque côté de mes jambes m'empêchaient littéralement de bouger. Neil me pénétra précipitamment, se retira, puis entra de nouveau. Je ne pouvais rien faire d'autre qu'accompagner son mouvement, concentrée sur mon équilibre précaire, les ongles enfoncés dans les draps.

L'actrice du film était à califourchon sur l'homme, lui tournant le dos, et la caméra ne manquait rien de l'érection palpitante dans le sexe entièrement rasé de la jeune femme. Leurs ébats étaient vigoureux et on voyait ses seins sauter au rythme de leurs cris. De notre côté, c'était l'inverse absolu.

Neil entrait et sortait lentement. Me délectant de chaque vague d'émotion, je m'agrippai à lui, les yeux papillonnant de délice.

— C'est un bonheur d'être en toi.

Pour me rendre folle, il sortait presque totalement, puis s'empressait de s'enfoncer aussi loin qu'il le pouvait, ce qui m'arrachait de petits cris. Puis Neil s'allongea sur moi, chassa une mèche de mon visage et me dévora de baisers sur la bouche, dans le cou, et je ris doucement au picotement de sa barbe de trois jours au creux de mon épaule. Mon désir était à son paroxysme, nourri par les images du film, par les bruits des acteurs, par le parfum enivrant de Neil, qui tenait lieu d'aphrodisiaque ultime. Dès qu'il me touchait, ma peau brûlait comme si c'était trop, ou pas assez.

Il accéléra petit à petit, la main plaquée contre ma gorge. Il n'appuyait pas et me faisait seulement comprendre sa possession en frôlant le lobe de mon oreille avec son pouce. Pendant nos ébats, je lui appartenais corps et âme, pourtant consciente qu'il n'avait aucune intention de revendiquer une quelconque appropriation en dehors de l'acte lui-même. Cela me donnait un tel sentiment de sécurité que je sentis les larmes me piquer les yeux. Puis ce fut le tour du plaisir, fulgurant et stupéfiant. Je laissai la violence de mon orgasme m'emporter si loin que je mis un moment à comprendre que les cris rauques à demi-étranglés n'étaient pas ceux de l'actrice mais bien ceux qui sortaient de ma bouche.

À force de rester à quatre pattes, je sentis que mes cuisses et mes bras étaient pris de spasmes. Avant que je ne m'effondre sur le lit, Neil se retira et adoucit ma chute avec un geste tendre. Puis il m'aida à retirer complètement mon pantalon, me retourna sur le dos, et s'installa entre mes cuisses. Tout en m'embrassant, il s'enfonça dans ma chaleur accueillante.

Son bassin opéra un lent mouvement de va-et-vient pendant que ses mains venaient ramener les miennes de chaque côté de ma tête. Je l'accompagnai en roulant des hanches, m'emparai de sa bouche en un baiser langoureux et sentis son souffle sur mes lèvres quand il se laissa envahir par la jouissance. Il ne maîtrisait plus la vitesse à laquelle son corps venait se plaquer contre le mien, et il garda la tête dans mon cou jusqu'aux dernières vagues.

Enfin, il se redressa sur les coudes, m'écrasant toujours de tout son poids. Je me mis à rire et libérai mes doigts de ses mains pour lui caresser le visage.

— Ce serait une horrible rubrique nécrologique : « Une jeune femme de vingt-quatre ans, morte asphyxiée sous le corps de son petit ami milliardaire. »

— Très drôle, grimaça Neil en se redressant pour me libérer.

À peine roula-t-il sur le côté que je m'approchai de lui.

— J'ai pris goût aux câlins après l'amour.

Les paupières closes, il esquissa un sourire.

— Laisse-moi juste me débarrasser de ça.

Il se leva, enveloppa le préservatif dans une serviette en papier restée sur les cartons de pizza, puis revint se glisser sous les draps. Pendant qu'il éteignait le film, je me lovai contre lui.

— Pour moi, c'est le vendredi soir idéal.

— Tout à fait d'accord.

En appuyant sur un autre bouton, il diminua l'intensité des lumières, puis me prit dans ses bras.

Une heure plus tard, nous étions dans la même position : j'avais la tête sur son torse et il me caressait le dos avec paresse.

— Tu veux qu'on aille dans la chambre ? me proposa-t-il d'une voix enrouée par l'alcool et le sommeil.

— Pas encore, je suis bien, là.

— On peut dormir ici, si tu veux, proposa-t-il, et j'entendis ses mots résonner dans sa poitrine. Je passais souvent la nuit ici à l'époque où ça se passait mal entre Elizabeth et moi.

Je levai à peine la tête.

— Le divorce est définitif ?

Il leva les sourcils.

— Mmm. En arrivant à Porteras, c'était déjà terminé. Mais le divorce stipulait qu'elle avait soixante jours pour quitter cet appartement et emménager dans notre maison de Los Angeles.

— Oh.

Pendant longtemps, je m'étais empêchée de penser à cette femme, mais à présent, une curiosité nouvelle m'envahissait. Je ne pouvais pas faire comme si elle n'existait pas, ce ne serait pas correct vis-à-vis de Neil. Son divorce était encore frais, le traumatisme devait l'être aussi.

— Tu peux m'en parler, tu sais. Je t'aime et je ne veux pas que tu traverses cette période difficile sans pouvoir m'en parler.

Sa main s'immobilisa dans mon dos.

— Tu me surprendras toujours.

— Je ne cherche pas à te surprendre mais à être ton amie. Ou ta petite amie, si on veut.

Il se remit à me caresser les cheveux et je reposai la tête sur son torse.

— Il vaut mieux que tu le saches : Emma sera sûrement désagréable avec toi, demain.

— C'est un fait établi depuis qu'elle nous a surpris en pleine action.

— De toute manière, elle ne t'aurait pas appréciée quoi qu'il advienne, admit-il à regret. Elle n'accorde pas facilement sa confiance. Ce doit être ma faute. Elle s'entendait bien avec Elizabeth et a mal vécu l'échec de ce mariage.

— Je trouve que c'est injuste. Tu n'allais tout de même pas lui faire un enfant juste pour sauver ton mariage. Pas si tu n'en avais pas envie.

Il me serra dans ses bras.

— Tu es sûre que ça ne te dérange pas de parler de mon ex-femme ?

— Pas le moins du monde, le rassurai-je en me tournant sur le côté, le visage enfoncé dans l'oreiller moelleux. Est-ce que je devrais en être jalouse ? Ou détester t'entendre parler des femmes que tu as connues ? Aujourd'hui, tu es avec moi. Quel intérêt aurais-je à me faire du mal ?

— Tu as raison.

Son sourire triste me fit un pincement au cœur ; pendant tout ce temps, il avait refoulé sa douleur pour faciliter les choses entre nous.

— Pendant nos deux premières années ensemble, Elizabeth n'a jamais évoqué son… « désir de maternité », pour reprendre ses mots. Ce n'est qu'au moment de signer le contrat prénuptial, dont une clause évoquait la pension alimentaire d'un éventuel enfant, que l'envie lui est venue.

J'ignorais que les contrats prénuptiaux anticipaient la pension alimentaire d'un enfant en cas de divorce.

— Oh, fis-je. J'imagine que la pension en question était énorme.

— Cinquante mille par mois, sans compter ce que le tribunal y ajouterait. Pour deux enfants, ça grimpait à soixante-quinze mille, et ensuite, dix mille de plus par enfant, calcula-t-il, puis nos regards se croisèrent. À notre retour de lune de miel, elle m'a avoué avoir fait retirer son stérilet quelques semaines avant le mariage. Après ce coup bas, j'ai eu du mal à lui refaire confiance.

— Mais tu es resté avec elle ?

À la place de Neil, je n'aurais pas pu rester avec une personne qui se jouait de mes sentiments et me poignardait dans le dos.

— Oui, je suis resté. Pendant un an, ou un an et demi. J'ai mis longtemps à admettre qu'on ne se réconcilierait jamais. Pourtant, je voulais que ça marche. D'abord pour Emma : dès le début, elle s'est rapprochée d'Elizabeth, soupira-t-il, avant de marquer une pause. Et puis, pour moi aussi je voulais que ça marche : je l'aimais. Je refusais de croire qu'elle avait changé d'avis au sujet des enfants à cause d'un simple contrat. Encore aujourd'hui, je doute que ce soit à cause de ça. Son affection pour Emma était sincère, et ma fille a beaucoup de mal à se remettre de tout ça. Elle en veut à Elizabeth, et à moi pour ne pas l'avoir protégée d'une femme qui allait la décevoir.

Emma avait mon âge, ce qui signifiait qu'elle avait dix-neuf ou vingt ans lorsque son père commençait à fréquenter Elizabeth.

— Quel âge a ton ex-femme ?

Il me regarda d'un air surpris.

— Trente-six. Ne t'inquiète pas, je n'ai pas collectionné les jeunes filles de vingt-quatre ans avant de te connaître.

— Ce n'est pas ce qui m'inquiète, le grondai-je avec un regard noir. Je me disais qu'à la place de ta fille, si je sympathisais avec une femme de dix ans mon aînée en qui j'ai confiance, ce serait terrible de devoir remettre cette amitié en question. À mon avis, Emma ne t'en veut pas. Elle en veut à Elizabeth de t'avoir fait du mal, et à elle-même pour ne pas t'avoir protégé.

Neil m'étudia un instant et je regrettai aussitôt mes paroles de peur de l'avoir insulté. Puis, il murmura avec un sourire admiratif :

— Tu es une femme très intelligente, Sophie.

— J'essaie de l'être, en tout cas, répliquai-je en déposant un baiser sur ses lèvres. Tu as divorcé, Neil. Les échecs, ça arrive. Ce n'est pas comme si tu t'étais marié en organisant déjà ton divorce. Tu n'as pas ce profil. Ne le prends pas mal, mais je suis convaincue que tu ferais un excellent mari.

— Waouh, je me méfie de ce genre de paroles venant d'une femme qui a trop peur de l'engagement pour occuper un peu d'espace sur la tablette de mon lavabo.

Il m'embrassa encore, le sourire aux lèvres, et ajouta :

— Mais je ne perds pas espoir.

Une boule se forma aussitôt dans mon ventre mais je refusai de trop réfléchir à ce qu'il venait de me dire.

Chapitre 20

Le lendemain matin n'échappa en rien à notre petite routine. Réveil en douceur, fausse alerte – on ne s'est pas levés tout de suite – puis nouvel élan pour se lever, mais nouvel échec. Finalement, nous avons quitté le lit de peur de reproduire l'affreuse scène déjà vécue avec Emma.

— Il est presque midi, fit remarquer Neil en parlant fort pour couvrir le bruit du sèche-cheveux. Ça ne te dérange pas si on envoie Sue à la boulangerie ?

Il était occupé à se raser au-dessus de l'autre vasque à côté de moi, une serviette autour de la taille, les cheveux mouillés ramenés en arrière.

J'éteignis le séchoir et passai la main dans ma tignasse brune en fronçant les sourcils devant mon reflet.

— Hum, pas de petit déjeuner pour moi. J'ai mal au ventre à la seule idée de revoir ta fille.

— Je ne vois pas pourquoi, rétorqua Neil en inclinant la tête pour faire passer le rasoir sous son menton. Ce n'est pas comme si je cherchais une mère pour ma fille. Vous êtes toutes les deux adultes. Même si vous ne vous aimez pas, ça ne vous empêche pas d'être polies l'une envers l'autre.

— Aucun doute là-dessus.

J'acquiesçai, mais songeai intérieurement :

En tout cas, moi *je sais rester polie.*

Certes, notre première rencontre avait dû la choquer. Si en entrant chez ma mère je l'avais entendue coucher avec un inconnu, je me serais mis la tête dans le four.

Peu importe l'avis de Neil, il s'agissait de sa fille. Notre mésentente risquait d'avoir des conséquences sur ma relation avec lui, et il ne semblait pas s'en apercevoir.

J'enroulai le fil du séchoir et le rangeai dans mon sac de voyage avant d'en sortir le fer à lisser. D'accord, je n'avais pas besoin d'impressionner Emma, mais en me faisant belle je reprenais confiance en moi.

— C'est un honneur pour moi, dis-je gaiement en branchant le fer. Je ne te vois jamais te raser.

— Tu me verrais me raser si tu restais les nuits de semaine, me rappela-t-il. Tu sais que tu es la bienvenue ici.

— Oui, je sais. Seulement, j'ai besoin d'avoir mon espace à moi. Et j'ai besoin de sommeil, ajoutai-je avec un grand sourire.

— Je comprends.

Ce ton m'était désormais familier : il me faisait croire que mes réticences ne le dérangeaient pas. Il reposa le rasoir sur le bord du lavabo et se passa de l'eau sur le visage. Tandis que Neil essuyait ce qu'il lui restait de mousse avec la serviette, je retournai à mon sac de voyage, l'air de rien, et en sortis ma brosse à dents. Elle était encore mouillée puisque je l'avais déjà utilisée le matin même. Elle était également neuve, mais Neil n'avait pas dû remarquer ce détail. Il me regarda dans le miroir tout en s'essuyant les joues, puis son regard se posa sur le gobelet porte-brosses à dents en acier brossé installé entre les deux vasques. Je ne croisai pas son regard mais sus parfaitement combien ce geste était important pour lui.

Quel couple d'acteurs pitoyable : il feignait aussi mal le désintérêt que je jouais la nonchalance.

En laissant tomber la brosse à dents dans le gobelet, je me mis à glousser et levai les yeux. Neil lâcha la serviette dans le lavabo.

— Viens par là, murmura-t-il en m'attrapant par la taille.

Je dus me lever sur la pointe des pieds pour me laisser embrasser, les ongles enfoncés dans ses avant-bras pour garder l'équilibre.

Comme il était surprenant qu'une si petite chose le rende si heureux. Après tout, ce n'était qu'une brosse à dents. Mais au fond de moi, je savais bien que ce n'était que le début. Ensuite vient une paire de chaussures de rechange, puis quelques vêtements, et *Bam !* On vit ensemble. Je me dis que ces étapes pouvaient être espacées, et que, de toute manière, rien ne nous forçait à aller plus loin qu'une simple brosse à dents dans un gobelet.

Neil releva le menton et me sourit.

— Qu'est-ce que je t'aime, toi.

— Qu'est-ce que je t'aime aussi, souris-je en le serrant dans mes bras, puis je fis un pas en arrière. Allez, viens. On ne peut pas être nus chaque fois qu'elle arrive.

Lorsque Neil fut habillé et déjà dans la cuisine, je n'avais toujours pas terminé avec mes cheveux et dus vite m'appliquer une touche de gloss et de mascara. Tenue décontractée oblige, j'enfilai un jean et un tee-shirt bleu cintré. Au moment où j'arrivai dans l'entrée, pieds nus, j'entendis le bruit d'une clé dans la serrure.

Devais-je m'enfuir en courant ? Mauvaise idée, je me ferais prendre. La porte s'ouvrit et Emma fit son entrée, un sourire résigné plaqué sur son visage pour me faire comprendre : « Finissons-en une bonne fois pour toutes. »

— Bonjour, dit-elle tout de même.

— Bonjour, répondis-je le plus chaleureusement possible.

Elle resta une seconde dans l'entrée sans dire un mot, puis haussa les épaules et désigna du menton le couloir qui menait aux chambres avant de s'y rendre, suivie par sa valise à roulettes. De mon côté, je partis dans la cuisine.

Sue, la femme de ménage, était occupée à gratter du gingembre au-dessus de l'îlot central. L'odeur était divine. Bizarrement, ce parfum eut raison de mon mal de ventre.

Sue devait avoir une trentaine d'années, elle était blonde, avait le teint hâlé et la taille fine, et ses talents de cuisinière ne présageaient que du bon. Puisqu'elle s'occupait également du linge, j'étais toujours mal à l'aise en laissant traîner des vêtements par terre. Elle travaillait de 8 heures à 21 heures ; c'est pourquoi certains matins je me dépêchais de me lever pour ranger un peu avant son arrivée.

— Ne lui demande pas de goûter un morceau, c'est peine perdue, m'avertit Neil depuis le coin repas sous l'alcôve.

— Vous disiez vouloir manger à midi et il est 11 h 40. Vous avez manqué un créneau, récapitula Sue en m'adressant un clin d'œil. Mais si vous vous servez un bol de céréales, Sophie, je ferai semblant de ne rien voir.

— C'est gentil mais non merci.

Avec cette fichue boule de nerfs à l'estomac, je n'étais pas sûre de pouvoir avaler quoi que ce soit. Je me servis une tasse de café et m'installai sur la banquette à côté de Neil.

— Emma est arrivée, l'informai-je.

— Ah bon ? balbutia-t-il en essayant de masquer sa panique.

— Elle est allée dans sa chambre. On s'est seulement dit bonjour, ne t'inquiète pas.

Tout en sirotant mon café, je m'efforçai de rester calme devant Sue. Elle avait presque terminé de préparer le repas quand Emma entra dans la cuisine. Neil se leva pour prendre sa fille dans ses bras.

— Bonjour ma puce. Ton vol s'est bien passé ?

— Ni bébés, ni quintes de toux, répondit-elle avec banalité avant de faire un pas en arrière, les mains dans les poches. Bonjour, Sue.

— Bienvenue, Emma, sourit la bonne en lui lançant un regard par-dessus l'épaule.

À regret, la fille de Neil posa son regard sur moi, visiblement à court d'échappatoire.

— Sophie.

— Emma.

Que lui répondre d'autre ?

— J'ai vu que la table était dressée dans la salle à manger, fit-elle remarquer. Est-ce qu'il y a une raison spéciale pour mettre les petits plats dans les grands ?

Neil hocha la tête et revint boire son café en lui expliquant :

— Je me suis dit qu'on pourrait déjeuner tous les trois ensemble. C'est l'occasion pour vous d'apprendre à vous connaître.

Emma leva un sourcil.

— Quelle merveilleuse idée.

Nous lui avons emboîté le pas jusqu'à la salle à manger. Au moment de passer la porte, Neil a posé une main rassurante sur mon épaule.

— Alors, Sophie, soupira Emma en prenant place sur une chaise à droite du bout de table, où Neil s'installa. Vous habitez ici, maintenant ?

— Quoi ? m'exclamai-je en m'asseyant sur la chaise à gauche de Neil. Non, non, non.

Il esquissa un sourire en coin.

— Sophie reste ici le week-end. En semaine, nous n'avons pas le temps de nous voir.

— Ah.

Avant de poursuivre, Emma s'empara de la carafe d'eau fraîche et s'en servit un verre.

— Je comprends mieux le bazar dans la salle de projection.

Une teinte très discrète d'un rouge pourpre colora le cou de Neil.

— Je plaisante, le rassura Emma. Je trouve que c'est mieux. De toute façon, je ne serai pas dans vos pattes ce soir.

— Ah bon ? s'étonna-t-il en évitant le regard de sa fille. Tu vas dormir chez…

— Chez Michael ? Oui, je vais dormir chez Michael, mon petit ami depuis deux ans. Je suppose que tu n'es pas contre l'idée qu'une femme de vingt-quatre ans passe la nuit chez son petit ami, pas vrai ?

— Aïe.

Sue émergea de la cuisine avec un immense saladier noir qu'elle posa sur la table. À mon grand désarroi, je m'habituais à la bonne nourriture. Depuis quelque temps, le dimanche soir en rentrant chez moi, je contemplais tristement ma casserole de macaronis au fromage. La femme de ménage de Neil faisait de moi une critique culinaire exigeante partout où j'allais.

Pour le déjeuner, elle nous avait préparé une salade composée, du chou de Bruxelles, et du chou-rave râpé. Sur les feuilles, elle avait disposé trois filets de poisson frais. Elle nous servit, et pour Emma, prit soin de déposer des feuilles de salade qui n'étaient pas entrées en contact avec le poisson. Puis elle disparut en cuisine.

Emma se racla la gorge avant de se tourner vers moi.

— Sophie, je pense que nous avons pris un mauvais départ toutes les deux. Je suis désolée. J'ignorais que mon père fréquentait quelqu'un, c'est un choc pour moi. En particulier si peu de temps après son divorce.

La bouche pleine, je me figeai, puis me dépêchai d'avaler ma bouchée afin de boire une gorgée d'eau avant de la rassurer.

— Ce n'est rien. Honnêtement, je ne sais pas comment j'aurais réagi si j'avais surpris ma mère dans les bras d'un inconnu.

Oh non ! Venais-je vraiment de faire référence à la scène bruyante qu'Emma avait entendue ? Vite, je devais trouver un trou de souris où je pourrais disparaître !

Neil s'interposa pour nous sauver.

— Sophie est rédactrice au département cosmétique de Porteras, dit-il calmement en prenant son verre d'eau. Récemment, ils ont pris le parti de ne plus promouvoir les produits testés sur les animaux.

— Vraiment ? dit Emma en dégustant une fourchetée de salade. Quelle clairvoyance.

— Une idée de ta mère, expliqua Neil d'un ton neutre en me lançant un bref regard avant de scruter son assiette. Je m'occupe temporairement de Porteras en attendant qu'elle...

— Se décide à prendre la bonne décision et euthanasie son vieux chien râleur ? l'interrompit Emma en levant les yeux au ciel. Que pensez-vous de la situation, Sophie ?

Pourquoi me demandait-elle une chose pareille ? Qu'étais-je censée répondre ? J'avais encore la tête qui tournait après ce que je venais d'apprendre : Neil ne travaillerait bientôt plus à Porteras ? Pourquoi ne m'en avait-il pas parlé ?

Emma attendait une réponse évidente, mais je refusais de mentir pour le bien de nos rapports. Je choisis donc de rester vague.

—Je pense que c'est… intéressant. La restructuration nous demande beaucoup de travail, mais nous découvrons de nombreux produits qui ne nous auraient jamais interpellés dans d'autres circonstances.

Voilà. La diplomatie. Pas de mensonge.

—Oh, je suis ravie de l'apprendre, s'extasia la jeune femme en regardant son père, puis elle baissa les yeux sur son assiette. De nombreux rouges à lèvres encore inconnus du grand public pour remplir les pages du magazine : c'est sûr, plus personne n'aspergera de spray nocif les yeux des lapins en laboratoire.

—Emma, pourrais-tu au moins faire semblant d'être polie ? quémanda Neil avec un calme olympien.

Leurs repas de famille se déroulaient-ils toujours comme ça ou étais-je l'ingrédient magique à un moment d'unité et de communion ? Je m'apprêtais à finir le déjeuner dans cette ambiance d'une lourdeur insupportable quand Emma reposa sa fourchette et ferma les yeux.

—Vous savez quoi ? Papa a raison. Je suis désolée, Sophie. C'était grossier de ma part.

—Ah ?

Pourquoi étais-je surprise ? Je n'avais pas eu besoin de cette confession pour m'apercevoir de sa grossièreté.

—Si ça peut vous rassurer, lui dis-je, je suis prête à tout entendre. Continuez vos grossièretés, je m'en remettrai.

— C'est bizarre comme approche, fit remarquer Emma en esquissant un sourire. J'aime votre honnêteté.

— S'il y a une chose qu'on ne peut pas reprocher à Sophie, c'est de garder la vérité pour elle, déclara Neil en me regardant par-dessus le bord de son verre d'eau.

Je repensai alors à Jake et Gabriella, et à ce qu'ils manigançaient dans son dos. Mon cœur se serra.

Et merde, pourquoi n'en ai-je pas parlé hier ? Fatigués ou non, on s'en fiche !

C'était décidé : je lui en parlerais le plus tôt possible.

— Sinon, comment vous êtes-vous rencontrés ? demanda soudain Emma en se redressant sur sa chaise. Comme vous pouvez le constater, je m'efforce de m'intéresser. Alors rendez l'histoire intéressante.

Je venais de glisser un morceau de poisson dans ma bouche et préférai donc mâcher tranquillement en laissant Neil répondre pour nous.

— On s'est rencontrés à l'aéroport de Los Angeles. Nous prenions tous les deux le vol pour Tokyo. Puisqu'il a été reporté, on en a profité pour… faire connaissance.

— Beurk, fit Emma en forçant un sourire, puis de petites rides de confusion se formèrent sur son front. Attends une minute. Papa, tu n'es pas allé à Tokyo depuis l'année dernière. Est-ce que toi et Elizabeth…

Neil semblait voir la chose venir, mais il fut incapable de l'éviter. Bon, puisqu'elle avait tant apprécié mon honnêteté, j'espérais que cela jouerait en ma faveur.

— En fait, c'était avant qu'ils se mettent ensemble.

Elle fronça les sourcils et se tourna vers son père qui buvait plus d'eau qu'il n'en fallait.

— C'est-à-dire quand, exactement ?

— Il y a six ans. On s'est rencontrés il y a six ans, j'avais donc dix-huit ans, affirmai-je rapidement pour ne pas laisser Neil esquiver la question – autant en finir avec ça une bonne fois pour toutes. Si ça peut vous rassurer, ajoutai-je, je lui ai menti sur mon âge à l'époque : il croyait que j'avais vingt-cinq ans.

Emma repoussa son assiette et posa ses mains sur ses genoux.

— Cette salade est délicieuse, dommage que je ne la finisse pas.

— Ma rencontre avec Sophie…

Neil s'interrompit le temps de pousser un profond soupir.

— Les choses sont ce qu'elles sont, on ne maîtrise pas tout. Je n'en dirai pas plus pour ne pas m'embourber, mais je tiens à ce que tu saches que je ne regrette rien, Emma.

— Bon, écoutez, m'interposai-je. C'est très bizarre, tout ça. On va s'en remettre et passer à autre chose, d'accord ?

— Bonne idée, acquiesça Emma en étalant une serviette sur ses genoux, puis elle força un sourire pour son père. Maman veut savoir si tu comptes venir pour Noël, et si c'est le cas, si tu viendras accompagné.

Tout en posant cette question, elle laissa son regard dériver vers moi sans la moindre discrétion. Neil dut marcher sur des œufs pour répondre.

— Nous… Nous n'en avons pas encore parlé. Dis à ta mère que je la tiendrai au courant dans la semaine.

— Oh, tu passes Noël avec la mère d'Emma ?

Après le départ de mon père, je n'avais plus jamais vu mes parents dans la même pièce.

— Oui, tous les ans. Nous avons toujours formé une équipe soudée pour l'éducation d'Emma, même après notre séparation.

— C'est louable.

Mon cœur se serra. Emma avait eu la chance de connaître son père. En même temps, je trouvais cela étrange de penser à Neil dans un tel contexte. Cette jeune femme avait mon âge et le percevait sous une lumière totalement différente de la mienne, une lumière que je ne comprendrais jamais puisque je n'ai jamais connu mon propre père. Peut-être était-ce justement pour ça que c'était étrange.

— Je vais chercher mon pull, dis-je soudain en me levant de table. Je reviens tout de suite.

Mon pull était resté sur la vasque, dans la salle de bains de Neil. Je l'avais laissé là au cas où je ressentirais le besoin de m'échapper poliment du repas. Mon plan marcha à merveille, jusqu'au moment où on frappa à la porte.

— Oui ? répondis-je en m'empressant de remettre un peu de gloss sur mes lèvres pour faire croire à Neil que c'était ce qui m'avait retenue si longtemps.

Il entra par la porte derrière moi et m'observa à travers le miroir.

— Je suis désolé pour cette histoire de repas de Noël, soupira-t-il. Valérie m'a posé la question la semaine dernière. Je voulais t'en parler, mais impossible de tourner la chose sans te faire peur.

— Ce n'est rien. Après tout, tu ne connais pas mes habitudes. Je pourrais très bien ne pas fêter Noël, ou vénérer un culte satanique.

— Tu pourrais surtout m'accompagner. S'il te plaît, viens passer une semaine dans ma maison de campagne. Ensuite, on fêtera le Nouvel An à Paris.

Une suggestion qui me donna des vertiges. Je n'étais partie en France qu'une seule fois, et c'était un voyage professionnel pour Porteras ; je n'en avais pas profité sur le plan touristique. Je brûlais d'envie d'y retourner.

Mais passer un Noël romantique ? C'était l'étape supérieure, or nous nous fréquentions depuis octobre seulement.

Je ne voulais pas le blesser. Je me suis retournée et ai passé les bras autour de son cou.

— Merci, c'est adorable, mais je passe les vacances dans le Michigan avec ma famille.

Gêné, il se gratta la joue.

— Oui, bien sûr. Excuse-moi, je suis bête de ne pas y avoir pensé.

— Mais non, le rassurai-je en me levant sur la pointe des pieds pour l'embrasser avant de me retourner vers le miroir. À force de nous enfermer dans notre petit cocon, on en oublie le monde extérieur.

Neil s'approcha et me pressa contre le lavabo.

— Dommage. Reportons l'idée à la rentrée des vacances. Je veux t'emmener quelque part.

Penchant la tête sur le côté, je le laissai frotter son nez contre mon cou et poussai un soupir à la douce sensation de ses lèvres frôlant ma peau.

— Est-ce que c'est vraiment si simple ? Tu décides qu'on part, et on le fait ?

— Tu as un passeport ? susurra-t-il.

— Oui.

Avec cette voix sensuelle, il faisait de moi ce qu'il voulait ; s'il m'avait proposé un voyage en Sibérie en plein mois de janvier, j'y aurais couru tête baissée.

— Alors oui, si tu en as envie, c'est très simple.

J'eus soudain une boule au ventre. Tout était romantique, digne d'un rêve éveillé, mais que se passerait-il lorsqu'il apprendrait ce que préparait Jake ? Je devais à tout prix lui en parler, même si le moment était très mal choisi.

— Écoute, il faut que tu saches…

— Sophie ?

Je fronçai les sourcils en entendant la voix d'Emma. Elle frappa à la porte et Neil recula d'un pas, l'air coupable.

— Oui, je suis là, répondis-je.

Aïe, pourvu qu'elle ne nous croie pas en train de faire des choses dans la salle de bains.

Je me précipitai dans la chambre de Neil au moment où elle ouvrait doucement la porte.

— Votre téléphone a sonné huit fois d'affilée. Je me suis dit que c'était peut-être une urgence.

— Quatre fois, ça ne suffisait pas pour ressembler à une urgence ? la taquina Neil, derrière moi.

Je lui lançai un regard noir car je refusais qu'il s'en prenne à Emma pour moi, ne serait-ce que pour plaisanter. En tout cas, pas tant que ma relation avec elle était si délicate.

— Bon sang, qui peut bien essayer de me joindre huit fois d'affilée ?

L'écran s'alluma comme une ampoule et « La Marche Impériale », de *L'Empire contre-attaque*, retentit dans mes mains. J'avais assigné cette sonnerie à un numéro lorsque, à bout de nerfs, j'apprenais que Elwood & Stern prenait la tête de Porteras.

— Sophie, tu es blanche comme un linge, s'inquiéta Neil.

Comme je chancelais, il m'accompagna jusqu'au canapé.

— C'est Gabriella, l'informai-je, prise de sérieux vertiges.

J'avais déjà entendu parler de déclencheur post-traumatique pour désigner ce qui rappelait à une personne d'affreux épisodes de son passé. Pourtant, je n'aurais jamais pensé avoir traversé une période si difficile qu'une crise d'angoisse me saisirait rien que d'y repenser. Seulement voilà, le numéro de Gabriella était affiché sur mon écran, et elle attendait que je décroche.

— Emma, tu veux bien nous laisser seuls ? demanda doucement Neil.

Sa fille quitta la chambre en fermant la porte derrière elle et Neil s'assit à côté de moi sur le canapé. Je ne décrochai pas mon regard du téléphone. Le répondeur se mit en marche. Puis quelques secondes plus tard, la sonnerie retentit de nouveau.

Neil poussa mon genou avec le sien.

— C'est peut-être important.

— Ou pas. Elle est capable d'appeler dix fois parce qu'elle a perdu le numéro de l'acupuncteur de son chien.

Je voulus rire, mais mon rictus se transforma vite en sanglot. Laissant tomber ma tête entre mes mains, je fus horrifiée : je pleurais devant Neil, bon sang, je *pleurais* devant lui !

— Sophie…, murmura-t-il d'une voix qui trahissait sa panique, et il passa maladroitement un bras autour de mes épaules. Je ne savais pas que tu…

— Craignais mon ancienne patronne ? l'interrompis-je avec un sourire triste en m'essuyant les yeux, puis je me libérai de son étreinte. Devine quoi : j'ai déjà joué la soumise dans une relation, sauf qu'à l'époque on me payait pour ça.

La réalité de cette remarque me fit pleurer de plus belle. Neil me prit le téléphone des mains et l'insulta en le mettant en vibreur.

— Qu'est-ce qui se passe ? demanda-t-il. Tu me caches quelque chose.

Je me sentais si mal. Pendant le repas, il avait félicité mon honnêteté devant sa fille en voulant regagner sa confiance.

— Neil, je dois t'avouer une chose, et lorsque ce sera fait, il est possible que tu m'apprécies beaucoup moins.

Je lus sur son visage une inquiétude à peine masquée.

— Sophie, il n'y a rien qui puisse changer mes sentiments pour toi. Mais si c'est si grave, alors dépêche-toi de me le dire pour qu'on se débarrasse de cette dispute au plus vite.

— Tu anticipes nos disputes ? m'étonnai-je sans retenir un rire étranglé. Bon, d'accord, mais souviens-toi toujours que je t'aime, d'accord ?

Sur ses genoux, le téléphone sonna encore. Je le saisis, raccrochai et le posai à côté de moi, puis Neil prit mes mains dans les siennes. Je ne l'avais jamais vu comme ça, il semblait se préparer au pire tout en refusant de croire que ce serait aussi terrible. Et puis, une évidence me frappa : j'éprouvai exactement la même chose.

— Jake Kirchner, ça te dit quelque chose ?

Cherchant dans son regard une réaction à ce nom, je le vis seulement entrouvrir les lèvres, les yeux plissés, comme s'il essayait de se souvenir.

— L'éditeur qui a démissionné cette semaine, l'aidai-je.

— Ah, oui. Ce type insupportable qui casait des citations de Truman Capote dans toutes les conversations, résuma-t-il, amusé, puis il se figea. Tu as prévenu Rudy qu'il fallait l'avoir à l'œil. Ce coup de téléphone est en rapport avec sa démission, c'est ça ?

— Jake a quitté Porteras pour travailler avec Gabriella sur un autre projet, éructai-je précipitamment, puis je pris une profonde inspiration pour la suite. Elle fonde son nouveau magazine. Tes publicitaires la rejoignent tous. Gabriella rameutera tous les abonnés de *Porteras* et tu devras fermer boutique. Il y a un mouchard parmi la rédaction qui va lui communiquer la liste entière d'abonnés. Mais je te jure, Neil, que ce n'est pas moi !

— Eh bien, je ne m'attendais pas à ça, murmura Neil en se pinçant le nez, les yeux fermés. Depuis combien de temps es-tu au courant ?

— Lorsque tu es parti voir ta mère à Londres, je me doutais qu'il se tramait quelque chose. C'est à cette époque que j'ai prévenu Rudy au sujet de Jake. Je voulais te parler de la liste d'abonnés, mais tu avais l'air si fatigué, et puis, tout se passe tellement bien entre nous. Tu traverses une période difficile et je ne voulais pas en rajouter.

Il sembla profondément blessé. Je ne m'étais pas préparée à cette réaction.

— Jake essaie de me décrocher un poste dans la nouvelle boîte de Gabriella. Il me l'a proposé cette semaine, et puisque je ne lui ai toujours pas donné de réponse, ce n'était pas correct de t'en parler.

Mon travail était donc passé avant notre relation, mais cela arrivait souvent dans les histoires d'amour entre collègues de travail, non ? Sauf que Neil n'était pas mon collègue. C'était mon patron.

— Oh, mince, balbutiai-je. Je viens de dire à mon patron que j'ai collaboré avec la concurrence.

Sans lever les yeux vers moi, il retira sa main de la mienne. D'une voix à peine murmurée, comme s'il s'efforçait de rester calme, il me dit :

— Sophie, tu es virée.

Je parvins contre toute attente à retenir mes larmes. Ma plus grande crainte aurait été de pleurer devant Neil et qu'il ne me licencie pas ; j'aurais ensuite eu l'affreux sentiment d'être une manipulatrice sans scrupule. C'était déjà mon sentiment, inutile d'en rajouter.

— Décroche le téléphone. On en reparlera plus tard, mais j'ai besoin d'être un peu seul.

Il se leva et quitta la pièce. Devais-je courir après lui pour le retenir ?

Non. Il avait besoin d'être seul, je le laissai donc tranquille. Ainsi, je pouvais voir ce que Gabriella me voulait.

Prenant une profonde inspiration, j'attendis qu'il sonne encore, puis décrochai.

— Je n'ai pas le souvenir d'une Sophie qu'il faut appeler douze fois pour qu'elle daigne répondre, fit remarquer Gabriella d'une voix calme et posée, articulant chaque mot comme autant de gouttes de miel. J'espère que ce n'est pas ce qui m'attend pour la suite.

— Désolée, je n'étais pas à côté de mon téléphone.

Pourquoi me justifier ? Ce n'était plus ma patronne, si je n'avais pas envie de décrocher c'était mon choix. Mais puisque j'étais à présent au chômage, je préférai garder le silence pour cette fois.

— Épargne-moi les détails. Rendez-vous demain pour un brunch. À 13 heures précises. Mon assistante t'enverra l'adresse du restaurant par texto.

Puis elle raccrocha. À quoi d'autre m'attendais-je, finalement ? Elle me traitait comme son employée alors que je ne l'étais plus, mais ce n'était pas surprenant.

Je retrouvai Neil dans le salon. Quelques semaines auparavant, il avait remplacé les canapés blancs qu'Elizabeth avait choisis par un sofa en cuir noir et des fauteuils assortis dans lesquels il était divin de se recroqueviller mais qui devaient fortement déplaire à Emma. Neil était avachi au bout du canapé, un pied sur le coussin, les mains rejointes autour de son genou plié tandis qu'il contemplait les flammes dans la cheminée.

— Coucou, lançai-je depuis la porte.

Il leva les yeux.

— C'était rapide, dit-il.

— Elle voulait seulement m'inviter à déjeuner demain midi.

Puis, sans réfléchir, j'ajoutai :

— Je vais rentrer chez moi, ce soir. Tu comprends, il faut que je me repose.

Son regard resta posé sur moi un long moment. J'avais l'impression de passer au tribunal, mais puisque tout était ma faute, je m'efforçai de le supporter.

Finalement, Neil murmura :

— Avant de poursuivre, je tiens à t'assurer que je t'aime encore et que je ne tiens pas à mettre un terme à notre histoire. Plutôt perdre un bras que rompre avec toi.

— Virée du magazine mais pas de ton amour. Compris.

J'expirai un long soupir de soulagement.

Et puis, ce fut le choc. J'avais moins peur de perdre mon travail que de perdre Neil.

Mais merde, où sont passées mes priorités ?

— Mais…

Son « mais » resta en suspens dans les airs avant qu'il ne poursuive.

— Tu ne m'as pas dit qu'un magazine concurrent te proposait un poste alors que tu savais la situation délicate. Excuse-moi, mais j'ai des raisons de me sentir trahi.

— Ce n'était pas contre toi, me défendis-je. Je t'en prie, ne crois pas que je te poignardais dans le dos.

Neil hocha la tête.

— Ce n'est pas ce que je pense. En fait, je crois que tu as réfléchi aux options professionnelles qui se présentaient à toi et à leur impact sur notre relation. Au final, tu as opté pour ta carrière.

— Et alors, est-ce que ce n'est pas le meilleur choix à faire ?

Personnellement, j'étais persuadée d'avoir fait le bon choix : un homme ne devait pas m'empêcher de réussir ma carrière. C'était ainsi que j'avais organisé mes priorités.

— Je t'aime, Neil. Mais je ne voulais pas risquer de mettre mon avenir professionnel en péril parce qu'on sortait ensemble.

— Rien ne t'obligeait à mettre ta carrière en péril. Seulement, tu aurais pu avoir la décence de me tenir au courant, de me prévenir.

Il se leva pour refermer la porte avec violence. J'eus la même sensation que lui : la conversation risquait d'être… bruyante.

— Mais je t'ai prévenu, lui rappelai-je. Je t'ai dit que si tu continuais sur cette voie avec Porteras, les choses tourneraient mal. Sans parler du sujet tabou entre nous : le travail.

— Arrête de dire n'importe quoi. Tu faisais des suppositions vagues sur l'avenir de la boîte alors que tu savais pertinemment qu'une réelle menace planait au-dessus de nos têtes. La seule raison pour laquelle tu ne m'en as pas parlé, c'est parce que tu ne me croyais pas capable de gérer la situation sans que ça n'ait des conséquences pour toi et ton avenir. Depuis mon arrivée, je gère bien mieux l'entreprise que Gabriella dans toute sa carrière, mais tu lui restes pourtant fidèle.

Le débat était purement professionnel. Sa dernière phrase me désarmait.

— J'en ai parlé à Rudy. J'ai suivi l'ordre hiérarchique de mes supérieurs à Porteras. Si Gabriella était à ta place, j'aurais fait exactement la même chose.

Avant de répliquer, Neil sembla choisir minutieusement les mots qu'il comptait employer.

— À mon avis, tu jouais effectivement à la soumise avec Gabriella dans une relation purement platonique, et pourtant malsaine au plus haut point. Quel poste t'a-t-elle proposé ?

En voilà une qui ne serait pas facile à admettre.

— Elle ne m'a encore rien proposé. Jake suppose qu'elle me reprendra comme assistante.

Neil hocha doucement la tête.

— Si je comprends bien, tu es prête à faire une croix sur Porteras, sur *nous deux*, pour être l'assistante d'une patronne tyrannique et à la limite de l'abus de pouvoir qui te fait pleurer dès qu'elle t'appelle ? Alors que tu es déjà rédactrice en cosmétique dans mon magazine ?

— Rédactrice adjointe, rectifiai-je à mi-voix.

— En effet, il vaut peut-être mieux que tu ne travailles plus pour moi.

— Tu as raison. C'est la triste réalité, on y aurait été confrontés tôt ou tard. Je ne peux pas à la fois travailler pour toi et protéger mes intérêts ; cette situation fait de moi ton espionne et me forcera toujours à me demander si je dois utiliser ces informations pour ton bien ou pour le mien.

— Mon espionne ? répéta-t-il, écœuré. Je ne t'ai jamais demandé une chose pareille !

— Tu viens pourtant de le faire !

Comment pouvait-il être aussi aveugle ?

— Tu veux que je sois ta petite amie à certains moments, et ton employée le reste du temps.

— Tu me demandes exactement la même chose ! s'indigna Neil, puis il lança un regard vers la porte et baissa d'un ton. Tu veux que je te traite comme n'importe quelle autre employée, mais si je n'écoute pas tes présages quant à la fatalité qui menace la boîte, tu le prends mal et tu es blessée.

J'étais blessée à cet instant précis. Pas parce qu'il avait tort. Au contraire, il avait raison. De toute évidence, nous n'étions pas équipés pour naviguer dans les eaux des problèmes éthiques que nous nous étions créés.

— On n'est pas sur la même planète, Neil. J'ai fait le choix de défendre mes quarante mille dollars par an, là où quelques-uns de tes millions qui dorment à la banque risquent d'en prendre un coup.

— Tu veux dire mes milliards, s'empressa-t-il de me corriger, exaspéré. Je te rappelle qu'avec quarante mille tu es bien loin des quelques millions que je prends le risque de perdre. Et puis, pourquoi tout de suite imaginer que tu te retrouveras à la rue ?

— Neil, c'est ce que craignent les gens ! S'ils n'ont pas ton compte en banque, ils craignent de perdre une somme dérisoire comme quarante mille dollars ! me révoltai-je sans me soucier d'Emma ou de Sue qui pouvaient nous entendre depuis la cuisine. Si on perd notre travail, on peut perdre aussi notre logement ou nos amis quand on ne peut plus payer le loyer.

Il se passa la main dans les cheveux. Même lors de notre dispute dans la cuisine lorsqu'il s'était blessé la main, je ne l'avais jamais vu aussi furieux qu'en cet instant.

— Il te suffirait alors d'un simple coup de téléphone ! Si les choses devaient mal tourner, tu n'aurais qu'à venir me voir ! Mais tu refuses de l'admettre parce que tu sais que si tu me demandes quoi que ce soit, si tu me réclames un million de dollars là, tout de suite, tu sais que je te le donnerai. Pourquoi ? Parce que je t'aime. Cette idée te terrifie parce que tu refuses de m'aimer.

J'eus la sensation qu'on venait de me donner un coup de poing dans le ventre. La douleur aurait pu me couper le souffle, mais heureusement, c'était purement émotionnel.

— Mais de quoi tu parles ?

— Tu fais ça avec tout le monde, reprit Neil. Est-ce que tu penses sérieusement que Holli te mettrait dehors ? Non, bien sûr que non, mais tu préfères la tenir à bout de bras, loin de toi, pour être certaine qu'elle ne t'aime pas. Dès que les gens tiennent à toi, tu prends peur. C'est la raison pour laquelle tu n'as jamais connu de relation sérieuse avec un homme. Maintenant, tu me fais subir la même chose.

Il avait l'air profondément blessé. En reprenant son souffle, il déglutit et sa gorge parut sèche et douloureuse lorsqu'il reprit la parole.

— Tu savais que ce genre de chose me rendrait furieux.

— Tu *es* furieux !

Ma vision se troubla. Non ! Il était hors de question de pleurer maintenant.

Pourquoi ? Parce qu'il verrait que tu es vulnérable ? Parce qu'il saurait que tu tiens tellement à lui que tu en pleures ?

Oh, non. Il avait raison. Il avait raison de A à Z.

— Oui, Sophie. Tu me mets en colère. Mais je ne suis pas idiot et toi non plus. Tu aurais dû me dire ce que tu savais au sujet de Porteras, mais tu avais tellement peur d'admettre que je passais avant ta carrière que tu as refusé de m'en parler, fulmina Neil, puis il marqua une pause sans cacher sa frustration. Je t'aime ! Si tu m'avais tout avoué, je ne t'aurais jamais empêchée de quitter Porteras pour rejoindre Gabriella. Ça ne m'aurait pas plu, mais je n'aurais pas cherché à te retenir. Je sais que tu es capable de prendre soin de toi, mais fais-moi confiance, moi aussi je sais prendre soin de toi.

Ces dernières phrases eurent raison de ma volonté : les larmes se mirent à couler.

Neil s'approcha et je ne pus résister à son étreinte lorsqu'il me prit dans ses bras. Il me laissa pleurer toutes les larmes de mon corps sur sa chemise sans doute hors de prix.

— Je ne veux pas que tu rentres chez toi ce soir, murmura-t-il en déposant un baiser sur mon front.

— Je n'en ai pas envie non plus, admis-je, le visage enfoui contre son torse. Je déteste me disputer avec toi.

— On s'en remettra. De mon côté, je mettrai du temps à cicatriser, mais on s'en remettra. Promets-moi juste une chose : ne laisse pas Gabriella te marcher dessus comme avant. Tu mérites mieux que ça, affirma-t-il avant de marquer une pause. Assure-toi qu'elle mette par écrit tout ce qu'elle te propose : avantages, salaire, bonus…

— Neil, dis-je doucement en levant les yeux.

— Excuse-moi. C'est difficile pour moi de ne pas…

— Te mêler de ce qui ne te regarde pas ? l'interrompis-je en riant entre deux sanglots.

Il soupira.

— J'allais dire : de ne pas t'empêcher de faire des erreurs.

— Je *veux* faire des erreurs. Ma vie est comme ça. On n'en a qu'une et je tiens à la mener en restant derrière le volant. Je t'aime, Neil, mais je refuse de te laisser vivre à ma place.

Au moins, il eut la décence de prendre un air coupable.

Ce que je voulais lui dire ensuite ne se forma pas facilement dans mon esprit. Je ne m'étais encore jamais autant mise à nu sur le plan émotionnel. Pourtant, je n'avais pas le choix. Une seule chose comptait désormais : Neil devait savoir à quel point je tenais à lui, en particulier à présent que je l'avais trahi et que je prenais conscience que cette trahison n'avait eu qu'un seul but, l'éloigner de moi.

— Neil… Cette vie, je veux la vivre avec toi à mes côtés.

Mon cœur se serra dans ma poitrine. J'étais terrifiée. Cela allait complètement à l'encontre de notre pacte sexuel et sans attache, mais ça n'avait plus d'importance.

Il prit une profonde inspiration. Son visage ne me laissait rien deviner de ses pensées. Finalement, il esquissa un sourire timide et dit :

— C'est aussi ce que je veux, Sophie.

Voilà qui apaisait légèrement mon nœud à l'estomac.

— Tant mieux. Excuse-moi de ne pas t'en avoir parlé.

Il me libéra de son étreinte et recula d'un pas.

— Je sais que tu ne cherchais pas à me blesser, tu voulais seulement te protéger. La différence ne te paraît pas évidente, mais elle est pourtant capitale. Tu m'as fait mal et je ne t'ai toujours pas pardonné. Mais le fait de savoir ce qui t'a poussée à le faire, ça m'aide.

— Et moi, je comprends pourquoi tu m'as virée.

C'était douloureux à admettre, mais le choc finirait par s'estomper.

Nous sommes restés un moment assis sur le canapé en silence, tous deux mécontents de la manière dont s'était déroulée cette journée, mais désireux de rendre les choses plus faciles, même si nous ne savions pas encore comment nous y prendre.

— Je dois appeler Rudy, s'aperçut soudain Neil en s'efforçant de parler avec légèreté. Je serai au téléphone un petit moment, mais j'aimerais ensuite qu'on sorte. Qu'en penses-tu ? Emma doit retrouver son affreux Michael, de toute manière. On pourrait aller au cinéma ou au restaurant. Pourvu qu'on ne reste pas là à ruminer toute cette histoire.

Bizarrement, j'étais soulagée qu'il ne soit plus mon patron. Nous pouvions être un couple normal.

Même si les choses étaient encore tendues entre nous.

Bien sûr, cela voulait dire que le repas avec Gabriella déciderait de mon sort, c'était une question de vie ou de mort. Ou plutôt, une question de travail ou de chômage, mais ça revenait au même.

Chapitre 21

— Tu es magnifique! s'exclama Neil en sifflant, tandis que j'étais penchée sur le miroir pour me mettre de l'eye-liner. Tu ne te maquilles jamais autant pour moi, le week-end.

— C'est parce que rien ne m'y oblige, répliquai-je en clignant des yeux pour faire sécher le liquide au coin de mes paupières. Tu m'aimes autant au naturel.

Appuyé contre l'autre vasque, il me contemplait avec fascination depuis le début du processus de maquillage. Je le soupçonnais d'aimer me regarder, tout simplement.

— Exactement. Si Gabriella Winters avait un semblant d'intelligence, elle t'apprécierait de la même manière.

— En tout cas, j'espère qu'elle m'appréciera sans boucles d'oreilles parce que je n'en ai pas pris avec moi.

Les yeux froncés face au miroir, j'espérai que mes cheveux resteraient en place pour dissimuler mes oreilles vierges.

— Je peux te donner un coup de pouce, si tu veux.

Neil se redressa et quitta la salle de bains. Lorsqu'il reparut, je finissais de me mettre du mascara. Dans le reflet de la glace, j'aperçus l'écrin bleu ciel dans sa main, puis croisai son regard tandis qu'il le tripotait nerveusement.

— Ce devait être un cadeau de Noël, mais… Je pense que c'est encore mieux comme porte-bonheur.

À cet instant, une bouffée d'angoisse me prit à la gorge à la vue de Neil, plus sérieux que jamais, tenant dans ses mains un petit écrin bleu. Il ouvrit le couvercle et en sortit un sachet de velours retenu par une ficelle. En vidant son contenu dans sa paume, il me fit découvrir deux boucles d'oreilles étincelantes, et je m'efforçai d'être discrète en poussant un profond soupir de soulagement.

— Oh mon Dieu.

Je contemplai longuement les deux petits clous brillants entourés de ronds blancs.

— C'est de l'or blanc ?

— Du platine et des saphirs roses, précisa Neil en me les tendant. Elles te plaisent ?

— Elles sont magnifiques, balbutiai-je en les prenant délicatement, encore sous le choc. Neil, c'est trop.

— Tu ne veux pas que je te dicte comment vivre ta vie, alors ne me dis pas comment dépenser mon argent, me gronda-t-il gentiment avant de m'embrasser sur la joue. Je suis certain que tu te débrouilleras comme une chef, aujourd'hui. Gabriella serait idiote de ne pas t'embaucher.

Avant d'enfiler les bijoux, je les admirai une minute pendant que Neil poursuivait :

— Bien sûr, j'estime aussi que tu es bête de vouloir travailler pour elle alors que je t'ai proposé de te trouver un autre poste.

— Arrête, s'il te plaît.

Après notre dispute nucléaire de la veille, nous étions parvenus à instaurer une trêve dont les conditions impliquaient que Neil ne devait pas se mêler de mes choix professionnels, et de mon côté, si je rencontrais des difficultés financières, je devais lui demander de l'aide avant de faire des choix radicaux du type prendre une carte de crédit à taux élevé.

— Je suis désolé qu'on se soit disputés, murmura-t-il. Ces bijoux sont aussi pour m'excuser.

Le sourire aux lèvres, je poussai le fermoir d'un des petits clous derrière mon oreille.

— Personnellement, je ne regrette rien, admis-je. C'était agréable de se disputer avec mon petit ami et pas avec mon patron, je pouvais dire tout ce que j'avais sur le cœur.

En me regardant enfiler l'autre boucle, il esquissa un sourire timide.

Je lui dis d'une voix plus douce :

— Elles sont vraiment jolies. Merci beaucoup.

Derrière moi, il enroula ses bras autour de ma taille.

— Je t'aime, Sophie. Dispute ou non, ça ne change rien : je t'aime. En ce moment, on a quelques accrocs, mais je préfère qu'on s'échauffe plutôt que de ne pas en parler du tout. Dans ma vie amoureuse, les secrets ne m'ont jamais réussi.

Je fus prise d'un frisson : Neil faisait tout pour que ça fonctionne entre nous. Dans quel but, je n'en savais rien et n'allais pas commencer à faire des suppositions. Notre relation évoluait déjà bien assez vite comme ça.

— On en arrive au moment où on devrait baiser comme des bêtes, non ? Après une dispute, ce n'est pas ce que veut le cliché ? ai-je suggéré en gloussant.

— Non, on en arrive au moment où tu vas être en retard à ton déjeuner d'affaires et moi à ma réunion si on ne parvient pas à se retenir.

Après un dernier baiser sur ma joue, il retourna dans son dressing.

La réunion prévue cet après-midi-là à Porteras avait été organisée à la dernière minute par Neil la veille au soir. Il discuterait avec les dirigeants de la boîte de l'information que je lui avais communiquée – et de mon licenciement. À l'issue de cette réunion, ils réfléchiraient également au meilleur moyen de démasquer l'indicateur voleur de liste. Une majorité des employés avait d'abord été au bureau de tri ou à des postes d'assistants qui donnaient accès à ce document. Dénicher le coupable s'annonçait difficile.

Je décidai d'oublier la réunion de Neil pour me concentrer sur mon rendez-vous. Il serait au travail une grande partie de l'après-midi, mais nous avions prévu de nous retrouver pour dîner. D'ici là, j'espérais que les problèmes seraient réglés pour que nos vies reprennent leur cours normal.

Mon téléphone se mit à vibrer. C'était un message de Holli :

Des ratons laveurs s'installent dans ta chambre. Ça ne te dérange pas s'ils restent un peu ?

Je pouffai de rire et lui répondis aussitôt :

Je rentre aujourd'hui. Au fait, je suis virée.

Dans la seconde, je reçus :

Quoi ???!!!

Je lui expliquerai de vive voix, ce sera plus facile.

Gabriella me donnait rendez-vous dans un petit restaurant de brunch, au cœur de l'ancien quartier des abattoirs de Manhattan. C'était un bistrot français qui faisait également discothèque. Une file d'attente s'étirait jusque dehors, mais lorsque je donnai mon nom au mannequin façon hôtesse de l'air devant l'entrée, elle me laissa aussitôt passer.

Gabriella, Jake et Pénélope étaient installés à une banquette en angle droit, au fond de la salle bondée. Les filles occupaient la banquette au dossier haut contre le mur tandis que Jake était assis sur l'une des chaises sur le côté. Ils étaient tirés à quatre épingles et rayonnaient de leur propre suffisance, nourrie par les regards en coin que leur lançaient les clients voisins en se chuchotant à l'oreille.

Ils me faisaient penser à un groupe de vampires pathétiques.

— Sophie, quel plaisir de te revoir, s'exclama Gabriella en se levant, puis elle se pencha sur la table afin d'embrasser l'air de chaque côté de mon visage.

Elle ne m'avait encore jamais saluée avec autant d'effusion. D'ailleurs, était-ce vraiment une salutation ? Lorsqu'elle se rassit, son carré de cheveux rouge rubis se balança tel le pendule des romans d'Edgar Poe.

— Sophie, tu es resplendissante, me complimenta Jake en se levant à son tour pour me prendre dans ses bras.

Je le laissai faire puisque, de son point de vue, nous étions toujours de bons amis ; j'estimais à présent que ce n'était qu'un salaud imbu et insupportable, mais ce détail lui échappait.

— Tu es magnifique, reprit-il. Tu as fait un régime ?

Surprise, je tirai sur les pans de ma veste.

— Hum, non. Pourquoi ? J'en avais besoin ?

Quelle réplique !

Ces derniers temps, j'étais susceptible et partais au quart de tour. Sans doute à cause de la fatigue et du stress.

— Non, non, je disais ça comme ça, voulut se rattraper Jake en affichant un sourire figé.

En m'installant autour de la table, je pris conscience de mon problème. Jusqu'à présent, j'avais travaillé avec des gens honnêtes, des personnes réelles et palpables. Gabriella et Jake n'étaient que de grossières caricatures d'eux-mêmes. Au fond, je les plaignais de ne pas s'apercevoir du ridicule de la situation. Quand je repensais à l'époque où je voulais à tout prix faire partie de leur clique élitiste et remplie de certitudes, quel gâchis. Avais-je vraiment voulu calquer ma carrière sur leur vision autosatisfaite ? En avais-je toujours envie désormais ?

À cette pensée, j'eus la nausée. Ce qui m'arrivait souvent ces derniers temps. Avec tout ce stress, j'allais me provoquer un ulcère.

Ces caricatures comptaient me proposer du travail. Je me forçai donc à sourire, à hocher la tête et à entrer dans leur jeu. Pendant deux ans, j'avais appris à ravaler mon venin concernant Gabriella Winters ; je pouvais continuer pendant dix ans s'il le fallait.

— Que penses-tu de Porteras, Sophie ? Sois honnête.

En attendant ma réponse, Gabriella plissait ses grands yeux bleus. Il n'y avait pas une seule ride sur son visage mais j'étais certaine qu'elle fronçait les sourcils.

En effet, je pouvais être honnête. Après tout, je ne travaillais plus à Porteras.

— Eh bien… On m'a promue au poste de rédactrice adjointe en cosmétique…

Elle m'interrompit en agitant la main.

— Oui, je suis au courant. Parle-moi plutôt de ce qui se passe en interne.

— Ah. Hum, il y a quelques accrocs.

Ce n'était pas ce qu'elle voulait entendre, j'en étais bien consciente. Elle cherchait à me faire critiquer la boîte ouvertement en lui dévoilant des secrets qu'elle pourrait ensuite réutiliser à ses propres fins. Malgré mon licenciement encore récent, je n'avais pas l'intention de saboter le travail de Neil pour le bien de Gabriella.

— S'ils continuent de pinailler sur le contenu, ils risquent de perdre des lecteurs. Mais ils s'attireront aussi un nouveau type d'abonnés. Il y a un filon à saisir concernant la protection des animaux et je suis fière que Porteras soit avant-gardiste sur ce point.

Ma réponse amusa Gabriella.

— J'admire ta diplomatie.

— Est-ce qu'Elwood te pose encore des problèmes ? s'enquit Jake.

Son inquiétude n'était pas feinte, et c'était tout à son honneur. Après tout, je pouvais lui laisser une chance ; il ne savait pas que je fréquentais Neil. De son point de vue, j'étais sortie d'un bureau fermé à clé, en panique et les joues rouges. Une semaine plus tard, je décrochais une promotion.

Autant mettre les choses au clair tout de suite.

— M. Elwood ne m'a jamais posé de problème. Avant ma promotion – que j'ai décrochée uniquement grâce à un coup de pouce de Gabriella – j'ai à peine eu l'occasion de travailler avec lui. J'en profite d'ailleurs pour vous remercier, Gabriella. J'ai été touchée de voir que vous me faisiez confiance pour ce poste.

Cette dernière me décocha un sourire bienveillant.

— Je savais que tu en étais capable, Sophie. Ce n'était pas juste pour le plaisir de te donner une promotion.

Un serveur nous apporta les menus que je parcourus en chassant mes cheveux derrière l'oreille. Presque aussitôt, je vis le regard de Pénélope scintiller.

À l'époque où elle était la seconde assistante de Gabriella, nous nous entendions plutôt bien. Grande et svelte, elle avait les cheveux roux et de grands yeux verts comme ceux d'un chat. À ses débuts à Porteras, on la prenait souvent pour un mannequin. Avec son œil de lynx, elle ne manquait aucun détail et repéra tout de suite les petits saphirs roses qui brillaient à mon oreille.

— Quels magnifiques bijoux ; ça vient de *Tiffany's*, pas vrai ?

— Il faut croire que Neil Elwood paie ses rédacteurs adjoints plus généreusement que moi à l'époque, murmura Gabriella.

En faisant la moue, le sourcil levé, elle laissait son regard se promener sur la carte des menus. Quel intérêt ? Tous les restaurants de New York étaient prêts à lui concocter un plat sur mesure si elle en avait envie, et elle le savait très bien.

Je commandai une salade de chou frisé au cheddar et des œufs au plat. Gabriella choisit son saumon habituel. Jake, avec son métabolisme typiquement masculin, s'offrit un plat d'œufs Bénédicte avec des muffins à la place des champignons, et Pénélope prit seulement un verre d'eau pour un nettoyage contre les toxines. Tout en savourant notre repas, nous discutions joyeusement de ce qu'avait fait Gabriella depuis son départ du magazine.

Travailler pour elle avait été particulièrement éprouvant ; pourtant, je l'aimais bien. Sa volonté de fer méritait le respect. Elle ne s'était jamais laissé stigmatiser par les clichés machistes et autres stéréotypes. Même si le premier numéro ne sortirait pas avant février, j'admirais la rapidité avec laquelle elle mettait en place son nouveau magazine, depuis son organisation jusqu'à l'embauche des employés.

— Il sera exclusivement dématérialisé, déclara-t-elle avec fierté. Je dois admettre que l'idée d'une presse sans papier ne me réjouit pas. À l'époque où *Porteras* proposait ses premières versions en ligne, j'estimais que cela salissait son image de marque. Mais nous étions trop braqués. Jake m'a prouvé qu'un magazine digital peut être subtil et parfaitement présenté, avec un contenu de qualité. On ne connaîtra jamais le problème du tirage limité.

— Waouh, Jake, sifflai-je, véritablement impressionnée. Je ne te savais pas si habile avec la technologie.

D'un sourire satisfait, il approcha son verre d'eau à ses lèvres, puis s'arrêta avant de boire pour me répondre :

— Je suis prêt à prendre tous les risques pour mes nouvelles responsabilités au sein de Mode.

— Et je t'en remercie, déclara sa patronne en laissant tomber sa serviette dans son assiette. Sophie, tu pourrais toi aussi prendre quelques risques. Par exemple, que penserais-tu du poste de… directrice adjointe de la création ?

Heureusement que je n'avais pas la bouche pleine, sinon, le contenu aurait fini sur la table.

— Excusez-moi ?

Je promenai mon regard sur Jake puis Gabriella. De l'autre côté de la table, Pénélope esquissait le sourire poli de celle qui attend gentiment son tour.

— Vous n'êtes pas sérieuse.

— Il n'y a rien de plus sérieux, m'assura Jake à sa place en enroulant un bras autour de mes épaules pour me prouver qu'on était bons copains. J'ai parlé à Gabriella de ton efficacité au département cosmétique alors que vous étiez en difficulté pour trouver des produits correspondant aux nouvelles normes. Elle a acheté le numéro de janvier.

— Immonde ! jugea Gabriella dans un souffle. Enfin, sauf ta chronique bien sûr.

— Nous sommes tombés d'accord, poursuivit Jake. Compte tenu de la difficulté des paramètres qui t'ont été imposés, tu as réussi au-delà même de ce qu'on pouvait espérer.

— Peut-être, mais il y a deux autres employées avec moi en cosmétique. C'est un travail d'équipe. India est parvenue à…

— India parvient très bien à boire de l'alcool sur son lieu de travail, m'interrompit Gabriella en lançant un regard en coin à Pénélope qui se mit à glousser. Et puis, nous avons déjà Jessica N'Guyen qui travaille pour nous à un autre poste. Sophie, je n'ai pas l'intention de me mettre à genoux. Soit tu me fais confiance lorsque je te dis capable de tenir ce poste, soit tu repars bredouille à Porteras.

— Elle ne peut pas retourner là-bas, déclara Pénélope en sirotant tranquillement son café. Tu es licenciée, pas vrai ?

Mon estomac se noua.

— Comment peux-tu être au courant ? C'est tout récent.

— Il y a vingt minutes.

Elle me montra son téléphone. Sur l'écran, on lisait :

Scaife est virée.

— Qui… ? balbutiai-je en secouant la tête.

Après tout, ce n'était pas important de savoir qui vendait la mèche. Enfin si, c'était important, mais je m'en soucierais plus tard.

— Je me doutais qu'on finirait par me mettre à la porte.

— À cause de ta liaison avec Neil Elwood ? demanda calmement Gabriella.

— Quoi ?! Non. Il n'y a rien entre nous.

Je me tournai vers Jake, dont le regard appuyé commençait sérieusement à m'agacer. Il s'agita nerveusement sur sa chaise et regarda ailleurs.

— Jake m'a parlé de ton interlude avec lui derrière une porte fermée à clé, insista-t-elle en rivant sur moi ses yeux à rayons X qui voyaient sans doute jusqu'à mes entrailles. Dès son arrivée, tu as été beaucoup moins rigoureuse dans tes horaires de travail. Lors de son deuxième jour, tu as pris une longue pause-déjeuner avec lui. Ensuite, tu as pris deux jours de congé, plus un congé maladie…

— J'ai été chamboulée par le fait que la responsable pour laquelle j'aimais travailler quitte si soudainement la boîte. Je ne savais pas si j'allais perdre mon travail, me justifiai-je aussi poliment que possible. Mais comment êtes-vous au courant de tout ça ?

— Sophie, la moitié du personnel de Porteras est toujours fidèle à Gabriella, me réprimanda Jake comme s'il était impensable que je ne m'en sois pas aperçue. Ces gens-là sont ravis de partager ce genre d'informations avec elle.

Comment cet entretien d'embauche – ou plutôt cette promesse d'embauche – s'était-il transformé en véritable interrogatoire de lolitas en pleine puberté ?

— Et ces boucles d'oreilles sont hors de prix, ajouta Pénélope.

— Personne ne te jette la pierre, Sophie. On se demande seulement si tu ne te trompes pas de camp, affirma Gabriella en me scrutant comme si elle avait l'intention de peindre mon portrait. Tu comprendras bien sûr, qu'une fois parmi nous, il ne sera plus question d'approcher M. Elwood ou tout autre employé de Elwood & Stern.

— Je n'en avais pas l'intention.

Et merde !

Recruterait-elle un agent secret pour me pister ? Ou laisserait-elle l'un de ses lèche-bottes à la bouche en cœur s'en occuper lui-même ?

Cette pensée me bouleversa : il n'y avait pas si longtemps, je faisais partie des lèche-bottes en question. Combien de fois avais-je agi dans l'intérêt de Gabriella sans me soucier du mal que je faisais à mes collègues ? Je ne me posais jamais de question puisque la seule chose qui m'intéressait, à l'époque, c'était de faire du bon travail. Je parcourus mentalement les souvenirs de toutes ces matinées où elle me demandait de surveiller l'ascenseur pour lui rapporter l'horaire d'arrivée de tel assistant ou de tel rédacteur, les souvenirs des courses qu'elle m'envoyait faire chez des stylistes avant de me demander qui patientait en même temps que moi dans la salle d'attente. Finalement, toutes ces « courses » n'avaient qu'un seul but : l'espionnage.

Oh, non ! J'avais vécu au cœur d'une véritable série télévisée sans même m'en rendre compte. Le côté dramatique et glamour m'avait aveuglée alors que cet univers ne m'attirait même pas.

J'en eus des vertiges. En avalant précipitamment quelques gorgées d'eau, j'espérai ne pas avoir les joues rouge écarlate.

— Ce n'est pas que je refuse votre offre, m'expliquai-je avec prudence. D'ailleurs, j'ai besoin de ce poste puisque je suis actuellement sans emploi. Mais j'aimerais pouvoir y réfléchir. C'est une lourde responsabilité et je ne veux pas prendre de décision à la légère. Si je vous donne une réponse demain, ça vous convient ?

— Cela me semble raisonnable, pas vrai Gabriella ? répondit Jake, nerveusement.

Elle poussa un soupir.

— J'attendais un peu plus d'enthousiasme de ta part, mais si je t'ai embauchée comme assistante il y a quelques années, c'est justement pour ton côté raisonnable.

Nous avons discuté encore un moment, mais je savais que le but de cette rencontre était atteint, l'entretien était terminé. Jake proposa de m'accompagner et je n'avais aucun moyen de refuser alors que sa présence m'horripilait.

— Sophie, commença-t-il dès que nous sommes sortis du restaurant. Est-ce qu'il y a quelque chose entre Neil Elwood et toi ? Tu as l'air… ailleurs. Et tu n'as pas ri à nos suppositions sur votre relation.

— C'est parce qu'il n'y a rien de drôle, rétorquai-je d'un ton sec tandis qu'il faisait signe à un taxi pour moi. Je n'ai pas besoin de coucher pour décrocher un travail.

— Oui, bon, d'accord. Je ne te soupçonnerai plus comme je l'ai fait, se défendit-il, puis je m'approchai du taxi pour ouvrir la portière. Ne gâche pas tout, Sophie, ce pourrait être la pire erreur de ta vie.

Je ne voulais pas lui aboyer au visage, mais j'avais du mal à m'en empêcher.

— Ne me mets pas la pression. Quand je dis que je vais y réfléchir, c'est la vérité. Je ne prendrai pas de décision à la légère.

— Et tu veux d'abord en parler à Neil Elwood, pas vrai ? supposa Jake en esquissant un sourire diabolique, comme s'il me prenait la main dans le sac.

D'accord, coucher avec mon patron n'était sans doute pas la meilleure idée, sans parler de s'engager avec lui dans une relation sérieuse, ce qui était encore pire. Mais je ne regrettais rien, et aucun travail ne méritait le risque de perdre ce que je partageais avec Neil, ou de le blesser plus qu'il ne l'était déjà. Ma décision était prise, et je voulais seulement quitter ces gens au plus vite.

— Au revoir, Jake.

Sans même lui accorder un dernier regard, je suis montée dans le taxi.

Retrouver Neil pour un dîner en tête à tête aurait dû être la meilleure des idées pour me rafraîchir l'esprit. Pour la première fois, je ne craignais pas de croiser un collègue de travail. Bizarrement, dans cette immense ville de huit millions d'habitants, il était facile de tomber sur une personne qu'on ne voulait pas voir au moment même où l'on faisait une chose que personne ne devait nous voir faire. Ce soir-là, nous pouvions déclarer honnêtement que nous ne travaillions pas ensemble.

J'étais dans ce restaurant agréable, chaleureux, à la lumière douce et à la clientèle plutôt calme, depuis à présent vingt minutes, et toujours aucun signe de Neil. Ça ne lui ressemblait pas ; mis à part la seule fois où j'étais arrivée devant son appartement avant lui, il n'était jamais en retard. Je vérifiai mon téléphone. Il n'avait pas cherché à me joindre.

Ce n'était pas normal. À cette heure-ci, il ne pouvait pas être encore à Porteras. Il m'aurait prévenue.

Même si j'essayais de ne pas garder les yeux rivés sur la porte d'entrée, je l'aperçus au moment même où il pénétra dans le restaurant. En s'approchant de ma table, il semblait confus, sincèrement désolé, mais aussi très fatigué. Il n'était pas lui-même.

— Excuse-moi, Sophie, dit-il en s'asseyant en face de moi. La journée a été affreusement longue et j'ai complètement oublié notre dîner.

— Sympa, dis-je dans un souffle. C'est dingue comme on passe de « Je t'aime comme un fou » à « Je t'ai complètement oubliée ».

Son visage se décomposa lorsqu'il prit conscience de ce qu'il venait de dire.

— Non, non, je suis désolé, je ne voulais pas…

Les lèvres pincées, il prit une profonde inspiration comme s'il essayait de se vider la tête.

— Excuse-moi de ne pas avoir appelé, reprit-il. Je ne me sens pas très bien.

— Encore une migraine ?

Je devais avoir l'air idiote, ainsi penchée en avant en l'examinant avec l'air d'un médecin incompétent.

— À l'avenir, je noterai tous mes rendez-vous.

Il tendit la main sur la table et saisit la mienne. Son pouce vint doucement frôler le dos de ma main. Je poussai un soupir tremblant.

Refuser l'offre de Gabriella était forcément la meilleure chose à faire, pas vrai ? Une partie de moi était déçue de voir que dans un moment difficile comme celui-ci, lorsque je devais prendre une décision capitale au sujet de nous deux, ce n'était pas le Neil au charme ravageur qui faisait son entrée, mais le Neil distant avec une migraine et un comportement inhabituel. Une autre partie de moi était rassurée que les choses se passent dans cet ordre-là. Après tout, l'excitation des débuts d'une histoire d'amour ne durait pas éternellement, et il était important de le garder à l'esprit avant de réfléchir à l'offre de Gabriella – et à sa requête ridicule. Aurais-je refusé si je savais que Neil et moi ne serions plus ensemble d'ici trois mois ? Pour l'instant, malgré vingt minutes d'attente interminable pour un petit ami qui n'appelait pas, la réponse était toujours : « oui ». J'étais amoureuse de lui, aussi insensé que cela puisse paraître après seulement deux mois passés avec lui. Pourtant, un lien solide nous unissait. Je ne m'imaginais pas loin de lui dans trois mois, ni même dans trois ans. Lorsque nous étions ensemble, tout semblait naturel et j'étais certaine qu'il ressentait la même chose.

— Ce n'est pas grave si tu es en retard, Neil. Tu as eu une rude journée. La perfection, ça n'existe pas.

Il me serra doucement la main, puis la relâcha afin d'examiner le menu.

— Moi, une rude journée ? C'est toi qui as passé un entretien. Alors, comment ça s'est passé ?

— Pas très bien.

Devais-je vraiment lui expliquer les raisons pour lesquelles ça s'était mal passé ? Neil avait beau accepter de me laisser faire des erreurs et de ne pas se mêler de ma vie professionnelle, c'était plus facile à dire qu'à faire.

— Elle m'a proposé un poste, mais je ne vais pas l'accepter.

D'un air soudain inquiet, il reposa le menu.

— Pourquoi pas ?

— Je n'ai plus envie de travailler pour eux. Je me sentais affreusement mal à l'aise, étouffée par leur suffisance et leurs grands airs. Et moi, j'étais censée leur baiser les mains et chercher à gagner leur approbation. À l'époque où je travaillais pour Gabriella, j'étais habituée, je n'avais pas de recul.

J'aurais pu m'arrêter là, mais nous faisions tout pour être honnête l'un envers l'autre, ce n'était pas le moment de lui cacher quoi que ce soit.

— Ils sont convaincus que je couche avec toi.

— Mais c'est la vérité, fit-il remarquer.

Je pouffai de rire.

— Oui, mais qu'est-ce qui leur fait penser ça ? Ils croient détenir des preuves, comme ce congé maladie. Ce n'était rien, ça n'avait aucune importance, mais leurs petits espions en ont tiré cette conclusion qu'ils leur ont aussitôt rapportée ; résultat, Gabriella m'offre un poste à la condition que je coupe les ponts avec toi. J'ai eu beau mentir et dire qu'on n'était pas ensemble, elle campe sur ses positions.

Comme je le craignais, une expression assombrie voila le visage de Neil, plongé en pleine réflexion. Notre repas ne s'annonçait pas si relaxant, finalement.

— Quel poste t'a-t-elle proposé, au juste ?

Je bus une gorgée d'eau.

— Directrice adjointe de la création pour son nouveau magazine.

Il secoua la tête et sourit.

— Rien que ça ? Bravo.

— Je ne veux pas de tes félicitations, ripostai-je d'un ton sec. Elle veut avoir le contrôle de ma vie privée. Jake ne vaut pas mieux qu'elle. Je nous croyais amis, mais ce n'est qu'en travaillant avec des gens normaux que son caractère odieux m'est apparu.

— Je ne pense pas qu'il y ait de gens normaux à Porteras, corrigea Neil. Je m'inclus dans le lot. Vivement que Valérie vienne me reprendre cette patate chaude qui me brûle les mains.

Que se passerait-il une fois que Neil aurait quitté Porteras ? Il ne finirait pas à la rue, évidemment, mais que ferait-il ? Rejoindrait-il sa famille en Angleterre ? Je n'avais pas envie d'y réfléchir, mais la question devait se poser avant que je prenne ma décision finale. S'il prévoyait de quitter le pays, Neil m'en parlerait, j'en étais sûre. En particulier à présent qu'il savait que je m'apprêtais à refuser du travail pour lui.

— Comment s'est passée ta réunion ?

— Pas très bien. On s'inquiète au sujet des abonnés : il semblerait qu'ils soutiennent moins le magazine que Gabriella et toute la culture qu'elle représente. Et puis, j'ai parlé à Rudy. Il t'appellera officiellement ce soir pour ton licenciement.

— C'est Rudy qui s'en chargera ? répétai-je en faisant la grimace. Mais je croyais que tu m'avais déjà renvoyée. Doit-on vraiment le mêler à tout ça ? La prochaine fois que je le verrai, je ne vais pas savoir où me mettre.

— En revanche, tu n'es pas mal à l'aise lorsqu'il s'agit de coucher avec celui qui t'a virée ? ricana-t-il, mais son rire se transforma aussitôt en grimace de douleur.

— Oh mon Dieu, Neil, ça ne va pas ?

Je poussai ma chaise et m'apprêtai à me lever, mais il me fit signe de rester assise.

— Non, ce sont ces fichues lentilles, répondit-il faiblement en se pinçant l'aile du nez. Je ne me sens pas bien, Sophie. Je regrette, mais il faut que je rentre.

Neil avait le teint pâle, la sueur perlait à son front. Ce n'était pas le genre d'homme à feindre le malaise pour s'échapper d'une situation délicate.

— Si tu as besoin de rentrer, rentre. Tu veux que je t'accompagne ?

— Non, non, je t'ai déjà retenue assez longtemps ce week-end, répondit-il en forçant douloureusement un sourire. Je te ramène en voiture ?

Je secouai la tête.

— Ce dont tu as besoin, c'est d'une boîte entière d'Ibuprofène. Ne t'inquiète pas pour moi, je rentrerai par mes propres moyens. Si tu vas travailler demain, je t'appellerai pendant ta pause-déjeuner. Et si tu restes à la maison, je viendrai t'apporter de la soupe de poulet et je te donnerai la becquée à travers une bulle de plastique en portant une combinaison antinucléaire. Ce n'est pas le moment pour moi de retomber malade.

Il voulut sourire, mais n'eut l'air que plus souffrant.

— Je t'aime. On s'appelle demain.

— Je t'aime aussi, Neil.

Je le raccompagnai jusqu'à la porte et il glissa un billet à la serveuse en s'excusant d'avoir occupé une table pour rien. Une fois dehors, il avait l'air si mal en point que j'hésitai à lui proposer mon épaule. Pendant une seconde, j'envisageai de monter en voiture avec lui et de l'emmener aux urgences sans lui demander son avis. Mais Neil était un grand garçon.

Il pouvait rester seul, même malade, s'il en avait envie. Une fois assurée qu'il était bien monté dans la Maybach, j'attendis que la voiture tourne au coin de la rue avant de me diriger vers la station de métro la plus proche.

Notre soirée en tête à tête avait donc tourné au fiasco, et je serais bientôt officiellement renvoyée. Mais à présent, je savais que je refusais à juste titre un poste dans le nouveau projet de Gabriella. J'aimais Neil alors qu'il était malade et qu'il m'avait presque posé un lapin. Cela voulait forcément dire quelque chose.

En rentrant chez moi, je trouvai Holli et Délia blotties l'une contre l'autre dans le canapé devant un film de Noël.

— Ne me dites pas qu'on est déjà le 24 décembre, leur lançai-je, paniquée, en désignant la télévision. Parce que si c'est ce soir, j'ai manqué mon vol pour rentrer chez ma mère.

— C'est un DVD, répondit Délia. On est le 15.

— Je croyais que tu passais la soirée avec Neil ? s'étonna Holli en retirant ses pieds du canapé pour me laisser une petite place.

— Il ne se sentait pas bien. J'espère qu'il n'a pas attrapé ce que j'ai eu l'autre jour.

D'un geste, je refusai l'invitation de Holli. Ce soir-là, je ne voulais pas me coucher tard, ni m'imposer dans leur soirée en tête à tête. Et puis, j'avais besoin d'être un peu seule. Je me tapotai l'estomac et ajoutai :

— D'ailleurs, je ne m'en suis pas tout à fait débarrassée, moi non plus.

Délia poussa un soupir en regardant Holli.

— Soph…, commença cette dernière, hésitante. On voulait justement t'en parler. Ton « petit mal de ventre » traîne depuis une semaine, maintenant.

— Non, ça ne fait que…

Je comptai les jours dans ma tête. Ma carrière en chute libre m'avait fait perdre toute notion du temps, un peu comme ces films où les gens se font enlever par des extraterrestres.

— Oh, non ! Tu as raison, ça fait une semaine. Vous pensez que je devrais consulter un médecin ?

Mon assurance maladie couvrirait-elle les frais, à présent que j'étais sans emploi ?

— Oui, tu devrais, affirma Délia comme si elle parlait à une attardée mentale. Tu as mal au ventre de manière épisodique, pas vrai ? Et tu es fatiguée, ces derniers jours ?

— Oui, c'est le stress, acquiesçai-je. On peut en avoir des ulcères, pas vrai ? J'ai eu d'atroces brûlures d'estomac, et…

Holli en eut la mâchoire qui tombait.

— Sophie ! Tu ne comprends toujours pas ?

— Si, je sais. Oh mon Dieu, je sais, m'exclamai-je en chassant les longues mèches qui venaient me chatouiller le front. J'aurais dû voir un médecin la semaine dernière, quand j'avais encore droit à l'assurance. S'ils veulent faire des tests maintenant, ça va me coûter une fortune et je ne peux pas me permettre de payer…

Je m'interrompis devant la pitié que je lisais sur le visage de Délia et Holli. Enfin, un mélange de pitié et de « Tu te fiches de nous ?! »

Soudain, je compris.
Oh mon Dieu, mais bien sûr !
Je suis enceinte.

Chapitre 22

JE SUIS ENCEINTE.

— Non ! m'écriai-je en secouant la tête. Non, non, non !

Ce n'était pas un ulcère, ni une gastro. J'étais en cloque.

Impossible.

Je passai en revue toutes les fois où nous avions fait l'amour : impossible, j'étais sous contraception et nous n'avions que des rapports protégés. Si ma pilule et le préservatif étaient tous les deux efficaces à 98 %, nous étions sûrs à presque 200 % de ne prendre aucun risque, pas vrai ?

Délia poussa Holli sur le côté pour libérer ses jambes et se redressa sur le canapé.

— Pas de panique, les filles ! déclara-t-elle. Laissez-moi faire, je connais : Holli, pendant que je vais acheter un test de grossesse à la pharmacie, tu essaies de la calmer et tu sors un calendrier. Essayez de trouver à quand ça remonte.

Trop tard, les morceaux se recollaient : je n'avais pas été malade. C'était une douleur au ventre qui me prenait autant le matin qu'aux pires heures de la journée, et le sexe intensif n'était pour rien dans mes accès de fatigue. Enfin si, j'en ressortais toujours fatiguée, mais la cause principale venait d'une seule chose : mes hormones en ébullition.

J'eus soudain envie de vomir – rien à voir avec une grossesse éventuelle. D'un bond, je me suis précipitée dans ma chambre pour y récupérer l'ordinateur portable. Tandis que j'ouvrais l'application de mon agenda, Holli s'est assise à côté de moi sur le lit, les bras croisés.

— Vous n'êtes pas protégés ? s'inquiéta-t-elle en se mordillant la lèvre.

— Si, je prends la pilule et on utilise toujours des préservatifs. Il n'y a eu qu'un soir où il a dérogé à la règle. Mais on ne risquait rien, on avait tous les deux fait des tests…

Comment cela pouvait-il paraître si stupide à présent, alors qu'à l'époque nous pensions prendre une décision réfléchie ?

— Je ne suis pas folle, d'accord ? Une seule fois sans préservatif, ça ne peut pas suffire.

— Si, parce que la malchance existe, Soph. Tu te souviens du jour où tu m'as dit que les pilules vertes étaient inutiles puisque tu savais parfaitement quand commencer les roses ? me rappela-t-elle, puis elle baissa d'un ton. Et tu viens juste de nous demander si on était le 24 décembre !

Oh, non !

Avais-je recommencé une tablette en retard ? *Très* en retard ? En songeant que c'était effectivement possible, je me crus proche de l'hyperventilation, prête à m'évanouir. Le travail m'avait tellement chamboulée, avec le changement de direction, tout ça. Sans parler des imprudences commises par l'excitation de notre relation encore récente. J'avais sans doute oublié de prendre la pilule, et plusieurs fois de suite.

Sophie, tu n'es qu'une idiote.

—Ça peut arriver, tu sais, voulut me rassurer Holli. Mais pas à des gens raisonnables. Toi… Excuse-moi, mais je te croyais plus intelligente que ça, ma belle.

Je levai les yeux, et éclatai en sanglots.

—Je viens de perdre mon travail !

Holli enroula ses bras autour de moi.

—Je sais, mais ça va aller. Si tu es vraiment enceinte, ce n'est pas si grave. Neil va t'aider, pas vrai ? C'est un type bien.

Oui, c'était un type bien. Mais comment survivre à une conversation pareille ?

Salut, Neil ! Il faut que je te dise quelque chose, mais ne panique pas. En fait, tu vas avoir une impression de déjà-vu : j'ai besoin de t'emprunter de l'argent alors que j'ai catégoriquement refusé ton aide il y a quelques jours, j'ai aussi collaboré au sabotage de ton entreprise, et cerise sur le gâteau, tu as divorcé de ta femme dans les mêmes circonstances. Mais tout va bien, on reste amis, pas vrai ?

Holli me caressait le dos pendant que je regardais mon emploi du temps. Quand avais-je eu mes dernières règles ?

Je n'en avais pas la moindre idée, parce que d'habitude, c'était la prise des pilules qui me l'indiquait.

Bon sang, j'étais persuadée que ce genre de choses n'arrivait qu'aux autres. À présent, ça me concernait moi, et j'étais terrifiée.

— Qu'est-ce que je vais faire ? paniquai-je en regardant Holli, consciente que mon mascara laissait de longues traînées noires sur mes joues à cause des larmes que je ne pouvais plus retenir. Qu'est-ce que je vais faire ?

— Tu vas prendre la bonne décision, affirma-t-elle avec fermeté, puis elle laissa reposer son menton sur mon épaule et m'entoura de ses bras. Tu ne veux pas d'enfants, pas vrai ?

— Non ! Oh non, jamais.

Soudain, j'eus honte. Étais-je une mauvaise mère ?

Non, oublie ça.

Je n'étais pas une mère mais une… couveuse accidentelle. Une crainte me frappa.

— Et si Neil changeait d'avis ? Il a dit qu'il ne voulait pas d'enfant, mais si je lui annonce être enceinte et qu'il veut garder le…

Je n'arrivais même pas à prononcer ce mot.

— Cette décision ne lui appartient pas, Soph.

Génial, ça ne m'aidait pas du tout. Pour résumer, je devais me débrouiller toute seule.

Non, tu n'es pas seule, pensai-je. *Tu paniques, voilà tout. Neil est fou de toi, il sera aussi terrifié que toi par toute cette histoire.*

Il fallait le mettre au courant. Avant même de faire le test, je devais lui en parler, ne serait-ce que pour le supplier d'acheter une entreprise de préservatifs, histoire que ça n'arrive plus jamais.

Franchement, qui croyais-je duper ? Holli devait avoir un tiroir rempli de préservatifs de toutes les formes et de toutes les couleurs. Je n'aurais eu qu'à regarder dans sa chambre, ce soir-là. Au lieu de cela, j'avais opté pour la pire décision possible.

— Je vais l'appeler, dis-je à Holli. Il est malade, mais… Merde, est-ce que ça fait de moi un monstre ?

— Si tu as besoin de l'appeler, vas-y, murmura-t-elle en haussant les épaules. Au pire, il ne répondra pas.

Chassant mes larmes du revers de la main, je quittai le lit et partis chercher mon téléphone. Mes mains tremblaient tellement que je dus m'y reprendre à deux fois avant de composer le numéro de Neil. Lorsque j'y parvins enfin, il ne répondit pas. Après six sonneries, le répondeur se déclencha et je me retrouvai dans une situation délicate. Comment annoncer à mon compagnon que j'étais sûre à 80 % d'être enceinte ? Ce n'est pas une chose à faire sur un répondeur. Les textos, n'en parlons même pas. Finalement, je lui laissai un ridicule « C'est Sophie, rappelle-moi » et attendis avec Holli le retour de Délia.

Mon amie m'avait fait du thé – « Tu auras besoin de liquide pour faire pipi sur le test » – et s'efforçait de garder l'humeur légère. En posant une tasse devant moi, elle me dit :

— Bon, je parie que Neil boit du thé toute la journée. C'est un Anglais, après tout.

— Non, il boit surtout du café. Il finira par mourir d'une crise cardiaque avec toute la caféine qu'il ingère.

— Le thé est caféiné, mais très peu, me rassura-t-elle. Je ne pense pas que ça fasse du mal au… truc.

Holli détourna aussitôt le regard et se servit maladroitement une trop grande quantité de sucre avant de me demander :

— Qu'est-ce que Délia voulait dire par là, d'après toi ?

Je sirotai mon thé.

— De quoi tu parles ?

— Elle a dit : « Laissez-moi faire, je connais » et elle a couru à la pharmacie acheter un test de grossesse.

Holli voulut hausser les épaules d'un air détaché. S'il y avait une chose à dire sur cette tentative de nonchalance, c'était celle-ci : elle faisait une bien piètre actrice.

— Elle a peut-être déjà connu une fausse alerte de grossesse.

Quelle marque d'égoïsme que de souhaiter à une autre femme d'avoir vécu la galère que je traversais, mais cela me rassurait de connaître personnellement quelqu'un qui s'en était sortie après avoir connu une expérience similaire.

— Je sais, mais…, insista Holli, puis elle secoua la tête. Excuse-moi, je dis n'importe quoi. Alors que tu es préoccupée par le contenu de ton utérus, voilà que je me la joue solo en me posant des questions sur le passé de ma petite amie.

— Ta petite amie ?

Une seule chose pouvait éventuellement détourner mes pensées de l'idée d'un monstre aux joues roses qui me suçait toutes mes forces de l'intérieur : apprendre le bonheur de ma meilleure amie.

— Vous êtes officiellement ensemble, alors ?

— Ouais, on a décidé d'être fidèles, tout ça. Je ne sais pas… Je pensais qu'elle me rendrait folle avec son caractère autoritaire et ses…, marmonna Holli en faisant des gestes au-dessus de sa tête et en levant les yeux au ciel. Enfin, je me disais qu'on se ressemblait peut-être un peu trop.

— Pire, vous êtes de véritables clones, enchéris-je.

Elle ne put retenir un sourire.

— Ouais, bon. Je dois être une pauvre narcissique alors, parce que je suis folle amoureuse de mon clone.

— Un mannequin narcissique ? Ce serait une première, me moquai-je en pointant sur elle deux doigts en pistolet. Je suis heureuse pour toi, Holli. C'est génial.

— Ne t'inquiète pas pour ça, me rassura-t-elle en désignant la partie centrale de mon corps. Si tu décides de t'en débarrasser, on fera une soirée pyjama post-avortement et on s'empiffrera de glace et de gâteaux.

— Écoutez cette amoureuse des pâtisseries ! m'amusai-je.

Mais au fond de moi, je n'étais pas d'humeur, et l'idée de Holli me démoralisait profondément. Que dirait ma mère ? Qu'en penserait ma famille catholique pratiquante ?

— Et si tu décides de le garder, je t'aiderai à choisir la couleur de la chambre. En admettant, évidemment, que tu trouves un appartement avec une pièce dédiée.

Elle sirota son thé et fit soudain la grimace – sans doute à cause des trois kilos de sucre qu'elle y avait versés par excès de nervosité.

— Enfin, ce que je veux dire, se reprit-elle, c'est que tu ne peux pas le garder ici. Pas d'animaux de compagnie, c'est dans le règlement.

La porte s'ouvrit sur Délia, qui tenait dans une main les clés de Holli et, dans l'autre, un petit sac en plastique.

— C'est bon, j'ai le test. Quand est-ce que tu le fais : maintenant ou demain matin ?

— Quelle différence ça peut faire ?

Bizarrement, je réussis à me retenir de me jeter sur elle et de lui arracher le sachet des mains. Comment était-ce possible ? Je l'ignore.

— Dans la notice, ils disent que c'est mieux le matin pour une histoire de concentration d'hormones dans l'urine, m'expliqua Délia, et elle me tendit le sac. Mais je me suis dit que tu voudrais savoir tout de suite, alors j'ai pris deux boîtes.

— Combien je te dois ? lui demandai-je en me levant pour récupérer mon porte-monnaie, mais elle secoua la tête.

— On verra ça plus tard. Dépêche-toi de passer le test.

Un code pour me dire : « Je te l'offre parce que tu es au chômage. » N'étant pas d'humeur à défendre mon honneur, je n'ai pas insisté.

J'ai emporté le sac dans la salle de bains et ai presque déchiré l'emballage pour aller plus vite. Mes mains tremblaient, ce qui ne m'aidait pas. Une fois l'objet sorti de l'emballage, je me suis trouvée ridicule d'avoir ainsi peur d'un bout de plastique. Comment ce petit truc pouvait-il avoir une telle incidence sur ma vie ? Sur mon avenir ?

Assise sur les toilettes, je me suis demandé quelle était la meilleure position. Contrairement à presque tous les hommes que j'ai connus, les femmes n'ont pas l'expérience étrange d'avoir fait pipi sur des objets dans leur enfance, c'était pour moi une première. Le stress m'empêchait de me détendre. En me forçant un peu, je parvins à libérer quelques gouttes… sur ma main.

— Putain, c'est une blague ?! grognai-je entre mes dents.

Il était déjà difficile de passer une analyse d'urine, et encore, les flacons étaient des cibles bien plus larges que ce machin.

Je regardai le lavabo. Le joli pot en porcelaine que nous utilisions comme gobelet pour les brosses à dents me fuyait du regard.

— Désolée, Holli, je t'en achèterai un autre.

J'ai fait tomber les brosses à dents dans la vasque, me suis rassise sur la cuvette et ai positionné le gobelet en essayant tant bien que mal de me détendre.

Je n'ai pas récolté grand-chose, en espérant que ça suffise. La gorge serrée, j'ai plongé le bout cotonneux du test dans le fond du gobelet.

En regardant le coton se rétracter et la petite marque chercher à apparaître sur le minuscule écran, je me suis dit que c'était un peu comme d'assister à un accident de voiture depuis le trottoir ; impuissante, je regardais le destin frapper et la scène d'horreur se dérouler sous mes yeux. Tandis que mon urine passait à travers tous les composants, ma réponse était là, claire comme de l'eau de roche. Deux belles barres roses. Il n'avait pas fallu plus d'une poignée de secondes.

— Non, fis-je en secouant la tête, et je reposai le gobelet par terre.

Au moins, j'eus la présence d'esprit de remettre le capuchon sur l'embout pour éviter qu'il goutte par terre pendant que je récupérai le mode d'emploi froissé au sol, la culotte encore autour de mes chevilles. J'ai mis le test à côté du diagramme schématisé pour m'assurer d'avoir bien compris. Malheureusement, aucun doute possible. Une barre, négatif. Deux barres, positif.

J'étais bel et bien enceinte.

Mes oreilles sifflaient. En levant les yeux vers le miroir, j'ai croisé le regard écarquillé d'une fille au visage pâle comme un linge. Puis je regardai de nouveau le test, et le jetai violemment par terre.

— Menteur !

Holli frappa à la porte.

— Soph ? Ça va ?

Dos au mur, je me suis laissée tomber sur les fesses, le visage enfoui dans mes mains. La porte s'est entrouverte.

— Soph ?

— Non, ça ne va pas, balbutiai-je en chassant mes larmes du revers de la main. Je suis enceinte.

— Oh, ma chérie.

Holli avait l'air aussi désemparée que moi et je ressentis comme une pointe de culpabilité : n'en faisais-je pas un peu trop ?

D'accord, en connaissant les risques d'un rapport non protégé, on a décidé de le faire quand même. Mais tout n'était pas perdu, je pouvais toujours arranger les choses.

Je me suis levée, ai vidé le gobelet dans les toilettes et tiré la chasse.

— Je suis enceinte, et on va acheter un nouveau porte-brosses à dents.

— Beurk, je te laisse tranquille une minute, dit Holli avant de refermer la porte.

Je n'étais pas contre ce moment seule avec moi-même, j'avais besoin de réfléchir.

Il y avait un bébé dans mon ventre.

Bon Dieu.

Un vrai bébé ? Du genre un « Alien » qu'il faut m'arracher du bide ? Comment faire ?

J'ai repensé aux photos sur le mur de la cuisine, chez Neil. Emma et son petit chien, Emma lors de son premier jour d'école… De toute évidence, Neil avait été présent dans son enfance. Toutefois, il ne voulait pas d'autre enfant. Si je faisais le choix de le garder, je savais qu'il me soutiendrait financièrement, mais je savais aussi qu'il tournerait les talons et ne me soutiendrait pas moralement. Et puis, lorsque je m'imaginais dans un bel appartement sur la Cinquième Avenue, avec un bébé dans les bras et une nounou à côté de moi pendant que mon mari plus vieux et plus riche continuait de se faire des milliards de dollars… Non, ça ne me donnait pas envie.

J'aimais mon appartement. J'aimais ma chambre, ma baignoire. Et je n'avais aucune envie de cet être que je ne connaissais même pas et qui s'accrochait à mon corps pour survivre.

Mais c'était un bébé, pas vrai ? *Notre* bébé, Neil et moi mélangés. N'était-ce pas censé faire disparaître tous mes doutes comme par magie ? Ne devrais-je pas être heureuse de faire un enfant avec l'homme que j'aimais ? N'était-ce pas le rêve de chacun ?

Étais-je censée en avoir envie ?

J'ai rangé les brosses à dents, lavé mes mains et quitté la salle de bains. Holli et Délia m'attendaient dans le salon et je levai un doigt pour couper court à leurs envies d'interrogatoire.

— Attendez. Je veux d'abord réessayer d'appeler Neil.

Dans ma chambre, je parcourus la liste de mes appels sur mon téléphone. Jusque-là, dix en tout. Je pouvais paraître têtue, mais il comprendrait une fois qu'il apprendrait la raison de cette obsession. Dernière tentative.

— Neil, il faut que tu me rappelles au plus vite, gémis-je dans le combiné, consciente qu'il entendrait les larmes dans ma voix. C'est très important… Je ne sais pas comment faire. J'ai besoin d'entendre ta voix.

Génial. J'étais pathétique.

Pour ajouter encore du poignant à ma situation, j'ai emmené le téléphone dans le salon dans l'espoir qu'il rappellerait.

Il est malade, il doit être au lit à l'heure qu'il est.

Ce qui avivait encore ma panique.

— Ça va ? me demanda Délia en me voyant revenir.

Je hochai la tête.

— Je suis en état de choc.

— Oui, je sais ce que tu traverses, crois-moi.

La tête de Holli se tourna aussitôt vers son amie ; sa fausse indifférence ne trompait personne.

D'ailleurs, Délia poussa un soupir et murmura :

— Oui, je suis déjà tombée enceinte par accident. Ce n'est pas une information que je brandis sur une pancarte au-dessus de ma tête.

— Qu'est-ce que tu as fait ? lui demandai-je – Holli n'aurait pas osé, or j'avais profondément besoin de réponses.

— J'ai avorté, admit Délia dans un haussement d'épaules en nous observant à tour de rôle. Ne me regardez pas comme ça, je m'en suis remise. C'était pendant une soirée, on a dû mettre de drôles de substances dans mon verre, parce qu'à mon réveil le lendemain, j'avais couché avec ce type…

— Ce n'est pas ce que j'appelle « coucher », corrigea Holli à mi-voix. On t'a droguée et violée.

— Je sais. Et on en reparlera plus tard. Là, on ne parle pas de viol mais de Sophie enceinte. Je tiens à ce que ce moment reste entièrement consacré à elle.

Ce qui me fit éclater de rire, sans savoir pourquoi.

— Pardon, m'excusai-je aussitôt. C'est juste que cette conversation est totalement surréaliste.

Les lèvres pincées, Délia me décocha un sourire compatissant.

— Tout se passera bien, me rassura-t-elle. Tu n'es pas seule dans cette épreuve, M. Elwood ne te laissera pas tomber.

— Je suis d'accord avec Délia, même si je trouve ça bizarre de parler de ton petit ami en l'appelant M. Elwood, acquiesça Holli. Il te soutiendra quoi qu'il arrive.

En parlant du loup, mon téléphone se mit à vibrer.

— C'est lui.

Je restai dans le salon pour décrocher. De toute manière, je n'avais pas l'intention de lui annoncer la nouvelle par téléphone. J'attendrais de le revoir, s'il voulait bien l'entendre.

— Neil ?

— C'est Emma.

Je fronçai les sourcils.

— Emma ? Qu'est-ce que…

— Papa est à l'hôpital, m'annonça-t-elle sur un ton proche de la panique. Ils viennent de me donner ses affaires et j'ai vu que vous aviez essayé de le joindre.

— À l'hôpital ?

Non, impossible, on ne pouvait pas être deux à traverser une crise. Ce n'était pas gérable.

— Que s'est-il passé ? demandai-je finalement.

Elle poussa un soupir impatient.

— Je ne sais pas. En le ramenant chez lui, Tony l'a retrouvé inconscient dans la voiture. Je suppose que vous voulez venir ? Vous avez cherché à l'appeler toute la nuit, vous avez dû vous inquiéter.

En effet, mais je n'avais aucune envie d'en parler avec elle pour le moment.

— C'est quel hôpital ? J'arrive tout de suite.

— L'hôpital presbytérien, sur la 68e Avenue.

— Comment va-t-il ?

Bien. Neil allait forcément bien. Il ne pouvait pas en être autrement.

— Je ne sais pas, je ne l'ai pas encore vu. Quand l'ambulance est arrivée, il n'était toujours pas réveillé. Là, j'attends comme une idiote que le médecin veuille bien me donner des nouvelles, aboya-t-elle avec impatience. J'en saurai plus à votre arrivée. Entrez par l'arrivée des urgences, j'essaierai de vous attendre là, si je peux.

Sur ce, elle me raccrocha au nez et j'enfonçai également le bouton d'un geste fébrile. En me retournant, j'ai regardé Holli et Délia, paralysée par la terreur qui gonflait mes veines et me prenait à la gorge.

— Neil a eu un malaise. Il est à l'hôpital.

— Quoi ?! s'exclama Holli. Mais qu'est-ce qui s'est passé !

— Je n'en sais rien.

Je pris mon sac, y rangeai mon téléphone, attrapai mes clés et me dirigeai vers la porte. Je voulus leur dire autre chose avant de partir, mais rien ne vint et je répétai simplement :

— Je n'en sais rien.

Dans l'escalier, chaque marche faisait battre mon pouls un peu plus fort contre mes tempes.

Il va bien, ce n'est rien de grave, il va s'en sortir, voulus-je me convaincre comme un disque rayé tournant en boucle dans mon esprit.

Rien de tout ça n'était réel. Ce n'était pas ma vie. Je n'étais pas enceinte et mon petit ami n'était pas à l'hôpital.

Mais c'était pourtant vrai. C'était la triste réalité.

Chapitre 23

Comme promis, Emma m'attendait à l'entrée des urgences lorsque j'arrivai à l'hôpital. Enveloppée dans son gros manteau d'hiver, elle avait les yeux rougis par les larmes.

— Il va bien ? Est-ce que Neil va bien ? lui demandai-je – comme si elle ignorait qui je venais voir.

— Ils l'ont installé dans une chambre, je vous amène.

Elle désigna les portes de l'ascenseur derrière elle et nous y sommes montées.

À chacun de mes pas, je sentais la boule de nerfs se serrer un peu plus dans mon ventre.

— Les horaires de visite sont terminés pour aujourd'hui, mais puisqu'il vient d'être admis, ils nous font une exception, m'expliqua Emma dans le silence pesant de l'ascenseur.

— Merci de m'avoir appelée.

J'avais envie de la prendre dans mes bras. Si Neil avait été à l'hôpital depuis des jours sans que je sois au courant, je ne m'en serais pas remise.

— Est-ce qu'ils savent ce qu'il a ?

Le regard fuyant et les sourcils froncés, Emma chercha ses mots.

— Hum… Ils doivent faire quelques tests.

J'avais la désagréable sensation qu'elle en savait plus que ce qu'elle voulait bien admettre. Décidément, je voyais le mal partout en ce moment.

Une fois sur le palier, je grimaçai dans cette atmosphère médicale. Le calme ambiant n'était interrompu que par le bruit de « bips » lointains, et l'odeur aseptisée cachait des quantités de germes en plein développement. Quelqu'un avait mangé du pop-corn dans la salle d'attente et le parfum sucré nous suivit jusqu'à ce que nous passions les portes, peu à peu remplacé par les effluves de désinfectant qui me donnèrent un haut-le-cœur.

Une infirmière se tenait devant l'une des chambres et remplissait la fiche d'un patient. En levant les yeux, elle nous signala d'un air légèrement agacé :

— Les horaires de visite…

— On nous a accordé une exception, l'interrompit Emma sur un ton autoritaire.

J'enviais les gens comme elle, capables de traverser un hôpital comme en terrain conquis.

Neil occupait une immense chambre au coin d'un couloir. En regardant à l'intérieur, je vis que la lumière était faible et les rideaux tirés autour de son lit.

— Venez, m'invita doucement Emma. Je discutais encore avec lui il y a quelques minutes seulement.

Je savais qu'elle ne me portait pas dans son cœur et ne pouvais pas le lui reprocher. Pourtant, elle avait pris le temps de m'appeler et se montrait gentille avec moi, malgré le malaise que je lui inspirais. À cet instant précis, ce fut difficile de me retenir encore de la prendre dans mes bras.

— Papa ?

Elle ouvrit à peine les rideaux. Neil était allongé dans le grand lit d'hôpital. Un moniteur de fréquence cardiaque émettait un « bip » incessant et deux poches de liquide transparent pendaient sur la potence à intraveineuse. Il ouvrit à peine les paupières, puis un peu plus, et cligna des yeux. Je compris qu'il ne portait pas ses lentilles de contact.

— C'est moi, chéri, lui murmurai-je en me penchant pour lui embrasser le front. Qu'est-ce qui s'est passé ?

— Oh, Sophie.

Il laissa échapper un rire faible à demi-étranglé par un sanglot, et leva les bras vers moi. Reculant d'un pas, je voulus éviter qu'il emmêle ses tubes autour de moi. Ses bras retombèrent à plat et il se passa la main sur le visage.

— Ils m'ont donné un traitement sédatif de cheval.

— On lui a fait une ponction lombaire, m'expliqua Emma. Et ils l'ont assommé d'analgésiques pour la migraine.

— Oh mon Dieu, pourquoi tu ne m'as pas dit que ça allait si mal ? Je ne t'aurais jamais laissé rentrer seul.

Je m'assis sur la chaise à côté de lui et lui pris la main droite, celle dont le bras n'était pas percé de tubes.

— Je ne le savais pas moi-même, murmura-t-il, puis il cligna des yeux en se remémorant ce qui s'était passé. D'ailleurs, je ne me suis vraiment senti mal qu'à mon réveil aux urgences. Je suis tellement soulagé que tu sois là.

— C'est Emma qui m'a appelée, l'informai-je en posant sur sa fille un regard plein de reconnaissance.

— Tu devrais mettre Sophie en personne à contacter en cas d'urgence, conseilla-t-elle à son père. Si j'étais repartie à Londres…

— Dieu merci vous étiez encore là !

Mon soulagement était sincère et si profond que j'eus envie de pleurer.

Neil était… vivant. Au regard d'Emma à mon arrivée, j'avais eu peur qu'il soit mourant.

— Est-ce qu'ils savent ce que tu as ?

Il me serra la main. Sa voix était encore faible mais il reprenait peu à peu ses esprits.

— Non. Ça ne fait presque aucun doute que je suis anémique, mais c'est tout. Ma migraine leur a fait peur : au début, ils croyaient que je faisais une attaque cérébrale.

— D'accord. Bon, tout ça, c'est réparable. Pour l'instant, je suis rassurée que tu ailles bien.

Et que je ne porte pas l'héritier d'un milliardaire décédé.

L'annonce serait pour plus tard, je ne voulais pas lui provoquer une véritable attaque.

— Je vais nous chercher du café, s'excusa Emma en quittant la pièce.

Une fois qu'elle fut partie, Neil porta ma main à ses lèvres pour y déposer un baiser.

— Heureusement qu'elle t'a appelée. Depuis mon admission, je suis assommé par toutes leurs drogues.

— Je regrette de ne pas être arrivée plus tôt. Ils t'ont fait faire tellement de tests…

— Tu es sûre que tu regrettes ? En les voyant faire tous ces tests, tu aurais eu envie de vomir, se moqua-t-il faiblement.

Ce fameux matin où il s'était coupé la main, je ne sus dire à présent si c'était sa blessure ou le fait d'être enceinte qui m'avait donné la nausée.

Je lui caressai doucement le bras. Que faire pour le réconforter ?

— C'était douloureux ?

— Honnêtement ? Pas tant que ça. Ici, les analgésiques coulent à flots. Mais dans la voiture, j'ai réfléchi…

Il marqua une pause et me lança un bref regard avant de baisser les yeux.

— J'aimerais que tu acceptes l'offre de Gabriella.

— Je refuse de travailler avec cette bande d'idiots.

M'efforçant de rire, je sentis que j'avais encore l'estomac fragile. Le doute planait au-dessus de ma tête à chacune de mes fins de phrases et je paniquai :

Est-ce que je viens de lui dire que je suis enceinte ?

S'il était au courant, il insisterait pour me donner de l'argent ou m'offrir un poste dans sa boîte. Or, je ne voulais pas de cela non plus. Sans compter qu'il était hospitalisé, inutile d'en rajouter.

— Les idiots en question sont en train de bâtir un véritable empire. Tu ne peux pas manquer une occasion pareille.

L'intensité que je percevais à travers son calme me fit douter. De toute évidence, malgré les calmants, il y avait beaucoup réfléchi.

— Gabriella m'impose… Ce poste, je n'y ai droit que si je coupe les ponts avec toi.

Il me fuyait toujours du regard.

— Dans ce cas, il serait préférable qu'on ne soit plus ensemble.

La douleur me heurta comme un poing au cœur, puis mes oreilles se mirent à siffler. La grossesse pouvait-elle avoir une incidence sur ma santé cardiaque ? Même si j'avais parfaitement compris Neil, je ne pus retenir un : « Quoi ?! » étranglé.

— Je ne veux pas être celui qui aura gâché ta carrière, expliqua-t-il, la gorge serrée par l'émotion. Je t'aime trop pour te laisser passer à côté d'une telle occasion.

— Tu es drogué. On devrait en reparler plus tard, bredouillai-je en retirant ma main de la sienne.

— Je ne suis pas si drogué, rétorqua Neil, puis il poussa un grognement de dégoût. Enfin, je le suis un peu, mais pour tout te dire, j'ai pris cette décision bien avant d'arriver au restaurant, avant même que Gabriella veuille nous séparer. Si tu restes avec moi en travaillant pour elle, les choses seront beaucoup trop compliquées.

— Neil, je ne travaillerai pas pour Gabriella. Je n'en ai même pas envie.

Il m'interrompit :

— Regarde les choses en face. On revient à l'épisode de Tokyo. Une opportunité te tombe du ciel et tu fais le mauvais choix.

— Non, ça n'a rien à voir avec Tokyo, insistai-je à voix basse, le cœur de plus en plus serré. Je n'étais qu'une gamine prête à prendre de mauvaises décisions pour des raisons purement sentimentales.

Il ne dit rien.

Oh, non !

Neil me voyait encore comme cette idiote de vingt ans qui suivait son cœur sans réfléchir aux conséquences.

Il ne me faisait pas confiance pour faire mes propres choix.

— Pour toi, travailler pour Gabriella revenait à mettre ma santé en péril, lui rappelai-je en serrant les dents. L'idée que je te laisse tomber pour elle te rendait furieux.

— C'était à l'époque où je pensais qu'elle te voulait comme assistante, se défendit Neil, la voix chevrotante. Directrice adjointe de la création, c'est... Même après quinze ans à Porteras, tu n'aurais pas décroché ce poste. Ton travail est trop important pour toi, je refuse de te laisser passer à côté d'une telle chance.

Je l'observai longuement, espérant qu'il lève les yeux pour voir les larmes qui roulaient sur mes joues.

— Je n'arrive pas à y croire.

— Sophie, je t'en prie…

— Je n'arrive pas à croire que tu me refais le même coup !

Lever le ton était la pire des idées, par respect pour les autres patients, mais je ne pouvais pas m'en empêcher. Et à présent, qu'allait-il se passer ? Lui avais-je dit que j'étais enceinte ? Poursuivrais-je mon petit bout de chemin toute seule ? Cet homme me demandait de rompre pour un travail alors que je portais un fœtus qu'on avait fabriqué ensemble. Ce n'était pas une épreuve à traverser seule.

— Pourquoi est-ce que tu me fais ça ?

— On en revient à la même situation qu'il y a six ans, déclara-t-il d'un ton calme, beaucoup trop calme. J'assiste à ta décision qui est l'une des plus grosses erreurs de ta vie. Que faire d'autre, si ce n'est partir pour t'empêcher de la commettre ?

— Tu ne m'as jamais empêchée de faire quoi que ce soit. Tu refuses seulement d'être responsable de mes choix, rétorquai-je en secouant la tête. Après, tu oses me faire la leçon sur mon incapacité à assumer les choses. Si tu fuis, c'est uniquement pour ne pas te sentir coupable.

— Ce n'est pas juste ! aboya Neil. Regarde-moi, Sophie. Je ne suis qu'un vieux mec dans un lit d'hôpital. Et si j'avais eu une crise cardiaque ? Si j'étais mort ? Si j'avais fait un A.V.C. et me retrouvais paralysé ? Est-ce que tu aurais vraiment envie de te retrouver enchaînée à mon fauteuil roulant jusqu'à la fin de mes jours ? Obligée de prendre soin de moi alors que je meurs ?

Bon sang, lui avait-on donné des pilules de dramatisation en plus des médicaments contre la douleur?

— Putain, Neil, tu n'as pas quatre-vingt-dix ans, mais à peine plus de quarante! Comment ça, « le restant de tes jours » ? On n'est pas mariés, on sort à peine ensemble.

— Justement, peut-être que j'en arrive à un point dans ma vie où je veux plus que ça. Je t'aime plus qu'il ne faudrait. Pourtant, j'ai essayé, Sophie. J'ai essayé de ne pas en demander trop, de ne pas pousser les choses trop loin, mais c'est pourtant la direction qu'a prise notre relation. Si tu n'en as pas envie, il faut arrêter tout de suite avant de finir en vieux couple amer et malheureux.

Je n'avais jamais vu Neil aussi furieux, et aussi blessé. Oh non, il avait mal à cause de moi, parce qu'il pensait que je ne voulais pas de lui.

Quelle idiote!

Malgré ma colère, malgré la bêtise qu'était mon amour pour lui alors qu'on ne voulait pas la même chose, je ne pouvais pas retenir mes sentiments. Pourtant, je devrais être heureuse de me détacher de lui.

Nous n'avions aucun avenir ensemble puisque nos envies étaient aux antipodes, et malgré tout, je devais tout faire pour essayer.

— Je t'aime.

Enfin, il me regarda droit dans les yeux. Son regard… Comment résister? Son regard était empli de larmes. Cela devrait peut-être me rassurer de le voir si malheureux, mais je ne pouvais pas détester un homme allongé dans un lit d'hôpital.

— Moi aussi, je t'aime. N'en doute jamais.

— Je n'en doute pas, murmurai-je en essuyant une larme qui me mouillait la joue.

Je n'avais jamais douté de ses sentiments. Jamais. C'était par amour qu'il me laissait partir, qu'il me laissait poursuivre dans la direction que je voulais au lieu de m'enfermer dans des choix de vie qui n'étaient pas les miens. Cela me donnait envie de l'aimer encore plus.

— Mais tu es vraiment un salaud.

— Prends quelques jours pour y réfléchir, me dit-il d'une petite voix, bien plus fatigué qu'à mon arrivée.

Je m'en voulais tellement de me disputer avec lui dans un hôpital. Quelle terrible petite amie je faisais.

— Si tu décides d'accepter ce poste, je ne t'en voudrai pas, poursuivit Neil. Tu m'as clairement fait comprendre que tu ne voulais pas t'engager. En laissant passer cette opportunité pour rester avec moi, c'est ce que j'appelle un engagement. Sois honnête avec toi-même, et avec moi. Ne crois pas qu'en refusant ce poste les choses resteront telles qu'elles sont entre nous, parce que c'est faux. Rien ne sera plus comme avant.

Je tournai les talons, chassant mes larmes du revers de la main.

— Très bien. Donne-moi quelques jours pour y réfléchir.

Il fit un geste vague en direction des poches de liquide.

— Je t'appelle quand tout ça sera terminé. Je ne veux que ton bonheur, Sophie.

— Tu ne sais pas ce qui peut me rendre heureuse, rétorquai-je en reniflant.

— Toi non plus, répliqua Neil d'une voix douce. Il n'y a pas si longtemps, tu disais être heureuse de vivre comme bon te semble, tu disais ne pas être prête à partager ça avec quelqu'un. Je ne veux pas te perdre, mais je te laisserai partir si c'est ce dont tu as besoin.

Lorsque je quittai la chambre, Emma se tenait près de la porte. Bon sang, elle avait tout entendu !

Elle voulut dire quelque chose, mais se ravisa et secoua la tête.

— Je suppose qu'on se reverra ? murmura-t-elle. Pour être honnête, je ne sais pas quoi dire.

Je n'avais ni le temps ni l'énergie pour cela.

— Faites seulement en sorte qu'il ne fasse pas de bêtise tant qu'il est ici.

Nul besoin qu'elle parle, ses pensées se lisaient sur son visage comme dans un livre ouvert : elle estimait qu'il venait déjà de faire une grosse bêtise. Peut-être aurait-elle la bonne idée de le ramener à la raison.

Malgré mon statut de sans-emploi et mon compte en banque à la dérive, je décidai de rentrer en taxi ; je n'avais pas la force de pleurer devant des inconnus dans le métro.

Quand on est triste, tout notre environnement s'en trouve changé. Je rentrai chez moi et accrochai mon manteau sur sa patère habituelle, mais il ne semblait pas y être à sa place.

J'entendis des rires résonner depuis la chambre de Holli et décidai de me rendre sur la pointe des pieds jusqu'à la mienne.

Elles passaient une bonne soirée ensemble, rien ne les obligeait à venir me consoler. De toute manière, je serais dans le même état de détresse émotionnelle le lendemain matin.

Je ne pris pas la peine d'allumer ma lampe de chevet, ni de me regarder dans le miroir. Cela peut paraître idiot, mais je craignais d'avoir l'air d'une femme enceinte. Mon ventre était toujours plus ou moins plat avec son petit pli habituel, fœtus ou non, il n'y avait donc aucune raison de me scruter sous toutes les coutures.

Le cœur métaphorique humain est cruel, car une seule pensée m'obsédait ce soir-là : le souvenir d'un jour singulier, six ans auparavant.

« Tu es déjà allé à Tokyo ?

— Oui, mais je parie que c'est ta première fois. »

Une larme quitta le coin de mon œil et vint disparaître dans mes cheveux.

« Et cet accent ? Tu es Anglais, c'est ça ?

— Non, je prends seulement cet accent pour séduire les jeunes femmes dans les aéroports. »

Non seulement cet homme m'avait brisé le cœur, mais il avait également gâché l'un de mes plus beaux souvenirs. Génial.

L'espace d'un instant, consumée par l'amertume, j'espérai que Neil ne soit jamais venu à Porteras. J'espérai qu'il soit resté Leif, l'inconnu mystérieux de cette fameuse nuit inoubliable. J'aurais pu m'accrocher à ce seul souvenir, le cœur en sécurité. J'aurais pu continuer d'être moi-même, ou en tout cas, d'être celle que je croyais être avant qu'il ne débarque dans ma vie pour tout chambouler.

Si notre vol n'avait pas été annulé, ou si j'étais directement partie à l'université de New York, je ne l'aurais jamais rencontré. Je ne serais pas dans le sac de nœuds qu'était ma situation actuelle. Cette idée me fit paniquer. Une seule décision prise dans la précipitation, et voilà où cela me menait de nombreuses années plus tard. Comment pourrais-je me faire confiance pour de nouveaux choix, à l'avenir ?

D'ailleurs, je me retrouvais au pied du mur : une nouvelle décision à prendre s'imposait à moi.

Je ne pouvais pas garder cet enfant. Connaissant Neil, il souhaiterait faire partie de sa vie, qu'il ait prévu d'être de nouveau père ou non. En même temps que je trouvais cela admirable, je ne pouvais m'empêcher de penser que je ne voulais pas être reliée à lui de cette manière. Le deuil de mon amour pour lui serait assez difficile à digérer sans y ajouter l'éducation de son enfant en mère célibataire.

Et puis, je ne voulais pas d'enfant. Peu importe que les gens disent : « Tu verras, c'est différent quand c'est le tien. » Passer des heures assise sur un banc à regarder un morveux patauger dans un bac à sable… Beurk, mes poils se hérissaient rien que d'y penser. C'est différent quand c'est le mien ? Oui, en effet, ce serait différent puisque réel, et je serais enfermée dans une vie que je n'aurais pas choisie. Ce n'était pas un cadeau pour un enfant, et je refusais de me retrouver dans la même situation que ma mère à l'époque où elle avait décidé de me garder.

L'adoption… Non, j'écartai aussitôt l'option. Je ne voulais pas aller au bout de la grossesse. L'accouchement ? Non merci, sans façon. Et puis, si c'était pour me justifier auprès de tous les gens qui me demanderaient pourquoi j'allais abandonner l'enfant, ce n'était pas tentant. Ils essaieraient tous de s'immiscer dans mes choix et de me faire changer d'avis. Serais-je tentée de le garder dès qu'un inconnu bien intentionné me toucherait le ventre ? Une personne plus solide supporterait une telle épreuve, mais pas moi.

Ensuite, il y avait l'autre grande décision. Devais-je rompre avec Neil ?

Il avait raison. Si je refusais ce poste pour être avec lui, c'était la preuve que je m'engageais. Ce serait me mentir que de refuser de l'admettre. On ne gâche pas la chance d'une vie pour un flirt. Si je ne saisissais pas l'occasion, je finirais par en vouloir à Neil et détruire tout ce que nous construisions ensemble.

Pourtant, je ne pouvais pas travailler pour Gabriella. Pas si elle m'imposait des conditions ridicules concernant ma vie privée.

D'accord, je pouvais l'avouer, ce que je ressentais pour Neil allait au-delà de notre arrangement purement charnel. Holli avait raison, je n'avais jamais eu l'intention de me ranger et de fonder une famille… mais si je *devais* le faire, ce serait avec Neil. Je ne voulais pas rompre avec lui. Sans lui, ma vie n'avait aucun sens. Il était devenu mon meilleur ami, mon confident, et le seul amant que j'aie jamais… aimé.

Au moment de prendre mon téléphone, je me rappelai l'heure qu'il était. Et puis zut, tant pis. Gabriella pouvait bien me réserver une place de choix dans son entreprise prospère où je pourrais évoluer avec succès, ça ne m'intéressait pas. Elle aurait une trop grande incidence sur ma vie privée, plus encore que Neil n'avait de l'influence sur moi. Au moins, avec lui, je pouvais discuter et lui demander de me laisser respirer.

C'était peut-être ça, le principe d'une relation sérieuse : savoir supporter l'autre et le rendre heureux. Vaste concept.

En décrochant, Gabriella eut l'air surprise.

— Sophie Scaife qui m'appelle ? Et à cette heure-ci ? Moi qui croyais qu'elle tenait au poste…

— Je ne veux pas de ce travail, éructai-je. Pas si vous estimez pouvoir me dicter ma vie privée. Cela vaut également pour Jake. Je refuse ce genre d'autorité gratuite.

— Si tu travailles pour moi, tu ne peux pas fréquenter le patron de ma concurrence. Ce n'est pas négociable.

Elle articulait soigneusement chaque syllabe et les faisait rouler dans sa bouche comme du bon vin. Je l'imaginais de là, avec ses grands yeux bleus écarquillés sur son visage faussement aimable.

— Je comprends. Merci de m'avoir offert une telle opportunité. Au revoir.

J'avais bien dit « Au revoir » et pas « Allez vous faire voir », pas vrai ?

— Au revoir, Sophie.

Lorsqu'elle eut raccroché, j'observai mon téléphone un long moment. J'avais le sentiment de n'avoir rien perdu. Je n'étais pas moins chômeuse qu'avant le coup de fil. Je n'étais pas moins enceinte. Mon petit ami n'était pas moins hospitalisé. S'il était encore mon petit ami. À partir de là, qu'est-ce qui nous attendait ?

C'est alors que je compris : je pouvais tourner le dos à cette vie. Je pouvais avorter, rompre avec Neil, lui mentir en disant que j'avais accepté l'offre, et tout recommencer à zéro. Ma vie reprendrait son cours comme avant l'arrivée de Neil à Porteras.

Mais les choses ne redeviendraient jamais comme avant ce jour où le vol pour Tokyo avait été annulé. Je ne pouvais pas faire comme si Neil n'avait jamais existé, ni effacer mes sentiments pour lui. Je l'aimerais sans doute pour le restant de mes jours.

Je pourrais rester avec lui. Et avoir ce bébé. Ou pas. L'horloge tournait et je ne savais pas quoi faire.

Qu'est-ce que je vais faire ?

Aubin IMPRIMEUR

IMPRIM'VERT
Votre imprimeur agit pour l'environnement

Achevé d'imprimer en juin 2015
N° d'impression 1504.0338
Dépôt légal, juillet 2015
Imprimé en France
81121528-1